Key West Love
Time out from war

Abigail Gioia

Key West Love

Time out from war

Bibliografische Information der Deutschen Nationalbibliothek:
Die Deutsche Nationalbibliothek verzeichnet diese Publikation in der
Deutschen Nationalbibliografie; detaillierte bibliografische Daten sind im
Internet über http:// dnb.d-nb.de abrufbar.

Jana Grüger – Lektorat Goldzeilen Lektorat:
https://www.lektoren.de/profil/jana-grueger

Covergestaltung: Constanze Kramer, coverboutique.de
Bildnachweise: ©vencav, ©Mrs__DoubleF – stock.adobe.com ©LedyX,
©Irina Bg, ©Yellowj – shutterstock.com
©zatvor – depositphotos.com
rawpixel.com, elements.envato.com

Verlag: BoD · Books on Demand GmbH,
Überseering 33, 22297 Hamburg, bod@bod.de
Druck: Libri Plureos GmbH, Friedensallee 273, 22763 Hamburg

ISBN: 978-3-7579-8453-7

Inhalt

›Tierschutz ist Erziehung zur Menschlichkeit.‹
Prof. Dr. mult. Albert Schweitzer

Gewidmet
den allgemeinen Tier- und Menschenrechten

›Dunkelheit kann Dunkelheit nicht vertreiben,
das kann nur Licht.
Hass kann Hass nicht vertreiben,
das kann nur die Liebe.‹
Dr. Martin Luther King

Vorwort

A uf meinen Reisen lernte ich eines Tages am Strand einen Touristen kennen, der sich um einen Streuner kümmerte, der unter sengender Sonne regungslos im Sand lag. Ich begleitete ihn und seinen Findling in eine nahe Tierklinik, und wir kamen ins Gespräch. Saßen unter Palmen vor dem Eingang und hofften inständig auf positive Nachrichten des ärztlichen Teams. Die Untersuchungen und Behandlungen zogen sich hin. Jeden Morgen trafen wir uns wieder. Verbrachten die Zeit mit Warten, Bangen und Reden. Der Zustand des verletzlichen Wesens schien unverändert bedenklich. Es blieb nicht aus, dass wir auf Gott und die Welt zu sprechen kamen. Mein Gegenüber war belesen, gebildet. Empathisch. Seine Art, Wissen weiterzugeben, beeindruckte mich. Ich erfuhr, dass er Lehrer in einer Kleinstadt an der Ostküste der USA war. Die schier endlose Wartezeit verkürzten wir, indem ich ihn auf langen Spaziergängen begleitete. Oftmals schwieg er. Schaute aufs Meer hinaus. Ließ zeitvergessen den Sand durch die Finger rieseln. Wenn er den Faden des Gespräches wieder aufnahm, entwickelte sich eine unaufdringliche Vorlesung, der zu entziehen mir nicht gelang. Er strahlte eine Ruhe aus, die mich umgarnte. Bin nicht mehr sicher, wie wir auf das Thema kamen. Denkbar ist eine Gemeinsamkeit. Die Liebe zu Märchen. In einem Nebensatz sprach er davon, welche Macht der Veränderung in ihnen schlummert. Kam auf seine Schulkasse zu sprechen. Und erzählte von einer Begebenheit. Erwähnte seine Eltern. Die Familie. Das Miteinander.

Sein Bericht fesselte mich. In mir festigte sich der Entschluss, das Gehörte in einer frei erfundenen Liebesgeschichte zu verarbeiten. Nach anfänglichem Zögern stimmte er zu. Unter der Voraussetzung, dass das Hundekind überlebte. Den Kampf um sein Dasein mit Gottes Hilfe gewann.

Drei Tage vor dem Rückflug, ich hatte den Urlaub wegen der ungeklärten Sachlage verlängert, erreichte uns die erlösende Nachricht. Am Entlassungstag trat eine Schwester der Klinik mit einem quicklebendigen Bündel auf dem Arm ins Freie. Meinte mit freudestrahlendem Gesichtsausdruck: »Da ist dein Papa, der dich gerettet hat«. Sie stellte ein kerngesundes Hundemädchen auf die Beinchen. Es tollte im Sand. Und wich meiner Urlaubsbekanntschaft nicht mehr von der Seite. Ich flog ab. Und die beiden in ihr gemeinsames Zuhause. Später erfuhr ich, dass die Kleine beim täglichen Schulunterricht ein festes Plätzchen im Klassenzimmer fand. Und die Schüler sie lieben.

Was mir blieb? Erinnerungen an eine unvergessliche Zeit. Tiefgreifende Gespräche. Einen anderen Blick auf Werte. Gefühle. Religiöse Empfindungen. Familie. Die Liebe. Und ein bunter Strauß von Eingebungen, aus denen sich eine Geschichte verdichtete. Aus ihr entstand dieser Roman.

Dem Thema gerecht wäre das Sachbuch. Die Auflistung von Geschehnissen in einer Zeit des Aufbruchs ins Licht demokratischer Strukturen. In einem Land nach Dunkelheit, Krieg, Lager und Ketten. Nach staatlicher Bevormundung, in der die Gesellschaft freier Menschen – unter dem Eindruck des Unfassbaren stehend – bekundete, mit allen Mitteln neues Recht im Unrecht zu verhindern.

Wie die Politik dies umsetzte, das beschreibt diese Erzählung.

Abigail Gioia

Compassion ist kein deutsches Wort

1. Elijah:
das Mainhattan Projekt

In Gruppen standen die Jugendlichen auf dem Schulhof zusammen. Gedankenverloren schlenderte der in Jeans und T-Shirt gekleidete Lehrer über den stellenweise schadhaften Asphalt und aß sein Frühstücksbrot. Er war beliebt. Ihn zeichnete die pädagogische Fähigkeit aus, Stoff mit routinierter Gelassenheit zu vermitteln. Damit punktete er. Den meisten seiner Kollegen missfiel, dass er sich von den Schülern mit Vornamen ansprechen ließ. Doch darauf gab er nichts.

»Kommt zurück, Pause vorüber!«

Die Jungs in seiner Nähe nörgelten herum.

Im Gebäude staute sich die Hitze. Getrappel auf den Treppen und Gängen. Kurzzeitig wurden geräuschvoll Stühle im Klassenzimmer verrückt. Es kehrte Ruhe ein.

»Elijah, heute ist der letzte Tag vor den Ferien. Wie wär's mit vorzeitigem Schulschluss? Die Luft ist raus«, war aus den hinteren Reihen zu hören. Zustimmendes Klopfen auf den Tischplatten unterstrich das Gesagte.

Der Angesprochene schloss bedächtig die Tür. Verschränkte die Arme auf dem Rücken. Schritt gemächlich zum Fenster und starrte einen Moment lang ins Grüne.

John, der Klassensprecher, ergriff das Wort: »Wie fällt die Entscheidung aus?« Seine Nervosität und Gereiztheit stand knisternd im Raum und steckte die Klasse an. Mürrische Stimmung breitete sich aus.

»Wir haben drei Stunden«, entgegnete der Lehrer sachlich. »Ein enormer Zeitrahmen für ein sinnvolles Thema, das den normalen Schulstoff übersteigt, und mir nicht minder lohnenswert erscheint. Für eure Zukunft. Und das, was wir verallgemeinernd mit *Leben* umschreiben.«

»Echt Klasse. Das bei dieser Bullenhitze. Haben Sie ein Einsehen. Das bringt nichts. Wir sind nicht mehr aufnahmefähig und mit den Gedanken komplett in den Ferien.«

Alle Blicke ruhten auf der stattlichen Gestalt des Mannes, der stoisch nach draußen stierte. Sie warteten. Auf das erlösende Wort. Es kam nicht. Stattdessen fragte der Pädagoge beiläufig:

»Wer von euch gibt mir fundierte Auskunft darüber, welche Studienlage zu lesbischen Schweinen vorliegt?«

Sprachlosigkeit stand im Raum. Vereinzelt unterdrücktes Glucksen und Kichern. Unterschwelliges Gemurmel. Verhohlenes Grinsen. Elijah blieb sachbetont und wandte sich langsam der Klasse zu.

»Keiner? Okay.« Er stieß sich vom Fensterbrett ab und schritt bedächtig zum Schreibtisch.

»Dann frage ich mich allen Ernstes, was der Begriff *schwule Sau* bedeutet, den einer von euch vor Minuten auf dem Schulhof lostrat. Nicht zu überhören. Und die anderen grinsten hämisch und gaben zustimmende Kommentare ab. Ehrlich, Leute«, er schüttelte den Kopf. »In diesem Augenblick schämte ich mich für euch. Es schmerzte wie eine klaffende Wunde, die mit ätzender Flüssigkeit in Berührung kommt. Die Bemerkung war nicht nur entwürdigend dem Betroffenen gegenüber, der mit hochrotem Kopf im Gebäude verschwand. Sondern darüber hinaus schlichtweg falsch. Wie alle hinkenden Vergleiche mit Tieren, die dafür herhalten, Mitmenschen herabzusetzen.

Erstens: Dieser Jack ist ein Junge. Warum Sau und nicht Eber?

Zweitens: Ein weibliches Schwein kann definitionsgemäß nicht schwul sein.

Drittens: Diese blitzgescheiten Lebewesen ähneln uns zugegebenermaßen in einer Vielzahl von Wesensmerkmalen. Psychisch wie physisch. Mir ist trotz alledem nicht eine einzige wissenschaftlich vernünftige Abhandlung bekannt, welche sich detailliert mit dem Liebesleben unserer Mitgeschöpfe auseinandersetzt. Unter spezieller Berücksichtigung derer, die sexuell zum eigenen Geschlecht tendieren. Indes, ich lasse mich überzeugen. Macht euch schlau. Im Internet, der Bibliothek vor Ort. John, bitte übernimm du das. Wir reden nach den Ferien darüber. Einverstanden?«

Der Schüler wich dem fragenden Blick aus. Im Raum war auffällige Stille eingetreten. Manch einer sah betreten zu Boden.

»Es gibt Zeitgenossen, die fest davon überzeugt sind, der Vergleich eines Menschen mit einem Tier sei herabsetzend«, fuhr Elijah fort. »Verstärkt durch ein Adjektiv wie falsch, faul, blöd, mies, hinterlistig, bösartig, dreckig, verschlagen. Die Reihe lässt sich um ein Vielfaches erweitern. Ein Schuss, der seine Wirkung durch das Verlagern auf die animalische Schiene auf ganzer Linie verfehlt. Einem Stellvertreterkrieg entspricht. Aus verworrenen Tiefen absurder menschlicher Gedankenstrudel abgeschossen. Ein Torpedo, der am Adressaten wirkungslos vorbeirauscht. Dafür die Würde des Tieres mit zerstörerischer Wucht trifft. Verletzt in hohem Maße. Es handelt sich schlechthin um grundlose Diskriminierung einer unschuldigen Kreatur. Was, frage ich euch, kann ein Tier dafür, dass sich eine Person nicht verhält, wie es das gesellschaftliche Umfeld erwartet. Und genauso wertlos sind Tierversuche. Sie sind auf den Menschen nicht signifikant übertragbar. Es ist höchste Eisenbahn, in beiden Disziplinen radikal umzudenken.« Elijah kniff die Lippen zusammen und räusperte sich.

»Anderes Thema. Letzte Woche hörte ich unabsichtlich mit, wie drei geschätzte Damen dieser Klasse lautstark über die Kinder eines Ehepaares in der Nachbarsiedlung spötttelten. Im Regelfall nicht coram publico zu besprechen.« Während er das sagte, legte er die Fingerspitzen zu einer Raute zusammen. »Eingehende Überlegungen brachten mich zu dem Entschluss, meine Meinung zur besagten Angelegenheit in dieser Runde beizutragen.« Er schaute über die Köpfe der Schüler hinweg und fixierte einen Punkt an der Wand hinter ihnen. Nach kurzer Pause fuhr er fort: »Bruder und Schwester. Neun und zwölf Jahre alt. Sie legten von Geburt an *regelwidriges* Benehmen an den Tag. Zu allem Überfluss schritten die *bescheuerten* Eltern nicht dagegen ein. Und solche Bemerkungen aus dem Munde von Sechzehnjährigen.« Der Lehrer legte die Stirn in Falten und nickte bestätigend. »Ich war konsterniert. Bei Erzkonservativen, Evangelikalen oder Waffenfanatikern erwarte ich nichts anderes. Ebenso bei manchem Politiker der Gegenwart. Aber bei euch … «, er stockte einen Moment, »war ich nicht besonders amüsiert.«

In der hintersten Reihe steckten drei Freundinnen ihre Köpfe zusammen. Sie tuschelten aufgeregt.

»Hört mir bitte alle zu!« Elijah schaute eindringlich von einem zum anderen. Wartete, bis sich das Raunen im Klassenzimmer legte. »Der angesprochene Aufreger war, dass der Neunjährige seine Spielsachen der Älteren überlasse. Eisenbahn. Terminator. Polizeiwagen. Feuerwehrauto. Um Beispiele zu nennen. Im Gegenzug beschäftige er sich zeitvergessen mit den Puppen des Mädchens. Es hieß, er koche, wasche, helfe seiner Mom im Haushalt. Die Vermutung lautete, das Kind düse im Haus mit Schürzchen und Glockenröckchen umher. Verbringe seine Zeit mit langweiligen *Weiberarbeiten*. Die Schwester spiele zur gleichen Zeit Fußball. Käme vom Streifen durch die Wälder und Cowboyspielen mit Jungs verdreckt nach Hause. Das kehre Werte um, sei nicht nachvollziehbar und den Eltern anzulasten. Es gäbe feste Regeln. Auch Freiheit habe Grenzen. Sie führten unverdrossen den akademisch tiefschürfenden Diskurs fort. Jüngst habe der Bub auf den Treppen der Holzterrasse des heruntergekommenen Vorstadthauses gesessen und jämmerlich geschluchzt. Habe die Mutter unter Weinkrämpfen gefragt, warum es keinen Hundehimmel gäbe. Der ticke doch nicht richtig. Was für eine Memme.« Elijah fixierte weiterhin die Wand, sah niemanden an. »Das war die einhellige Meinung. Der Junge sei auf dem besten Wege, in eine *Transvestitenschwuchtel* zu mutieren. Wenn nicht mit dem Makel geboren! Ich hörte Wortfetzen wie *warm, schwul, abartig*. Was, meint ihr, löst das in der leidenden, verunsicherten Seele eines instabilen Kindes aus, wenn es ihm zu Ohren kommt?« Jetzt ließ er seinen Blick langsam über die Gesichter der Anwesenden schweifen, die ihn gebannt anstarrten. »Die dritte Mitschülerin warf ein, es sei lächerlich, sich vorzumachen, da gäbe es den Opa mit dem weißen, langen Bart, der im Raumschiff die Erde umkreise. Eine Insel im Gepäck, auf der zu landen denkbar sei. Nach dem Ableben käme nichts mehr. Aus. Finito. Nada. In einer Ellenbogengesellschaft siege nur der Belastbare. Religion sei etwas für Spinner, die sich eine Welt des Jenseits zurechtbiegen, weil sie hier nichts zustande bringen. Jedes Gebet schieße in die Leere des Weltalls. Verpuffe ungehört. Das sei nackte Realität, klang die einhellige Meinung.«

Elijah hielt in seinem Umherlaufen inne, setzte sich händeaufstützend auf die abgewetzte Schreibtischkante.

»Ich erzähle euch heute Morgen ein modernes Märchen«, entschied er. Dabei schaukelte er mit den Beinen hin und her.

»Na, bravo. Ihnen ist hoffentlich klar, dass wir keine Kinder mehr sind?« John blickte sich Beifall heischend um.

»Was, meine lieben Freunde, ist gegen eine frei nacherzählte Geschichte einzuwenden, die es euch überlässt, wie ihr sie einschätzt. Erlebte Wirklichkeit? Fantasie- und Traumwelt? Im Moment des Erzählens geboren? Eine, die ausnahmsweise nicht der Feder der Gebrüder Grimm entspringt, deren Sammlung bei mir zu Hause im Bücherregal steht. In Originalsprache. Meine Großeltern mütterlicherseits, ich kam bereits darauf zu sprechen, stammten aus dieser Region Deutschlands ab. Unsere liebreizende Mom Shirley hat sie meiner Schwester Leah und mir in Kindertagen abends vorgelesen. Wir kannten den Inhalt bald wortwörtlich auswendig. Wenn sie jedoch die Sätze mit ihrer einfühlsamen Stimme vortrug, war das nicht zu vergleichen. Wir schlossen die Augen, erlebten hautnah jede Szene. Und Aufregung. Tauchten ein in das Geschehen.

Hinterfragten nie den Wahrheitsgehalt. Ich denke voller Begeisterung an die wundersamen Begegnungen mit der *Bergfee*. Großmutter hütete ihr Märchenbuch wie einen Schatz. Es begleitete sie auf der Flucht. War ihre Habseligkeit, Labsal für die Seele. Gab Kraft und Zuversicht. Bis heute sitze ich hin und wieder an langen Winterabenden vor dem prasselnden Kaminfeuer. Eingemummelt in eine flauschige Decke. Ein heißes Getränk in Reichweite. Vertieft in die Erzählungen, in eine wundersame, sagenumwobene, die Fantasie beflügelnde Welt. Feen, Elfen, Zauberer, Hexen, Bösewichter, milde und boshafte Herrscher. Kinder reinen Herzens. Ich blättere in Fotoalben der Familie und erlebe entrückte Abende der Zufriedenheit.«

»Sie besitzen Fotosammlungen? Gott, wie altertümlich. Schon einmal den Begriff Digitalisierung gehört?«, spöttelte John.

»In dieser Beziehung bin ich gern rückständig«, reagierte Elijah schmunzelnd auf den Einwand. Er faltete die Hände und meinte aufgeräumt: »Hier mein Deal. Ich lege los. Erzähle euch eine moderne Fantasy-Story. Gebe sie weiter wie einst die populären Geschichtensammler. Wem dies nicht passt, den das langweilt, der rafft seine Sachen zusammen und verabschiedet sich wortlos ohne Aufhebens in die Ferien. Bis der Letzte den Klassenraum verlässt, berichte ich weiter. Jeder entscheidet individuell, wie lange er zuhört. Ist das ein Wort?« Gelöstes Aufatmen. Die ersten fingen an, ihre Utensilien zusammenzupacken.

»Märchen, ihre Figuren, Tiere, Schauplätze und Institutionen sind frei erfunden, beinhalten trotz alledem den Hauch einer Moral. Zum besseren Verständnis stelle ich es in einen von mir gewählten Rahmen. Lasse es spielen in der Gegend, in der einst die Personen der Bibliothekare und Professoren Grimm lebten. In einer freien Gesellschaft, die heutzutage über alle Zweifel erhaben scheint. Ein demokratisches Schlaraffenland. Zumindest, wenn man den einhelligen Meinungen der dortigen Verantwortlichen Glauben schenkt. Weltoffen. Von Grund auf ohne Tadel. Ein vorzeigbares Staatswesen.

Von der Öffentlichkeit unbemerkt erarbeitete die Politik dort still und heimlich die Voraussetzungen für eine virtuelle Waffe. Ich nenne es in Anlehnung an belastende geschichtliche Ereignisse *The Mainhattan Project*. Und die Bombe *Little Girl*. Die, einmal ausgeklinkt, die verbrieften Grundrechte eines Menschen in nichts auflöste. Pulverisierte. Das persönliche Umfeld zerstörte. Respekt, Fairness, Ansehen, Würde, Beruf und Zukunft zerfetzte. Selbstbestimmung wie Selbstachtung bis zur Unkenntlichkeit verbrannte. Hört zu, wie es geschah.

Es gab einmal ein Ungeheuer, das mit seinem Gefolge die Welt in Atem hielt. Seiner Willkür unterwarf. Tiere und Menschen kamen millionenfach um. Die Natur war zerpflügt und verwüstet. Diese Schreckensherrschaft endete, wie ein zerplatzender Ballon löste sie sich auf. Neue Herren schworen bei ihrer Ehre und vereinzelt auf die Bibel, nie mehr von staatlichen Stellen ausgehende oder geduldete Gewalt in ihrem Machtbereich zuzulassen. Die allgemeinen Menschenrechte zu achten. Die Würde der Tiere und das Überleben der Natur im Auge zu behalten. Für sie voller Überzeugung einzutreten. Barmherzigkeit dem Leben gegenüber walten zu lassen. Im Kleinen, wie im Großen. Dies mit allen rechtlichen Mitteln zu verteidigen. Verständnisvoll, offen und dialogbereit zu regieren. Bürokratie auf ein Mindestmaß zu begrenzen. Niemals zuzulassen, dass Einzelne an den Rand gedrückt und aussortiert, mit farbigen Winkeln auf Dokumenten oder Kleidung gekennzeichnet würden. Und die Farben der Flagge aus den Befreiungskriegen von 1813 bis 1815 wehten für die beschworenen, unveräußerlichen Werte von Gegenwart und Zukunft. Nicht zuletzt eingedenk des Gleichnisses vom unbarmherzigen Schuldner[1], nachdem in den Jahren zuvor unbeschreibliches Leid von der eigenen Gesellschaft und ihrer Politik ausgegangen war. An einem Ostersamstag, dem Sonnabend der Osteroktav, erblickte ein Bub in diesem Land das Licht der Welt. Sieben Tage vorher schwiegen die Glocken der Kirchen, da sie in Rom weilten. Am Ostersonntag, einen Tag später, kehrten sie zurück. Verkündeten die unermessliche Freude, Verzeihen überwand das Strafen. Zuversicht die Ohnmacht. Liebe den Hass. Helligkeit das Dunkel. Das Kind lebte in einem behüteten Zuhause. Mit klaren Vorgaben, engen Grenzen und protestantischer Klarheit. Der Junge war empfindsam. Liebte Tiere. Zu Hunden bestand früh innige Wesensverwandtschaft. Tief in den Genen verwurzelt.

Die Mutter nahm den Sohn eines Tages an die Hand und besuchte auf Einladung des dortigen Geistlichen die nahe katholische Kirche. Der Priester strahlte Einfühlsamkeit aus. Ein Ordensbruder, der bis zu seiner Rente in dieser Pfarrei diente, um später in den Schoß seiner Klostergemeinschaft zurückzukehren.

Die Führung durch die Sakristei wie die anschließende lange Unterhaltung mit dem Pfarrer und das beeindruckende Gebäude, von dem trotz der Ausmaße eine heimelige Atmosphäre ausging, hinterließen bei dem Knaben einen bleibenden Eindruck. Dorthin zog es ihn ohne Wissen der Eltern, wenn ihm seine kindhaften Gedanken ausweglose Rätsel vor Augen führten, die dringender Lösungen bedurften. Wenn Fragenberge sich auftürmten. Und Gesprächspartner in der Familie nicht greifbar schienen.

Bitte nicht falsch auslegen. Die familiäre Umgebung war umarmend, aber aus seiner Sicht trotz alledem nicht involvierbar, um unnötige Blöße zu vermeiden. Seine Scham verhinderte das.

Er lernte, frühzeitig zu akzeptieren, dass ihm nichts gehörte. Die Eltern entschieden über seine Habseligkeiten. Niemand erkundigte sich nach seinen Wünschen und Bedürfnissen. Er war da. Wie Bücherschrank und Flügel, das Esszimmer, die alten Ölgemälde an der Wand, deren Meinung ebenfalls unbeachtet blieb. Was ihn zutiefst belastete, das war die Tatsache, dass es im elterlichen Hause kein persönliches Plätzchen für ihn gab. Geheim. Sperrgebiet. Einzig für ihn zugängig. Demzufolge vermied er es, ein Tagebuch zu führen, das seine Gedanken aufnahm und für sich behielt. Wie zum Beispiel die Szenen einer ihm unerklärlichen Traumwelt. Sie peinigten ihn seit früher Kindheit. Ein Paralleluniversum, das sich gegen seinen Willen festigte. Berückend. Bunt. Voll Liebreiz und Schönheit. Ein wundersamer Spielplatz und Zauberland, in dem das Unmögliche Gestalt annahm. Beherrscht von verbotenen Gedankenspielen. *Jeux interdits*, forbidden games.

Sie zermürbten. Saugten in diesem frühen Stadium seines Daseins kostbare Lebenskraft aus. Gewissensbisse plagten. Schuldgefühle wuchsen zum Albtraum heran. Aus einem schwarzen Schlund kamen sie heraus. Gestalten der Unterwelt. Furchteinflößende Fratzen. Drohten hämisch mit schlimmsten Martern. Er verordnete sich tägliche Züchtigungen. Sie blieben ohne Erfolg. Unausrottbar das nächtliche Verlangen und Abdriften der hochkochenden, ihm unrein erscheinenden Gedanken. Das Teuflische rieb sich vergnügt die schwarzen, furchterregenden Klauen. Und geiferte mit grünlich schmierigem Schaum vor dem Mund: ›Du bist von Grund auf verdorben. Verdammt. Für immer verloren ist deine Seele.‹ Er träumte von Scheiterhaufen und züngelnden Flammen. Demoralisiert weinte er sich des Nachts in den Schlaf. Eines Tages fasste er sich ein Herz und sprach den Pater an.

›Alles passiert aus einem Grund. Menschen ändern sich,
damit du lernst, loszulassen.
Dinge gehen schief, damit du zu schätzen weißt,
wenn es gut läuft.
Du glaubst einer Lüge, damit du lernst,
nur dir selbst zu vertrauen,
und manchmal bricht etwas Gutes auseinander,
damit etwas Schöneres zusammenkommen kann.‹
Marilyn Monroe

2. Shirley: Tagebuchaufzeichnungen aus den Neunzigern

Frühsommer in New York. Ich plante akribisch drei Wochen Aufenthalt in einem Miami-Luxushotel. Dabei achtete ich nicht auf Preise. Nach all dem Ränke- und Versteckspiel, den Aufregungen und Belastungen überstandener, tränenreicher Monate, dem Wechselbad der Gefühle, gönnte ich es mir. Meines Ehemanns Geld aus dem Fenster werfen. Die Uhren auf null stellen. Neubeginn überdenken. Spaziergänge am endlosen Strand. Sitzen im weißen Sand. Belangloses Träumen. Abschalten. Freischwimmen. Die Müllberge der Seele entsorgen. Und mit dem Ersten ins Bett hüpfen, der mir in die Quere kam. Scharfe Disconächte erleben. Den Motor bedrohlich überdrehen. Und vor allem, lernen zu vergessen. Aufhören, Trugbildern nachzurennen. Das *Was wäre wenn?* zu betrauern. Und irreale Vorstellungen von Liebe über den Tod hinaus, den Wert der Treue und die Hoffnung auf eine gemeinsame Zukunft in Pastellfarben endgültig zu begraben.

Nahm mir vor, den knappsten und auffälligsten Copacabana-Bikinilappen zu kaufen. Anzuziehen. Auf die Gefahr hin, dass die Möpse rausquellen. Nachholen, was ich in den zurückliegenden Jahrzehnten versäumte. Zwischen Schwangerschaften, Ehe- und Familienalltag, stupiden, wiederkehrenden Hausarbeiten, Wäschebergen, die alpinen Charakter annahmen. Den Supermarkteinkäufen, Wohltätigkeitsfestvorbereitungen und immer nach gleichem Muster ablaufenden Empfängen des Familienoberhauptes. Bei denen er über sich hinauswuchs. Und wie bei Gericht ungebremste Redegewandtheit demonstrierte.

Ganz zu schweigen von den legendären Sportveranstaltungen und Theateraufführungen der Kinder. Den unzähligen Staus auf den Fahrten zur Schule und zurück. Nicht zu vergessen die tausendfachen Ängste, wenn Leah und Elijah nicht beizeiten nach Hause kamen, weil sie mit Freunden zeitvergessen die Stunden vertrödelten. Oder die ersten Liebschaften ihr Leben durcheinanderwirbelten. Und damit auch mich jedesmal ins Auge dieser Wirbelstürme zogen. Erlebte ihre schwindelerregenden Höhenflüge hautnah mit. Die abgrundtiefen Abstürze. Unbeschreiblich dramatische Fieberschübe, dass die Thermometer platzten. Beängstigende physische Zusammenbrüche. Unstillbare Tränen der Verzweiflung, dass New York, bildlich gesprochen, meterhoch unter Wasser stand. Und jugendliche, theatralisch angekündigte, bühnenreife Selbstmordabsichten, dass ich davon ausging, die Bosse von Hollywood nähmen meine Kinder sofort unter Vertrag. Käme es ihnen zu Ohren.

In diesem Urlaub würde ich mich abseilen vom Totschlagen der Zeit, bis der gefragte Jurist Dr. David Taylor zur Tür hereinkam und von seiner Ehefrau Shirley Jane erwartete, dass sie ihm immerfort zu Diensten war. Gestylt. Beschwingt. Ausgeruht. Auf jeden seiner Wünsche eingehend. Ich würde Abstand nehmen vom ständigen Warten. Auf Sohn, Tochter. Das kommende Wochenende. Feiertage. Dem coolen Ertragen langweiliger Feste mit der weitläufigen Verwandtschaft und Bekanntschaft. Kurz: Ehefrau Dasein abspulen, das sich auf das Wetteifern mit oberflächlichen Weibern der Gesellschaft beschränkte und darin seine Erfüllung fand. In Fragen wie: ›Hast du den neuesten Mixer erstanden? Das Must-have von Kleid aus der In-Illustrierten von gestern? Diese sündhaft teure italienische Handtasche im exklusiven Ledergeschäft und dazu die passenden Stilettos? Und diese himmlische Bettwäsche von … ?‹ Ich hasste dieses hirnlose Gesäusel. Unehrliches Getue. Champagnerfrühstück, da der Tag mit Kopfbrummen versaut war. Das Trinken außerhalb von Ferienzeiten, weil es angeblich dazugehört. Arrogantes Abheben über vermeintlich Banales, was für die zu breite Unterschicht im Land Existenzkampf um das Notwendige bedeutet. Sah mich nutzlos, überflüssig, schmarotzerhaft.

Vorbei. Schlussstrich. Bevor es zur Kernschmelze kam. Die aufgestauten Probleme zu einem Super-GAU führten. Und ich zog die Konsequenzen. No more quarrels. Time out from war[2].

Die Wochen bis zum Urlaub vergingen langsam, im bekannten Trott. Schließlich der Count-down. Taxi. Airport. Take-off. Ankunft Miami. Vor mir die im Sonnenlicht vielfarbig glänzende Wasserfläche, die am Horizont den wolkenlosen Himmel küsste. Ich verbrachte Stunden mit Nachdenken, was zu nichts führte. Die aufkeimende Idee vom Vortag zerstob, wenn ich am Morgen gerädert in die Sonne blinzelte. Weil tausendmal aufgewacht, Hunderte von Lämmern gezählt und –zig Male frustriert zur Toilette gerannt. Für ein paar lächerliche Tropfen. Es gelang nicht, ein Steinchen auf das andere aufzubauen. Vergleichbar mit einem Schriftsteller, der den gestrigen Romananfang heute verwirft und neu ansetzt.

Das Spiel wiederholte sich. Die Gedanken schweiften ab. Vom Hauptproblem. Wie es weiterging. Dem verborgenen Lösungsansatz. Welche Weichen zu stellen waren. Zweifel an meiner Daseinsberechtigung drängten sich auf. Ob der Zug auf dem Abstellgleis rollte. Der Zahn der Zeit, sprich Ehe, war abgenutzt. Nicht zu retten, wie es aussah. Ziehen lassen. In doppelter Bedeutung. Das Wechselbad der Gefühle. Sie standen beim Grübeln ständig im Raum. Erhoben sich wie der Obelisk von Luxor in schwindelerregende Höhen.

Die häuslichen Belastungen hatten sich bei Antritt der Reise nicht von mir verabschiedet. Wie David, der früh ohne Frühstück ins Büro fuhr. Weil dort eine kurvenbehaftete Sekretärin auftischte. Unbelastet vom einengenden BH. Im zu eng geschnittenen Kostüm, aus dem alles Wesentliche herausdrang. Zumindest nach den eindeutigen Vorstellungen eines männlichen Exemplars wie dem meines Gatten.

Die wirren, übereinanderpurzelnden Gedanken. Sie klopften unaufgefordert an, um sich einzunisten. Hafteten an mir wie Klebstoff, der nicht zu entfernen war. Sie waren ungebetene Verfolger in einer lebendigen Stadt mit weißen Traumyachten, Märchenvillen und Disney-World-Fassaden. Ich fühlte mich auf der belebten Strandpromenade und nächtlichen Partymeile verloren. Mich ödete die überquellende Ausgelassenheit an. Selbst das Hard Rock Café mit Abbildungen vom King und heißen Öfen im Treppenaufgang. Dieses quirlige Miami Vice Feeling ging mir auf die Nerven. In meinem Inneren breitete sich anstatt all dieser Farben ernüchterndes Einheitsgrau aus. Dafür explodierte um mich herum eine aufgesetzte Fröhlichkeit, die mich abstieß. Ich verzichtete gerne darauf, jeden Abend in Restaurants an Tischen für einzelne Gäste zu sitzen, in die hinterste Ecke verbannt. Verborgen vor denen, die in aufgelockerter Gesellschaft dinierten. Sich zeigten. Im Licht der Normalität. Oder was die Mehrheit dafür hält. Spot an für unechtes Lachen. Teure Klamotten. Haute Couture. Ausländische Sportwagen. Vornehmlich auffällige italienische und deutsche Fabrikate, deren nachhaltiger Sound in den Häuserschluchten widerhallte.

Ich hatte genug von Playboys und dem Laufstegverhalten der weiblichen

Begleitungen. Diesen Kleiderständern extravaganter Designerkunst. Und Einheitspostern überteuerter Kosmetiklinien. Schrill. Offenherzig. Vulgär.

Anfänglich zog ich mich zum Ausgehen um. Legte gekonnt Make-up auf. Gab mir stundenlang Mühe mit der Frisur. Nach einer Woche gab ich auf. Blieb in den Jeans, die tagsüber mein Outfit waren. Vergaß, Lippenstift, Rouge und Lidschatten aufzutragen. Den obligatorischen Nagellack unterließ ich ebenfalls. Monate zuvor noch undenkbar. Es wäre mir nie in den Sinn gekommen, derart nachlässig auch nur vor der Haustür Milch und Zeitung aufzuheben.

Am vierten Juli 1993 versagte mein Bauchgefühl zum ersten Male. Ich übersah die Anzeichen, dass ich in einem Jet saß, der bald ins Trudeln geraten würde. Weil unweigerlich der Sprit ausging. Schließlich sprang ich im vermeintlich letzten Augenblick mit rettendem Fallschirm hinaus. Schlug hart auf dem steinigen Boden der Tatsachen auf. Sah jetzt im überdimensionalen Spiegel der Hotelsuite eine Fremde. In Tagen um Jahre gealtert.

Traurigkeit und Ohnmacht hinterlassen sichtbare Spuren. Kratzer. Furchen. Fahle Haut. Die glanzlosen Haare glichen zu weich gekochten Spaghetti. Abstoßende Ungepflegtheit grinste mir entgegen. Schnitt boshafte Grimassen.

›Das bist du‹, flüsterte mein hässliches Gegenüber tonlos. *Spieglein, Spieglein an der Wand, zeig mir der Hoffnung Zauberland*, drückte meine Haltung aus. Verzweiflung übernahm sachliches Abwägen. Befeuert von der Furcht vor einbetonierter Zukunft, die an der tiefsten Stelle des Hudson Rivers endgültig entsorgt wird.

Zu weit aus dem Fenster gelehnt? Überschätzt? Besser kleinlaut den Rückwärtsgang einlegen? Rasch nach Hause fliegen und verzagt beigeben. Vor ihm zerknirscht auf den Boden fallen. Unterwürfig um Entschuldigung bitten? Für *sein* jahrelanges, anhaltendes Fehlverhalten! Boshafte Blicke prallten auf mein angekratztes Ego. Das verzerrende Abbild feuerte sie pfeilartig ab. Traf zielgenau. Und quetschte Worte voll Verachtung heraus. Bemerkungen, die zutiefst verletzten und an mir schleimig heruntertropften. Es waren die eigenen, erniedrigenden Eingebungen, die sich wie der Geist aus der Flasche nicht mehr bändigen ließen. Und entwichen.

Mit ihm warst du eine Fürstin, hämmerte ich mir ein. *Der Single ist ein Nichts in dieser Gesellschaft. Einzig der Auserwählte an deiner Seite schenkt dir Sicherheit, Selbstvertrauen und Persönlichkeit. Allein durch seine Gegenwart besitzt du Würde. Stehst im Glanz der Lüster auf dem Parkett der Gesellschaft. Vor allem aber bist du im Besitz der Existenzrechte in unserem Ordnungssystem der Normen.* Aus diesem natürlichen Schema auszubrechen war zwar heroisch, gelang aber nicht. Du gehst beim ersten Scharmützel drauf. In der vorderen Linie der Front, in der du dich von der ersten Stunde an befindest. Schutzlos. Durch eigene Schuld. Ein dämliches Verhalten. Kindlich unüberlegt. Voreilig. Selbstzerstörerisch. Ohne Sinn und rationale Denkweise.

Shirley Jane, du sitzt ab sofort lebenslänglich im Alcatraz der Vergessenen. Hast früher nie einen Gedanken daran verschwendet, was es ausmacht und in begüterten Kreisen bewirkt, als Frau auf sich gestellt, solo ohne O.N.C.E.L. zu sein. Es hämmerte gegen meine Schläfen, die zu platzen drohten.

Betroffene Geschlechtsgenossinnen zu übersehen war ein Leichtes. Abgehakt. Sie waren eigenverantwortlich schuld an ihrer Misere. Es sei denn, der Sensenmann hatte beim Ehegespons zugeschlagen und traurige Ernte gehalten. Scheidung dagegen war eine andere Nummer.

Es trifft dich, Shirley. Unvorbereitet. Eine Breitseite. Vom Thron der Gemahlin gestoßen. Von der Empore. Dem lichterfüllten Götterberg. In dunkelste Tiefen der Stille des Ozeans. Verschwunden im Bermudadreieck der betrogenen Ehefrauen. Bist ab sofort nicht mehr existent. Unsichtbar. Willkommen im Club. Verlierst deine Sicherheit. Gewohnheiten. Der Milchmann schaut zukünftig verschämt in eine andere Richtung. Was bisher normal war, in der Zelle der Realität ist es unerreichbar. Einladungen Fehlanzeige. Du könntest ja anbaggern. Ehegefährdend sein für eine Bekannte. Denn Freundinnen hast du nicht mehr. Von der Sekunde der Trennung an. Eigenständigkeit ist unerwünscht in emanzipierter Zeit und liberal sozialen Gesellschaftsstrukturen. Eine Ehefrau hat sich angepasst zu verhalten. Gehorsam. Hat zu akzeptieren, dass sich der Alte draußen nicht nur Appetit holt, sondern 5-Gänge-Menüs bestellt und verzehrt.

Oder sich durch Gleiches rächen? Im Geheimen. Nach außen hin nicht ausscheren. Eingespielte, mit den gesellschaftlichen Normen vertraute Gattin spielen. Auf der Bühne der Zeit. In der Gemeinschaft festgefahrener Strukturen und zugeteilter Plätze. Brandgefährliche Gedankenspiele. *Leider* nicht meine Art. Über *diesen Schatten zu springen, gelingt mir nicht*, denke ich. Und klopfe mir selbstüberzeugt auf die Schulter. Gleichzeitig werde ich rot in der Gewissheit, mich bei einer saftigen Lüge zu ertappen.

Wir regen uns künstlich auf, zeigen mit dem Finger auf Kulturen, die sich zu solch eingespielten Regeln offen bekennen. Kastendenken. Geschlechtertrennung. Und sitzen im gleichen Boot. Lediglich mit anderer Fahne am Bug. Auf Weibsleute, die sich dagegen auflehnen, lauern Felsen, scharfkantige Riffe und Untiefen. Das Lebensschiff zerschellt. Schicksal, sagen wir. Begründen damit Unterschiede in der Bezahlung. Der Chancengleichheit. Beim Aufstieg. Trotz Studiums und bester Zeugnisse. Seit Langem bin ich Haushälterin, Reinigungsfachfrau, Fahrerin, Gärtnerin und Küchenmamsell. Die Kinder waren aus dem Haus. Diese Aufgabe brach weg. Stellenabbau bedeutete das. Auf anderen Gebieten punkten? Schwierig bei einem gefragten Ehemann, der dem Hochglanzmagazin entsprungen zu sein scheint. Und um welchen makellos aussehende Assistentinnen wie auch ungebundene Kolleginnen herumwuseln.

Meine Gedanken überschlugen sich. Ein Konglomerat schlimmster Befürchtungen und bedrückender Zukunftsvisionen. Erdrückende Hitze stieg in mir auf. Ein Zusammenbruch drohte. Und der Wunsch, vom Balkon des Hotelhochhauses zu springen, um all das zu beenden. Rasch weg von hier. Fort aus Miami. Und einer Umgebung, zugeschnitten auf dieses eingespielte gesellschaftliche Geflecht, das gefahrvollen Vorstellungen Platz bot.

Ich checkte vorzeitig aus. Erstand einen nicht mehr taufrischen fahrbaren Untersatz mit quietschenden Bremsen, einem im Takt klappernden Auspuff und Roststellen am Chrom und der Karosserie. Vor allem aber war er bezahlbar, sofort verfügbar und fahrbereit.

Der Motor sprang schnurrend an und brachte die Fahrerin unbeschadet in Richtung Süden. Mit unfreiwilligen Stopps. Kulanten Helfern. Fast Food. Sonnenbrand auf der Nase. Und einem Verdeck mit Macken.

Ein Abenteuer. Ich lebte wieder. Frei wie ein Vogel. Öffnete alle Fenster. Ließ die Haare im Fahrtwind wehen. Lackierte mir am Straßenrand die Nägel, angelehnt an die offene Fahrertür. Schminkte mich, packte die Kosmetika in das Handschuhfach. Warf die Jeans achtlos in hohem Bogen auf den Rücksitz und streifte ein sonnengelbes Kleidchen über.

Auf Umwegen erreichte ich Key West. Es zog mich hierher. Unbewusst. In der heimlichen Hoffnung, an einen erlebten Traum anzuknüpfen. An die Tage der Unbeschwertheit, in denen alles erreichbar schien. Der Griff nach den Sternen. Dem Mond. Seinen Schattenspielen über Meer und Insel, die mich narrten, verführten, in ihren Bann schlugen.

Ich landete in dem Motel, das Miamis Nobelherbergen nicht das Wasser reichen konnte. Dafür wies es den Charme der frühen Sechziger auf. Wo wir uns dreizehn Jahre zuvor zufällig trafen. Durchschnittstouristen in Bermudas und bunt bedruckten T-Shirts faulenzten im Garten. Erstanden Bier aus Automaten, schwatzten, schwitzten und mühten sich mit durchweichten Sandwiches ab. Wie entspannend. Und erfreulich normal.

Niemanden störte es, dass ich am Abend den Platz gleich im Eingangsbereich des italienischen Restaurants belegte. Die voluminöse Pizza mit den Fingern aß und die eiskalte Cola aus der Dose trank.

Reste von Fischernetzen und Bootsutensilien hingen wahllos verstreut im Raum. Meine schweren Gedanken drifteten ab. Der Duft des Meeres, die kaum wahrzunehmende Brise, die durch die weit geöffneten Fenster und Türen Einlass fanden, trugen sie endgültig davon. Leichtigkeit ergriff mich.

Meine Hand schob sich zögerlich über den Tisch. Am Platz gegenüber Du. Artig dasitzend wie ein Schulmädchen. Mit üppigen, blonden Locken wie Marilyn. Fließend die braungebrannten Schultern und weiche, duftende Haut deiner schmalen Oberarme umspielend. Mit dem ausgefeilten Make-up, das ich dir verpasste. Dem pinkfarbenen Lippenstift, der dich umwerfend kleidete. Und dem gleichfarbigen Nagellack auf mustergültig manikürten Nägeln. Das bunte Minikleidchen aus der Strandboutique des Hippiepaares. Und die passenden Schuhe mit den Absätzen, in denen dein Gang derart anmachte, dass sich die Jungs reihenweise umdrehten. *Du erinnerst dich. Einer endete krachend am Laternenpfahl, der den Weg versperrte. Das verdutzte Gesicht. Zum Wegwerfen. Die Lampe schwankte bedenklich hin und her. Der Lichtkegel zog elliptisch seine Kreise. Vor Lachen pinkelten wir uns um ein Haar in die Höschen. Waren in diesen zwei Urlaubswochen in den Achtzigern unzertrennlich. Und lernten, in höchste Höhen zu fliegen.*

Du gehörtest mir in den Tagen der Unbeschwertheit. Es war eine neue Erfahrung. Ich hatte eine beste Freundin, ohne Falschheit und Getue. Eine Puppe zum Stylen. War vernarrt in das Lächeln meiner Barbie, ihre Unbekümmertheit und Lebensfreude.

›Cin cin‹, hörte ich dich im gleichen Augenblick sagen, kleine Amerikanerin. Du lächeltest mir gewinnend zu. Mit dem typischen Augenaufschlag. Den ausdrucksvollen, geschwungenen Wimpern, die deinem Blick die Mystik verliehen, der ich mich nicht zu entziehen vermochte. Wir erhoben die Gläser mit im Kerzenlicht rubinrot funkelndem Wein.

»L'Chaim! Auf das Leben, meine Debbie Marilyn«, entfuhr es mir. Wir schauten uns bedeutungsvoll an, gleichzeitig verblasste das Bild. Beim nächsten Hinsehen saß niemand mehr auf dem Stuhl gegenüber. Ein dicker Kloß drückte mir die Kehle zu.

»*Are You Lonesome Tonight*«, flüsterte ich. Heiß stieg es in den Augen auf. Ich beeilte mich, die Tränen wegzuwischen. Trank zügig die Coca aus, zahlte und schlenderte gedankenverloren zurück zum Motel.

Hier. In Key West. Ohne dich. Ein farbloses Paradies.

In den Tagen darauf besuchte ich die Orte, die wir zusammen erkundeten. Erinnerte mich an jede Einzelheit. Eine Suchende. Filme vor dem geistigen Auge sind irreal. Nicht greifbar. Hinterlassen Betrübtheit. Sind wie das Aufwachen nach durchzechter Nacht.

Saß auf deinem Platz an der Theke in *Capt. Tony's Saloon*. Im Hintergrund sang Ricky Nelson *I Will Follow You*, und es traf meine Seele wie ein glühender Dolch. Wie oft in den Jahren zuvor schickte ich diese Worte zum sternenübersäten Nachthimmel. Zu dir. *My Dream Lover*.

»Where are you, *Living Doll*«, flüsterte ich. Eine erlösende Antwort blieb aus. Der Cuba Libre schmeckte nicht. Die aufgekratzte Stimmung rundherum. Das Lachen. Der Trubel. Und Geklapper der Gläser. Sie steckten mich nicht an.

War eine Getriebene. Hinunter zum Strand. Das nächste Ziel. Dort hoffte ich zu finden. Vergangenheit. Und Zukunft.

On The Beach lag in der Luft. Mir war, als gewahrte ich eine zarte Berührung. Schnellte herum. Doch niemand stand da. Lähmende Enttäuschung ergriff mich. *The Young Ones*. Melodie und Text klopften in diesem Augenblick verhalten an das Fenster meiner Seele. Ein Windhauch trug sie davon. Übers Meer. Zum Horizont. In weite Ferne.

Saß im Sand. Der Oberkörper gebeugt. Hielt es nicht nennenswerte Minuten aus. Zerreißende Nervosität erfasste mich. Mein Herz arbeitete wie eine Dampfmaschine. Tausend Nadelstiche quälten mich.

Sprang auf. Rannte los. Weg von hier. Dorthin, wo quälendes Alleinsein nicht körperlich schmerzte. Schrie aus vollem Hals die Drangsal in der Brust dem Meer entgegen. Es antwortete nicht. Kein Brausen. Kein Schäumen. Die Gischt – warum erhob sie sich nicht viele Meter in die Höhe?

My Little Runaway. Komm Zurück. Lieber Gott, lasse sie wissen, wie sehr ich sie vermisse.

3. Elijah: Franciscus

Elijah hielt in seinem Umherlaufen inne.

»Der Junge war feinfühlig. Um nicht zu sagen scheu. Offenbarte sich nicht. Beugte damit seelischen Verletzungen vor. Hinterfragte nicht. Fasste sich in Geduld. Um aus dem sich Ergebenden offline seine Schlüsse zu ziehen. Einige Beispiele hierzu. Wer das Sagen im Lande hatte, das war ihm nicht bewusst. Da gab es den Herrn mit dem gütigen Gesicht, an dessen Geburtstag schulfrei war. Und einen Dialekt sprechenden Regierungschef, der seinem Großvater ähnelte und einen vertrauensvollen Eindruck bei ihm hinterließ. Von dem sein Papa meinte, er habe sein Ziel erreicht. Eine katholische rheinische Republik. Nachdem der protestantische Rest des Reiches abgespalten worden sei. Die Menschen in der Umgebung des Jungen erwähnten einen Kaiser. Namen wie Bismarck und Hindenburg fielen. Man sprach von einem Gefreiten. Amerikanische Soldaten waren in der ganzen Stadt präsent. Von einem General und Präsidenten Dwight D. Eisenhower war die Rede. Dem Jungen schwirrte der Kopf. Dennoch fragte er nicht nach. Ließ es auf sich zukommen. Es würde sich schon aufklären. Irgendwann.

Es waren Jahre, in denen es abwertend *Mischehe* hieß, wenn die Ehepartner unterschiedlichen christlichen Religionen angehörten. Eine Zeit, in der am Reformationstag wie dem darauffolgenden Allerheiligenfest biestige Reibereien keine Seltenheit waren. Weil die einen am Feiertag der anderen Wäsche aufhängten oder provozierend geräuschvollen Tätigkeiten nachgingen. Am Festtag der anderen.

Der Knabe verstand nicht, was die Konfessionen trennte. Die Mutter besuchte sonntags den evangelischen Gottesdienst. Involvierte ihn nicht. Er wartete vor der Kirche auf sie, um sie wenigstens nach Hause zu begleiten. Wunderte sich, dass sie, von ihm unbemerkt, regelmäßig früher zurückkam. Warum? Er stand vor dem katholischen Gotteshaus. Unlogisch war für ihn, dass Mama ein Gebäude aufsuchte, das weiter entfernt lag und den Betrachter nicht derart anheimelnd empfing wie das in nächster Nähe. Wo ein Geistlicher predigte, der nicht einschüchternd und in bedrückendem Schwarz von der Kanzel herabschaute. Oder – wie er aus Gesprächen der

Eltern vernahm – während der Predigt hin und wieder mit der Faust auf das Holz einschlug.

Unbemerkt von der Familie schlich sich der Knirps des Öfteren in die nahe, ihm durch den Besuch mit der Mama vertraute katholische Kirche. An einem dieser Tage saß er neben dem Pfarrer seines Vertrauens auf einer seitlichen Kirchenbank. Es kostete ihn immense Überwindung, den Wust aus Problemen an diesem Ort anzusprechen. Und doch überwand er sich. Der Priester schaute gutmütig zu ihm hin. Drängelte nicht. Geduld war die Formel seines Lebensrhythmus. Mittlerweile kannte er das protestantische Lämmlein, das sich zu ihm verirrte. In die Stille des Kirchenschiffes flüsterte der kindliche Besucher: ›Bruder Franciscus, gibt es einen Hundehimmel?‹ Mit angstvoll geweiteten Augen harrte er der Antwort.

Ein Lächeln umspielte Franciscus' Lippen. Er tätschelte die gefalteten Hände des Kindes. ›Eine berechtigte Frage. Ich beantworte sie mit bestem Wissen und Gewissen. Nein. Es gibt keinen Himmel für Hunde.‹

Der Kleine, der in seinen kurzen, bunten Bleylehosen dasaß, rutschte verunsichert hin und her. Ungewollt stiegen Tränen maßloser Enttäuschung in seinen Augen empor. ›Warum nicht?‹, hauchte er und sah flehentlich in die Höhe des Kirchenschiffes. Brachte die Frage direkt vor die Dreifaltigkeit.

Die Antwort folgte prompt: ›Ansonsten bestünde ein Himmel für jedes Lebewesen. Stell dir vor, welch eine Mammutaufgabe für unser aller Vater, von einem Bezirk zum anderen zu ziehen.‹ Er streichelte dem Häuflein Elend verständnisvoll über den Kopf. ›Es gibt nur einen Himmel. Für menschliche Wesen, Hunde und all die Tiere, die der umarmende, liebende, barmherzige Gott seinem Antlitz entsprechend geschaffen hat. Damit nicht genug. Für die Bäume und den unscheinbarsten Pflänzling, fälschlicherweise mit dem Begriff Unkraut fehlinterpretiert, ist ein Platz vorbereitet, wenn sie nach Hause kommen. Ins Reich des nie endenden Lichtes, Sehens, Hörens, Spielens, Lebens, Fliegens und Schwimmens. Eine Arche Noah für alle ist das Paradies. Kein Geschöpf bleibt zurück. Ein Ort der unendlichen Seligkeit, Liebe, ewigen Jugend und Gesundheit. Was ein Lebewesen auf Erden einst einbüßte, unser Herr Jesus schenkt es ihm wieder. Und es verliert dies nie mehr im Herrschaftsbereich unbegrenzter Zuneigung und des Verzeihens. In der Ewigkeit von Gottes Herrlichkeit.‹

›Ist das wahr?‹ Ein Leuchten erhellte das Gesicht des Kindes.

›So ein Glück. Jetzt brauche ich nicht mehr darum zu bitten, eines Tages in den Hundehimmel zu kommen. Ich begegne all meinen Freunden im Reich dieses Lichtes. Und wir bleiben zusammen. Bis ans Ende der Zeit.‹

›Du triffst alle Lebewesen wieder, die du sehnlichst vermisst. Hier‹–, der Pater blätterte im abgegriffenen *Neuen Testament*, das er seit seiner Jugend bei sich trug und verwies auf eine Stelle bei Matthäus: ›Schau, 16,19 besagt es. Hier spricht Jesus: *Ich will dir die Schlüssel des Himmelreichs geben, alles, was du auf Erden binden wirst, soll auch im Himmel gebunden sein. Und alles, was du auf Erden lösen wirst, soll auch im Himmel gelöst sein.* Halte diese besonderen Schlüssel fest im Herzen. Und sie sind das Licht in der Finsternis, wenn du nicht weiter weißt. Dein persönliches Königreich.‹

›Was ist mit den Menschen, die mir Angst machen? Treffe ich die im Himmel auch wieder?‹

›Der zweite Teil besagt es. Ähnliches findest du bei Johannes, 20,23. Da heißt es: *Wem immer ihr die Sünden vergebt, dem sind sie vergeben, und wem ihr sie behaltet, dem sind sie behalten.* Vergiss nie. Das Reich Gottes ist unermesslich weitläufig. Es gibt deutlich mehr Pflanzen und Tiere. Deine geliebten Hunde. Die im Zahlenvergleich vereinzelten Menschen sind weit verstreut. Kaum zu bemerken. Dessen ungeachtet glaube mir: Du findest bedenkenlos diejenigen, die du suchst. Ihr werdet zusammen sein und die Größe des Herrn, seine Vergebung und Barmherzigkeit erleben.‹

›Wir sehen uns ebenfalls wieder?‹

›Ich gehe fest davon aus. Werde auf dich warten. Umringt von Hunden, die ich genauso liebe wie du, Söhnchen. Empfinde wie der heilige Francesco d'Assisi, auf den ich den Namen zurückführe. Sie sind meine Brüder und Schwestern im Herrn. Begegne ich ihnen, spreche ich jedem Einzelnen den Segen zu. Wenn sie hier auf Erden leiden, spüre ich das am eigenen Leibe mit unaussprechlichen Schmerzen an Seele und Körper.‹

›Und Sie lesen dann die Geschichten vor, welche in der Bibel stehen. Wir hören gemeinsam gespannt zu?‹

›Versprochen.‹

›Dann wird alles gut.‹ Im Moment, da er dies aussprach, lächelte er. Und ein einfallender Sonnenstrahl, der durch ein buntes Fenster des Kirchenschiffes fiel, umfing sein entspanntes Gesicht. Umgab es mit einer entrückten Aura.

›Ich glaube unverbrüchlich daran, weil ich unerschütterlich auf den himmlischen Vater, seinen Sohn, die Jungfrau Maria und den Heiligen Geist baue. Und all die Schutzengel und Heiligen. Menschen wie Tiere. Pass auf. Wir zwei sprechen uns ab. Der liebe Gott verzeihe mir gütigst, dass ich dir in seinem Hause einen Handel vorschlage‹, er zwinkerte und bekreuzigte sich. ›Werde lange vor dir die paradiesischen Gefilde erblicken. Hegst du den geringsten Zweifel an meinen Worten, wandere einen Weg entlang, der zu einem hohen Bergrücken führt. Kommst du an dem Gekreuzigten vorbei, bleibe stehen. Sieh ihm ins Gesicht. Sprich ihn vertrauensvoll an. Wenn dichte Wolken am Himmel vorüberziehen, rufe ihm deine Frage an mich zu. Ich werde dir durch ihn berichten, ob alles eintrifft wie besprochen.‹

›Sie antworten sofort?‹

›Bleibe stehen. Warte ab. Es dauert ein paar Minuten. Hab keine Angst. Vertraue.‹

›Sie rufen es mir zu?‹

›Nein.‹ Ein wissendes Lächeln umspielte seine Mundwinkel. ›Du wirst es erkennen. Da fällt mir ein: Du fragtest mich vorhin, wer der wahre Herrscher im Land ist. Eine verzwickte Frage. *Gebt dem Kaiser, was des Kaisers ist, und Gott, was Gottes ist*, predigte Jesus. Mittlerweile ist die Macht hierzulande wieder auf viele Schultern verteilt. Bin trotz alledem sicher, die Drahtzieher haben dunkle Anzüge an, tragen Hüte und fahren in schwarzen Limousinen mit Chauffeuren bei denen vor, die offiziell entscheiden. Diese Herren reden mit Scheckbüchern und anderen Vergünstigungen für die kontaktierten Politiker. Wie früher. Und ich befürchte, in hundert Jahren handhaben sie es genauso. Meine Antwort auf deine Frage lautet: Der Einzige, dem diese Macht unwidersprochen zusteht, ist der Herr, der von sich zu Recht sagt: *Ich bin der Weg, die Wahrheit und das Leben*. Vergiss das nicht. Er ist das Licht auf deinem Weg, das nie verlischt. Auf ihn zu bauen, das ist die einzig wahre Versicherung für ein gelungenes Dasein. Menschen an den Schaltstellen des Staates sind austauschbar wie Spielkarten. Ein Gesetz, das heute als unumstößlich gilt, kann morgen völlig falsch sein. Und was heute die Regel, kann in der kommenden Zeit schon verwerflich sein.‹

Wie klar der Priester das sah«, meinte Elijah und schaute in die Runde. »Wir reden heute von Lobbyisten. Klassisch kommen sie aus den gleichen Reihen, mit denen sie Geschäfte anzetteln. Übersetzt heißt das, Ausscheiden aus der Politik führt direkt zum Sprungbrett ins sprudelnde Bad der Privatwirtschaft. Und damit zurück in den Dagobert Duck Swimming Pool des Zasters, des Nepotismus und der Machtspielchen. Ein Kreislauf. Vergleichbar mit einem Perpetuum mobile.

In den nächsten Monaten besuchte der Junge des Öfteren den Gottesdienst des Ordensmannes. Diese Alleingänge blieben dem protestantischen Elternhaus weiterhin verborgen. Eines Tages sprach das Kind erneut den Pfarrer an.

›Warum lassen die Menschen Tiere nicht in die Kirche? Sie sind doch Gottes Geschöpfe. Unsere Geschwister. Das verstehe ich nicht. An der Krippe beim Jesuskind stehen sie doch auch. Ganz nah. Neben den Eltern.‹

›Ich gebe dir recht, Söhnchen. Auf Gemälden und Krippendarstellungen in den Gotteshäusern sind sie zu sehen. Esel. Kühe. Schafe. Und Tauben. Die Letzteren sind das Sinnbild für den Heiligen Geist. Sie nisten in Kirchtürmen, flattern mal hier herein. Ich denke auch an die Fliegen, diese putzigen, filigranen Geschöpfe. Zeitvergessen säubern sie ihre Füßchen. Klettern an glatten, senkrechten Flächen herum und lassen sich symphonieartig durch die Lüfte gleiten. Sie sind dauernd im Raum. Liebe und Gerechtigkeit Gottes wie seine Barmherzigkeit. Sie umarmen alle Lebewesen. Der Mensch, die Entscheidungsträger der Kirchen, interpretieren den Willen des Herrn mit ihrem eingeschränkten Horizont. Legen die Worte der Bibel in ihrem Sinne aus. Wie die Pharisäer im Tempel. Daran hat sich nichts geändert. Auf Kosten der Glaubwürdigkeit der Institution Kirche. Und wenn sich keine neue Sichtweise entwickelt, dann sehe ich auf die Amtsinhaber viele Fragen zukommen, die den Vatikan in den Grundfesten erschüttern werden. Ich hoffe zutiefst, die Verantwortlichen erkennen rechtzeitig die Zeichen der Zeit und reagieren darauf. Gleichermaßen bezüglich der Tiere und ihrer nicht zu unterschätzenden Stellung in der Schöpfungsgeschichte.‹

›Ich wünsche mir, eines Tages einen Bauernhof zu besitzen. Mit Hunden und anderen Lebewesen, die dort frei und ohne Furcht zu Hause sind. Streuner. Ausgesetzte. Möchte eine Kapelle bauen lassen, in der sie alle willkommen sind. Und Sie, Bruder Franciscus, halten für Tiere und Menschen die Messe.‹

›Von Herzen gern. Welch ein genialer Gedanke.‹

›Worüber ich ständig nachdenke: Wenn die göttliche Familie und das Paradies das Licht sind, warum drücken wir das nicht im Gebet aus?‹

›Wie meinst du das, Bub?‹

›Ich verändere das Vaterunser. Sage: Unser tägliches Brot *und das für alle Tierlein dieser* Welt gib uns heute. Und zum Schluss: Denn dein ist das Reich, die Kraft, die Herrlichkeit und *das Licht* in Ewigkeit, Amen.‹

›Du erstaunst mich. Ich werde darüber nachdenken.‹

›Sie erzählten bei der Predigt, der Vater im Himmel verzeihe alles. Verweigert nie die Hand. Es gibt keine Hölle. Diese erzeugt die Menschheit auf Erden selbst. Unser Herr Jesus begleitet jedes Lebewesen über die Regenbogenbrücke ins Paradies, wenn seine Zeit kommt.‹

›Das sagte ich.‹

›Die Schlimmsten nicht ausgenommen? Die Verbrecher, denen niemand auf Erden verzeiht?‹ Der Junge legte grüblerisch die Stirn in Falten.

›Derart überreich liebend umfängt uns der himmlische Vater.‹ Bruder Franciscus nickte bestätigend mit dem Kopf.

›Warum sich vorsehen, wenn man nicht bestraft wird?‹

›Aus Dankbarkeit dem Herrn gegenüber. Für das unbezahlbare Geschenk der Zuneigung und Gnade. Es gibt aber noch einen weiteren triftigen Grund. Wer im Himmel ankommt, sieht seine Sünden in einem anderen Licht. Erlebt tiefes Entsetzen über die eigenen Vergehen auf Erden. In diesem Augenblick kommt der Vergebung unseres Erretters die rechte Bedeutung zu. Ihm. Dem Herrn und Osterlamm, das für alle unsere Sünden gestorben ist. Und lebt. Den Tod überwand.‹

›Das verstehe ich. Aber … ‹

›Na, sag, wo drückt der Schuh?‹

›…was passiert dem Sünder, der sich selbst nicht vergibt?‹ Der Geistliche zog die Augenbrauen nach oben und stutzte. Reflexartig faltete er die Hände und entgegnete: ›Das ist, zugegeben, ein schwieriges Unterfangen. Ist das Delikt schwerwiegend, ist Nachtragen zwar menschlich nachvollziehbar. Doch in sich problematisch. Denke an den Satz Jesu: *Wer ohne Sünde ist, der werfe den ersten Stein.* Damit ist die gegen sich gerichtete Waffe eingeschlossen. Wohingegen ein Leben im Bewusstsein einer untilgbaren Schuld eine immerwährende Marter bleibt. Ich bin überzeugt, der Allmächtige befreit den Sünder aus diesem Labyrinth, wenn dieser ihm bedingungslos vertraut. Du denkst an irgendetwas Spezielles?‹ Eine längere Pause entstand. Der Bub senkte den Kopf. Druckste herum. Stockend presste er die Worte hervor: ›Der liebe Gott hat Mädels und Knaben erschaffen. Und alles zum Besten gerichtet. Ich bin hilflos. Es sprudelt aus mir heraus. Bete jede Nacht zum Vater im Himmel: *Lass mich ein Mädchen sein.* Das ist eine Todsünde, nicht wahr?‹ Und er ließ durchblicken, dass er auf der Kirmes sehnsüchtig die Puppen anschaute, die mit Losen zu gewinnen waren. Es gelang ihm nie. Wenn niemand ihn beobachtete, warf er einen kurzen, sehnsüchtigen Blick auf die Auslage des Parfümeriegeschäftes. Eines Tages stand ein Püppchen im Schaufenster eines Spielzeugladens. Wie gern hätte er es sein Eigen genannt. Es hieß *Barbie.*

Bruder Franciscus antwortete nicht sofort. Seine Miene spiegelte nicht wider, was in ihm arbeitete. Äußerlich saß er seelenruhig da. Räusperte sich ausgiebig. Strich sich über das schüttere Kopfhaar. Kraulte mit Hingabe Kinn und Bart.

Nach geraumer Zeit meinte er: ›Ein Gebet, wie abwegig dein Wunsch dir auch vorkommt, ist für den lieben Gott eine Herzensangelegenheit. Er weist nie ab. Lacht nicht darüber. Verurteilt nicht. Hört bis ins kleinste Detail zu. Entscheidet, was er für das Beste hält. Ein mildgestimmter Vater stellt das Glück des Kindes in den Mittelpunkt seiner Überlegungen. Hast du nie in Erwägung gezogen, dass diese Träume ihren Ursprung nicht in dir haben, sondern eine Botschaft der himmlischen Mächte sind? Es kann doch sein, es gibt triftige Gründe für deine Träume. Ein einfaches Beispiel, Söhnchen. Unkraut ist überflüssig. So denken viele Menschen. Und rupfen es aus. Aus göttlicher Sicht jedoch ist es ein wertvolles Pflänzlein. Notwendig und unnachahmlich. Jetzt übertrage dieses Bild. Du empfindest eine bestimmte Vorstellung als nicht umsetzbar. Gottes Umsicht und Wirken kann es dagegen real werden lassen. Und Umwege im Leben zu einem lichterfüllten Ziel führen. Wir können den Allmächtigen nie vollkommen begreifen. Nur auf ihn und seine allumfassende Liebe vertrauen. Aber wenn dir das gelingt, dann ist alles erreichbar.‹

›Das soll ich glauben? Jungs und Mädchen sind zu unterschiedlich.‹

›Haargenau. Aber für unseren Herrn ist ungeachtet all dessen nichts unmöglich.‹

›Was geschieht mit mir?‹ Unendlich tiefe Traurigkeit und Verzweiflung schwangen in dieser Frage mit. Die Worte standen im Raum. Ihr aufrüttelnder Klang, wie das eindringliche Läuten der Glocken, unüberhörbar. Eine Fliege setzte sich auf einen Finger des Priesters. Putzte sich ausgiebig. Und flog in die Weite des Kirchenschiffes davon. Der Blick des Pfarrers folgte ihr, bis er sie aus den Augen verlor. Ruhte danach lange auf einem Bild an der gegenüberliegenden Wand. Auf der lichterfüllten Gestalt Marias mit ihrem neugeborenen Sohn in den Armen. Dann wies Franciscus in diese Richtung: ›Das liegt in der Hand dieses Kindes. Vertraue darauf, dass Jesus das Beste mit dir vorhat. Lade sein Kreuz mit auf deine Schultern. Hilf ihm beim Tragen. Du wirst die Aussage in dem Augenblick nicht begreifen, eines Tages ihren wahren Sinn aber erkennen und wissen, was ich meinte. Der bequeme Weg ist nicht allerweil der bessere. Der steinige Pfad führt mit unzähligen schmerzhaften Schrammen auf Seele und Körper oftmals zielgerichtet zum erfüllenden und umarmenden Licht. Gottes Sohn schulterte lange vor dir jedes Leid. Für Tier und Mensch. Ergreift sacht deine Hand. Schaut dir in die Äuglein. Schenkt das Durchhaltevermögen und die Sicherheit, nie aufzugeben. Seine unendliche Treue und bedingungslose Liebe sind der feste Grund deines Daseins. Und Umwege eine Möglichkeit, besser zu sehen. Ausführlich hinzuschauen. Auf die Pfade des Erdenlebens. Und damit eine wichtige Erfahrung, auf die Untertöne zu hören. Wahre Werte zu erkennen. Gefälliges vom Dämonischen zu unterscheiden. Ein Segen zu sein. Für andere. An einem Platz, auf dem der Vater dich in der Zukunft sieht und wie ein lebendiges Werkzeug für seine höheren Ziele einsetzt. Ich bin sicher: Gott zeigt dir und dem Engel, der zu deinem Wegbegleiter auserkoren ist, den verschlungenen Pfad, auf dem die Begegnung stattfindet. Wenn du nicht damit rechnest, passiert es. Habe Geduld. Eines Tages steht er unangekündigt da und reicht dir seine liebende Hand. Ergreife sie, halte sie fest. Gib dein Glück nie mehr frei. In diesem Augenblick erkennst du, dass dich die Liebe und Vorausschau des Vaters zielstrebig dorthin schickte. Trotz der Beschwernisse und Steine. Und sich geweinte Tränen zu glitzernden Perlen verwandeln, wenn aus Vergangenheit und Gegenwart Zukunft erwächst.

Bist du ein Bub, hilft er dir, diese dich ängstigenden, verunsichernden Träume zu überwinden. Du wächst zum gestandenen Kerl heran. Stark. In sich gefestigt. Gründest eine Familie. Nichts bringt dich von diesem Weg ab. Wenn der Vater anders entscheidet, geleitet er das Mädchen sanft bei Tag und Nacht in sein zukünftiges Leben. Zeigt ihr das verlockende, unbekannte Wunderland, von dem es bis dahin einzig träumte. Im duftigen Kleidchen steht es da. Mit wallendem Haar. Springend streift es durch blumenübersäte Wiesen, die im Sonnenlicht ihre Pracht entfalten. In denen unzählige Tiere zeitvergessen spielen. Hummeln und Falter vielfarbige Blüten besuchen. Mädel singend den Reigen tanzen. Und von hier aus wird die Kleine den vorbestimmten Weg gehen. Sich einbringen. Und mit Gottes Hilfe ihre Ziele verwirklichen. Geh jetzt nach Hause zu den Deinen und sorge dich nicht. Der Herr beschützt dich. Dein Weg ist im Buch des Lebens vorbestimmt. Er leuchtet ihn aus. In sternenloser Nacht. Sei ohne Scheu. Alles findet sich. Wird sich zum Guten wenden.‹ Und mit Nachdruck betonte er: ›Hab keine Angst. Verweile hier im stillen Gebet. Ich komme bald zurück.‹

Nach geraumer Zeit tauchte Franciscus wieder auf. Drückte dem Jungen ein Brieflein in die Hand. Steckte ein Heiligenbildchen hinzu. Beträufelte es mit Weihwasser, verschloss den Umschlag. Meinte im Weitergehen: ›Bewahre es sorgsam auf. Den richtigen Zeitpunkt zum Öffnen trägst du in deinem Herzen. Dich erwartet meine Lösung auf die Frage, die du mir heute gestellt hast.‹

Und eure Gesichter, meine lieben Freunde hier in der Klasse, verraten mir, es arbeitet in euch. Die Frage steht übermächtig im Raum, welche Antwort enthielt dieses Schreiben?«

›Den größten Fehler, den man im Leben machen kann,
ist, immer Angst zu haben, einen Fehler zu machen.‹
PD Dr. Dietrich Bonhoeffer

*›Ich werde lieber für das gehasst, was ich bin,
als für das geliebt zu werden, was ich nicht bin.‹*
Kurt Cobain

4. Shirley: Tagebucheintragungen aus den Achtzigern

Meine Kinder, Leah und Elijah, verbrachten ihre Ferien bei den Großeltern. Seit langem ein Urlaub mit David zu zweit. Im sonnendurchfluteten Süden. Am Golf von Mexiko. 94 Seemeilen von Kuba entfernt. Unbändiges Glück erfüllte meinen Körper und die Seele.

Kurz vor Antritt der Reise erfuhr ich zu meinem Leidwesen, dass sich Lewis samt nerviger Ehefrau Susan anschloss. Gewiefter Scheidungsanwalt und Boss des Gatten. Ein aufgeblasener Kerl. Baggerte mich regelmäßig an. Grenzüberschreitender Grabscher, der seine schmierigen Hände nicht bei sich halten konnte. Die Gegenwart seiner Gattin störte ihn dabei nicht. David erwartete von mir, Nachsicht zu üben.

»Er ist mein Chef, liebste Shirley Jane. Sei einfach schwingungsfähig, geliebtes Frauchen. Setze dich auf feminine Art zur Wehr, dass der Macho nicht eingeschnappt reagiert. Und es mich spüren lässt.«

Ich schluckte. War davon nicht angetan. Eine unangenehme Gratwanderung. Mehr als ein Wermutstropfen. Und absolut gegen meine Überzeugung.

Am John F. Kennedy International Airport tauchte zu allem Überfluss Susans Bruder James auf. Katastrophal. Ein Schönling, dem Arroganz und Selbstüberschätzung wie die Zauberbohne³ aus den Ohren wuchsen. James' Angetraute ließ sich zeitgleich auf einer Beautyfarm verwöhnen. Allumfassend, versteht sich. Sie führten eine lockere Beziehung. Der Däumchen drehende Strohwitwer schloss sich daher uns an. Ich war überrumpelt. Am liebsten hätte ich getobt, mit den Füßen getrampelt und aus voller Kehle unflätig geschrien. Hielt mich David zuliebe vornehm zurück. Zähneknirschend, dem Schicksal ergeben. Und auf elysische Zweisamkeit hoffend. Zumindest in den vielversprechenden Stunden in unserem Hotelzimmer.

Und unter dem blauen, sternenübersäten Himmel des Südens in einer verschwiegenen Bucht.

Notgedrungen driftete ich gedanklich ab. Beseelt von Karibikflair, Freude auf Cuba Libre, Whiskey sour, heiße, durchtanzte Disconächte, ausgiebiges Schwimmen und Segeltörns auf dem offenen Meer. Berieselt von Reggae und den *Bee Gees*. Die Kopfhörer auf den Ohren und den Walkman in der Handtasche. Niemand vermieste mir diese schwer erkämpften Wochen des Jahres mit seiner ernüchternden Anwesenheit. Unabhängigkeit pur. Sex mit meinem Herrn und Gebieter bis zum Abwinken. Tagsüber. Des Nachts. Und zwischendurch. Der Kerl an meiner Seite ständig ansprechbar. Nicht verschüttet unter Aktenbergen wie üblich. Oder verschollen in Meetings. Ich wollte die Ungebundenheit genießen. Träumen. Sonnenbaden. Mich verwöhnen lassen bis zum frühen Morgen. Eine gemeinsame Tüte im Sand. Auch zwei. Vor dem Sonnenaufgang in die Fluten springen. Warten. Auf das rotgoldene, verzaubernde Licht. Liebestrunken sein. Wie in den Anfangstagen unseres Kennenlernens.

Es kam alles anders. Die Jungs soffen sich nachts die Hucke voll. Sex? Fehlanzeige. *Rien ne va plus* beim Liebesroulette. Aufstehen gegen Mittag. Täglich hatten die Männer neue Ideen. Motorbootfahren, Wasserski, Strandvolleyball, ein Baseballspiel hundert Meilen entfernt.

»Kein Problem«, behauptete David. »Mit einem Mietwagen ein Katzensprung.« Und der Kater sprang.

Tage vergingen. Extremer Stumpfsinn, sprich Shopping mit der biederen Susan, deren ständiges Geplapper unglaublich zermürbte. Um diesem Redeschwall zu entgehen, täuschte ich wiederholt Migräne vor. Rechts, links, Nacken. Mit Aura. Verdrückte mich heimlich an den Strand. Schlich wie ein Dieb aus dem Hotel. Stunden zum Verschnaufen und Durchatmen. Die tropische Vegetation der Keys aufsaugen. Little White House, Duval Street. Hemingways Villa. Die Stammkneipen des Schriftstellers. Leuchtturm. Museum. Häuser des amerikanischen Südens. Mit ihren weißen Holzveranden, die den Jahreszeiten trotzten. Und behaglichen Schaukelstühlen, in denen es sich himmlisch rekeln ließ. Geschützt hinter gewaltigen Palmen, weitausladenden Bananenstauden und dichtem Bewuchs. Sehnte mich, all das mit meinem David zu erkunden. Und nicht im Alleingang. Aber der Gatte war nicht mehr greifbar. Er saß im Olymp seiner Interessen.

Stunden starrte ich auf das Grün, Türkis und Blau der spiegelglatten Wasserfläche. Spielte zeitvergessen mit den Händen im weißen, feinkörnigen Sand. Ließ ihn durch die Finger rieseln. Genoss Licht, Wärme und innere Ruhe.

Da saugte sich mein Blick an ihr fest. Einem weiblichen Wesen. Geschätzt in meinem Alter. Dunkelblonde lange Haare, die zottelig über die Schultern hingen. In unscheinbare, zerfranste Jeans und ein weißes T-Shirt gekleidet. Saß zusammengekauert da. In sich gekehrt. Angespannt. Schreckte zusammen, wenn ein Strandbesucher in unmittelbarer Nähe vorbeilief. Ihre Haltung drückte Ängstlichkeit und Fluchtreflex eines verunsicherten Tieres aus. Ein Rehkitz, das sich ständig vergewisserte, dass kein Ungemach drohte.

Lange schaute ich in unregelmäßigen Abständen zu ihr hin. Ausländerin war zu vermuten, Europäerin. Aus einer Reisegruppe, die in Motels übernachteten, um am nächsten Tag weiterzufahren. Gleich würde der Reiseleiter erscheinen, mit Fähnchen und lautstarker Aufforderung, zurück zum wartenden Bus zu kommen. Nichts dergleichen geschah. Sie blieb die ganze Zeit über in derselben Position sitzen. Meine Neugierde steigerte sich.

Der Strand füllte sich zum abendlichen Anblick des Sonnenuntergangs. Ich verlor die Frau zeitweilig aus den Augen und widmete mich dem bevorstehenden Farbspektakel. Vom erlebten Naturschauspiel bis in die Tiefe der nach Abenteuer und Abwechslung lechzenden Seele beeindruckt, haderte ich damit, gleich schon zum Hotel zurückzukehren. Wollte stattdessen eine Runde schwimmen. Im Begriff aufzustehen, schenkte ich der Strandnixe zum Abschied einen letzten Blick. Sie saß noch immer an gleicher Stelle. Schien von deutlicher Unruhe geplagt. Schaute abwechselnd in das hereinbrechende Dunkel des Abends und auf ihre Finger. Hin und wieder wischte sie sich verstohlen über die Augen. Nach vorne gebeugt. Um es zu kaschieren. Ich war mir sicher, dass sie weinte.

Am liebsten wäre ich aufgesprungen und zu ihr geeilt. Mein erster Impuls war es, sanft das Kinn anzuheben und beruhigend ihre Wangen zu streicheln. Doch ich riss mich zusammen. Blieb sitzen. Wartete ab. Beobachtete.

Nach einer geraumen Weile drängten sich mir Zweifel auf. Betrachtete ich ein Gemälde? Bildete mir ein reales, lebendiges Geschehen nur ein?

Dabei blendete ich völlig aus, dass David in unserer Unterkunft höchstwahrscheinlich genervt auf die Uhr sah. Sich sorgte. Ein Trugschluss, wie sich später herausstellen sollte. Er war versackt. Kam erst am nächsten Nachmittag zurück, ohne ein Wort der Entschuldigung. Im Hotel fehlte jegliche Nachricht vom Göttergatten.

Das Häuflein weiblicher Mensch saß regungslos im Sand. Schaute ab und zu gedankenverloren in die Ferne. Über den Horizont hinaus. Zwischendurch wieder nach unten. Und die Tränen rollten. Kurzentschlossen stand ich auf und näherte mich. Von der Fremden unbemerkt. Sie erschrak, als ich mich beherzt an ihre Seite setzte. Zuckte merklich zusammen. Erwachte wie aus tiefer Trance. Wohl aus einer Welt abstruser Gedanken. Scheu erwiderte sie meinen Blick.

Anfänglich sprachen wir kein Wort. Schauten einfach nur stumm in die Nacht hinein. Eine gefühlte Ewigkeit. Langsam entspannten sich ihre Gesichtszüge. Die Verkrampfung des Körpers löste sich.

»Mein Name ist Shirley Jane. Wie heißt du?«, raunte ich ihr zu.

Ich registrierte ein gehauchtes »Dagmar«. Scham und Unsicherheit zugleich schwangen in der Tonlosigkeit der Antwort mit. Wie ein Abgesang auf alles Erlebte und Gegenwärtige. Sie schaute eingeschüchtert zu mir hin. Geduckt. Ein Tier, das jederzeit Schläge auf den Kopf erwartete.

»Freut mich«, meinte ich locker und lächelte sie an.

Ich versuchte, ein belangloses Gespräch in Gang zu bringen. Mit mäßigem Erfolg. Zu allem Überfluss war sie Deutsche. Entstammte dem Land, das meine Familie 1936, im Jahr der Olympiade, fluchtartig verließ. Sie stiegen ohne Habseligkeiten in den Zug. Im Himmel über Berlin verkündeten zeitgleich weiße Friedenstauben, dass die Jugend der Welt zu Gast und willkommen war. Und in Spanien fielen Stukas der Legion Condor, Sturzkampfbomber mit Jericho-Trompeten an den Fahrwerksbeinen, zu Boden, um einem Generalissimo Franco den Sieg zu sichern. Und für Sekunden standen – wie von Geisterhand geschrieben – die Worte *For Whom The Bell*[4] *Tolls* im Sand, bevor sie sich auflösten. Mein Blick glitt erneut über das Jeansmädchen hinweg. Sie schaute unentwegt in die Ferne. Verloren. Wie auf der Suche nach einem unergründlichen Rätsel.

Eine harmlose Brise kam auf, ich erschauderte. Dabei berührten sich zufällig unsere nackten Arme. Sie zuckte zusammen und rückte sofort von mir ab. Es war ihr sichtlich peinlich. Sie entschuldigte sich. Wiederholt. Für meine Unachtsamkeit.

Ein verletzliches Wesen. Aus Komplexen zusammengesetzt, schien mir bei diesem Zusammentreffen. Sie wagte kaum, mich bei der kurzen Unterhaltung, die wir führten, anzuschauen. Vermied bewusst den direkten Blickkontakt.

Das sachte Antippen unserer Körper. Hätte es liebend gern wiederholt. Es war so vertraut. Ihre Haut. Weich. Kühl. Wie nicht durchblutet. Wenngleich lechzend nach Zuneigung. Umarmung. Wärme. Auf der Flucht. Vor dem eigenen

Ich. Und widersprüchlichen Gefühlen, konstatierte ich. Vergaß über meine diffusen Überlegungen die Zeit. Nicht anders die Kleine im Sand. Obwohl sie davon im Überfluss zu besitzen schien.

Wir kamen nach geraumer Weile dann doch ins Gespräch. Sie sprach ein äußerst holpriges Schulenglisch, suchte oftmals passende Begriffe. Ich vermied, durchscheinen zu lassen, dass ihre Muttersprache für mich kein Problem darstellte. War zweisprachig aufgewachsen. Am Deutschen haftete dessen ungeachtet ausschließlich Negatives. Das Ausblenden der Worte war eine Art persönlicher Rachefeldzug gegen Land, Bevölkerung und Politik. Für erlittenes Unrecht meiner Lieben. Die aufreibende Flucht durch fünf Staaten, von denen die Angehörigen erzählten.

Ich riss mich von den belastenden Gedanken los. Ermunterte die Nixe, mit mir eine Runde zu schwimmen. Zögerlich stimmte sie zu.

Mitternacht war längst vorüber. Wir erhoben uns aus dem Sand, kleideten uns an und schlenderten zur Stadt zurück. Sie wohnte in einem Motel in Richtung Seven Mile Bridge. Ich begleitete sie dorthin. Im nicht zu erklärenden Gefühl, dieses zarte Wesen in seiner Verzagtheit und Verletzlichkeit beschützen zu müssen. Ungeachtet dessen, dass sie aus Feindesland abstammte. Ich überragte sie größenmäßig in etwa um zwei bis drei Fingerbreit. Obwohl auch ich mit 5.41ft.[5] nicht gerade groß geraten war. Ihre zierliche, wohlgeformte Figur. Sie gefiel mir auf Anhieb. Die Kleine schien selbst keinen Wert auf Äußerlichkeiten zu legen. Trug kein Make-up. Die Zehennägel waren nicht lackiert. Modeschmuck fehlte. Lediglich eine dünne Goldkette mit einem Kruzifix um ihren Hals. Unnahbarkeit. Eine geradezu abweisende Aura ging von ihr aus. Vielleicht schlug mich gerade diese Art in Bann. Ich versuchte, sie aus der Reserve zu locken. Was mir nicht gelang. Sie blieb in ihrer Introvertiertheit gefangen. Eine Zeitlang liefen wir schweigend nebeneinander her. Ich verwarf meine Überlegungen zu ihrer Person. Was kümmerten mich fremde Evas? Hatte schließlich genug andere Verpflichtungen. Benötigte im Urlaub keine zusätzlichen Verbindlichkeiten. Und das Fach Psychologie hatte ich seit dem reibungslosen Staatsexamen an der Eliteuniversität ad acta gelegt. Wir erreichten das Motel. Die flüchtige Strandbekanntschaft bedankte sich gesittet wie ein Schulmädchen mit einem angedeuteten Knicks für die Begleitung zur Unterkunft. Lief hurtig über eine ausladend geschwungene Treppe in den ersten Stock. In einer Öffnung, die von einem flackernden Licht schemenhaft beleuchtet war, verschmolz ihre Silhouette mit dem Dunkel der Umgebung. Ich blieb noch eine Zeitlang stehen. Unschlüssig. Starrte gebannt auf die Fassade des Hotels. In einem Zimmer flammte gedämpftes Licht auf. Sie war wohl angekommen. Kam mir in dem Moment vor wie eine Mutter, die ihr Küken sicher nach Hause geleitete. Meine Tochter Leah hasste solch ein Aufpassersyndrom und die persönlichen Konsequenzen, die sie vor ihren Schulkameradinnen und später den Kommilitoninnen bloßstellten. Ich versprach wiederholt Besserung. Verfiel jedoch ständig in dieses Muster. Aktuell zu allem Überfluss bei einer Fremden. Noch dazu einer Deutschen.

In meinem Hotel gähnte mich ein leeres Zimmer an. Mir dämmerte, dass ich seit dem Mittag nichts gegessen und lediglich eine einzige Cola getrunken hatte. Ich duschte, putzte mir mit letzter Kraft bei geschlossenen Augen die Zähne und kippte nackt ins Bett. Zog die Decke über den Kopf und schlief ermattet ein. Bemerkte nicht die am Himmel vorbeiziehenden Wolken, die das Mondlicht milchig erscheinen ließen. Verdunkelten. Vorahnungen Raum boten. Verworrene Träume suchten mich in dieser Nacht heim. Mit Fragen ohne Antworten.

5. Elijah: 999

Mucksmäuschenstill war es im Klassenzimmer. Elijah stand auf, vertrat sich die Füße. Blieb erneut vor dem Fenster stehen, in dessen Scheibe sich die Sonnenstrahlen brachen und regenbogenartig auseinanderfielen. Er schaute unbeirrt nach draußen. Eine Amsel saß auf dem Fensterbrett. Beäugte ihn vorwitzig. Legte den Kopf zur Seite. Hüpfte herum. Putzte sich das glänzende Gefieder. Kokettierte mit ihrer berückenden Schönheit. Sie breitete die Flügel aus und segelte davon, in das dichte Blätterwerk der knorrigen Kastanie hinein, deren Äste sich schattenspendend in der Mitte des Schulhofes ausbreiteten.

Der Lehrer wandte sich um. Sein Blick glitt durch die Reihen der mit angespanntem Gesichtsausdruck dasitzenden Schüler.

»Im Urlaub verschlug es die Familie auf die nordfriesische Insel Sylt. Seemeilen entfernt von der Hochseeinsel Helgoland, die hier liegt.« Sein Zeigefinger berührte eine Stelle auf der Weltkarte, welche in Reichweite an der Wand hing. »Ein karger Felsen im Meer. Beheimatet von vielen Vogelarten und einer alteingesessenen Bevölkerung. Meist Fischern. Die Royal Air Force versuchte nach dem Krieg, das Eiland in Grund und Boden zu bomben. Glücklicherweise vergeblich«, er nickte nachdenklich und presste die Lippen aufeinander. »Das Ferienziel befand sich dort.« Er deutete erneut auf die Landkarte. »Das Hotel *Kronprinz*. Ein Prachtbau im vorderen Dünenbereich. Da kam es zu folgender Begegnung, die sich wie ein Film in dem Buben einnistete. Er stand mit seinem Papa vor dem Eingangsbereich der Nobelherberge. In Sichtweite ein repräsentatives Reetdachhaus. Ein imposantes Auto fuhr vor.

›Ein Mercedes Kompressorwagen vom Typ 770 K‹, stellte der Vater bewundernd fest. ›Der Wagen des Führers‹, ergänzte er. Ein hochgewachsener Chauffeur in makelloser Uniform schwang sich aus dem Auto. Trabte um die Karosse herum. Riss den Wagenschlag auf. Schlug die Hacken zusammen. Grüßte zackig. Eine stattliche Dame entstieg. Schritt erhobenen Hauptes zur Eingangstür. Und verschwand in   . Bauherr der imposanten Villa war der Reichsmarschall des Großdeutschen Reiches.

Sein Papa flüsterte: ›Frau   .‹

Sie waren vier aufeinanderfolgende Sommer dort. Ein langer Weg über die nahezu unbefahrene Autobahn an der Hansestadt vorbei bis zur Insel, die sie, den Hindenburgdamm nutzend, mit einem Kraftfahrzeugtransportzug erreichten. Auf einer Reise rutschte in der Nähe von Hamburg ein Koffer vom Dach. Alles fiel heraus. Verteilte sich auf dem Asphalt. Die Familie sammelte seelenruhig die Klamotten wieder ein und verstaute sie. Der Vater zurrte das Gepäckstück fest. Sie setzten den Trip auf dem schadhaften Fahrbahnabschnitt fort. Bei offenen Fenstern, Nieselregen, pfeifendem Wind und den klammen Händen am Koffer, damit sich das Malheur nicht wiederholte. In freudiger Erwartung des Zuckerkuchens, der in dieser Region unvergleichlich mundete.

Der Bub erlebte die vorbeigleitende Landschaft durch eine Brezel, die geteilte Autoscheibe des Nachkriegs-VWs. Zwischen Motorraum und Rücksitzwand war sein bevorzugter Platz. Das Nest der Geborgenheit.

Am Strand bauten sie Sandburgen. Gegen die steife Meeresbrise. Sein Papa kaufte in jedem Urlaub die Fahne seines Herzens, die eindrucksvoll im Winde wehte. In den Farben des deutschen Kaiserreiches.

Die jugendlich wirkende Grandma väterlicherseits kleidete sich generell in Dirndl und zog ihr Nesthäkchen dreimal am Tage um. Dem gesellschaftlichen Rahmen des Hotelambientes geschuldet. In den ersten Lebensjahren des Jungen bis zum frühen Dahinscheiden war sie seine Bezugsperson. Er nannte sie liebevoll Mutti. Ihr unerwarteter Tod hinterließ eine abgrundtiefe Lücke, die sich nie schloss.

Die Inselbesuche entfielen abrupt. Er erfuhr erst Jahre später, warum der *Kronprinz* für die Familie nicht mehr die bevorzugte Urlaubsadresse war. 1954 griff die Nordsee nach dem Gebäude, das für die Nachwelt errichtet schien. Zog es in die gefräßige Flut. Die Erinnerungen, die ihn mit dem Palast verbanden, blieben. In des Knaben Träumen standen sie wie aufsteigende Nebel greifbar nahe vor ihm. Aus morgendlichen Wassern wuchsen sie empor. Geister. Schattengebilde. Die sich über die anlandenden, schäumenden Wellen erhoben. Ihn umringten. Wie das sich im Winde wiegende Dünengras. In diesen Momenten erlebte er erneut die Augenblicke ungeteilten Glückes mit den Lieben.

Wie gerne flüchtete er in diese bunten Träume der Geborgenheit. Sie schützten ihn. Wie ein wundersamer Garten, der von einer hohen, undurchdringlichen Mauer umgeben war, die alles Widerwärtige ausschloss. Sehnte sich danach, für immer dort zu verweilen. Nicht mehr ins Grau der Realität zurückzukehren, die ihm seine Kraft zunehmend entzog. Durch den Widerstreit der Gefühle.

Die Einschulung folgte. Die Fünfzigerjahre schritten stetig voran. Lehranstalten in den drei westlichen Besatzungszonen, scherzhaft *Trizonesien* genannt, bauten auf bestehende Strukturen auf. Sie unterschieden sich unwesentlich von der Zeit vor dem Zweiten Weltkrieg. Die Lehrkräfte waren geprägt von den zurückliegenden zwei Jahrzehnten. Der häuslichen Erziehung, dem Arbeitsdienst und staatlich kontrollierter Bildung. Einem unbedingten Gehorsam, klaren Richtlinien und dementsprechenden Denkmustern. Von Kinder- und Jugendorganisationen, Studium, Sportunterricht, Militärzeit und Fronteinsätzen in allen Himmelsrichtungen. Dies waren die Eckpunkte, an denen sie sich orientierten. Und sie gaben im Rahmen dessen ihr Wissen und ihre Einstellungen an die Schüler weiter. Blendeten historische und gesellschaftspolitische Informationen der jüngsten Vergangenheit aus. Absichtlich? Unbewusst? Sie ruhten besser im Dunkel der Geschichte und des Vergessens. Und derart gestalteten sich die Lehrbücher. Einen Moment!« Elijah hob beschwichtigend die Hand, um auf einen möglichen Einwand zu reagieren. »Urteilt bitte nicht vorschnell. Vergleicht es mit dem Heute. Manch ein Politiker entwickelt speziell in unseren Tagen ein auffälliges dementielles Syndrom.« Er schaute herausfordernd in die Runde. »Wann? Wenn eigenes Fehlverhalten in den Fokus rückt. Besser gesagt, ans Tageslicht gezerrt nicht mehr zu verheimlichen ist. Stichwort Lobbyismus, um ein schmackhaftes Gewürz aus dem Eintopf herauszugreifen. Den anspruchsvollen Job mit deutlichen Erinnerungslücken unverändert fortzuführen, meint ihr, sei fahrlässig gegenüber Staat und Gesellschaft? Das ist kein Hindernis für Politiker«, meinte er lapidar und nickte.

»Mädchen und Jungs erlebten in den Volksschulen des westlichen Besatzungsgebietes gemeinschaftlichen Unterricht. In der Pause aber herrschte auf dem Schulhof strengste Trennung. Lehrer schoben Wache, um Buben zu ermahnen, wenn sie in die Nähe der Absperrung kamen. Vergleichbar mit einem bewachten Grenzzaun. Um nicht Todesstreifen zu sagen. Es herrschte ein rauer Umgangston. Ähnlich dem auf einem Kasernenhof. Widerspruch verwerflich. ›Aufstehen. Hinsetzen. Ruhe. Mundhalten. Wer aufmuckt, fliegt raus.‹ Es gab Züchtigungen. Niemand verurteilte es. Diesen Umgang war der Junge von zu Hause nicht gewohnt.

Es fielen Sätze wie: ›Bei den Pimpfen des Deutschen Jungvolks und in der Hitlerjugend hättest du nicht lange durchgehalten. Die Kameraden waren mit Weicheiern nicht nachsichtig. Hände an die Hosennaht. Gesicht geradeaus. Zurück auf den Platz, marsch, marsch. Sowas wie du war ein Fall für den JM, die Kükengruppe. Und sicherlich hätten dich der blaue Rock, die weiße Bluse, das schwarze Halstuch mit dem braunen Lederknoten des BDM hervorragend gekleidet.‹ Zu Hause fragte er schüchtern, was diese Abkürzungen bedeuteten. ›Jungmädelbund und Bund Deutscher Mädel‹, hieß es. Warum er frage?

Vor der Klasse gerügt oder der Lächerlichkeit preisgegeben zu werden, das war eine Herausforderung für seine empfindsame Seele. Wenn ihn ausgerechnet die von ihm angehimmelte Evelyn verlachte, belastete ihn das besonders. Lange Zeit gärte und brannte es in seinem Inneren. Zumal er seit dem ersten Betreten des Klassenzimmers unsterblich in sie verknallt war. Was ihm nach einer diesbezüglichen, törichten Bemerkung wiederholt häuslichen Spott einbrachte. In der Pause schaute er, in gebührendem Abstand, über den Trennzaun sehnsüchtig zu ihr und den anderen Klassenkameradinnen hin. Sie standen in Grüppchen herum. Spielten vergnügt Nachlauf oder stolzierten mit bunten Handarbeitskörbchen aus Bast auf und ab. Wie gern hätte er dazugehört. Sich beteiligt. An ihren Gesprächen. Dem Kichern und Lachen. Die Fertigkeiten weiterentwickelt, Handarbeiten zu perfektionieren. Diese ihm lieblich erscheinende Welt zog ihn unerklärlich an.

Seine Mutti hatte ihm Nähen, Stricken, Häkeln, Backen und Kochen mit routinierter Gelassenheit beigebracht. Er war geschickt und lernte flott, was ihm beträchtliche Freude bereitete und seinen Neigungen entgegenkam. Bevor er diesen so wichtigen Halt verlor. Ohne die Möglichkeit zu haben, sich zu verabschieden. Weil die Eltern die Meinung vertraten, das verkrafte er nicht.

Auf seiner Seite des Hofes schrien und rauften die Jungs. Es herrschte ein militärischer Umgangston, der von der Lehrerschaft eher gefördert wurde. Schon in frühen Jahren entwickelte sich brachiales Verhalten und eine eindeutige Hackordnung. Er stand am unteren Ende der Leiter. Seine erste Liebe dieser Tage hatte nicht einen Blick für ihn übrig. Zu schmächtig war er. Sie mokierte sich über seine ihrer Meinung nach armseligen Klamotten. Es schmerzte.

Er war unscheinbar. Die Zeiten, in denen seine Mutti ihn ansprechend anzog und ständig umzog, sie waren vorbei. Er verlor zunehmend das Selbstvertrauen, das sie ihm in den ersten Lebensjahren einimpfte. Durch das Miteinander. Die Gespräche. Erzählungen. Familiengeschichten. Anekdoten. Das Wertevermitteln.

Ein Lehrer ließ beim Unterricht mit Blick auf ihn höhnisch verlauten: ›Ihr habt sie alle bemerkt. Wir haben eine neue Schülerin in der Klasse. Begrüßt das Mädel gebührend.‹ Die Klassenkameraden johlten. ›Wie wär's mit einem artigen Knicks, Kleine?‹, schob der Pauker auffordernd nach. Grinste gehässig zu seinen

Worten. Nannte den Jungen *Heulsuse*, weil der oftmals unter sich schaute. Nahe am Wasser gebaut war. Hatte damit den Namen weg. *Susi* kannte jeder in der Anstalt. Dementsprechend abwertend angesprochen oder gerufen, reagierte er bald widerspruchslos darauf.

Im Sportunterricht auf dem Gymnasium stellte der schneidige Studienrat die Schüler nach Größen auf. Der Junge stand abgeschlagen am Ende der Reihe. War am schwächsten. Mit Mühe behauptete er sich bei den Kraftübungen. Ausnahme Völkerball. Da war er wendig. Seine Bestimmung schien zu sein, ein unbemerktes Dasein zu führen. Es sei denn, sie suchten ein Spottobjekt. Wenn Anführer zweier Gruppen Mannschaften zusammenstellten, war er stets der zuletzt Aufgerufene. Es fielen Sätze wie: ›Mit dem ist kein Blumentopf zu gewinnen. Tauschen wir?‹ Und sie deuteten auf einen anderen Mitschüler, den die Wortführer im Regelfall ebenfalls übersahen, der ihm gegenüber allerdings im Sportunterricht das kleinere Übel darstellte.

Er hörte Sätze wie: ›Sowas wie den haben sie in der *999* Kanonenfutter genannt. Mit solchen Versagern war der Vormarsch gleich rechtsrheinisch ausgebremst.‹ Elijah trank einen Schluck aus der Wasserflasche, die auf dem Schreibtisch stand.

»Was bedeutet *999*?«, fragte John nach.

»Eine deutsche Strafdivision für Wehrunwürdige. Zum Beispiel bei Entzug der bürgerlichen Ehrenrechte aus verschiedenen Gründen. *Susi* hatte es schwer, sich zu behaupten. Zumal das Gros der Lehrkräfte Öl ins Feuer goss. Sie beschwichtigten nicht. Legten lieber die Finger auf die Wunden. Hänselten bei jeder sich bietenden Gelegenheit. Der Bub hatte deutlich abstehende Ohren. Nicht derart ausgeprägt wie bei Dumbo in Walt Disneys Trickfilm, daher ohne Segeleigenschaft. Was freilich aufgewertet hätte. Er trug sein Haar in einem Bürstenschnitt wie unsere amerikanischen Besatzungssoldaten. Mit der Begründung: Es ist ordentlich. Kostengünstig. Pflegeleicht. Zu Zeiten der geliebten Mutti war seine Frisur weich. Die Haare länger. Fließend. Zu seinem Entsetzen entwickelte er O-Beine, durch die ein Ball mit Leichtigkeit passte. Das brachte *Susi* den Titel *Reiteroberst* ein.

Bei einer Schulaufführung gab ihm der Spielleiter mit hintergründigem Grinsen die Rolle des einzigen Mädchens. Mit Rock, Perücke und rotem Lippenstift. Es war Wasser auf die Mühlen. Die Kameraden lachten sich schief über diese Wahl. Er meisterte die Aufgabe zum Erstaunen der Zuschauer bravourös. Viele der Anwesenden glaubten, es handele sich um die einzige Schülerin der Klasse.

In Mädchen verschoss er sich zu jeder Zeit. Auf einer Schülerverschickung war es Corinna, die ihm den Schlaf raubte. Von weitem schaute er ihr zeitvergessen nach, wenn sie wie eine Königin mit ihrem Gefolge, von Schulkameradinnen umringt, zwischen den Baracken lustwandelte. Alldieweil übten sich zwei Gruppen Jungs im Wald in Mann-gegen-Mann-Gefechten. Kämpften verbissen um nicht nennenswerte Meter Bodengewinne. Fesselten die besiegten Gegner in Ermangelung von Marterpfählen an Bäume. Und handelten Kapitulationsbedingungen aus. Wie beim Waffenstillstand im Waggon von Compiègne. 1918. 1940. Oder in Potsdam. 1945.

Als nächstes erkor er Friederike als seinen angebeteten Schwarm aus. In diesen Tagen entscheidende Jahre älter als er, wohnte sie mit ihren Eltern in einem burgähnlichen Haus im nahen Mittelgebirge. Dorthin fuhr er viele Male weite Strecken mit dem Rad. Ein verwunschener Garten lag hinter dem Anwesen. Mit Bäumen, Sträuchern, Obst in Hülle und Fülle. Sie hatte ein Zimmer im Turm. Wie Dornröschen. Dort stöberten sie gemeinsam die Geschichten von *Vater und Sohn* durch, die ihm im Gedächtnis haften blieben. In ihrem Beisein war er entspannt. Für ihn unvergessene Tage der Freiheit und Geborgenheit.

Oder die vier Jahre ältere Olga. Sie lernte er in einem Urlaub mit den Eltern in einem Feriendorf nahe Point du Raz in der Bretagne kennen.«

»Die Gegend der Landung am 6. Juni 1944«, warf John vorlaut ein.

»Nein, mein Freund, du liegst daneben! Das war in der Normandie. Weiter nördlich. Du beziehst dich auf den D-Day. Die zweite Front gegen die *Krauts*[6].« Elijah fuhr sich mit der Hand durch das dichte, kräftige Kopfhaar. Sein Blick wanderte durch den Raum und blieb für Sekunden an einer Spinnwebe haften, die sich zwischen gegenüberliegender Wand und Decke eingenistet hatte. »Sehen und sich verlieben war eins. Viele solcher Begegnungen säumten seinen Weg. Es wäre müßig, sie alle zu erwähnen.

Die Pubertät traf ihn unvorbereitet früh. Wie ein Meeresbeben rollte sie über ihn hinweg. Ein wahrhaft belastendes Problem bemächtigte sich seiner. Und entwickelte sich zu einem immensen Stolperstein der Zukunft. Eine ausgeprägte Akne papulopustulosa verunstaltete ihn. Das lieblreizende Jünglingsgesicht mutierte zu einer entstellten Fratze. Der Körper blieb verschont. Auf Gesicht und Hals hingegen entstand eine eitergefüllte Pustel neben der anderen. Ähnlich Maulwurfshügeln. Nach Aufplatzen oder mechanischem Entleeren hinterließen sie abstoßende Narben. Tiefste Krater. Mit Granateinschlägen in einem Kriegsgebiet vergleichbar. Dementsprechend war sein Gemütszustand. Die Mitschüler belustigten sich. Ein Lehrer rief ihm im Unterricht ›he, du da, Streuselkuchen‹ zu. Das minutenlange, hämische Gelächter der Klasse hörten sogar die Passanten auf der Straße. Zu Hause erzählte er davon nichts. Schämte sich in Grund und Boden. Die Wende kam durch die Mama. Sie hatte ein Einsehen und erlaubte ihm, die Haare wieder wachsen zu lassen. Das half, die vordergründigen Probleme zu kaschieren. Insbesondere die wie Stoppschilder eines Schulbusses abstehenden Elefantenlauscher. Zeitgleich brachte die Pharmaindustrie medizinische Präparate auf den Markt, die sich als hilfreich erwiesen. Sie trockneten fetttriefende, schmierige Haut aus. Überdeckten teilweise die Hautunreinheiten. Heilten Entzündungen ab. Verminderten die Narbentiefe.

Seine Mama litt in der eigenen Jugend ebenfalls unter diesen Hautproblemen. Ein Grund für ihr nachhaltiges Verständnis. Sie besorgte ihm diese Medikamente in der Apotheke. Für Patientinnen entwickelt, um ihr Aussehen zu verbessern und damit die Psyche zu stabilisieren. Das sorgte in der Folge für weiteren Spott der Klassenkameraden und Lehrkräfte. Sie äußerten sich herablassend mit Sätzen wie: ›Mylady haben Make-up und Puder aufgelegt. Um den *Teint* zu verschönern« und sprachen letztere Bezeichnung expressiv deutsch aus. Mit der Zeit gewöhnten sie sich aber daran, weil sich das Thema in seiner Aktualität abnutzte, und er monatlich annehmbarer aussah, wodurch die Hautunreinheiten ihren ekelerregenden Effekt verloren. Was der seelischen Stabilisierung weiterhalf. Sein ramponiertes Selbstbewusstsein hinderte ihn trotzdem, nicht zuletzt nach vielen belastenden Erfahrungen, Mädchen anzusprechen.

Die Tanzschule besuchte er recht früh. Mit elf Jahren. Eine Sportart, die sich zu einer Leidenschaft entwickelte. Eine der wie Hühner auf der Stange sitzenden Schülerinnen zum Tanz aufzufordern, war dagegen für ihn ein Gräuel. Die Angst vor einer Abfuhr oder gehässigen Bemerkungen hinderte ihn daran. Er wartete, bis sich alle Jungs wie beim Start eines anno dazumal Autorennens zu den Begehrtesten durchgekämpft hatten. Zeitweilig lagen drei bis vier vor einer Schönheit knäuelartig übereinander. Er verbeugte sich letztlich vor dem Mauerblümchen, welches übrigblieb.«

›*Unser Leben beginnt an dem Tag zu enden,*
an dem wir über wichtige Dinge schweigen.‹
Dr. Martin Luther King

6. Elijah: Liebe und Verlust

Der Lärm im Gebäude ebbte langsam ab, und der Schulhof leerte sich. Ein letzter Bus mit johlenden Kindern fuhr los. Elijah setzte sein Schlendern durch die Reihen der Schüler fort.

»Die alles entscheidende Frage lautet in diesem Moment: Ab in die Ferien? Ich überlasse es euch. Ihr habt bei diesen Witterungsbedingungen bemerkenswert lange durchgehalten. Euch tapfer geschlagen. Hierzubleiben bedeutet, es folgen mindestens weitere drei Stunden. Entscheidet bitte. Jetzt. Ich verübele es niemandem, wenn wir den Rest des Märchens auf den Herbst verschieben. Wir sind alle urlaubsreif.«

»Wir bleiben«, lautete spontan die einhellige Meinung.

»Okay, auf eure Verantwortung. Ich habe euch gewarnt. Nicht einschlafen! Also weiter im Text, meine Freunde.« Rieb sich die Hände und lächelte seine Zuhörer an. »Seine Stellung in der Klasse änderte sich schlagartig. Das Schlüsselerlebnis war das kommende Ereignis. Es kam mit einer Party, die er in den weitläufigen Kellerräumen des elterlichen Hauses gab. Sein Papa organisierte ihm eine Partnerin für diesen Abend. Damit der Sprössling nicht verloren unter all den Pärchen herumstand. Über diesem Kapitel lautet die Überschrift: Sie kam. Er sah. Sie siegte. In Anlehnung an ›Veni, vidi, vici.‹ Des römischen Staatsmannes und Feldherrn Gaius Julius Caesars Ausruf. Bezogen auf die Schlacht bei Zela. Ihr erinnert euch.«

»Dunkel«, wandte John ein.

Elijah überhörte diesen Einwurf geflissentlich. Streifte den Schüler mit einem strafenden Blick und fuhr fort mit: »Ich benutze dafür bewusst einen Ausdruck der *Krauts*. Es war ein *Blitzkrieg*. Nach einer Sekunde war er bereits willenlos.

Sie stand am oberen Ende der Kellertreppe. Er wartete unten. Langsam stieg sie hinab. Schritt für Schritt. Mit schwingenden Hüften und Beinen zum Hinknien. Üppigen, blonden Haaren, die ein engelhaftes Gesicht umspielten. Marilyn Monroe schwebte ihm fünfzehnjährig leibhaftig entgegen. Ihre Erscheinung glich einem Wesen, das seraphisch vom Himmel herabstieg. Um einem banalen Sterblichen huldvoll die zarte Hand zu reichen. Sie sahen sich an. Ein unsichtbares Band schlang sich um beide. Es war um ihn geschehen.

An diesem Abend verwandelte er sich in einen Wolkenwanderer. Sie bewegten sich nach den Takten der Musik. Wie jahrelang eingeübt. Hände und Wangen berührten sich zärtlich. Ihre Körper zogen sich magnetisch an. Er vernahm das Pochen ihres Herzens. Sog den betörenden Duft ihres Parfums ein. Gebeamt in eine Dimension fern der Vorstellungskraft.

Ab Mitternacht tanzten sie eng umschlungen zu einschmeichelnden Rhythmen. Und die Welt um sie herum versank. Ein Märchen war geboren. Sie festzuhalten. Für alle Ewigkeit. Das war ab sofort sein Bestreben. Auf dieser Erde gab es keine andere, die ihr glich. Und die er begehrte. Dieses Mädchen. Sie war es. Seine zukünftige Ehefrau. Auf sie zu warten, das war sein Ziel. Von ihr in der Kirche das erlösende Ja-Wort zu hören. Sie auf Händen über die Schwelle der eigenen vier Wände zu tragen. Einen Stall voll Kinder zu haben. Mindestens dreizehn. Wie seine Urgroßmutter. Seine Träume waren ab sofort erfüllt von diesem einen Ziel. Schule beenden. Heiraten. Ein Studium finanzieren über Dienstverpflichtung bei der deutschen Kriegsmarine, deren Neuaufbau im Gange war. Die Aufstiegschancen nutzen, die sich bei der Truppe anboten. Alle Führerscheine anstreben. Flugscheine und Kapitänspatent. Und nebenher studieren. Eine Professur im angestrebten Studienzweig ins Auge fassen. Lehren. Wissen weitergeben. Ziele, für die es lohnenswert war, Kraft und Ausdauer einzusetzen. Im Geiste sah er alles in bunten Farben vor sich.

Von dieser Stunde an erkannten ihn seine Klassenkameraden an. Wer eine derart aparte Schönheit zur Freundin hatte, der verdiente Respekt. Neidvoll gestanden sie ihm das zu. Und wer ihn zukünftig neckte und mit den überholten, abgedroschenen Spitznamen ansprach, erntete keine Lacher mehr. Das waren Genossen, welche die Zeichen der Zeit verschlafen hatten und sich durch ihr dümmliches Verhalten eigenhändig ins Abseits kickten. Auch zu Hause stieg das Ansehen enorm. Er erntete keine Geringschätzung mehr. Und wuchs über sich hinaus. Seine Ausstrahlung beeindruckte. Die Persönlichkeit festigte sich. In den Tanzschuppen der Stadt war das unzertrennliche Paar am Wochenende regelmäßig anzutreffen. Weil sie nicht übermäßig betucht waren, hielten sie sich die Abende über an einer Cola fest. Das tat der Freude keinen Abbruch. Sie waren schließlich um des Tanzens willen da. Des Glückes wegen, diese Stunden gemeinsam zu verbringen. Er war ihr Freund, zu dem sie aufschaute. Sie seine angehimmelte Freundin, der keine andere glich. Ein Wesen aus ferner Galaxie. Der Inbegriff seiner Sehnsucht. Ihre Stimme kam dem Spiel einer Harfe gleich.

Der erste Kuss. Nie mehr würde er vergessen, welche turbulenten Gefühle dies in ihm ausgelöst hatte. Einen Sturm der Leidenschaft. Stundenlang wanderten sie tagaus tagein durch die nahen Wälder und Felder. Die Hände unlösbar ineinander verschlungen. Sie ließen keine Gelegenheit vorübergehen, sich zu berühren. Das feste Band ihrer Liebe zu betonen. Irma versicherte ihm täglich, dass einzig er in ihren Träumen Platz fände. Schwärmte mit ihm von ihrer Unzertrennlichkeit. Gemeinsam malten sie sich eine lichterfüllte Zukunft aus.

Er entdeckte seinen Engel täglich neu. Dieses ihr eigene Lächeln. Die elektrisierenden Blicke, die ihn wiederholt auf Planeten ferner Sonnensysteme katapultierten. Die samtartigen Hände. Eine Haut wie Milch und Honig. Ihre Figur. Ein Gemälde. Die Haare. Sie waren unvergleichlich.

Jeden Tag stellte er sich die Frage, was sie an ihm fand. Er war unscheinbar. Hatte die Probleme mit der Akne. Benötigte die braune Pampe, um einigermaßen manierlich auszusehen. Sie sah wohl einzig sein Herz, nicht das Äußere. Ein Geschenk, dessen er sich würdig erwies.

Seine Eltern luden das Liebespaar auf Schloss Rheinsberg im Rheingau ein. Die beiden sahen darin ihre heimliche Verlobungsfeier, sprachen es jedoch nicht an, aus Angst, sich durch ein falsches Wort zu verraten. Irma im duftigen, pastellfarbenen Sommerkleidchen, mit Petticoat und weißen Pumps. Er im dunkelgrauen Anzug mit schwarz-weiß-rot gestreifter Krawatte und Windsorknoten, den er zur Perfektion beherrschte. Ein Tag mit Aussicht auf Vater Rhein im Sonnenschein. Deutschlands Lebensader. Von Mythen umrankt. Vorbeigleitende Schiffe der weißen Flotte. Die lebhafte Unterhaltung und anheimelnde Stimmung. Diese Stunden des Hochgefühls prägten sich in den Seelen der Liebenden ein. Für den Schüler das mit Abstand schönste Zusammensein mit den Eltern, an das er sich später erinnerte. Voll Harmonie und ungetrübten Glückes. Er stellte sich eine Zeremonie am kaiserlichen Hofe in dieser Form vor. In solch gelöster Runde trafen sich die Vier nie mehr. *Glad All Over* schrieb Irma am gleichen Abend an die Wand über ihrem Bett.

Zwei Jahre zuvor hatte sich des Jungen sehnlicher Wunsch erfüllt, ein Hundekind sein Eigen zu nennen. Ein Bild von Schäferhund wuchs heran. Caro. Er war der treue Begleiter der beiden Liebenden auf ihren stundenlangen Spaziergängen und wachte über sie, wenn sie unaufmerksam waren und auf Blumenwiesen die Zeit vergaßen. Es verging ein unendlich langes, halbes Jahr. Mit *Only You*, *Love Me Tender*, *Sixteen Candles* und *Blonder Stern*. Teile der Familie schienen über die Entwicklung der ausufernden Liebe zunehmend aufgewühlt. Um nicht zu sagen, aufs Tiefste besorgt. Der Vater sah das anfänglich locker. Stand zu Hause diesbezüglich in *Stahlgewittern*. Zog sich in sein Arbeitszimmer zurück und vertiefte sich abschottend in seine wissenschaftlichen Studien.

Das Schulenglisch des Jugendlichen war zu dieser Zeit sehr ordentlich. Die Noten in selbigem Fach ebenfalls. Er war ein Schüler mit vorzeigbaren Zeugnissen. Aus diesem Grunde kam die folgenschwere Ankündigung einem Paukenschlag mit eiskalter Dusche gleich. Ohne Vorwarnung lagen Unterlagen und Fahrkarten für einen Fortbildungsurlaub in Great Britain auf dem Tisch. Es sei dringend notwendig, hieß es aus elterlichem Mund, um die Schulnoten in diesem Fremdsprachenfach entscheidend zu verbessern. Er traute seinen Augen und Ohren kaum. Einen Monat bei einer Gastfamilie? Weit entfernt von seiner innigst Geliebten? Undenkbar. Sie hatten sich bisher jeden Tag gesehen. Wie diese Zeit ohne seinen Engel überstehen? Und wer würde sich in den entsetzlich zermürbenden vier Wochen um Caro, seinen besten Kameraden, kümmern? Das kam Verrat gleich.

Warum diese Entscheidung, die ihn unvorbereitet und hart traf? Fragen türmten sich auf. Unüberbrückbare Hindernisse erhoben sich wie neue Gebirgszüge. Der Papa, schwerverwundet aus dem Krieg zurückgekommen und unter ständiger Migräne leidend, hielt sich unter Hinweis auf diese Beschwerden zunehmend bedeckt. Ruderte zurück. Die Mama beharrte auf der Reise. Er solle sein Englisch festigen. Gefühle überkamen den Jugendlichen, die Familienväter durchmachen, welche die Einberufung zum Fronteinsatz per Brief erhalten. Herausgerissen aus Heimat und Ambiente. Eine Welt stürzte über ihm zusammen. Einem gewaltigen Erdbeben gleich.

Ließ sich alle nur erdenklichen Argumente einfallen. Er verbrachte niemals Ferien ohne die Familie. War nun der richtige Zeitpunkt, damit anzufangen? Flehte den Vater an, ihm beizustehen. Dieser verwies darauf, dass er gegen die Entscheidung seiner Ehefrau keine Chance habe. Die Mama blieb unerbittlich. ›Du fährst! Beschlossene Sache. Der Familienrat hat entschieden‹, lautete die klare Ansage. Ähnlich einem militärischen Marschbefehl.«

Elijah nahm sein Umherwandern wieder auf. Schritt bedächtig durch die Reihen. Schaute jeden Einzelnen an.

»Ja. Unvorstellbar für euch. Sehe es euren Gesichtern an. Ihr seid fassungslos. Es galt im Trizonesien dieser Zeit in den sogenannten besseren Kreisen weiterhin der unbedingte Gehorsam. Die Entscheidung fiel ohne vorherige Rücksprache.

Er war in eurem Alter. Wenn euch die Eltern gegen ausdrücklichen Willen verschickten, würde dies heutzutage einen Sturm der Entrüstung auslösen.«

Elijah hielt erneut im Laufen inne. Räusperte sich. Hob gedankenversunken die Augenbrauen. Schüttelte bedächtig den Kopf. Fuhr fort: »Der Sechzehnjährige zog alle Register. War, wie ich berichtete, aufgewachsen in einem erzkonservativen Umfeld ehemaliger Reichswehr- und Wehrmachtsoffiziere und ihrer Familien. Er verstieg sich zu Aussagen wie: ›Ihr schickt mich kaltlächelnd an die Westfront zu den Tommies. Habt ihr vergessen? Es waren britische Brandbomben, die das prächtige Anwesen der Großeltern in Schutt und Asche legten. Und erinnert euch an das Bombardement auf Helgoland! Mich dorthin zu schicken – ich fasse es nicht –, kommt englischer Kriegsgefangenschaft auf der Insel gleich.‹ Das Argument verpuffte. Er legte daraufhin den Hebel um. Meinte kläglich bittend in Richtung seines Papa, der ihm der einzig verbliebene Verbündete schien: ›Ich möchte Irma nicht verlieren. Das verstehst du doch?‹ Dass es nicht in der Macht des Vaters lag, begriff er. Aber es war einen Versuch wert. In einem letzten Aufbäumen erhob er die Stimme, schrie: ›Das ist abscheulich und ungerecht. Ihr habt keine Ahnung, welchen beschissenen Stand ich vor meiner Freundschaft mit diesem himmlischen Wesen in der Schule hatte. Heute ist es völlig anders. Zerstört das nicht. Ich bitte euch von Herzen. Habt ein Einsehen. Schickt mich nicht weg! Es endet für mich in einer Katastrophe.‹ Es half nichts. Die Reise war beschlossene Sache. Vier kaum zu verkraftende Wochen standen ihm bevor. Das schwer zu ertragende Gefühl der Ohnmacht lähmte ihn. Er sprach das Problem bei seiner Freundin an. Sie suchten gemeinsam Auswege aus dem Dilemma. Irma hatte Monate zuvor ihren sechzehnten Geburtstag gefeiert. War ein halbes Jahr älter. Es reifte in ihnen der waghalsige Entschluss, Gretna Green ins Auge zu fassen. Heimlich nach Schottland zu reisen. Rechtsverbindlich verbundene Eheleute waren unantastbar. Es griffe der Satz des Vaters nicht: ›Komme nicht mit der Nachricht einer Schwangerschaft hierher. Habe nicht vor, für dich im Zuchthaus zu landen.‹ Es gab in der westlichen Besatzungszone Deutschlands bei Minderjährigen eine mit empfindlichen Strafen drohende Rechtsauffassung zu dieser Thematik. Galt natürlich nicht für Paare, die im Ausland legal geheiratet hatten.

Die Liebenden diskutierten. Sie wogen ab. Kamen sich näher. Die körperliche Vereinigung, das erste Zusammensein, versagten sie sich. Obwohl es schwerfiel. Sie träumten von einem himmlischen Fest der Liebe. Ähnlich einer Sonnenwendfeier, bei der die Feuer zu Tale rollen und Sterne am Himmel um die

Wette blitzen. Des Mondes Lächeln würde die weiche Decke sein. Sie beide. Gemeinsam. Das Erleben des ersten Wir. Sie planten es in Schottland, nach der Trauung in der Schmiede. Um mit sich im Reinen zurückfahren und den Eltern die unabänderliche Nachricht als rechtlich verbundenes Paar zu überbringen. Da stand nur ein großes Problem im Raum. Wie das Kapital für Reise und Unterkunft besorgen? Darin gipfelte jede Überlegung. Sie besaßen weder Verbündete, noch hatten sie Rücklagen. Es galt, alles zu überdenken.

Der Tag der Abreise rückte bedrohlich heran. Sie versprachen, täglich seitenlange Briefe zu schreiben. Sich ihrer unverbrüchlichen Liebe zu versichern und Gretna Green fest im Auge zu behalten. Erwogen, dass Irma direkt dorthin käme. Von Südengland aus den Zug zu besteigen, war für den Sechzehnjährigen zu bewerkstelligen. Es haperte einzig an der Finanzierung des Unternehmens *Schmiede*. Er brütete vor sich hin. Die letzte Umarmung unter der Laterne vor dem elterlichen Haus. Im Geiste hörte er Lale Andersen *Lili Marleen* singen. Bald war er in der Fremde. Zur Untätigkeit verdammt. Bis der Transport in Richtung geliebte Heimat zurückrollte.

Jeden Tag schrieb er seitenlange Liebesbriefe. Hielt sich stundenlang im Zimmer auf, sodass die englische Gastfamilie aus Sorge wiederholt den Hausarzt alarmierte. Dieser diagnostizierte korrekterweise Heimweh.

Es waren die Sechziger. In Great Britain war das Beatlefieber ausgebrochen. *The Animals* sangen vom *House Of The Rising Sun*. Er sah sich in solch einer Lebenssituation, wie in diesem Lied geschildert. *Glad All Over* von den Dave Clark Five war in den Charts. Und zierte daheim Irmas Schlafzimmerwand. Er erstand diese Schallplatte für seine Liebste. Besuchte wehmütig den Steinstrand von Brighton. Träumte sich übers Wasser zu ihr hin. Rief sich ins Gedächtnis, wie oft sie gemeinsam vor den Schaufenstern des alteingesessenen Geschäftes für Baby- und Kleinkinderausstattung gestanden und sehnsüchtig die hochwertigen Kinderwagen betrachtet hatten. Schaute überdrüssig dem Spiel der Wellen zu. Vernahm das Klacken der Kiesel, wenn sie aneinanderstießen. Beteiligte sich apathisch an einer Busfahrt zu der Isle of Wight. Erlebte Beat-Keller-Atmosphäre ohne Emotionen. Und ein modernes England, das mit seinen antiquierten Vorstellungen von ehemaligen Kriegszeiten und Gegnern, Schirm und Melone nicht korrelierte.

Bei seiner Rückkehr warteten die Eltern am Bahnsteig. Sein Schäferhund überschlug sich bei der Begrüßung vor Freude und begleitete ihn am darauffolgenden

Morgen wie gewohnt in den Nachbarort. Dorthin, wo Irma, wie er felsenfest überzeugt war, sehnsüchtig auf ihn wartete. Obwohl sie seine tägliche Post, die ellenlangen Briefe, lediglich mit drei kurzen, belanglosen Antworten bedacht hatte. Er entschuldigte es blauäugig mit dem einwöchigen Streik der Royal Mail in diesen Tagen. Gretna Green. Das Ziel fest ins Auge fassen. Dies war seine Intention.

Er stand hoffnungsfroh mit pochendem Herzen in der Auffahrt vor dem Haus. Klingelte. Die Hände zitterten. Sein Hundekind saß schwanzwedelnd neben ihm. In Erwartung eines ausgedehnten Spaziergangs durch Feld und Wald. Mit Bällchen Werfen und ausgelassenen Spielen. Die Tür öffnete sich wenig später. Irma trat heraus, die Miene versteinert.

Keine stürmische Umarmung. Kein inniger Kuss zur Begrüßung. Nach vier Wochen Trennungszeit. Streichelte Caro nicht, obwohl der sich hingebungsvoll an sie drängelte.

Mit verschränkten Armen stand sie in der halb geöffneten Eingangstür. Musterte ihn mit eiskaltem Blick. Eine Mentholzigarette in der Hand. Einen schwarzen Lidstrich auf dem oberen Augenlid. Bisher hatte sie höchstens einmal einen zarten roséfarbenen Lippenstift getragen.

›Was bezweckst du?‹

Seine Antwort: ein Stottern.

›Verschwinde. Auf der Stelle. Ich habe nicht nach dir gerufen. Vergeude nicht meine Zeit.‹ Sie behandelte ihn wie den unmündigen Gymnasiasten, den die Klassenkameraden vormals in der Schule verspotteten. ›Wieso bist du überhaupt hier? Geh. Ab mit dir. Zieh Leine. Troll dich.‹ Eine eindeutige Handbewegung unterstrich die Worte und kam einem Erdbeben gleich.

Warum er vor der Tür stand? War diese Frage ernst gemeint? Und dann die Formulierung *überhaupt*. Sie rechnete nicht mit ihm? Nach vier Wochen Trennung?

Irma drehte sich abrupt um. Kein Gruß zum Abschied. Die Haustür schlug zu. Wie angewurzelt blieb der Heimkehrer stehen. *Draußen vor der Tür*[7].

Die Schallplatte fiel aus seiner Hand in den Staub der Einfahrt.

Wie lange er in dieser Stellung verharrte? Er erinnerte sich später nicht mehr daran. Der treue Kamerad, unverbrüchlich vor ihm stehend, schaute ihn immerzu fragend an. Den Kopf zur Seite gelegt. Die Ohren gespitzt. Er war es, der die Initiative ergriff und hob das am Boden liegende Geschenk bedächtig mit den Zähnen auf, steckte es in die schlaff herunterhängende linke Hand und stupste das Bein seines besten Freundes so lange an, bis der aus seiner Trance aufwachte. Benommen. Stumpfsinnig setzte er einen Fuß vor den anderen. Trottete dem vierbeinigen Gefährten entmutigt hinterher.

Einen ganzen Tag wanderten sie durch die Felder. Die bekannten Wege entlang. In seinem Kopf summte und brummte es. *Rhythm Of The Rain und I'll Do My Cryin' In The Rain*, die Texte verprügelten seine geschundene Seele. Hämmerten auf ihn ein. Es regnete nicht. Die Sonne schien kraftvoll vom Himmel. Tauchte das Land in bunte Farben. Vögel zwitscherten und sangen. Heiterkeit erfüllte das Leben um sie herum.

Er verdankte es dem schwanzwedelnden Gesellen, dass sie wieder den Weg zurückfanden, und er beim Überqueren der Straßen nicht verunglückte, weil dieser ihn am Hosenbein energisch zurückzog. In ihm wütete ein Hurrikan. Nachdem sich der Sturm gelegt hatte, lagen alle Hoffnungen zerborsten am Boden. Seine glanzvolle Zukunft in Trümmern. Wie am 11. November 1918 und 9. Mai 1945 die beiden Deutschen Reiche, denen der unverbesserliche Patriot eng verbunden war. Bis sich das ›O *Deutschland Hoch In Ehren*‹[8] im Staub der Zeit unaufhaltsam auflöste.

Kein Familienmitglied fragte beim Zurückkommen, warum er durch den Wind war. Den ganzen Tag verschollen. Für alle schien es das Normalste der Welt, dass er von dieser Stunde an solo herumirrte.

Je in sich gekehrter er auftrat, umso lockerer waren die Mitmenschen. Es schien, als sei allen eine immense Last von den Schultern gefallen. Eine Bürde, die ab sofort er schulterte.

Fröhlichkeit und Gelassenheit schlugen in Härte um. Er verarmte gefühlsmäßig. Sein Hundekind, das monatelang täglich in die Richtung der einstigen Angebeteten zog, war der rettende Anker. Schenkte Willen zum Überleben. Mit ihm verband ihn eine Freundschaft, die auf unverbrüchliches Vertrauen basierte. Bei Menschen gelang ihm das nicht mehr. Er grübelte. Zermarterte sich das Hirn, warum der Bruch aus heiterem Himmel im Sturzflugmodus einer Junkers Ju 87 über ihn hereingebrochen war. Nach gerade einmal dreißig Tagen. War vorher alles Show gewesen? Von tausend Lügen geprägt? Belustigte sie sich über den Naivling und Hampelmann, *The Puppet On A String*? Wie er auch nachdachte. Zu einem befriedigenden Ergebnis kam er nicht. Er stürzte sich ins Lernen. Büffelte bis zum Umfallen. Seine Freizeit war ausgefüllt mit Caro. Er dröhnte sich mit Musik zu. AFN lieferte frei Haus. Nur nicht grübeln, zum Nachdenken kommen. Doch die klaffende Wunde blieb. *Tears On My Pillow* überschattete sein Dasein.

Wen er darauf ansprach – Bekannte, Menschen, die das Paar gemeinsam erlebt hatten –, jeder ließ durchblicken oder drückte bedauernd aus: ›Deine Freundin hat in den vier Wochen garantiert einen richtigen Mann kennengelernt. Der ihr mehr bot. Kein dümmliches Liebesgesäusel im Mondschein. Träume von Ehe, Kindern, Treue und Ehrlichkeit. Sie ist ein Teenager. Hungrig auf Erlebnisse. Neue Erfahrungen. Sich binden an einen Trottel wie dich? Quatsch. Schmink dir das schnell ab.‹ Joviales Schulterklopfen beendete solche nichtssagenden Unterredungen.

Wie oft hörte er Floskeln wie: ›Kopf hoch. Es kommen bessere Zeiten. Denk daran, Unzählige werden folgen. Und weitaus Hübschere. Sie verdiente dich nicht.‹ Es war für ihn kein Trost.

Im Zeitraum bis zum Abitur lernte er verschiedentlich Mädchen kennen. Nicht annähernd hielten diese oberflächlichen Bekanntschaften dem Vergleich mit seiner Verflossenen stand. Waren Tanzpartnerinnen für eine Party. Nicht mehr.

Er war mit einem Schlage um Jahre gealtert. Kleidete sich stockkonservativ. Anzüge, Krawatten, weiße Hemden, Borsalino und Regenschirm. Der Biologielehrer rief ihn aus Überzeugung mit *Mr. Chamberlain* auf. Er baute Misstrauen auf. Gegenüber Menschen. Eine Festungsmauer umgab ihn. In dieser Zeit sah er verhärmt und grau aus. Der Teenie schien verschwunden. Glanzlose Augen. Ein gebeugter Körper. Rückwärts gerichtete Ansichten. Auf einer Gesellschaft fragte eine ältere Dame seine jugendlich wirkende Mutter allen Ernstes, ob er der Ehemann sei. Der Tiefpunkt seiner Entwicklung. Eine grundlegende Änderung war notwendig, um seinem Leben wieder Farbe zu geben. Oder er würde sterben. In absehbarer Zeit. Wie recht er mit dieser Annahme hatte, erwies sich bald.«

›Mir ist bewusst, dass ich eine Frau bin,
und es mir Spaß macht, eine Frau zu sein.‹
Marilyn Monroe

7. Shirley:
Aufbruch ins Unbekannte

Key West, Florida. Ich war der festen Überzeugung, meine flüchtige Bekanntschaft vom Vorabend säße zu dieser Zeit im klimatisierten Bus auf dem Weg in Richtung Fort Meyers. David meldete sich nicht. War versackt. Die Männerclique probte Komasaufen nach dem Spiel und war absolut fahruntüchtig. Ein Zimmer in einem abgewrackten Schuppen unter der bunt leuchtenden, vollmundigen Überschrift *Motel* hatten die Jungs vorsichtshalber vor Abfahrt gebucht. In Unkenntnis der Bruchbude, die sie erwartete. Hatte mich demnach richtig entschieden, nicht mitzufahren. Und Susan schmollte. Verbrachte genervt den Tag im Bett. Ich war erleichtert, frei in meinen Entscheidungen zu sein.

Das Sonnenlicht tauchte die Insel in berückende Farbenpracht. Ich erstand einen kubanischen, weißen Strohhut und schlenderte zum nächstgelegenen Strandabschnitt. Zu meiner Überraschung saß dort die Deutsche, die ich bei ihrer Reisegruppe wähnte. Setzte mich, ohne zu zögern, zu ihr hin. Begrüßte sie freudestrahlend wie eine langjährige Bekannte. Sie war gerade im Begriff, sich ein Kopftuch im Stil der Fünfzigerjahre umzubinden. Eine Sonnenbrille verbarg ihre Augen.

Wir kamen erneut ins Gespräch. In den Händen hielt sie einen Reiseführer, der Floridas Sehenswürdigkeiten beschrieb. Sie legte das Büchlein zur Seite und meinte mit einer Geste, die Entschuldigung ausdrückte: »Wenn ich schon nicht persönlich dort war, ist es zumindest ratsam nachzulesen, was ich alles versäumte.« Ein zwangloses Lachen ließ ihr Gesicht erstrahlen.

»Warum hast du die Busfahrt gecancelt?«

»Es hatte einen triftigen Grund. Abgesehen davon: Key West ist prachtvoll. Unmöglich, von diesem auserlesenen Zauber nicht gefangen zu sein. Ein Platz zum Verlieben. Und lieben«, setzte sie kleinlaut hinzu. Legte den Kopf zur Seite und presste die Lippen zusammen.

»Meine Absicht ist«, meinte sie, »Hemingways Traumhaus kennenzulernen.

Die Räumlichkeiten zu betreten, in denen ein Genie wie er zeitweilig lebte. Seine Bars von außen zu betrachten. Die prachtvolle Vegetation auf mich einwirken zu lassen, die unvergleichlich artenreich und farbenprächtig ist. Diese tropischen Bäume. Galaktisch. Eine malerische Seitenstraße zu finden, und das Drumherum zu bestaunen. Die typischen Häuser des amerikanischen Südens. Ihre bestrickende Wirkung, diese übernatürliche Kraft aufzusaugen. Und damit in eine andere Dimension des Erlebens hineinzugleiten. Mir einzubilden, hier ist mein Für-immer-Zuhause. Eine Insel der Glückseligkeit. Brauche nie mehr wegzugehen. Es sei denn, ein Sturm fegt mich davon.«

Dic Kleine war aufgeschlossen. Nicht wie am Vortag. Eine Last schien von ihr abgefallen. Wir schwatzten. Tranken Erfrischungsgetränke. Aßen den einen oder anderen Snack. Die Zeit verging im Fluge.

Unvermittelt fragte ich: »Was beschäftigte dich gestern? Du warst in solch einer Endzeitstimmung. Erzählst du es mir?«

Sie zögerte. Schaute verloren zu Boden.

»Komm, sag es mir. Gib dir einen Ruck. Dein Ehemann?«

»Bin nicht verheiratet. Noch immer ledig.« Sie zuckte kaum merklich mit den Schultern. Mir war, als hörte ich einen trotzigen Unterton in dieser Antwort. Oder bildete ich mir das ein?

»Dein fester Freund. Nein? Na, komm schon«, meinte ich mit Nachdruck in der Stimme. »Lass dich nicht so lange bitten. Ein flüchtiger Bekannter. Stimmt's?«

Ein zögerliches »ja« bestätigte meine Vermutung.

»Also doch. Eine Mannsperson. Logisch. Es sind fortgesetzt die Typen, die uns das Leben vermiesen. Vergiss ihn. Ex und hopp. Sitzt er im Bus?«

Sie nickte scheu.

»Na umso besser. Lass ihn ziehen. Gott sei mit ihm. Shalom[9].«

»Ich fühle mich derart benutzt«, meinte sie. Verletzung schwang in der brechenden Stimme mit.

»Das kenne ich. Ein Gefühl der Ohnmacht. Am liebsten stündest du hinterher stundenlang unter der Dusche. Scheißkerl. Was hat er dir angetan? Berichte! Ich verstehe jede deiner Regungen. Leider. Zeig es ihm. Weibsen sind ebenso in der Lage, die Sau rauszulassen.« Es ging mit mir durch. Versuchte sie aufzuheitern. Mit losen Sprüchen.

Sie winkte ab. »So ist es nicht. Es ist verzwickter.« Verunsichert spielte sie mit ihren Fingern.

»Vergiss alles, was du mit ihm erlebt hast. Wie lange wirst du bleiben?«

»Zweieinhalb Wochen.«

»Super. Optimal. Ich zähle dir auf, was an Sehenswürdigkeiten auf dich einstürmt.«

Sie taute rasch auf. Lachte. Und aus mir sprudelte es heraus. Ich erfuhr, dass wir annähernd gleichaltrig waren. Sie arbeitete in einem Kaufhaus in der Abteilung für Damenoberbekleidung. Bei Blusen und Röcken. Sprach mit Begeisterung von ihrer Tätigkeit. Verdiente dort nicht übermäßig, wie ich vermutete. Das schien für sie eher zweitrangig zu sein. Ich dagegen hatte das Psychologiestudium an einer Eliteuniversität mit Bravour bestanden und aus familiären Gründen nicht weitergemacht. Trug mich neuerdings allerdings mit dem Gedanken, dies zu ändern. Stichwort: Selbstverwirklichung. Ein Praxisschild mit meinem Namen. Das auserkorene Ziel. Beneidete die Studienkolleginnen, die diesen Schritt in die Selbständigkeit seinerzeit gewagt hatten. Sich nun selbstzufrieden zurücklehnten, ihr eigenes Geld zu verdienen. Nicht das des reichen Gatten unter die Leute zu schleudern. Wie ich.

Wir unterhielten uns angeregt. Saßen im Sand. Machten zwischendurch Strandspaziergänge. Hingen auch mal ab an einer Getränkebude. Die Stunden verrannen. Ab und zu musterte ich sie verstohlen. Ihr offenes Wesen gefiel mir zunehmend. Trotz aller Zurückhaltung, die sie an den Tag legte. Und diese Kurven. Musste es neidvoll gestehen: sexy. Ein ausgestellter oder eng geschnittener Minirock würde sie zur Geltung bringen. Mit den richtigen Pumps und Bleistiftabsatz eine Augenweide.

Ich schaute zu ihr hin und zog sie im Geiste an. Stellte mir vor, was ein gekonntes Make-up ausmachen würde. Und gestylte Haare. Die richtige Farbe. Das Tüpfelchen auf dem I. Mein typisch amerikanisch-weibliches Feeling ging mit mir durch.

Unterdessen unterhielten wir uns über Gott und die Welt. Badeten. Schwammen weit hinaus. Und warteten erneut auf den Sonnenuntergang. Derweil füllte sich der Strand mit Schaulustigen, die sich jeden Abend einfanden. Partystimmung kam auf, die alle einbezog.

»Magst du?« Ich zündete mir eine Tüte an und reichte sie ihr.

Meine Zufallsbekanntschaft sah mich verblüfft an. Zögerte. Wieder ein fragender Blick. Hölzern griff sie nach dem Joint. Diesem Zug folgte ein ausgedehnter Hustenanfall. Sie lächelte verunsichert.

»Habe so etwas noch nie geraucht. Ist das … ?«

Ich schmunzelte. »Ja. Cannabis. Wenn du auf den Geschmack gekommen bist, unterbleibt der Hustenreflex.«

Der Joint wanderte zwischen uns hin und her.

Auf dem Heimweg vom Strand schlug ich ihr vor, sich zum Abendessen zu treffen.

»Unsere Clique, von der ich dir erzählte, ist heute in diesem Restaurant. Dort. Auf der anderen Straßenseite. Wenn du Lust und nichts Besseres geplant hast, sei unser Gast. Gib dir einen Stoß und komme. Freue mich darauf. Wir werden uns einen entspannten Abend gönnen. Lernst meinen Ehemann David kennen. Nimm dich aber vor ihm in Acht, er rennt jedem Rock hinterher, der aufreizend daherkommt. Wie sein unmöglicher Chef.«

Verschämt meinte sie: »Dann hast du nichts zu befürchten.«

»Sehe das anders«, widersprach ich auf der Stelle. »Und das weißt du. Das ist keine Schmeichelei. Sondern entspricht einzig der Wahrheit.«

Sie schaute zu Boden. Scharrte verloren mit ihrem Fuß auf dem sandigen Weg. Wir redeten noch eine Weile über Belangloses und trennten uns dann. Ich rief ihr nach: »Bitte, komm. Wir haben bestimmt Spaß.«

Die Runde fand sich zu späterer Stunde im Restaurant ein. Es war heiß und stickig. Die Deckenventilatoren drehten behäbig ihre Kreise. Kurz darauf stand meine Strandbekanntschaft ungestylt in der Tür und schaute sich suchend um. Ich winkte sie herbei. Die Herren erhoben sich formvollendet und begrüßten sie. James, ich fasste es nicht, sogar mit Handkuss. Seine polnischen Wurzeln ließen grüßen. David rückte ihr den Stuhl zurecht. Bei mir hatte er dieses Gebaren in grauer Vorzeit abgelegt. Später raunte er in mein Ohr: »Wo hast du diesen heißen Feger aufgetan? Ist eine Sünde im Sand unter südlichem Sternenhimmel wert.« Er schnalzte anerkennend mit der Zunge. Schaute mich keck an.

»Wenn du morgen Spiegeleier von eindeutiger Herkunft auf dem Frühstückstisch vorfindest, lieber Freund, ist dir klar, dein Frauchen versteht, mit Küchenmessern umzugehen. Reiß dich am Riemen«, zischelte ich. »Und bedenke. Wir beabsichtigen einen Ausflug in die Everglades. Zu dem erwachsenen Snappy. Alles, was im Boot steht, ist gefährdet. Und ich rufe dem Feinschmecker zu: guten Appetit.«

Er grinste mich provozierend an. Stemmte die Hand auf den linken

Oberschenkel. Lehnte sich im Stuhl zurück. Nippte an dem Rotweinglas. Und ließ seinen Gedanken freien Lauf.

Nach Mitternacht, wir hatten alles Mögliche gebechert, beobachtete ich verschwommen aus den Augenwinkeln, wie James und David an der Theke in der Ecke des Raumes miteinander tuschelten. Jeder steckte, wenn ich mich nicht täuschte, drei einhundert Dollar Scheine in einen Umschlag, den sie sorgfältig verschlossen, beschrifteten und dem Barkeeper überreichten. Das war wieder eine der Gaunereien, die das Licht des Tages scheuten. Dessen war ich mir sicher. Darauf im Hotel angesprochen, meinte David lapidar: »Reine Männersache. Du weißt, wir wetten gern.« Er warf es derart sachlich hin, dass ich dieser Angelegenheit keine Bedeutung zumaß. Ließ es damit bewenden und vergaß es später.

Ich traf meine Urlaubsbekanntschaft am nächsten Vormittag vor dem Hemingway Haus. Wir hatten uns hier verabredet. Sie sah sich nicht satt an den schnuckeligen Räumlichkeiten. Der schmalen Treppe in den ersten Stock. Den Möbeln. Vor allem war sie vernarrt in die breite, umlaufende Holzveranda. Verweilte hier eine halbe Ewigkeit.

Stunden später schlenderten wir durch die Straßen. Ständig entdeckte sie Neues. Ließ sich mitreißen. Ein Kind. Spöttisch entfuhr mir: »Alice im Wunderland.« Diese ausufernde Begeisterung eines Menschen erlebte ich erstmalig.

Es hielt sie nicht ab, stehenzubleiben. Zu staunen. Sich zu ergötzen. Am Straßenrand sitzend zeitvergessen Häuser wie Vegetation zu studieren. Sie sog alles in sich auf wie die Hummel den Nektar.

Ich ertappte mich dabei, wie ich sie von der Seite her musterte. *Stell dir vor, sie bemerkt das*, fiel mir ein. *Kommt fälschlicherweise auf den lachhaften Gedanken, sie habe mein persönliches Interesse geweckt. Irre peinlich wäre solch ein Missverständnis.*

Absurde Ambitionen dieser Art? Niemals! Die Kinder- und Jugendzeit dazugerechnet. Und würde dies nie entwickeln. Wenn ich von nichts überzeugt war – davon zu hundert Prozent. David genügte mir. *My Automatic Lover.* Ich rief mich zur Ordnung und schlug bewusst einen deutlich sachlicheren Umgangston ein. Vermied, ihr zu nahe zu kommen, damit sich Hände und Arme nicht zufällig berührten.

»Wie war der Nachhauseweg in der Nacht?«, fragte ich mehr beiläufig, ohne aufschlussreiche Informationen zu erwarten. Einzig um die entstandene

Gesprächspause zu überbrücken. Was ich hörte, das verschlug mir den Atem. Susans Bruder James hatte sich angeboten, sie ins Motel zu begleiten. Damit sie wohlbehalten dort ankäme. Zugegeben, wir alle waren in der Nacht nicht mehr stocknüchtern gewesen. Das entschuldigte aber auf keinen Fall sein unmögliches Betragen. Bei einem stimmungsvollen Umweg über den vom Mondlicht verwunschen beleuchteten Strand hatte James die Gunst der Stunde genutzt. Und die Kleine überrumpelt. Sie berichtete es mit offenkundigem Zögern.

Ich war empört. Verantwortungsloses Vorgehen eines Kerls, der den Gemütszustand eines unschuldigen Mädchens und das Ambiente einer Karibiknacht für seine Zwecke schamlos ausnutzte.

Sie wiegelte ab: »Es gehören zwei dazu. Entschiedener zur Wehr setzen. So hätte das Gebot der Stunde gelautet. War durch den Tag, den berauschenden Abend, die anregenden Gespräche, den Alkohol, den ersten Joint meines Lebens, die drückende Hitze und die funkelnde Sternennacht in einer Stimmung, die mich willenlos öffnete. Für Schmeicheleien und exzessive Liebkosungen. Das Wecken von zahllosen Sehnsüchten. Und ungebremsten Sex. Von da aus war es ein nicht erwähnenswerter Schritt bis zum bedingungslosen Nachgeben. Und zugegebenermaßen unvergesslichen Erlebnissen.« Sie sah treuherzig zu mir hin und fuhr fort: »Das sind natürlich fadenscheinige Erklärungen. Geboren aus der Einsicht, mir und dem Ansehen von uns Frauen im Allgemeinen geschadet zu haben. Ich passte in das männliche Beuteschema. Und ließ ihn widerstandslos gewähren.« Sie senkte schuldbewusst den Kopf. Gestand sich ein: »In allen Punkten schuldig, Euer Ehren.«

Diese Nachricht versetzte mir einen Stich. Wenn ich mir das in dem Augenblick auch nicht eingestand. Eine brennende Schramme auf meiner Seele, obwohl es mich absolut nichts anging. Sie war eine Fremde. Eine zufällige Begegnung am Strand. Erneutes Zusammentreffen in diesem Leben war höchst unwahrscheinlich. Und James sah akzeptabel aus. Braungebrannter Sportstudiofreak mit markanten Gesichtszügen. Eingeübter Don Juan. Seiner unangefochtenen Ausstrahlung auf das andere Geschlecht sicher. Ich fuhr nicht auf den aufgeblasenen Macho ab. Kannte ihn und sein Umfeld zu lange. Oberflächlichkeit und Insensibilität zeichnen diese Gattung Hengst aus. Aus diesem Grund war mir die kindliche Trotzreaktion, die mich überfiel, unerklärlich. Der erste Gedanke war: *Du marschierst stante pede ins Hotel, überfällst David und bumst mit ihm, bis das Bett kracht. Auseinanderbricht. Die Wände zusammenfallen. Und ein schwerer Sturm über die Insel fegt.*

Schweißperlen bildeten sich auf meiner Stirn. Bei allem, was recht ist. Es ist kein Wettkampf. Ich schluckte. Der Kloß bewegte sich nicht. Schloss kurz die Augen und fummelte umständlich an der Sonnenbrille herum. Mit belegter Stimme meinte ich spitzer als gewollt: »Du bist ein ungebundenes weibliches Wesen. Und nicht meine Tochter. Entschuldige bitte die Indiskretion. Habe kein Recht, dir vorzuschreiben, was du wann, mit wem, wie und wo treibst. War unangebracht, diese Grenze zu überschreiten. Was ich lediglich damit auszudrücken gedenke, ist: Das mehr als 6 Feet[10] große und mindestens 260 Pounds[11] schwere Muskelpaket hat den Gentleman in sich in die Sümpfe verbannt. Das ist von Übel. Denn ich führte dem Flegel ohne Absicht frisches Kalbfleisch zu, indem ich dich ihm vorstellte. Der Kerl degradierte mich zur Puffmutter. Und das bohrt in mir.«

Ungewollt stand ich mit geballten Fäusten da. Zu langsam löste sich die Anspannung. Es dauerte eine Zeit, bis sich die Wogen des Inneren glätteten. Von diesen Gefühlswallungen bemerkte sie nichts. Zumindest hoffte ich es inständig.

»Bedaure es von Herzen«, sie blieb unschlüssig stehen, setzte sich auf den sandigen Boden und unterbrach meine grollenden Gedankenstrudel. Schaute treuherzig auf, berührte dabei zeitvergessen eine Blume, die am Straßenrand wuchs. Streichelte sie zärtlich. Ihr versonnener Blick senkte sich. Verlor sich in der Blüte. Ich verharrte neben ihr. Räusperte mich. Wusste nichts zu entgegnen.

Beim gemeinsamen Abendessen im gleichen Restaurant sah ich zu später Stunde, dass der Barkeeper meinem Ehemann den Umschlag vom Vorabend heimlich über die Theke schob. Nach kurzem Schulterblick zu unserem Tisch reichte der ihn James weiter. Klopfte dem Wüstling anerkennend auf die Schulter. Schlagartig war mir bewusst, was sich dort abspielte. Ich schob geräuschvoll den Stuhl zurück und schoss aufgebracht in die Höhe. Marschierte wutschnaubend los. Baute mich vor den beiden Verschwörern auf. Blitzte David wütend an und meinte herablassend: »Arschloch! Wie tief können Jungs eigentlich sinken?« Und zu seinem feixenden Spießgesellen gewandt entfuhr mir: »Bist ein typisches, gefühlloses Monster, du Macker. Umschrieben mit dem Begriff Mann. Das Gehirn in der Hose und Manieren einer Dampfwalze. Kannst stolz sein. Ein Mädchen zuerst unter Alkohol setzen und daraufhin gefügig machen, Supermann.«

»Bin ich«, gab er sachlich zurück und verzog die Lippen zu einer Schnute. Sein überheblicher Blick sprach Bände.

»Ach ja, du Held?« Ich boxte ihm gegen die Brust. Sein schwarzes Hemd stand weit offen, sodass die buschigen Brusthaare provozierend herausquollen. »Hat es sich wenigstens gelohnt, Tiger? Bist voll auf deine Kosten gekommen?« »Und wie, sie ist eine Granate. Immer wieder gern, Lady«, erwiderte er frech. Und im Nachsatz: »Soll ich ihr die Scheinchen in den ausnehmend hübschen Ausschnitt stecken, ist dir das lieber? Denn ehrlich verdient hat sie es sich.«

Ich traute meinen Ohren nicht. Bereits im Weggehen begriffen, drehte ich mich auf dem Absatz um. Hände in die Taille gestemmt. Die Augen zu Schlitzen verengt. Eine kampfbereite Kobra war harmlos dagegen. Meine Rechte züngelte vor. Hinterließ eine rote linke Wange auf einer grinsenden Visage, die daraufhin einfror. Schlug zeitgleich auf die Hand, die provozierend mit dem Geldbündel wedelte. Geladen stampfte ich davon, ohne eine Reaktion abzuwarten. Erreichte mit ausladenden Schritten den Tisch. Hangelte nach dem rechten Arm meines Schützlings.

»Wir gehen«, bestimmte ich angewidert von solch einer Arroganz, Uneinsichtigkeit und Niederträchtigkeit. Ich zog die Entgeisterte in Windeseile vom Stuhl und verließ mit ihr das Lokal.

Eine Zeitlang schlenderten wir ziellos und schweigsam nebeneinander her. Sie fragte nicht nach dem Grund unseres übereilten Aufbruchs. Wir landeten in *Sloppy Joe's Bar* in der Duval Street. Danach im *Capt. Tony's Saloon*, angeblich *Sloppy Joe's* Originalkneipe von 1933 bis 1937, wo Unmengen von BHs von der Decke hingen. Eine rauchige Atmosphäre. Schauten uns um und erwarteten, dass jede Minute Ernest Hemingway hereinkam, um eine Reihe Drinks zu ordern. Denn mit einem gab er sich nicht zufrieden, heißt es aus Überlieferungen. Stunden später lagen wir in unseren Betten. Ich bekam nicht mit, wann David ins Zimmer schlich und sich neben mir ausstreckte.

Am nächsten Morgen war mein Zorn verraucht. Dafür hatte der Kopf den gefühlten Durchmesser einer Wassermelone. Überreif. Kurz vor dem Aufplatzen. Saß in einem schnuckeligen Café im Schatten eines Flammenbaumes. Im Laufe des späten Vormittags näherte sich der Schädel allmählich normalen Ausmaßen. Die Schlieren vor den Augen verflüchtigten sich. Nun sah ich immerhin nicht mehr doppelt. Langsam trudelten alle ein. James setzte sich an einen der Nebentische. Hielt gebührenden Abstand zu mir. Sein Schwager Lewis und David gesellten sich zu ihm. Die Jungs diskutierten eifrig die Baseballergebnisse der Region. Und vermieden, den Vorfall des vergangenen Abends zu erwähnen. Susan, Dagmar und ich saßen ein paar Meter entfernt. Vor eiskalten, alkoholfreien Cocktails und mitgebrachten Modezeitschriften.

Am Nachbartisch plötzlich auffälliges Getuschel. Unterdrücktes Gelächter. Eine Gruppe Bierbauch tragender Touristen ließ zotige Kommentare in Richtung vorbeischlendernder Passanten vom Stapel. In deutscher Sprache. Bei uns in den Staaten ist es unüblich, anderen Menschen hinterherzujohlen, weil sie nicht dem gängigen Bild von Laufstegschönheiten entsprechen. Die sich kleideten, wie es ihnen gefiel. Den Vorgaben der Geschlechterrollen nicht entsprachen. Oder mit dem gleichen Geschlecht händchenhaltend vorbeischlenderten. Leben und leben lassen. Von all dem hatten diese Herren der Schöpfung nichts gehört. Bierdosen auf dem Tisch. Breitbeinig sitzend. Wohnzimmeratmosphäre. Ungepflegtes Äußeres. Schmuddelige, verschwitzte T-Shirts mit aufgedruckter Werbung eines deutschen Fußballvereins. Ausgeleierte Bermudas. Alte Schlappen mit Socken. Baseballkappen. Stoppelbärtig. Sie amüsierten sich über alles. Peilten jede vorübergehende Person an. Klassifizierten lautstark. Zwei gepflegte Herren schlenderten auf der anderen Straßenseite vorüber und wurden Ziel unangemessenen Spottes. Da die Truppe davon ausging, dass niemand die infantilen Sprüche verstand, zogen sie vom Leder.

Ich lauschte still. Wie meine Strandbekanntschaft, die sich hinter ihrem Modemagazin verkroch. Den Kopf nicht mehr anhob. Und im Stuhl stetig tiefer rutschte. Zu dem Zeitpunkt war sie der Meinung, nur sie verstehe Deutsch in der Runde. Man sah ihr deutlich an, dass sie sich in Grund und Boden schämte ob dieses flegelhaften Benehmens. Ich verriet meine Doppelsprachigkeit nicht. Hielt eisern den Mund. Zeigte keine Regung bei Sätzen, die derart ungeheuerlich waren, dass ich sie hier nicht wiederholen werde.

Kurz darauf eröffnete mir David Knall auf Fall: »Lewis bat mich heute früh, mit ihm wegen eines dringlichen Termins vorzeitig nach Hause zu fliegen. Susan und James schließen sich uns an. Ein Meeting mit einem betuchten Mandanten. Verschiebung undenkbar. Der Flug ab Miami in den späten Abendstunden ist bestätigt. Jammerschade, das war es mit dem gemeinsamen Urlaub. Habe das Zimmer sofort storniert. Du musst nur noch die Sachen zusammenpacken. Und ab in unser geliebtes Zuhause.« Er rieb sich unternehmungslustig die Hände. Bemühte sich nicht im Geringsten, zumindest ein angedeutetes Bedauern auszudrücken.

Ich war maßlos frustriert. Empört. Und verletzt! Er entschied über meinen Kopf hinweg. Derart gering schätzte er die schönsten Stunden des Jahres mit der Ehefrau? Verzichten? Auf die für viele Monate letzten Tage kostbarer Ferien unter südlicher Sonne? Für einen einzigen Kundentermin? Wie oft waren wir seit der Ankunft in Key West ein trautes Paar und für uns gewesen? Nie. Bis auf die Nachtstunden, die mir David volltrunken mit narkoseähnlichen Schnarchorgien zumutete.

Unwissentlich traf ich eine lebensverändernde Entscheidung. Blieb. Bei ihr. Lernte sie kennen. Und mich.

›*Ein kluges Mädchen küsst. Aber liebt nicht.*
Hört zu. Aber glaubt nicht.
Und geht, bevor sie verlassen wird.‹
Marilyn Monroe

8. Shirley:
das Spiel mit dem Feuer

Das Zimmer im Hotel war bereits neu vergeben. Der Zufall kam mir zur Hilfe. Nach langer Suche fand ich eine Räumlichkeit in dem Motel, in dem meine neue Bekanntschaft untergebracht war. Ich bezog die Nachbarsuite. Im Augenblick der Nachfrage bezugsfertig.

David schien es nicht zu interessieren, dass ich blieb. Er war mit den Gedanken in New York. Seine übereilte Abreise glich einer Flucht. Im Grunde war ihm Urlaub lästig. Eine flüchtige Umarmung, dann sprang er ins Taxi. Drehte sich nicht einmal um. Winkte nicht. Ich blieb zurück. Kurzfristig kam ein Gefühl der Verlassenheit auf. Verunsicherung legte sich wie ein eiserner Ring um meinen Hals. War es korrekt, ohne ihn hierzubleiben?

Ich atmete tief durch. Schloss für einen Moment die Augen. Als ich sie wieder öffnete, erlebte ich ein ungeahntes Feuerwerk von Empfindungen. Freiheit und Unternehmungslust ergriffen mich, wie der Wind die Segel einer Yacht auf hoher See.

Der Umzug gestaltete sich komplikationslos. Kurze Zeit später saßen wir Weibsen am plätschernden Brunnen des Motelvorplatzes zusammen. Schmiedeten Pläne für den Rest der Ferien. Eigenartigerweise war ich erleichtert. Ruhe kehrte ein. Druck wich von der Seele. Zu diesem Zeitpunkt war mir nicht klar: Es lagen vierzehn schicksalhafte Tage vor mir, die mein Leben veränderten. Auf den Kopf stellten, was festgefügt schien. Und ich erlebte live, wie Jerichos Mauern stürzten.

»Warum die Tränen am Strand, als wir uns zum ersten Male trafen?«

»Ach.«

»Was? Lass dich nicht nötigen. Erzähle. Stille meine Neugierde.«

»Aus jetziger Sicht Selbstmitleid. Nichts anderes. Es ist überwunden.«

»Rede nicht um den heißen Brei herum. Sprich darüber! Es mutiert zum Sandkorn, das der Luftstrom über das Meer trägt und in den Fluten versenkt. Kenne das aus eigener Erfahrung«, meinte ich trocken. Bei diesen Worten legte ich unbewusst meine Hand auf die ihre. Sie zuckte erschrocken zusammen, entzog sich mir blitzartig. Als habe sie ihre Finger auf einer heißen Herdplatte verbrannt. Antwortete zögerlich: »Ich war vorher nie in den Staaten. Erlebte bislang nur Kurzflüge in Europa. Hin und wieder. Hörte von den Stränden in Miami, den sagenumwobenen Keys, den Sumpfgebieten der Everglades, der vielfältigen Tierwelt, Fort Meyers, Orlando und den Parks. War inspiriert von Filmen, die in *Dixieland* spielen. Und voller Erwartung, das Land hautnah zu erleben, in dem meine Zukunft lag. Wäre alles verlaufen wie geplant.« Sie bemühte sich, vom Thema rasch wieder abzukommen.

Ich bohrte.

Sie druckste und mauerte. Fuhr dann aber zögerlich fort: »Im Flieger lernte ich einen Herrn kennen, der mich, seine Sitznachbarin, nach kurzer Flugzeit anbaggerte. Er war aufgeräumt. Schien belesen. Und ich war in Urlaubslaune und nicht abgeneigt, mich mit ihm auf ein belangloses Gespräch einzulassen. Er sammelte Flugstunden und schwärmte mir von den schönsten und verschwiegensten Plätzen dieser Welt vor. Durch Zufall checkten wir im gleichen Hotel ein. Trafen uns nach dem Abendessen auf einen unverbindlichen Drink an der Bar. Tanzten eine Nacht lang in der hauseigenen Diskothek. Eng umschlungen zu einschmeichelnden Rhythmen. Angeblich war er ledig und vogelfrei. Kurzum: Ich ließ mich auf ihn und mit ihm ein. Landeten in seiner Bude. Eine heiße Affäre folgte. Wir durchpflügten die Suite. Es begann in der ersten Nacht unter der Dusche und endete am letzten Abend unter freiem Himmel auf dem Balkon. Keine Stelle blieb ausgespart. Seiner Fantasie schienen keine Grenzen gesetzt. In den Tagen bis zur Rundreise mit dem Bus. Am Abend davor schwärmte er noch davon, mit mir eine Airboat-Tour im tropischen Marschland des Nationalparks zu unternehmen. In den Sonnenuntergang zu träumen und am Smathers Beach zu schwimmen. Den kindlichen Rufen der Möwen zu lauschen. Dem Glucksen der anlandenden Miniwellen zuzuhören. Er würde mit mir Hemingways Bars besuchen, den Leuchtturm, das Fort. Edisons Landsitz und sein weitläufiges Museum mit mir erkunden. In Orlando bei Rosies einkehren. Und wenn Zeit bliebe, einen Trip in die Parks unternehmen. Von einer sternenbegleiteten, sexbesessenen Hotelnacht in die Kommende. Wir erreichten Key West.

Ich saß am nächsten Vormittag voller Erwartung gemeinsamer, einmaliger Erlebnisse im Bus. Verspätet kam er schließlich an. Er war völlig neben der Spur. Hektisch. Unkonzentriert. Nachlässig gekleidet. Lief zurück zur Rezeption, weil er dort seine Sonnenbrille liegen ließ. Ein zweites Mal, um ein fehlendes

Handgepäck zu suchen. Stolperte beim Einsteigen und schlug der Länge nach hin. Dem wohlbeleibten Busfahrer in die Arme, der ihn im letzten Moment auffing. Er würdigte mich keines Blickes. Schlurfte grußlos vorbei. Warf sich wie ein nasser Sack auf den Sitz neben eine neue Mitreisende, die, wie sich gleich darauf herausstellte, die Verlobte aus der Heimat war. Mit der er sich hier vor Abflug nach Miami verabredet hatte.

Kurzentschlossen cancelte ich in buchstäblich letzter Sekunde die Rundreise. Flüchtete von Bord. Meine Reisetasche lag eingequetscht zwischen den Unmengen Gepäckstücken im Kofferraum. Der Fahrer angelte sie umständlich heraus. Schweißgebadet. Keuchend. Grummelte wegen der nicht eingeplanten Verspätung. Und wuchtete sich wieder schnaufend auf seinen Sitz.«

»Der Arme.«

»Ich marschierte stracks zum Motel zurück. Setzte mich nach erfolgter Zimmerbuchung zutiefst enttäuscht an den plätschernden Brunnen und kühlte die Hände, bis sich der Pulsschlag beruhigte. Ärgerte mich maßlos. War nicht zum ersten Male auf ein Exemplar dieser sich im Muster der Anmache gleichenden, unehrlichen Machos hereingefallen. Lernte nicht aus Fehlern.« Sie schaute ratlos zu Boden und zuckte mit den Schultern. »War geknickt. Erbost. Im Grunde über mich. Tappte ständig in die gleiche Falle.«

»Wieso das?«

»Vertraute erneut einem lächelnden, offenen Gesichtsausdruck. Vermutete nichts Hinterhältiges. Lernte nicht aus Fehlern und verbrannten Fingern.«

Ich schüttelte energisch den Kopf und meinte mit einem hintergründigen Lächeln: »Ehrlicherweise, meine Liebe, ist zu sagen: Hinterlistig betrogen wurdest nicht du. Anders die zukünftige Ehefrau. Und zwar durch dich. Sieh es dementsprechend. Ihr hattet beide eine Menge Spaß. Du hast dir nichts vergeben. Eine ausgefüllte Zeit erlebt. Und dem Mauerblümchendasein lustvoll ade gesagt. Ausufernde Lust in Fülle genossen. Wirst im Alter bei einer Tasse duftendem Tee darüber nachsinnen, welches Feuerwerk von Gefühlen in den Nachthimmel Floridas schoss. In Stunden ungezügelter Sexspielchen. Und dir zugestehen, dass das in Ordnung war.«

»Ich trinke am liebsten Kakao. Mit Chili und Vanille«, entgegnete sie gedankenversunken.

»Ach ja? Klingt spannend, Dagmar. Kenne das als Xocolatl der Mayas und Azteken. Bitter? Ohne Honig und Mais?« Sie nickte. Fast schüchtern. »Okay. Beinhaltet irgendwie einen königlichen Touch. Ist religiös-spirituell. Ich erinnere mich in diesem Zusammenhang an eine Schamanin, deren ekstatische Reise ich in Mexico zusammen mit David erlebte. Ein Grund mehr, dieses kostbare Getränk zu probieren«, erwiderte ich und schaute sie an. Was sie anscheinend verunsicherte. Denn sie wich meinem Blick aus. Und ich hatte Zeit, sie unbemerkt zu beobachten. Das zierliche Persönchen wies ebenmäßige Gesichtszüge auf. Eine glatte, gebräunte Haut. Ausdrucksvolle Lippen. Enganliegende, wohlgeformte, kleine Ohren. Und wenn sie ihre Sonnenbrille kurzfristig absetzte, hinter der sie sich gern versteckte, sah sie mich aus rehbraunen Augen an. Mit einem lasziven Blick, der aus der Tiefe ihres Herzens zu entspringen schien.

Wir entschieden uns zu einem Stadtbummel und landeten nach geraumer Zeit am Strand. Dagmar strich sich durch das weich auf die Schultern fallende, dunkelblonde, volle Haar. Die schmalen Hände gefaltet. Wie zu einem Gebet. Saß da. Im feinkörnigen, weißen Sand. Das Wasser umgarnte zart ihre gepflegten Füße. Eine sanfte Annäherung des Elementes, aus dem alles Leben entsprang. Und das kaum wagte, sie zu berühren. Die Kleine erweckte einen mimosenhaften Eindruck. Erfüllt von tausend Ängsten und ungeklärten Fragen. Schien ständig abzustürzen. In Tiefen eines Ichs, das ihr Rätsel aufgab, die zu lösen sie nicht vermochte.

Wir hockten nebeneinander. Sprachen kaum ein Wort. Ich verließ sie, um Besorgungen zu erledigen. Kam nach einer Stunde wieder. Sie hatte sich nicht bewegt. Verharrte in gleicher Haltung. Mein erster Impuls war, sie an mich zu drücken und ihr zuzuflüstern: *Werde locker. Gestehe dir ein, Emotionen zu besitzen und lass ihnen freien Lauf.* Stattdessen raunte ich ihr zu: »Du verhältst dich wie ein Tier, das angstvoll im engen Käfig an der schweren Kette liegt. Sprenge die Eisen. Drücke die Stäbe des Verlieses auseinander. Genieße die Freiheit. Lebendigkeit. Jugend. Spring in die Fluten der Gegenwart. Du kennst Rainer Maria Rilkes Gedicht *Der Panther?* Gut. Dann verstehst du, was ich sagen will. Eifere dem Verbleib hinter Gittern nicht nach. Wage den Aufbruch. Unterlasse den Blick zurück. Das Gestern ist nicht mehr zu ändern. Räume dem Morgen eine Chance ein.«

»Das ist nicht immer umsetzbar, ohne die nächste Umgebung zu verletzen. Und dabei schwere Schuld auf sich zu laden. Wie soll ich da den erforderlichen Mut für eine lebensbejahende Zukunft entwickeln? Wenn die Pfade im Dunkel liegen. Nur ein einziges, winziges Licht weit vor dir in der Ferne die Richtung vorgibt. Du keine Ahnung hast, welches Ungemach dir bis dahin begegnet. Dich hindert. Verletzt. Oder zu Fall bringt.«

»Du sprichst immerfort Gefahren an. Gibt es denn derart minimale Hoffnung, Hochkarätigem, Einmaligem zu begegnen, für das sich das Kraxeln durch das Unwägbare, Furcht Einflößende auszahlt? Was ist das für ein Lichtschein, der dir den Weg zeigt. Und lohnt es sich nicht, dafür all das auf sich zu nehmen?«

Sie atmete hörbar. Schwieg. Stierte lange zu Boden. Schaute verunsichert auf.

»Es ist das, was mich seit früher Kindheit trägt. Ein unverbrüchlicher Glaube. Dass alles einen Grund hat. Der beschwerlichste Umweg. Und ein blutendes Herz Sinn macht. Wie auch die massigen Felsbrocken, die vielerorts den Pfad zum Silberstreifen am Horizont versperren, wichtig sind. Selbst wenn sie dich zwingen, Richtungen einzuschlagen, die mitunter an Stätten vorbeiführen, die du nie besuchen wolltest. Ein steiniger Weg, der viele Schrammen hinterlässt«, hauchte sie. »Irgendwann gelang es mir, den Gedanken des lutherischen Theologen PD Dr. Dietrich Bonhoeffer aufzugreifen, dass es ein erfülltes Leben trotz vieler unerfüllter Wünsche gibt.«

Sie setzte die Sonnenbrille ab drehte sich zur Seite. Dennoch entging mir nicht, wie sie sich verstohlen über die Augen wischte. Burschikos griff ich nach ihrem Arm, zog sie auf die Beine.

»Los. Ab ins erfrischende Nass.«

Wir rannten um die Wette. Das Wasser spritzte uns entgegen. Spielten wie die Kinder im flachen Uferbereich. Selbstvergessen und ausgelassen.

Den Abend verbrachten wir an der Bartheke von *Capt. Tony's Saloon*.

»Wann war bei dir das erste Mal?« Ich stützte mich mit dem Ellenbogen auf und schaute zu ihr hin.

»Zu spät. In Paris. 1975.« In einem Nachsatz ergänzte sie verschämt, nahezu unhörbar: »Holte gezwungenermaßen alles doppelt und dreifach nach.«

»Mein Gott«, entfuhr es mir. »War zu diesem Zeitpunkt schon Jahre verheiratet. Mit zwei Kindern gesegnet. Wie kam es zu dieser Spätzündung?«

»Das ist eine ellenlange Story.« Sie breitete die Arme weit aus. »Langweile dich damit doch sowieso.«

»Ich liebe Erzählungen. Märchen. Elfen. Liebliche Feen.«

»Und Geschichten von schrecklichen Kobolden, teuflischen Gestalten und ihren Helfershelfern?«

»Warum nicht.«

»Geschichten, die bis an die Spitze eines verlogenen Staatswesens reichen. In denen es um Recht im Unrecht geht? Anhaltende Verbrechen gegen die

Menschlichkeit? Eine Politik, die unter falscher, sprich demokratischer Flagge segelt. Wie ein Piratenschiff, das aus dunklen Nebelschwaden auftaucht und erst im Nahkampf die Totenkopffahne hisst? Denn vor allem damit kann ich dienen.«

Ich begriff nichts. Versäumte in dem Moment, dies nachdrücklich kundzutun. Hörte Worte. Abstraktes schleuderte durch den Raum. Sekundenlang verhärteten sich ihre Züge. Traurigkeit mischte sich mit dem Willen zum Widerstand in ihrem Blick, der starr auf einen Punkt im Nirgendwo gerichtet schien. Selbstzerstörerisch. Mit brennender Lunte.

Sie schien in diesem Moment gedanklich in einem Paralleluniversum gefangen. Verstrickt in einem Labyrinth, aus dem zu entkommen allein nicht möglich erschien. Ich betrachtete sie prüfend. Friedrich Glasl drängte sich mir auf. Sein Modell der Konflikteskalation: von der Meinungsverschiedenheit bis zur Katastrophe.

Obwohl der dritte Drink vor mir stand, war ich in diesem Augenblick stocknüchtern. Hier bewegte sich ein Küken im Ei. Um zu schlüpfen. Die meterdicke Mauer des Gefängnisses zu sprengen. Und das geschah in dieser Nacht. Bei wuseligem Treiben um uns herum. Und Musik. Dem Klappern von Gläsern und Flaschen.

»Mich zeichnete völlige Unerfahrenheit im Umgang mit dem anderen Geschlecht aus. Nein–«, sie wehrte meinen Versuch, sie zu unterbrechen, vehement ab. »Nimm diese Tatsache hin. Ich entsprang einem überbehüteten Zuhause. Traf auf eine Welt, die mir unbekannt war und mich das Gruseln lehrte. Versank im Morast. Tauchte auf. Blickte in den Spiegel. Eine Fremde grinste spöttisch zurück. Zeigte hämisch mit dem Finger in meine Richtung. Nannte mich sachlich Bordsteinschwalbe. Und als ich nicht reagierte, schrie sie mir voller Verachtung nach: Hure, Nutte, Freudenmädchen.«

Ich berührte sanft ihren Unterarm, den sie mir wieder sachte entzog.

»Was ist, Dagmar? Ich stehe auf allen Leitungen. Du redest in Rätseln. Lass mich in einfachen Worten die Wahrheit wissen. Ich verstehe schwer Verdauliches.«

Sie schaute abwesend in die Tiefe des Raumes. Nach geraumer Weile meinte sie, anfänglich stockend, dann wie eine Quelle sprudelnd: »Paris. Welch ein Urlaubsziel. Die Stadt der Liebe und Sehnsucht.« Während sie das verlauten ließ, verzogen sich ihre Lippen zu einem müden Lächeln. »Erreichte den Ostbahnhof nach abenteuerlicher Fahrt und üblen Grenzerfahrungen auf trizonesischer Seite. Lernte zufällig ein Paar kennen. Im Café de Paris. Hagen, ein Aufreißertyp mit ungemeinem Charme, und seine Freundin Jutta, eiskalt, selbstbewusst, berechnend. Sie war hochgewachsen. Überragte mich um mindestens fünfzehn Zentimeter. Eine makellose Schönheit und Dauergast in Kosmetiksalons. Ich war dagegen unscheinbar. Unverständlich, dass er ein Auge auf dieses graue Mäuslein warf. Mit einem funkelnden Diamanten an seiner Seite griff er nach dem wertlosen Stein am Boden.

Seine Geliebte erkannte mit weiblichem Spürsinn die sich anbahnende Gefahr, welche durch meine Gegenwart drohte. Zog sämtliche Register. Und verlor gegen ein jungfräuliches Mädchen, das sich nicht zur Wehr setzte.

Es waren Höhenflüge in dieser Stadt. Eine Erfahrung, die ich niemals für möglich gehalten hatte. Aus vielerlei Gründen. Erlebte im Zeitraffer unbelastete Kindheit, ungezügelte Jugend und plötzliches Erwachsenwerden. Stadien, die im Stundentakt ineinander übergingen. Es würde zu weit führen, in die Einzelheiten zu gehen. Der Schmeichler überrumpelte die Unerfahrene mit männlichem Charme und weltmännischem Gehabe. Wie James. Ich fiel darauf herein. Und es geschah. Das unschuldige Fräulein wurde zur Frau. Erblickte das Licht einer neuen Welt in der Hauptstadt der Liebe. In einem Hotel vergangener Zeiten. Mit Aufzug aus einer anderen Epoche, knarrenden Dielen, hochbeinigen Metallbetten und gurrenden Täublein vor dem schrägen Dachfenster. Mit einem Freier, der in eine Glamourwelt einführte, die ihr unbekannt war. Die sie missverstand.

Er verführte mich in einem verwinkelten Hinterhof auf dem Montmartre in der Nähe der Basilika. Und im Hameau de la Reine Marie-Antoinette in Versailles. Je frivoler die Umstände, umso aktiver. Steigerte sich zu seiner besten Form. Zufällig vorbeilaufende Zuschauer störten ihn nicht. Fragte nicht, wie ich es erlebte, wenn sich offen Missbilligung zeigte. Und das Wort *Schlampe* fiel.

Mein Freier erstand für seine Pariser Flamme sündhaft teure Reizwäsche in verschwiegenen Boutiquen rund um Place Pigalle. Durchsichtige Seidenblusen, die ich ihm zuliebe ohne BH trug. Er schleppte mich in schäbige Etablissements, die mit dem Charme des vergangenen Jahrhunderts kokettierten. Es erregte ihn kolossal, seine Gespielin vorzuschicken, um in den Stundenhotels die Zimmer zu reservieren. Ich ging, weil ihm restlos verfallen, auf den Spaß ein. Hörte öfters Fragen wie: »Woher stammst du? Neu im Viertel? Seit wann bist du hier? Ab morgen gebe ich dir Nachlass für die Bude. Melde dich. Wir finden ein Arrangement, Mademoiselle.« Hagen fand das amüsant. Ich schwebte im siebten Himmel. Verzieh alles. Hinterfragte seine Wünsche nicht.

Wenn ich in seinen Armen lag, versank die Welt um mich herum. Träumte in den einmaligen Stunden der Nacht mit offenen Augen von einem Märchen, das nie enden würde. Eingeschlossen ein weißes Brautkleid und Hochzeitskutsche. Um ernüchtert festzustellen, ich verhielt mich wie jedes andere von mir belächelte und geringschätzig eingestufte Frauenzimmer, das sich verriet, um dem Kerl an ihrer Seite zu gefallen. Lernte in den Tagen auf Wolke sieben, dass ich ohne solch ein gutaussehendes Mannsbild am Arm – speziell in bürgerlichen Kreisen – nicht existierte. Weil mich niemand wahrnahm. Man sah durch dieses weibliche Wesen hindurch, das jederzeit von einer anderen Frau zu ersetzen war. Es sei denn, einer hatte es speziell auf meinen Körper abgesehen.«

Sie unterbrach sich für einen Moment, schlug ergeben die Augen nieder, presste die Lippen aufeinander.

»Eine Liebe auf Zeit. Wie bei dem Mediziner im Flieger. In diesen Tagen lernte ich in einem verschwiegenen Café die Kombination Schokolade mit Chili und Vanille kennen. Eine Explosion der Sinne, die mich einfing. Die Urlaubstage waren vorüber. Mein Liebhaber flog zurück in die Heimatstadt. Vergaß das Mädel, im Flugzeug sitzend, sofort.

Ich besuchte ihn. Auf Überraschung. Der Herr war nicht amüsiert. Verheiratet. Mit einem Hausmütterchen. Hatte Kinder. Und Jutta, seine Erstkraft in der Kanzlei, zum Zeitvertreib nebenher, wie sich herausstellte. In Windeseile organisierte Hagen alles. Übergab mich der Obhut seiner Freundin. Ich hatte in Paris nur eine Schlacht gewonnen. Sie aber nun den Krieg. Denn durch sie schob er mich auf die harte Tour ab, da ich lästig und existenzbedrohend war. Unter der Würde eines angesehenen Anwalts. Vergessen die intimen Stunden, in denen er im Séparée (cabinet particulier) den, wie er betonte, einzig passenden Champagner für 'die Demoiselle' auftischen ließ. Und seiner 'Miss D', wie er sich ausdrückte, ein Parfum zusteckte, das im Jahre ihrer Geburt kreiert wurde. In der Rückschau besehen war die Stadt der Liebe reine Kulisse. Für seinen Jagdinstinkt. Und ich nur ein Zeitvertreib. Abgehakt. Ein kurzweiliges Abenteuer, bei dem er sich das ius primae noctis[12] nahm. Ein Erleben aus tausend und einer Nacht initiierte. Für eine, die er gewissenlos ins Licht einer Glitzerwelt entführte, die nicht von langer Dauer war und sich für die arglose Maid in das Feuer des Schreckens verwandelte. Denn aus dem Pariser Spiel wurde Ernst. Er reichte sie weiter. An ihn. Den Gentleman im auserlesenen englischen Maßanzug. Mit der Kälte im Blick, der dem Mädel das Fürchten beibrachte. Und zu was ein grober Tisch herhält, wenn ihr Oberkörper und Gesicht darauf liegen. Der Nacken in einem Schraubstock der massigen Hand. Der Rock nach oben geschoben. Das Höschen zerrissen. Die Beine gespreizt von handgemachten Tretern aus feinstem italienischen Leder.«

Sie nippte an ihrem Drink. Schaute auf die Theke. Ein Blick in die Glaskugel schien mir, der sie erneut zusammenzucken ließ. Wie unter heftigen Schlägen. Langsam hob sie den Kopf. Ein geschändetes Mädchen sah mir in die Augen. Hilfesuchend. Voller Zweifel und Scham.

»Ich finde, dein Vorname passt überhaupt nicht zu dir. Klingt hart. Unpersönlich. Deutsch halt.«

»Ich bin nun mal Deutsche«, meinte sie ergeben. »Gefällt mir nicht. Lässt sich auch nicht ändern, davon gehe ich aus.« Es klang wie eine Entschuldigung. Und war eine. Das bemerkte ich im weiteren Verlauf unseres Gespräches.

Ihre Herkunft war für mich ein immenses Problem. David hatte sofort den Finger in die Wunde gelegt, nachdem ich ihm meine Urlaubsbekanntschaft vorgestellt hatte. ›Deutsch? Du und *so etwas*? Wenn jemand alles Germanische verdammt, dann doch du, Shirley. Bin erstaunt. Du bringst eine unbekannte Saite an dir zum Klingen. Was ist? Unter Karibiksonne sentimental gestimmt? Der Hass geschmolzen? Reichst der Feindin die Hand?‹ Er hatte mich unverhohlen frech und herausfordernd angegrinst.

›Meine Güte. Schütte das Kind nicht mit dem Bade aus. Sie ist nicht für die Politik des Kriegsverbrecherlandes verantwortlich, nur weil sie, ungefragt hineingeboren, den Pass nicht verweigerte‹, entgegnete ich leicht angesäuert, weil ich mich ertappt fühlte.

›Ich meine ja bloß‹, warf er mir vor die Füße. Damit war für ihn das Thema gegessen. Er überließ mir, wie mit den Bemerkungen umzugehen sei. Es fiel mir in diesem Moment mit Dagmar an meiner Seite wieder ein.

»Gefällt dir nicht?«, ich griff die Aussage erneut auf.

»In vollem Umfange nein.«

»Warum das?«

»Gibt schwerwiegende Gründe, die aufzuzählen den Abend sprengen würden. Meine sachliche Antwort ist: Ich bin dankbar für jede Seemeile, die mich von diesem Gebiet so lange wie möglich trennt.«

Mir war, als füllten sich ihre Augen mit Tränen. Führte es fälschlicherweise auf die rauchgeschwängerte Luft im Saloon zurück.

»Lass uns von Erfreulichem reden, bitte, Shirley Jane. Weil du das erwähntest, deine Rufnamen sind bezaubernd. Und könnten nicht besser gewählt sein.«

»Mir kommt eine zündende Idee«, meinte ich aufgekratzt. »Ich verpasse dir für die Zeit in Key West einen amerikanischen Vornamen. Einverstanden? Einen, der auf dich zugeschnitten ist.«

Ihr freudvolles Nicken war Zustimmung genug.

»Du bist ... « Ich zögerte einen Augenblick. Klopfte die Finger aneinander. Schaute sie prüfend an- » ... eine Debbie. Macht dir hoffentlich nichts aus, dass zwei Tropenstürme und ein Hurrikan nach dir benannt sind?«

Wir lachten unbekümmert.

»Okay«, meinte ich, nachdem wir uns beruhigt hatten, hob das Glas über ihren Kopf und ließ ein paar Tropfen des Getränks auf sie niedergehen. »Taufe dich auf den würdigen, dir auf den Leib geschnittenen, feschen Namen Debbie, kleine Amerikanerin. Und in den Tagen, die uns bleiben, finden wir den passenden Zweiten. Du benötigst zwei. Wie ich.«

Eine Weile unterhielten wir uns weiter angeregt an der Bar. Dann beglich ich die Rechnung. Ergriff meinen Zögling an der Hand. Für mich das Selbstverständlichste von der Welt in diesem Augenblick. Fragte erst gar nicht. Sie ließ es geschehen. Wehrte dieses Mal nicht ab.

Wir schlenderten ziellos durch die Straßen einer Stadt, die im Schlaf lag. Hockten stumm nebeneinander im Sand. Der Mond beleuchtete unwirklich die Szene. Schemenhaft schwebten Schatten aus einer anderen Welt über die Weite der glatten Wasserfläche. Am Firmament leuchteten unzählige Sterne. Sie sogen meine weitschweifenden Empfindungen auf. Schwämmen gleich. Wie Tautropfen rieselten turbulente Gefühle auf mich hernieder. Hielt Debbies Hand umschlungen. Sie ließ es gewähren. Ich bewegte mich nicht. Ihr Kopf lehnte an meiner Schulter. Sie war fest eingeschlafen.

9. Shirley: Discotime und Karibikflair

Die Sonne lugte über den Horizont. Durch das Farbenspiel erwachte ich aus dem Dämmerschlaf. Weckte sie sanft. Wortlos schlenderten wir zum Motel zurück. Schliefen bis in den späten Vormittag. Frisch zurechtgemacht stand ich eine Weile am Fenster und schaute durch die Spalten des Fensterladens geistesabwesend zum Brunnen hinab. Das Wasser plätscherte glitzernd in das mit blau-weiß-grünem Mosaik verzierte Becken. Leises Klopfen an der Tür weckte mich aus meiner Versonnenheit. Schloss auf. Wir zogen los.

Ich drängte Debbie im Laufe unseres Bummelns, ein Friseurgeschäft zu betreten, das für ein Styling geeignet schien. Besprach mit der fachlich versierten Inhaberin Farbe und Frisur und verließ das Geschäft. Stöberte in der Seitenstraße um die Ecke in einer nach außen hin unscheinbaren Boutique passende Klamotten auf. Einen ausgestellten, roséfarbenen Minirock und eine passende, bauchfreie Bindebluse. Konfektionsgröße 6[13]. Offene Riemchenpumps und Modeschmuck von den Keys. In der Parfümerie nebenan kaufte ich eine Kassette Lidschatten neuester Kreation, leuchtend pinkfarbenen Lippenstift und Nagellack. Und einen Flacon betörendes *Oriental Magic Dust* meiner Lieblingsfirma. Die Errungenschaften hinterließ ich im Friseursalon und verabredete mich mit Debbie im Café in der Nähe.

Es dauerte eine geraume Zeit, bis sie eintraf. Traute meinen Augen kaum. Sie kam auf den Tisch zu. Ich war perplex, was sie im ersten Moment verunsicherte.

»Nicht das, was du dir vorgestellt hast?«

»Nein«, entfuhr es mir. »Besser, genial, umwerfend, oh *Pretty Woman*.« Und nach einer kurzen Pause ergänzte ich aus Überzeugung: »Marilyn.«

Sie setzte sich mädchenhaft hin. Strich den Rock zurecht. Bestellte einen Kakao mit Chili.

Den Rest des Nachmittags verbrachten wir am Strand und blieben bis zum Sonnenuntergang. Eine erfrischende Dusche und ein Styling für eine heiße

Disconacht brachten uns in Schwung. Nach dem Abendessen tauchten wir ins Getümmel eines brechend vollen Tanzschuppens ein. Ich verkroch mich in eine hintere Ecke und sah dem Treiben aus sicherer Entfernung zu.

Debbie Marilyn wirbelte ununterbrochen auf der Tanzfläche herum. Kam zum Tisch, um stehend am abgestandenen Drink zu nippen. Wurde sofort wieder abgeschleppt von einem der Kerle, die wie Motten ihr Licht umkreisten. Nach stundenlangen Tanzorgien fragte sie mich, warum ich nicht mitmache. Sie gab sich mit einer banalen Ausrede zufrieden. Die Wahrheit war: Ich redete zwar davon, David die Betrügereien heimzuzahlen. Kam es aber darauf an, zog ich die Handbremse an. Das Tanzbein schwingen? Liebend gern. Die Gefahren einer Karibiknacht, der richtigen Musik und der die Sinne vernebelnden Drinks lagen auf der Hand. Aus einer Zufallsbekanntschaft entwickelte sich im Handumdrehen mehr. Und am Morgen den Sonnenaufgang neben einem One Night Stand erleben? Nein. Das gehörte der Geschichte an. Debbie Marilyn war ledig und los. Das waren andere Voraussetzungen. Ihr verbot niemand, sich auszutoben.

Weit nach Mitternacht dimmte der DJ die Lichter. Muster, in denen Rot und die Farbschattierungen der Insel wie die des Meeres dominierten. Sie flossen ineinander. Vereinigten sich in einem Pool von Gefühlswallungen. In diese die Sinne verzaubernde Stimmung mischte sich die Musik. *Ring Of Fire.* Johnny Cashs Bass füllte den Raum und Pärchen fanden sich in Windeseile. Standen eng zusammengedrängt auf der Tanzfläche. Meine deutsche Freundin, die sich für eine Verschnaufpause zu mir gesellt hatte, zog den Kopf ein.

»Dachte ich's mir doch. Er kommt her.« Sie deutete verschämt in Richtung Bartheke, aus der ein Mann zielstrebig auf uns zusteuerte. Er hing an diesem Abend ständig mit ihr herum. Flirtete auf Teufel komm raus. Eine Klette. Witterte wohl die Chance, die Falle endgültig zuschnappen zu lassen.

Debbie sah mich hilfesuchend an. Ich handelte, ohne zu zögern. Wie bei Leah. Instinktiv stellte sich das Reh vor das Kitz. Bevor das Mannsbild uns erreichte, stand ich auf, ergriff ihre Hand und zog sie an den Pärchen vorbei in die Mitte des Raumes.

Der Versetzte sah mir im Vorbeigehen in die Augen. »Ach so«, meinte er desillusioniert. »Verzeihung, ich hatte keine Ahnung, dass … « Den Rest des Satzes schluckte die Musik. Er hob entschuldigend die Hand. Ich war irritiert über diese Reaktion. Ordnete es nicht ein. Vergaß es gleich wieder.

Wir waren eng umringt von schmusenden Paaren. Standen voreinander.

Discoschritte waren fehl am Platze. Das hatte ich bei meiner ungeplanten Aktion nicht bedacht.

»Danke«, flüsterte sie mir ins Ohr. »Du hast mich gerettet.«

»Was nun? Wieder zurück zum Tisch oder ins Motel? Dein Verehrer war ganz von der Rolle, der Arme.«

»Na, tanzen«, meinte sie und lächelte aufreizend. Unbeholfen ergriff ich ihre Rechte. Umschloss sie. Legte meinen anderen Arm um ihre Taille. Automatismen, die ich mir später vergeblich versuchte zu erklären. Wieso führte ich in aller Selbstverständlichkeit?

Ich vermied inständig, ihr in die Augen zu sehen. Hielt sie auf gebührendem Abstand. Unsere ersten gemeinsamen Schritte waren hölzern wie in der Tanzschule. Natürlich achtete niemand in dieser Atmosphäre darauf. Einzig ich bildete mir ein, alle Welt würde uns anstarren.

Sie benahm sich unbekümmert in meinen Armen. Ich spürte ihre erhitzte, feuchte Haut durch den dünnen Stoff ihrer Bluse. Das umgarnende Parfum lag wie ein durchsichtiger Schleier auf ihrem Körper. *Oriental Magic Dust* vernebelte orientalisch die Sinne. *Only You* ertönte aus den Boxen. The Platters hauchten Leidenschaft pur in den Raum.

Hitze stieg in mir auf. *Am liebsten abrupt von ihr lösen*, durchschoss mich spontan. *Zum Tisch durchkämpfen und in ein überschaubares Ambiente zurückziehen. Mit einer festen Wand im Rücken.* Das Gegenteil geschah. Blieb wie angewurzelt stehen. Der Fluchtreflex war ausgeschaltet. Ich zog meine Tanzpartnerin instinktiv näher an mich heran. Sie ließ es geschehen. Ihr Atem streifte meinen Hals. Unwidersprochen meine empfindlichste erogene Zone. *Can't Help Falling In Love.* Elvis Presleys gefährlich einschmeichelnde Stimme vermischte sich mit dem Flair der Disco und den widerstreitenden Gefühlen, die in mir tobten. Der aufkommenden, nicht unbegründeten Sorge, die Kontrolle zu verlieren. In eine Willenlosigkeit abzugleiten, die sich wie ein unsichtbares Netz über mir ausbreitete.

Unsere Finger verselbständigten sich. Verschlangen sich ineinander. Die glühenden Wangen berührten sich unabsichtlich. Ihre blonden Locken umspielten aufreizend die blanke, gebräunte Schulter. Ich sog ungewollt den Duft ihrer Haare ein.

Bunte Laserstrahlen streiften sie, und ihre üppige Haarpracht leuchtete in den Farbwechseln der Lichtblitze. In diesem Moment erschien sie mir wie ein Wesen aus einer anderen Welt. Elfengleich.

Ein unangenehmes Zittern ergriff mein linkes Bein. Mit Mühe fand ich eine Stellung, in der es sich beruhigte. Die größte Befürchtung war, sie könnte es bemerken.

Cambodia war die Erlösung. Der Song weckte mich aus bedenklichen Fantastereien. Wie ertappt schreckte ich auf. Schwindel erfasste mich. Für einen Moment spürte ich nicht mehr den Boden unter den Füßen.

Sie sprach mich an, schaute mir dabei kindlich, geradezu lolitahaft weltentrückt in die Augen: »Shirley. Ich grübele die ganze Zeit, wem du ähnelst. Es dämmert mir. Kim Wilde. Ja. Ohne Frage.«

Erleichtert, aus meinem Gefühlschaos befreit zu sein, erwiderte ich: »Meine Schwester. Sage es bitte nicht weiter.«

Sie stockte perplex. Wir prusteten beide los.

»Für einen Moment habe ich dir das abgenommen. Derartig ernst in den Raum geworfen.«

Nach diesem Song verließen wir den spiegelnden Tanzboden und begaben uns zurück zum Tisch. Ich war heilfroh, den verfänglichen Umständen entronnen zu sein. Begriff nichts mehr. *Was ist nur in dich gefahren?*, rügte ich mich. *Sie ist ein Mädchen. Zugegeben, ein recht begehrenswertes. Aber Sexfantasien in dieser Richtung? Niemals. Du bist eine Frau. Kein Kerl, dessen Jagdinstinkt angefacht wurde. Reiß dich zusammen.*

Wir unterhielten uns lebhaft. Parallel spielten meine Eingebungen verrückt. Purzelten übereinander. *Du bist im falschen Film*, hämmerte es im Stakkato auf mich ein. *Wenn es anderen gefällt, bitte. Jeder ist frei zu lieben, wen auch immer. Du, Shirley, bleibst gefälligst beim Gewohnten.*

Mir gestand der Intellekt solche widernatürlichen Spinnereien nicht zu. Eine Ehefrau. Mit einem Bild von Gatten. Zwei wohlgeratenen Kindern. Einem exquisiten gesellschaftlichen Status. Ich hatte von frühester Kindheit an einzig Interesse am männlichen Geschlecht. Und das nicht zu knapp. In der Schule gab es unter den Mädchen das eine oder andere Pärchen. Was sich im Geheimen abspielte und nicht an die Öffentlichkeit drang. Solche Kinderspiele waren an mir spurlos vorübergegangen. Ich beruhigte mich in diesem Augenblick mit der Begründung, dass in der stickigen, mit Alkoholdunst, Zigarettenrauch und Marihuananebel angereicherten Atmosphäre Gefühlswallungen falsche Impulse generierten.

»Auf, lass uns ins Freie verschwinden. Hier drin komme ich um. Die Luft ist zum Schneiden dick.«

Debbie war sofort einverstanden, zumal Mitternacht lange überschritten war. Wir schlenderten zum Motel, schleppten uns am plätschernden Brunnen vorbei die Treppe nach oben. Dort trennten sich unsere Wege. Übermüdet fiel ich in mein Bett und schlief bis spät in den Vormittag hinein.

Wie der Zufall so spielte, landeten wir am nächsten Abend im gleichen Disco-schuppen. Debbie trug in dieser Nacht ein gewagtes, nahezu durchsichtiges Fähnchen aus der Hippie-Boutique am Strand. Es zeigte manches. Bedeckte kaum. Entlastend sei ihr zugestanden: Sie war nicht die Einzige, die derart offenherzig herumlief und mit Reizen um sich warf.

Stundenlang sah ich mir mit gemischten Gefühlen an, wie sich die Jungs an sie heranmachten. Sie bewegte sich auf gefährlichem Terrain. Solch ein Unter-fangen endete blitzschnell am Smathers Beach von Key West.

Zu dieser Stunde waren die Discohits im Verhältnis ungefährlich. Alle tanz-ten für sich. Das änderte sich schlagartig. Nach Mitternacht entflammte regel-mäßig das Rotlichtfieber. Und wie auf Glockenschlag erwachten dämonische Geister zum Leben, die darauf bedacht waren, Beute zu ergattern, die für einen Moment unachtsam war. Menschliche Alligatoren auf nächtlichen Streifzügen durch emotionsgeladene Sümpfe, in denen verwunschene Nebelschwaden auf-stiegen, und die Schattenspiele schemenhaft bewegte Sequenzen erzeugten. Voll ungehemmter Wollust und Triebhaftigkeit. Im Flammeninferno ungezügelten Begehrens.

Wir unterhielten uns angeregt und bemerkten den Neuankömmling zu-erst nicht. Eine Dressmangestalt, anscheinend direkt aus einem Magazin entsprungen, trat an den Tisch, um zugegebenermaßen manierlich meine Be-gleiterin zum Tanzen aufzufordern. Ich sah vor meinem geistigen Auge das Mondlicht über einen menschenleeren Strandabschnitt gleiten. Verhüllt von Schattenspielen der Nacht. Es versetzte mir einen tiefen Stich in das aufgewühlte Herz. Debbie Marilyn. Sie gehörte zu mir. Wenn sie nachgab und mit diesem kriminell gutaussehenden Kerl auf der Tanzfläche untertauchte, wäre sie reif. Er würde das Netz über sie werfen und zuziehen. Gefangen das zappelnde Fisch-lein. Vom Mädchenfischer am Golf. Er würde sie nehmen und sie sich hingeben. Voll Lust am Spiel der körperlichen Liebe. Und Ekstase.

Aus den Lautsprechern drang *Words, Don't Come Easy,* und ich erlebte ein Wechselbad der Stimmungslagen. Sah mich seltsam berührt, ja erwischt. Bangte. Erwartete eine Art Richterspruch, der niederstreckte. Der erste Gedanke war:

zurück ins Motel. Zuschauen? Nein! Im Geiste sah ich schon einen Liter Bourbon auf der Ablage neben dem Bett. Öffnen. Trinken. Betäuben. Nichts mitbekommen. Und haderte gleichzeitig mit den unakzeptablen Gefühlswallungen.

Mein Herz klopfte bis zum Hals. In mir tobte ein tropischer Sturm gigantischen Ausmaßes. Eine Frau steht auf verlorenem Posten gegenüber solchen Traummännern wie diesem. Doch ich traute meinen Ohren kaum. Debbie Marilyn lehnte gesittet ab. Mit der Maßgabe, sie habe die kommenden Tänze mir versprochen. Der Blick des Jungen sprach Bände. Sinnbildlich prallte er im vollen Lauf gegen eine Betonwand. Der Tanzwillige verdrückte sich schmollend.

»Warum?«, flüsterte ich mit vibrierender Stimme. »Er sieht bestens aus. Macht einen ordentlichen Eindruck.«

»Shirley Jane, es war eine einmalige Erfahrung, einem Sonnenstrahl gleich, mit dir gestern zu diesen Songs zu tanzen. So zärtlich warst du. Voller Liebreiz. In mir etablierte sich eine eigenartige Stimmung: Geborgenheit, wie ich sie seit meiner Kindheit nicht mehr erlebte.« Wir sahen uns in die Augen. Und schlagartig in einem anderen Licht. »Ich werde die Erinnerung daran nicht mit einem dieser geilen Böcke, die hier rumhängen, zerstören.«

Wir lachten. Zumal in diesem Moment *Cambodia* erklang. Und vom eigenen Mut überfahren fragte ich: »Schenkst du mir diesen Tanz?« Im Überschwang meiner Gefühlswallungen ergriff ich mit Bestimmtheit ihre Hand und zog Debbie hinter mir her ins Gewühl. Beäugt von dem Abgewiesenen, der sich eingeschnappt an den Leibern der eng umschlungen Tanzenden zur Theke hindurch hangelte.

Ein Song löste den anderen ab. Gedimmte Rottöne schwammen in zahlreichen Nuancen auf dichten, künstlich erzeugten Nebelschwaden durch die Luft. Vermischten sich mit den anderen Farben zu einem verwirrenden Cocktail, der Ekstase pur symbolisierte. Tauchten den Raum in ein Labyrinth von Sinneswahrnehmungen. Wir standen uns gegenüber. Unsere Körper berührten sich, während die Righteous Brothers die *Unchained Melody* in die Herzen hauchten. Unsere Finger umschlossen einander. Meine Rechte rutschte von Debbies Taille langsam tiefer. Legte sich auf ihre Rundungen. Mit sanftem Druck zog ich sie näher an mich heran. Damit auch der Letzte im Raum erkannte, zu wem sie gehörte. Sie gab meiner stummen Aufforderung bereitwillig nach. Lag entspannt und anschmiegsam in meinem Arm. Ihre Wange eng an meinen Hals angelehnt. Das Herz raste. Die Brüste berührten sich. Ich vergaß Zeit und Raum. *Take Me Tonight*, forderte Kim Wilde und initiierte aufwühlende Fantasien. Ich verlor mich. In der Musik, den Texten, Lichtblitzen und der Hitze der Nacht. Gewahrte jede Bewegung ihres weichen Körpers.

Bei Elvis Presleys *Love Me Tender* hob Debbie zeitlupenartig weltentrückt den Kopf. Ihr verhangener Blick traf mich. Pinkfarben leuchteten ihre glänzenden Lippen. Sie waren einladend geöffnet. Aufforderung und Versprechen zugleich. Ihre geheimnisumwitterten Augen kamen mir durch das ausdrucksvolle Make-up vor wie ein undurchdringbarer Urwald, der mich umgarnte, anzog, verschlang. War verloren. Nymphen, die mit ihrem Zauber und goldenen Elfenstaub eine willenlose, liebessüchtige Seele betörten. Mein Oberschenkel streifte sie unabsichtlich an intimster Stelle, was ihre Hormone in Wallung brachte und ungeahnte Heißblütigkeit offenbarte. Glühende Leidenschaft floss mir wie ein unaufhaltsamer Lavastrom entgegen. Ihr Atem ging hörbar schneller. Der sinnlich sehnsüchtige Mädchenblick veränderte sich in lustvoll-erotisches Empfinden. Sie drängte sich an mich. Ihre prallen Brüste lösten in mir erregende Wünsche aus, die ich nicht mehr bändigen konnte. Meine Hände lagen auf ihrem geilen Arsch. Durch den dünnen Stoff ihres Kleides nahm ich ihre Anspannung wahr. Diesen aufreizenden Körper, der sich mir wie eine einladende Blüte öffnete, bereit, sich dem Spiel der Liebe hinzugeben. Spürte, wie sich intimstes Verlangen in mir regte. Und der sehnliche Wunsch, von ihr in den Abgrund der körperlichen Begierden gezogen zu werden. Meine überschießende Lust verwarf jede Vernunft. Ich konnte nicht mehr zurück. Alle Sicherungen brannten durch. *Put Your Head On My Shoulder* sang Paul Anka, und ich hätte alles gegeben, die Zeit anzuhalten. Ihr Gesicht streifte meinen Hals. Sie legte aphrodisierend den Kopf zurück. Aus bunten Dunstschwaden und Blitzen geboren erschien sie mir unwirklich. Sündhaft betörend. Begehrenswert jede Faser der grazilen Silhouette, die, von durchsichtigen Schleiern umhüllt, ihre Nacktheit offenbarte, der zu entziehen mir nicht gelang. Meine Blicke lagen gefesselt auf ihr. Mit beiden Armen hielt ich Debbie fest umschlungen. Wir sahen einander tief in die Augen. Wie durch Nebelschleier, die animierend langsam Konturen annahmen. Kamen uns näher. Mein Mund berührte sanft ihre feuchten Lippen, die wie ein offenes Buch vor mir lagen. In der aufkommenden Angst, ich könne diesen entscheidenden Augenblick ungenutzt lassen. Ihr Kuss. Anfänglich zart. Ergeben. Dann inniger. Fordernder. Heiß. Der Ausbruch eines Vulkans.

Ich tauchte in eine Explosion ungeahnter Gefühlsturbulenzen ein. Das Feuerwerk der Triebhaftigkeit übernahm den Willen. Sie wachten aus einem verborgenen Kerkerloch auf, in dem schwere Eisenketten zu Boden fielen und der

Freiheit Raum boten. Ich musste sie entführen. Nehmen. Besitzen. Die Tiefen ihrer begehrenswerten Körperlichkeit erkunden.

»Lass uns gehen.« Meine Stimme klang heiser und fremd. Sie nickte zustimmend wie in Trance. Ich umschloss mit festem Griff ihre Hand. Aus Angst, einer der Anwesenden könne sie mir in letzter Sekunde entreißen. Wortlos rannten wir die Straßen hinunter zum Strand. Tropische Luft umfing uns. Die Kleidung klebte an der schweißnassen Haut. Und *In The Heat Of The Night* vereinigten sich unsere Seelen. Wie unsere Körper. Kein Wort fiel. Und doch redeten wir ununterbrochen miteinander. Unsere Blicke wie Sterne. Das Erleben lustvoller Höhenflüge, die kein Ende zu nehmen schienen. Planeten, die aufeinander zurasten, um zu kollidieren. Zu verschmelzen. Mit einem verstehenden Lächeln dämmte der Mond sein Licht in diesen Stunden der Zärtlichkeit und Erfüllung. Am Morgen nach dieser Nacht der Nächte war Liebe geboren.

Wir wachten eng umschlungen auf. Die Sonne stand am Himmel und der Strand füllte sich. Niemand kümmerte sich um uns. Das ist Amerika. *The land of the free.*

Sprangen in die Fluten, erfrischten uns und frühstückten in einer Bar nahe der Duval Street. Schauten uns an und lachten verhalten.

»Wir sehen fraglos derangiert aus«, meinte sie zögerlich. Wich dem forschen Blick aus, der über sie hinwegglitt. »Ich-«, sie legte in ihrer für sie typischen Art den Kopf verschämt zur Seite. »Shirley Jane-«

Beruhigend berührte meine Hand ihren Arm. »Sprich nicht, jedes Wort zerstört ein Märchen, das ich in seiner Einzigartigkeit noch nicht einzuordnen vermag. Wie sagtest du ehrlich vor Tagen? Es gehören immer zwei dazu. Und ich-«, unterbrach den Satz, schaute ihr tief in die Augen. »Ich bereue nichts. Würde wieder gleich entscheiden. Ach, was sag ich. Erst recht nach dieser unvergesslichen Erfahrung. Der Kopf war ausgeschaltet. Das Herz zog die Register. Und das ist bei mir federführend.«

Für einen Lidschlag erwartete ich verunsichert die Entgegnung, ihre Mimik, die indirekten Gesten. War dieses Date das Ende einer kurzen Affäre? Oder der Anfang einer absolut ungeplanten Beziehung?

Unsere Arme schoben sich in Zeitlupe über den Tisch. Hände umschlossen sich fest. Wir hatten den gleichen Gedanken. Sprangen auf. Eilten zielstrebig los. Die Straße hinunter. Bogen um die Ecke. Weiter. Bis zum Motel. Überquerten den Vorplatz. Es war in diesen Minuten eine neue Reisegruppe eingetroffen.

Überall lungerten Touristen herum. Stapel von Gepäckstücken versperrten den Weg. Wir stürmten die Stufen hinauf, dass die am Brunnen sitzenden Gäste erstaunt aufblickten. Über den Gang bis zu meinem Zimmer. Fünf Versuche benötigte ich, um die Tür zu öffnen. Schlug sie zu, drehte den Schlüssel zweimal um. Lehnte mich für einen Moment ermattet an die Zimmerwand. Schloss sekundenlang die Augen. Die Sonne schien durch die Spalten der Fensterläden. Schummriges Licht setzte das Ambiente unwirklich in Szene. Der antike Deckenventilator fächelte mit langsamen Umdrehungen stickige Luft in den Raum. Unsere Körper zogen sich magnetisch an. Ein mir unbekannter Bann ließ uns dieser festen Umklammerung nicht mehr entkommen. Wir berührten uns zart. Jedes Streicheln, jede Liebkosung war Erfüllung pur. Ich zog sie behutsam auf die Bettstatt. Eine Entladung von Empfindungen übernahm die Regie. Die Augen. Spiegel der Seele. Jeder innige Kuss, schien es, gab ein Versprechen. Nach vierundzwanzig Stunden, einer gefühlten Ewigkeit, kamen wir zurück. Von einer Insel im offenen Meer, die einzig Liebenden bekannt ist.

Die Tage verflogen. Wir waren jenseits von Zeit und Raum. Was scherte es uns, dass die Umgebung unsere Leidenschaft füreinander bemerkte. Im italienischen Restaurant. An der Theke von *Tony's Saloon*, wo sie uns mittlerweile mit Vornamen begrüßten. In der Strandboutique. Der Diskothek.

Wiederholt stiegen wir auf den Leuchtturm Key West Light House und besuchten das Keeper's Quarters Museum. Wanderten stundenlang durch das seichte Wasser, das zärtlich die Füße umspülte. Wenn ich auf die Zeit nach dem Urlaub zu sprechen kam, wiegelte sie ab. Über ihr Zuhause, die Arbeit, das Leben dort sprach sie nie. Als sei dies alles hinter einem schweren Vorhang verborgen. Sie kannte mittlerweile die Gründe, weshalb ich derart tiefe Abneigung gegen das Land hegte, in das hinein sie geboren war. Teilte meine Meinung unangefochten. Gab keine rationale Begründung an. Ich wartete. Auf eine Erklärung, die mir ihre Einstellung verständlich erläuterte. Sie schwieg beharrlich. Zeitweilig rutschte ihr eine abwertende Bemerkung über die Lippen. Sie benutzte den Begriff *Fremdat* für Heimat. Sprach von Strophen eines *S*-Liedes, die Joseph Haydns österreichischer Kaiserhymne 1922 *aufgezwungen* worden sei. Sezierte den Text, der Freiheit und Recht eines Gebietes und nicht von Mensch und Tier anstrebe. Auch deutsche Treue stünde, wie manch anderes, auf wackeligen Füßen. Ich fragte sie, was sie unter *S* verstehe. Ihre Antwort: Sprachlosigkeit, Schweigen. Es gäbe viele Worte, die mit diesem Buchstaben

beginnen würden. Sie verwende es vor allem für   . Ich entgegnete, das hätte
den gleichen Beigeschmack wie-, sie unterbrach mich spontan. Ihre Erwiderung
kam prompt, so sei es gemeint.

An einem Hotel wehten verschiedene Landesflaggen. Sie blieb stehen und
deutete auf die schlaff herunterhängende, ramponierte Nachfolgeflagge der
Hakenkreuzfahne. Bezugnehmend auf eine Vater-und-Sohn-Geschichte des
Zeichners Erich Ohser meinte sie mit gequälter Mimik: »Bei diesem zerfledderten Fetzen denke ich an eine ausdrucksstarke Bildfolge, die ich sah.
Verändere unwesentlich das Original. Gebe ihr zum besseren Verständnis ein
modernes Gesicht. Vater, Sohn und Hund schlendern durch die Stadt. Der
Junge trägt das derzeit gültige Nationalsymbol mit sich herum. Das Hundekind sucht nach einem geeigneten Platz, sein Geschäft loszuwerden. Der alte
Herr bedeutet dem Jungen, das Tuch säuberlich im vermüllten Straßendreck
auszulegen. Hund setzt sich. Erledigt sein dringendes Bedürfnis. Dann hebt
der Papa gewissenhaft die Ecken der Fahne mit Inhalt auf. Verknotet sie
sorgfältig. Übergibt das Bündel dem Sohnemann, der es im nächsten Abfall-
eimer für Sondermüll entsorgt. Unterschrift unter der Bildersequenz: Vater,
Sohn und Hund sind für Sauberkeit in Stadt und Land bekannt.« Sie gab das
ohne Gefühlsregung preis. Schaute starr die Straße hinunter. Auf der Suche
nach dem Unauffindbaren. Der Blick driftete zum hellblauen, wolkenlosen
Himmel in unendliche Weiten ab. Wie ein aufsteigendes Flugzeug. In diesem
Moment erschien sie mir hölzern. Apathisch. Eine seltsame Kälte strahlte von
ihr ab. Der Körper versteinert. Die Worte der Kurzgeschichte waren lange
verklungen. Sie verharrte in dieser Stellung.

»Debbie, was hast du? Sprich mit mir. Habe ich mich falsch verhalten?«

»Nein, das ist es nicht. Entschuldige, Shirley Jane. Es ist wie ein Fluch. Wenn
sich das Herkunftsland in irgendeiner Form in meine Gedanken einschleicht,
ziehen in mir bedrohliche Gewitterwolken auf. Aber gestatte mir, dir die Gründe
dafür nicht zu nennen: Es schmerzt zu sehr. Und würde unsere Unbeschwertheit,
den Liebreiz dieser Tage auf der Insel des Glücks, unnötig belasten.«

»Hör auf. Schluss damit. In Zukunft ist alles, was mit dem Land der *Krauts*
in Zusammenhang steht, aus unserem Leben verbannt. Gestrichen. Erledigt. Ist
das klar?« Ich sagte es mit solch einer Bestimmtheit, dass sie eingeschüchtert
nickte. Ihre Rehäuglein füllten sich mit Tränen. Sie schlang bittend die Arme
um meinen Hals, küsste mich ohne Scham auf offener Straße und meinte verzagt: »Verzeih, Herzallerliebste, es wird nie wieder zwischen uns stehen. Aber

erlaube mir eine Schlussbemerkung. Die Gründe für die Ablehnung Trizonesiens und des dort praktizierten Rechtssystems sind schwerwiegend, Shirley Jane.«

Am Tag vor der Abreise in Richtung Flughafen Miami waren wir beide wortkarg. Sie legte mir den Karton in den Koffer, der mit roséfarbenen Rosen bedruckt war. *Tvtb per sempre* hatte sie in den Deckel geschrieben. Zwei in sich verschlungene Herzen mit unseren Initialen gemalt. Und das Datum der Disconacht eingetragen, in der die Reise ins Unbekannte, dem Nimmerland der Sehnsucht, ihren Anfang nahm.

Am letzten Abend lag der Kartondeckel sichtbar auf dem Tisch im Ristorante. Der Kellner warf einen kurzen Blick darauf. Seine Augen glänzten. »Signorina, bella bionda, es gibt keine herzlichere Liebeserklärung, beglückt, wer sie empfängt«, und er schaute mich an. Ich bemühte mich derweil, ein Pokerface aufzusetzen, um meine Gefühlsregungen nicht zu verraten.

»Ti voglio tanto bene per sempre.« Seine Worte klangen wie eine eingängige Tonfolge.

»Was bedeutet es?«, entfuhr es mir ungewollt.

»Ich liebe dich für immer, heißt das, Signora.«

Kurz vor dem Verlassen des Lokals kam der Ober an unseren Tisch geeilt. Er drückste herum. Was er begehrte? Er erbat sich Debbies Papierserviette. Weil ein exakter pinkfarbener Lippenaufdruck darauf zu erkennen war. Lachend überreichte sie ihm das Beutestück seiner Begierde. Und er zog erhobenen Hauptes, stolzierend wie ein Key West-Hahn, davon.

Wir standen uns gegenüber. In der Abflughalle des Airports. Wortlos. Mit hängenden Schultern. Vor dem Start blieben tausend Fragen offen. Ich legte sie in ihr Gepäck. Die Restzeit. Unser größter Gegner. Minute um Minute, die Sekunden verrannen. Wir sprachen nicht. Jede innige Umarmung, die glühenden Küsse und zärtlichen Liebkosungen, dieses erlebte Feuerwerk der Gefühlsentladungen. In Worte fassen. Einen Schlussakkord in den Himmel Miamis schießen. Vergeblich. Ich brachte keinen Ton über die spröden Lippen. Sie trug die unscheinbaren Jeans und das weiße T-Shirt, in denen ich sie zwei Wochen zuvor am Strand kennengelernt hatte. War ungeschminkt. Die Haare streng zu einem Pferdeschwanz gebunden. Festhalten. Nie mehr loslassen. Mond und Sterne versprechen. Sagen: Bleib bis zum Ende der Zeit. Träume schickt der Himmel. Sie wachsen nicht dorthin.

In ein paar Stunden werde ich dort sein, wo mein fester Platz ist, fiel mir im gleichen Moment siedend heiß ein. Bei David. Den Kindern. Einem Garten und Haushalt. Dem Yorkshire Terrier der Nachbarin, der mich jeden Morgen schwanzwedelnd begrüßt und ein Leckerli einfordert. Und ihrer feingezeichneten Katze, die stundenlang auf dem Fensterbrett vor meiner Küche in der Sonne döst und regelmäßig Streicheleinheiten erwartet. Die Amsel, die im weitläufigen, dichtbewachsenen Garten mit den unzähligen Leckereien ihr Zuhause gefunden hat. Und voll Inbrunst ihre Lieder ertönen lässt. Die Kinder. Der Milchmann. Hausarbeiten. Einkaufen. Familienfeste. Alles wie vor dem Urlaub im Paradies. Und die Keys verblassen im Lauf der Zeit. Mit ihnen Debbie Marilyn. Ihr Bild. Die Figur, die Mimik, die Blicke. Das Motel, die Duval Street, das Hemingway Haus. *Tony's Saloon*, eine Disco wie ein weiter, weißer Sandstrand, *Smathers Beach*. Das türkisfarbene Meer, Sonnenaufgänge. Das Werden eines Tages am Golf von Mexiko. Bunte Segel. Havah Nagilah. Calypso und Reggae. Das Versinken des rotgoldenen Balles am Horizont. Das sich wiederholende, berührende Schauspiel. Sie finden ihren Platz im Herzensatlas. Abgelegt. Trotz Pin-up Fotos und einer blonden Haarlocke, die ich mir stahl.

Am Anfang werde ich jeden Tag in meinen Erinnerungen blättern. Irgendwann immer seltener. Schätzungsweise alle sieben, zwanzig, dreißig, einhundertzwanzig Tage.

Vorbei. Das Wort durchzuckte mich wie ein glühender Eisenstab. Doch in diesem Moment stand sie noch leibhaftig vor mir. Warum nutzte ich nicht jede Sekunde für ein Gespräch, eine zarte Berührung, einen letzten Kuss?

Meine Maus. Über ihr der kreisende Adler. Die Zeiger der Uhr, turmhoch und überdimensional an der gegenüberliegenden Wand. Und in mir die unerträgliche Gewissheit, ihr im Leben nicht wieder zu begegnen. Sie flog ins Feindesland. Und litt still vor sich hin. Warum? Das verriet sie mir nicht. Arbeit, die sie unterwarf? Ein Mannsbild, das diesem zarten Geschöpf Gewalt androhte? Wer erahnte im Mindesten, was sie erwartete? Welche problematische Zukunft wetzte die Messer für mein unbekümmertes Mädchen, das im Urlaub in Key West lernte, beschwingt und entspannt in die Tage und Nächte hineinzuleben? Sich hinzugeben. Zu lieben. Geliebt zu werden. Und scherzend die Tage zu begrüßen.

In diese Überlegungen hinein hörte ich sie sagen: »Shirley, bitte vergiss deine Debbie Marilyn nicht. Und die gemeinsame Zeit im Paradies. Behalte in Erinnerung, wie du mich erlebt, erfühlt und gesehen hast. Das bin ich. Und nichts anderes.«

»Sweetheart, was sonst. Du redest, wie so oft, in Rätseln. Bin genauso am Boden zerstört wie du. Aber es war uns von Anfang an klar. Mein Platz ist bei der Familie. Unabänderlich. Und du vergisst mit der Zeit, dass du im fernen Amerika, im Süden der Staaten, eine Geliebte hattest, die – wie war noch der Name? Ach, ja, nach Stunden intensiven Nachdenkens fällt es mir wieder ein – Shirley Jane hieß und lange damit hinterm Berg hielt, dass sie zweisprachig aufwuchs. Du hast darauf mit Nachdruck bestanden, dass wir unsere Muttersprache ausblendeten. Und mir nie erklärt, warum. Ich akzeptierte das. Schwerwiegende Gründe bewegen dich zu diesem Schritt. Dessen bin ich mir sicher. Kenne ich es doch aus eigener, belastender Erfahrung.«

Sie schwieg zu meinen Worten. Schwermut verschattete wie ein Vorhang ihre Augen. Dann der Aufruf. Die Lufthansa-Maschine hob zuerst ab.

Alles überschlug sich. Ein gehauchter Kuss. Eine flüchtige Umarmung. Ich stolperte über das eigene Gepäckstück am Boden. Sie rannte los. Drehte sich nicht mehr um.

Wartend blieb ich zurück. Hoffte vergeblich auf einen letzten Blick. War in diesen Minuten eine verlorene Seele im weiten, unpersönlichen Wartebereich. Und in einem der Flieger, die über die Startbahn gen Himmel schwebten, saß eine kleine Amerikanerin. Das Flugzeug brachte sie in Windeseile von mir weg. Ich ließ dem Tränenfluss ungehindert freien Lauf. Mein Mädel war fort.

It's Only Words, klang in mir. Krallte sich in meiner Seele fest. Beim Verlassen der Disco am letzten gemeinsamen Abend hatten es uns die Bee Gees zur Begleitung mitgegeben. Leere blieb zurück. Wie ein schwarzes Kraterloch eines erloschenen Vulkans, auf dessen bröckelndem Rand ich kraxelte.

Von Unruhe getrieben schlenderte ich bis zum Abflug nach New York ziellos durch die Hallen des Gebäudes. David erwartete mich am Airport. Ich sah dem Wiedersehen mit gemischten Gefühlen und irreparablen Gewissensbissen entgegen.

Lieber Gott, bitte, steh mir bei. Hilf, ungeahnte Verzweiflung und schwerste Schuldgefühle zu überwinden. Neue Wege zu finden.

Beim Ausräumen der Rosenschachtel entdeckte ich Tage später ein sorgfältig eingepacktes Geschenk. Ein Flacon meines Lieblingsparfums und ein schlichtes Zettelchen mit folgenden Worten:

Wenn du – ich hoffe, es tritt nie ein – in schlimmsten Nöten sein solltest und einer besten Freundin Rat benötigst, eine Schulter zum Anlehnen, und glaubst, dass vielleicht ich, die unbedeutende Verkäuferin aus einem erbärmlichen Land in Europa, dir zu helfen vermag, hier meine Kontaktdaten. Verlier sie nicht. Sonst findest du mich nie mehr. Rufe diese Telefonnummer an. Dort bekommst du auf das Codewort *Debbie Marilyn/Smathers Beach/Key West/ Moonlight Shadows* die Details, die zu mir führen. Shalom, Gott schütze dich und all deine Lieben. Ti voglio tanto bene per sempre, deine Debbie Marilyn.«

Debbie vergessen? Nicht die Spur. Es verging in der Folgezeit nicht ein Tag und vor allem keine Nacht, in der ich nicht zur innigst Geliebten Kontakt aufnahm. Mit ihr sprach. Sie liebkoste. Detailverliebt Tagebuch schrieb.

Sealed With A Kiss. Brian Hyland drückte die Sehnsucht aus, die mein Herz bei diesem Song ummantelte. Dein unverzerrtes Bild vor den Augen, Darling. Erinnerte mich an jede Kleinigkeit, die wir gemeinsam erlebten. Verinnerlichte unsere Musik, die tiefgründigen Gespräche, Strandspaziergänge, die geteilten Joints. Das Träumen über das türkisblaue Meer hinweg in unendliche Fernen hinter dem Horizont. Die Ritte auf Sonnenstrahlen bis in den Himmel hinein.

Cambodia war ein Schlüsselerlebnis. Wenn dieser Song im Radio ertönte, gerieten die Gedanken auf Sonderwege. Spulten Filme in einer Klarheit ab, die mich erschreckte. Live durchlebte ich, was zurücklag. Nicht in Vergessenheit geriet. Sondern im Herzen eine feste Größe annahm. Eine Planke in tosenden Wassern turbulenter Zeiten. Und diese kamen.

Davids Abenteuerlust blieb ungebrochen. Eine Sache der Gewöhnung, die ich, die an den Rand gedrückte und zur Passivität verdammte Ehefrau, recht vernünftig verarbeitete. Währenddessen drifteten die Gedanken ständig in weite Ferne ab. Zu einem liebreizenden Mädchen, das mein Herz im Sturm erobert hatte. Warum es geschehen war? Eine einleuchtende Erklärung ließ sich nicht finden. Wenngleich ich mich weidlich bemühte, Ordnung im Gefühlschaos zu schaffen. Letztlich kam ich zu dem Schluss, dass echte, ehrliche, tief verwurzelte Liebe rationale Begründungen nicht benötigt. Ich hatte vom *Summer Wine* gekostet. Und war dir restlos verfallen.

Unzählige Male kramte ich dein Zettelchen hervor. War gewillt, die Notbremse zu ziehen. Verfasste Briefe. Verwarf sie wieder. Sie landeten zerknüllt im

Papierkorb. In der Furcht, David könnte sie aufstöbern und lesen, verbrannte ich sie.

Du sagtest, deine Adresse im ach so fernen Europa sei ein mögliches Rettungsboot, wenn mein Lebensschiff kentert und sinkt. Was ich bisher vermied. Dampfte täglich mit Sicherheitsabstand an lauernden Eisbergen, Riffen, Untiefen und dem Zerschellen vorbei. Oder ich glaubte es zumindest. Wie ich mir einredete, der Augenblick sei noch nicht gekommen, mich aus einem möglicherweise untergehenden Schiff abzuseilen. Frauen und Kinder zuerst. Denn David, der Kapitän, fand, alles stand zum Besten. Mit Volldampf voraus.

Zu diesem Zeitpunkt hatte ich keine Kenntnis davon, dass *Cambodia* sinnbildlich dein Begriff für einen Kampf im Dschungel gegen das Recht im Unrecht war. Doch ich hörte von dir nur vage Andeutungen. Wusste nichts vom tatsächlichen Ausmaß deiner Lebenssituation. Eine aufwühlende Furcht vor Unbekanntem stieg in mir auf. Ich steigerte mich unwillkürlich in Schreckensszenarien hinein. Nächtliche, schweißtreibende Grübeleien gipfelten darin, mir vorzugaukeln, es gäbe wieder den einen oder anderen Johann Reichhart[14] in ihren Reihen. Und Opfer. Wie meine Debbie Marilyn.

Was mir nach der Rückkehr aus diesem Urlaub blieb? Nie zu stillende Sehnsucht. Eine verlorene Liebe. *Smoke Gets In Your Eyes* erzählten mir The Platters über das Radio. Und Pino Donaggio beflügelte mit *Io Che Non Vivo* meine Gedanken. Ich pflanzte eine weiße Rose mit Stamm. Sie steht bis heute im Vorgarten des Hauses in New York. Sie erinnerte mich täglich an dich. Und an die Leere, die mein ständiger Begleiter war. Ich gab aber die Hoffnung nicht auf, solange die Flamme des Lebens hell in mir brannte. Wie gern hätte ich mit dir Zuversicht und Zukunft geteilt. Eine Liebe, die allem standhält und Reinheit verspricht. Eingepackt in zartes Seidenpapier. Gelegt in ein weißes Kästchen mit Rosenblüten. Und an meiner Seite ein Mädel. Mit laszivem Blick. Eine roséfarbene Schleife im blonden Haar. Umhüllt von einer *Oriental Magic Dust* Duftwolke. Du, meine kleine Amerikanerin, liebst wie eine Frau. Empfindest wie eine Frau. Bewegst dich wie eine Frau. Siehst aus wie eine begehrenswerte Frau. Stöhnst wie eine Frau. Küsst wie eine Frau. Doch in deinem tiefsten Inneren bist du ein kleines Mädchen. Unsicher. Verzagt. Verletzt. Entwurzelt. Allein. Ein weibliches Wesen, das sich doch nur nach Umarmung sehnt. Sicherheit. Ein wenig Hoffnung. Und ehrlicher Liebe.

»*Good Night My Love, Pleasant Dreams*« flüsterte ich vor jedem Einschlafen und spürte die Tränen auf das Kissen tropfen. In mir baute sich die Furcht auf, morgens zu erwachen und beim ersten Blick in den Garten die Blüten und Blätter am Rosenbäumchen vergeblich zu suchen, da verwelkt. Deine für mich unverständlichen Andeutungen quälten mich, je mehr ich darüber nachsann. *Cambodia.* Du warst dort. Im Urwald der Stadt. Den Sümpfen der Straßen und Wege. Dem täglichen Kampf ums Überleben. *My Key West Love.* Verwundet an Körper und Seele. Unendlich weit entfernt von mir. Die Hand griff im Bett nachts ins Leere. Der Blick reichte nur bis zum Horizont, wenn ich am Kai New Yorks stand und sehnsüchtig Ausschau hielt.

»Lebst du, Geliebte? Und wo? Vermisse dich so! Ich schrie es lautlos und gequält über den Atlantik. Erhielt nie eine Antwort. Unsere Liebe war von Gott geschenkt. Tief ins Herz gesenkt. Dauerhaft verankert. Ohne Vorwarnung. Wie ein blinkender Stern stieg sie auf. Überstrahlte alle anderen Gestirne am blauen Firmament mit ihrer Leucht- und Aussagekraft. Sie notgedrungen herzugeben, es kam einem Martyrium gleich. In der Einsamkeit des Kerkers verhungert sie. In ihren Eisenketten. Ausgezehrt. Vergewaltigt. Bis zur Unkenntlichkeit zerstört. In *Fremdat* warst du. Synonym für deine Rechtlosigkeit. Das Antonym der Werte der Menschenrechtscharta. Du, meine kleine Amerikanerin. Der Rohdiamant, den ich auf Händen zu tragen bereit war. Bis in Ewigkeit. Allen Widerständen zum Trotz.

Wo das Dämonische mit am Tisch sitzt, treten sie dieses Juwel ohne Anstand in den Dreck des Asphalts. Putzen sich darauf ihre Modellschuhe ab. Du sprachst es aus. In einem Nebensatz, den ich erst viele Jahre später vernünftig einzuordnen vermochte. Deine Andeutungen während unserer gemeinsamen Zeit in Key West waren ein Buch mit sieben Siegeln. Ich war begierig, zu erfahren, was darin geschrieben stand. Lebte dessen ungeachtet in der unbändigen Furcht, die Büchse der Pandora zu öffnen und blutüberströmt zutage zu fördern: die Hoffnung. Auf die Gefahr hin, sie nicht mehr lebend vorzufinden.

Grenzerfahrungen. Der geheimnisumwitterte Begriff prägte sich mir ein. Obwohl die Kleine nie erklärte, was sie damit meinte. Sie erzählte von der Begegnung danach. Im Zug. Nach Paris. Bei der Weiterfahrt. Da war diese Frau. In aufwendigen, bunten Gewändern. Eindrucksvoll ihr äußeres Erscheinungsbild. Sie saß im Abteil gegenüber auf der Bank. Häkelte. Kein Wort kam über ihre Lippen. Sie lächelte die ganze Zeit. Ihr entspannter Gesichtsausdruck erhellte den Raum, während aus beängstigenden Wolken schwere Regenschauer gegen die Fensterscheibe prasselten. Auf dem Schoß eine Tasche. *Nigeria* stand darauf.

Bevor die gepflegte Dame irgendwann ausstieg, erhob sie sich und beugte sich zu der jungen Frau gegenüber nieder. Hob sanft Debbies Kinn an. Schaute ihr liebevoll in die Augen. Küsste sie zärtlich auf die Stirn und meinte voll Zuversicht: »Pretty little princess, life is so beautiful. Full of miracles. Our beloved Lord dries all tears. Sends them back with the sun as colourful dreams, when true love meets you. You will see[15].«

›Von allen Tieren ist der Mensch das Einzige, das grausam ist.
Keines außer ihm fügt anderen Schmerz zum eigenen Vergnügen zu.‹
Mark Twain

›Wenn du einen verhungernden Hund aufliest und ihn gesund pflegst,
wird er dich nicht beißen.
Das ist der Hauptunterschied zwischen Hund und Mensch.‹
Mark Twain

10. Elijah:
Absturz ins Bodenlose

Elijah sah in die Runde. Kein apathisches Gähnen. Nicht ein einziges Handy lag zum Spielen bereit. Niemand hatte sich still und heimlich verdrückt. Er trank einen Schluck aus der Wasserflasche und stellte sie zurück auf den Schreibtisch.

»Der Junge war wie ein Baum, in den der Blitz einschlug. Er war bis ins Mark getroffen. Ohne einen Rest von Selbstbewusstsein. Vor ihm ein Abgrund. Seine Liebe, auf die er gebaut hatte, und damit die in bunten Farben erstrahlende Zukunft, lagen in Trümmern. Zerstört bis zur Unkenntlichkeit. Wenn er malte, dominierten Grautöne. Der geschrumpfte Bekanntenkreis, den er vormals hochtrabend Freundschaften nannte, zog sich auf belanglose Themen zurück. Es war zum Auswachsen. Für seine Umgebung schien Irma abgehakt. Wie eine vorübergehende Erscheinung, deren Umrisse unwiderruflich verschwammen und sich im Nichts verflüchtigten. Der Schüler versuchte krampfhaft, sich die Stimme, Blicke, Küsse, den Gang und die Gesichtszüge in Erinnerung zu rufen. Sie schwanden. Bis sie am Ende nur noch konturenlose Eindrücke erzeugten, die sich schließlich ganz auflösten.

Zu Hause stand die schulische Entwicklung im Vordergrund der Unterhaltung. Sein Schwarm war Schnee von gestern. Niemand fragte nach seinem Befinden. Sie sagten bloß: »Reiß dich zusammen! Nimm es hin und werde auf der Stelle vernünftig. Der Ernst des Lebens beginnt. Abitur. Universitätsstudium. Weiterbildung. In ferner Zukunft, ja, da gibt es so etwas wie Familienplanung. Du wirst die Passende finden, die dir den Rücken freihält.«

Aus. Das Kosten, das Nippen an der Liebe, die Sehnsüchte und kindlichen Träume. Er sah seine Ideale in einem Zinksarg verschlossen. Beschwert mit Wackern. Ummantelt von einem Zementblock. Versenkt. Im unansehnlichen, chemieverseuchten, trüben Flussbett der Stadt, in der er sein farbloses Leben fristete. Es stand fest: Der Zug dampfte in Richtung Freudlosigkeit ab. Marschroute Arbeit.

Sein Vater, der aus dem französisch besetzten Rheingau abstammte, schwärmte von Faschingsbällen im Biebricher Schloss. Die Teilnahme an einer solchen rauschenden Ballnacht war dem Jugendlichen auf Grund seiner Minderjährigkeit untersagt. Ein Jahr darauf schien er nach Meinung der Familie für das *hirnlose* Maskentreiben in überfüllten Tanzsälen zu alt. Er zog sich auf eine Position zurück, die er sich nicht nehmen ließ. An die er sich klammerte. Wie ein Ertrinkender an den sprichwörtlichen Strohhalm: sein patriotisches Gefühl. Es wurzelte im Preußen der Familie. Dem deutschen Kaiserreich. Einem Reichsgründungstag. Beschäftigte sich zunehmend mit seinem Vaterland und dessen, wie er der Ansicht war, glorreichen Werdegangs. Sein Wunsch, Germanistik und Geschichte zu studieren, zerstob allerdings. Wie so Vieles, was er sich vornahm. Ein Ersatzstudium trat an diese Stelle.

Der alte Herr war seinerzeit Mitglied eines schlagenden Studentenbundes. Diese Verbindung wurde 1936 von der staatstragenden Partei wegen des Vorwurfs, *reaktionär* zu sein, verboten. Nach dem Zusammenbruch des Deutschen Reiches erlebten studentische Zusammenschlüsse ein Comeback. Corps standen im Ansehen am höchsten. Wer hier eintrat, dem eröffneten sich ungeahnte Chancen. Im Studium. Der Weiterbildung. Auf gesellschaftlicher Ebene. In der Politik. Bei Militär. Um dem Vater zu gefallen, trat er nach der Immatrikulation in dessen Bund ein. Eine schwere Rüge wegen dieser Fehlentscheidung war die Folge. Der Haussegen hing schief. Das Corps bedeutete einen völlig anderen Status. Im Sinne von Maserati und Beetle. Womit, um der Wahrheit die Ehre zu geben, die Eltern richtig lagen. Sie unterließen es, mit ihm vernünftig darüber zu reden. Das Warum darzustellen. Schweigen zur Unzeit war in der Familie leider Standardgeschehen. Die Konsequenzen: fatal. Mit verheerenden Folgen für die persönliche Zukunft und Entwicklung. Er blieb nämlich trotzig bei seinem unüberlegten Entschluss. Hatte den Hang zu verkehrten Entscheidungen. Und warum, Leute?« Der Lehrer unterbrach sein Umherlaufen in der Klasse. Schaute auffordernd von einem zum anderen. »Weil er nie nach eigenen Bedürfnissen Ausschau hielt. Das in der Kindheit nicht lernte. Es weder wagte noch angehalten war, alles zu hinterfragen. Zu beleuchten. Abzuwägen. Neue Wege zu beschreiten. Denn ihm fehlte nach dem frühen Tod seiner geliebten Mutti die spielerische Vermittlung wahrer Werte. Die Möglichkeit, Probleme jederzeit ausführlich und angstfrei anzusprechen. Er versuchte den unmöglichen Spagat, eigene Vorstellungen zu verwirklichen und immerfort folgsames Kind zu sein. Niemandem zu nahe zu treten. Aufzuzeigen: bin treu. Verlässlich. Das übertrug sich bedauerlicherweise auf den Umgang mit Fremden. Was tsunamiartig seinen unaufhaltsamen Untergang einläutete.

Er war der vorbildliche Untertan seiner Majestät. Eigene Wünsche zu haben, erschien ihm nicht lege artis. Das führte zu ungesunder Unterwürfigkeit. Die Voraussetzungen für eine schmerzhafte Bruchlandung. Zu Heimat und Vaterland hielt er wie der Hund, der im Sturme dem Herrchen treu bleibt, auch wenn alles in Trümmern liegt und der Weg ins Verderben führt. Ein Name steht dafür sinnbildlich: Krambambuli[16]. Er. Die tragische Figur eines sich anbahnenden Dramas. Der in schlimmste Erklärungsnot geriet, je mehr Details der Gräueltaten in den Lagern der *Krauts*, der Kriegsgebiete und die deutsche Kriegsschuld ans Licht rückten. Verkehrte Heilsversprechen. Das Unehrenhafte der Ehrbaren. Die Sinnlosigkeit des Heldentums und der Kriege, die auf allen Seiten unzählige Opfer und nur Verlierer hervorbrachten. Erkenntnisse, die bei dem religiös gefestigten Jungen zu einem Zusammenbruch all seiner wahren Werte und hehren Absichten führten. Er wurde unvorbereitet damit konfrontiert, dass ein Teil des jüdischen Astes der eigenen Familie notgedrungen auswanderte. Erfuhr von den damit verbundenen Strapazen. Und den Bedauernswerten, die nicht entkamen und schmerzhafte Lücken hinterließen. Von gelben Sternen und roten Winkeln. Sowie von Verbindungen Familienangehöriger zur Widerstandsgruppe vom 20. Juli 1944. Diese hatte sein junger Freundeskreis stets mit dem Begriff *Vaterlandsverräter* abgetan. Was er – in Unkenntnis der Sachlage – bis zu diesem Zeitpunkt ungeprüft übernahm. Die letzte Bastion brach weg. Schlagartig entlud sich über ihm ein verheerendes Gewitter von Einsichten, welches die restlichen Mauern seiner anscheinend uneinnehmbaren Festung unterspülte, die ihm zuvor zweifelhafte Sicherheit vorgegaukelt hatten. Das *geliebte heilige Deutschland* war absolut unheilig. Ein Kriegsverbrecher in höchster Potenz. Es blieb nichts mehr. Er verkraftete das zwar nach außen hin anfänglich wie seine Mitmenschen, die den 9. Mai 1945 erlebten. Und überstanden. Wie die drei Affen. Augen, Ohren, Mund zu. Und durch. Weitermachen. Die Vergangenheit ad acta legen. Im Sinne der Worte eines Kanzlers: ›Was geht mich mein Geschwätz von gestern an. Niemand hindert mich, weiser zu werden.‹ Aber es bohrte und gärte in ihm. Bis es überkochte. Er nicht mehr darüber hinwegsehen konnte.

Warum erwähne ich das derart ausschweifend? Aus verschiedenen Gründen. Menschen setzen sich für Ideale ein. Zum Beispiel ein Heimatland. Mitglieder meiner jüdischen Familie sind für das Königreich Preußen, das Deutsche Reich und Volk gestorben. Waren aus Überzeugung und Pflichtgefühl ihrem Vaterland gegenüber loyal. 1933 übernahm eine Bewegung die Macht, die sie nicht mehr als Teil der Volksgemeinschaft akzeptierte. Sie ausschlossen. Sich gegen sie solidarisierten. Damit zählte all das Vergangene nicht mehr. Sie standen mit dem Rücken zur Wand.

Dagmar, die jüngere, in eine *demokratische Aufbruchsstimmung* hineingeborene Schwester des Schülers, erlebte solch ein ausgrenzendes gesellschaftspolitisches Vorgehen in ähnlicher Weise. Nach der *Machtergreifung 1969*. Nichts zählt mehr, wenn du vermeintlich nicht in das gültige Schema der Zeit, das aktuelle gesellschaftliche Klima passt. Wenn rückwärtsgerichtetes, abstrafendes gesellschaftspolitisches Handeln Priorität einnimmt, einspurig weiterentwickelt zu ausgrenzender Strategie der staatlichen Führung. Wenn eine neue Bewegung das Sagen beansprucht, Maß aller gültigen Werte zu sein. Zustimmende Genossen hinter sich vereinigt und auf den aktuellen Kurs einschwört. Ihr Recht im Unrecht, zum Nonplusultra hochstilisiert, einbetoniert. Sich feiert. Mit Merkmalen der Unfehlbarkeit und Sündenfreiheit. Wenn Ausgegrenzte, am Pranger stehend, Dialogverneinern gegenüberstehen. Diskriminiert. An den Rand gedrückt. Chancenlos. Mit den Stempeln *wertlos, unerwünscht* und mit *farbigem Winkel* versehen. Von denen, die sich das Recht herausnehmen, den ersten Stein zu werfen. Denn sie sind von sich überzeugt, schuldlos, ohne Sünde zu sein. Die ohne Gerichtsurteil Verurteilte dagegen ist nichts weiter als eine Aktennotiz.

Mittlerweile hatte er das Abitur bestanden. Verpatzte seine erwartete gute Deutschnote, weil er in der Aufregung der mündlichen Prüfung dem Oberschulrat nicht das Ende des Kleist Dramas *Prinz vom Homburg* vortragen konnte.

›In Staub mit allen Feinden Brandenburgs.‹ Sein Deutschlehrer rief hilfesuchend mit den Augen den Himmel an, der die rettende Eingebung nicht rechtzeitig schickte. Senkte ergeben den Kopf. Wischte über die Tischplatte und hielt den verdreckten Finger in die Höhe. Es half nicht. Vorbei. In Staub mit den Träumen von einem Germanistikstudium. Zu Hause angekommen, gestand er zähneknirschend das Missgeschick. Versuchte, sich mit den Worten herauszureden, ›wer kann das schon wissen.‹ Sein Vater verzog keine Miene, zitierte emotionslos den Ausruf der Offiziere und verwies auf die Schlacht bei Fehrbellin. ›Gehörte in unserer Generation zur Allgemeinbildung‹. So lautete der sachliche Kommentar. Damit war das Thema abgehakt.

Der Student machte die Bekanntschaft einer Kommilitonin aus dem gleichen Fachbereich. Herzig. Ohne Hinterlist. Sie waren ein nett anzusehendes Paar. Harmonierten. Mit ihr verblasste die tiefsitzende Trauer um Irmas verlorene Liebe. Verschwand jedoch nicht. Saturday night fever Partys, San Francisco Feeling, malerische Spaziergänge und berückende Stunden der Zweisamkeit holten seine Lebensgeister zurück. Zunehmendes Selbstbewusstsein polierte die arg ramponierte Persönlichkeit auf. In einem Urlaubsaufenthalt mit Eltern und befreundetem Ehepaar kam er in arge Bedrängnis. Weil die Bekannte der Eltern den unerfahrenen Jüngling nötigte, in einem Schilffeld eine stehende Nummer zu schieben. Wieder in der Heimat erlebte er einen ähnlich prekären Umstand mit der Ehefrau eines Direktors. Sie sah in ihm eine gelungene Abwechslung. Vergleichbar mit einem Callboy, den es anzulernen galt. Um die häusliche sexuelle Tristesse aufzupeppen. Auf die Gefahr hin, dass der Alte zur Unzeit nach Hause kam und das Paar erwischte. Seine diesbezüglichen Beichten in der Familie stießen auf taube Ohren. Niemand glaubte ihm. Es war die Zeit von Hippiebewegung, Beatclubs, Flower-Power und freier Liebe.

Seine aktuelle Freundin drängte ihn, sich mit ihr zu verloben. Er gab nach. Damit segelte sein Lebensschiff wieder in Gewässern, die frei von Stürmen und voller Perspektiven waren. Zumal die Zukünftige über alle Zweifel erhaben schien. Sie teilte seine Vorstellungen von Sitte und Moral. Familie. Kinder. Der Vater, den er um seine Meinung bat, winkte ab. Kein Kommentar. Die Verlobung war trotz alledem beschlossene Sache. Aus heiterem Himmel ereilte ihn die unumstößliche Bedingung der Zukünftigen: Er solle das Geschmiere im Gesicht weglassen, ihre weißen Blusenkragen seien ständig verdreckt. Und es wirke weibisch. Das erste Date lag zu diesem Zeitpunkt viele Monate zurück. Er versuchte zu verdeutlichen, dass es für sein Ego abträglich war, in seinem Alter mit entstellendem Narbengesicht und entzündeten Pusteln durch die Gegend zu rennen. Gab ungeachtet dessen vorübergehend der Bitte nach, in der Hoffnung, sie habe ein Einsehen. *Zieh halt farbige Blusen an*, dachte er bei sich, sprach es aber nie aus.

Er studierte in einer Zeit, die sich 68er-Bewegung nannte. In der Werte die Bedeutungen wechselten. Manche sich umkehrten. Kein Stein blieb außerhalb und innerhalb der Unimauern auf dem anderen. Linke Gruppierungen wie der SDS waren Wortführer. Der Begriff *Frankfurter Schule* etablierte sich. Es gab unzählige Sitzblockaden auf dem Campus. Unter dem Laufschritt der ›Hồ Chí Minh‹ skandierenden Massen erschütterte der Asphalt der Straßen. Zeiten, die überwunden schienen, leuchteten als Morgenröte am Osthimmel. Doch die Teilnehmer trugen keine braunen Hemden. Dafür Turnschuhe. Und schwenkten rote ›*Mao-Bibeln*‹.

Der Student lernte, im Kleinen aufzumucken. Seine Freundin legte die Daumenschrauben fester an. ›Entweder ich oder das Präparat gegen die Akne.‹ Was kümmerte sie die geschundene Seele eines Jungen, der in seinem bisherigen Leben unzählige Demütigungen wegen dieses sichtbaren Makels ertragen hatte. Der täglich verletzend erfuhr, wie Äußerlichkeiten ein Leben beeinflussten.

An einem Faschingsabend so aussehen, dass er vor dem Spiegel nicht erschrak. Ein letzter Blick von der Seufzerbrücke. Vor Verlobung und Ehe. Eine Tante half ihm mit Engagement. Es war ein Amüsement. Nicht mehr. Haare in Form gebracht. Ein dezentes Make-up. Stylische Klamotten, die in der aufflammenden Discozeit en vogue waren. Zur Party lud er die Freundin nicht ein. Er vermutete zurecht, sie durch diesen gewagten Auftritt – selbst in der Karnevalszeit – zu verlieren.

Der pfiffige, unehrliche Fuxmajor seiner Verbindung, der eigentlich die Aufgabe hatte, vorbildhaft die rekrutierten Füxe, den Nachwuchs, in gesellschaftlicher Etikette zu instruieren, witterte seine Chance. Jubelte ihm für den Abend seine Ex als Tanzersatz unter. Schob ein Problem damit erfolgreich ab, denn er hatte genug von aufgesetzten Hörnern. Dieser Gast besaß einen seltsamen Charakter, war unsensibel, durchtrieben und unehrlich. Im weiteren Verlauf wird die Person aus gutem Grunde stets in männlicher Form und als NN, no name, beschrieben.

Die Faschingsfeier war in vollem Gange. Es klingelte. Der junge Student öffnete nichtsahnend. Zu seinem blanken Entsetzen stand seine Verlobte in spe auf der Matte. Ohne Vorankündigung. Ihm fiel das Herz in die Hose. Er geriet in arge Erklärungsnot. Wegen der Party. Seines karnevalistischen Outfits. Und des Gastes. Die Beschimpfung war dementsprechend heftig. Kleinlaut hörte er zu. Es hagelte bittere Vorwürfe. Das Ganze gipfelte in: ›Du fährst mich auf der Stelle nach Hause!‹ Da sie weit entfernt wohnte, war dies für den Gastgeber alter

Schule ein Anstandsproblem. Er wäre erst wieder zum Partyende erschienen. Bat mit ehrlicher Zerknirschung um Vergebung. Sie solle ihm beistehen. Ihn nicht vorführen. An der Veranstaltung im Freundeskreis teilnehmen. Dieser Kniefall fand exakt an der Stelle statt, an der einst die fünfzehnjährige Irma wie eine überirdische Erscheinung stand. Zu ihm hinunterschaute. Und diamantenen Zauberstaub verstreute.

Der neu ernannte Reichskanzler erbat sich 1933 vom deutschen Volk vier Jahre Bewährungszeit. Ein in arge Bedrängnis Geratener in diesen entscheidenden Minuten seines Daseins knapp drei Stunden unbekümmerte Fröhlichkeit von seiner zukünftigen Ehefrau. Um der Form zu genügen. Später gemeinsam NN nach Hause zu begleiten. Weiterzufahren. Eine Nacht lang im Auto den Faschingssamstag zu vergessen. Zukunft zu planen. Jeder bewahrte auf diese Art Gesicht und Würde.«

»Warum im Wagen?«, fragte John erstaunt. »Was für eine vergorene Scheiße. Hatten sie keine Bude, die sie verrammeln konnten?«

»Die Erklärung lautet, dass sie ihn in der gesamten Zeit ihrer innigen Freundschaft nie in das Haus der Eltern einließ.« Elijah zuckte mit den Schultern. »Warum? Ich kenne die Antwort nicht. Der Junge bettelte die Kommilitonin an. Kniete wiederholt nieder. Ging zerknirscht auf sämtliche Forderungen ein. Würde nie mehr dermatologische Substanzen benutzen. Er wollte nur sein Gesicht vor den Geladenen wahren. Drei Stunden solle sie ihm gewähren. Die Situation glich einer bedingungslosen Kapitulation. Doch sie drehte sich um. Stapfte grußlos, wuterfüllt aus dem Haus. Knallte die Tür hinter sich zu. Ward nie mehr gesehen. Und das Unglück brach über den Jungen hinein.

›Ein Mädchen sollte niemals vergessen,
dass sie niemanden braucht,
der sie nicht braucht.‹
Marilyn Monroe

›Schönheit beginnt in dem Moment,
in dem du dich entscheidest, du selbst zu sein.‹
Coco Chanel

›Die Wahrheit ist, ich habe noch nie jemanden betrogen.
Ich habe die Leute sich etwas vormachen lassen.
Sie haben sich nicht die Mühe gemacht, herauszufinden,
wer und was ich war.‹
Marilyn Monroe

›Schön zu sein bedeutet, man selbst zu sein.
Du brauchst nicht von anderen akzeptiert zu werden.
Du musst dich selbst akzeptieren.‹
Thích Nhất Hạnh

11. Elijah:
die Macht des Bösen

n diesem Abend entstanden Planung und Ausführung des *Mainhattan Projects*, und das, was sich daraus an Konsequenzen ergab. Durch Manipulation. Double bind. Reframing. Umkehr der Opfer-Täter-Rolle. Mit unabsehbaren Folgen: Betrug. Lügen. Diebstahl. Skrupellosigkeit. Furchtbarem Leid. Seen von Tränen. Verzweiflung. Suizidalem Gedankengut. Zerschlagung aller Werte. Und letztendlich der Überantwortung an eine soziopathische Gesellschaft.«

Elijah lehnte sich an die Schreibtischkante an und stützte beide Hände auf. Die Knöchel traten weiß hervor. Er wirkte ungewöhnlich angespannt. Sein fragender Blick tastete die Gesichter der Schüler ab.

»Leute, was ist verwerflicher, frage ich euch allen Ernstes: Eine einschätzbare Diktatur, die offen und eindeutig zum eigenen Selbstverständnis und rücksichtslosen Vorgehen gegen von ihr Ausgegrenzte steht? *Rote Winkel* auf Kleidung oder in Dokumenten verteilt. Politiker, Beamte, Polizisten und Bürokraten, die der Welt und nach innen hin signalisieren: Uns sind Personen zuwider, die nicht den einzementierten Normen dieser Gesellschaft entsprechen. Wer bleibt, ordnet sich klar definierten Vorstellungen unter. Sonst sind die Folgen im täglichen Leben absehbar. Und vernichtend.

Oder im Gegensatz zu dieser Einstellung demokratische Strukturen, die sich zu den Werten der allgemeinen Menschenrechte bekennen. Bunte Flaggen schwenken. Auf zuvor erwähnte Regime angewidert mit dem Finger zeigen. Und im gleichen Atemzug Personen, die auf diese Beteuerungen vertrauen, im Rahmen der eigenen behördlichen Machtbefugnisse *legal* terrorisieren?« Elijah stieß sich abrupt ab, richtete sich auf und schlenderte betont langsam durch die Reihen. Ein spannungsgeladenes Knistern lag in der Luft.

»Genau. Bin exakt eurer Meinung.« Er schluckte. Biss sich auf die Unterlippe. Wischte sich flüchtig über die Augen, als müsse er einen Schleier entfernen, der den Blick trübte. Und schlug die Handflächen hörbar aufeinander. Es klang wie ein Schuss. Die Schüler zuckten erschrocken zusammen.

»Bevor Sie weiter berichten, Elijah, was ist ein *roter Winkel*?«

»In den Lagern der deutschen Polizei und ihres Geheimdienstes, seinerzeit GESTAPO und SS, Schutzstaffel, genannt, erhielten die Einsitzenden Nummern anstelle ihrer Namen. Nach Symbolen und Farben in Gruppen unterschieden. Ich greife beispielhaft heraus: Rosa bedeutete homosexuell, rot identifizierte politische Verbrechen. Es gab die Grundfarbe mit dem auf dem Kopf stehenden Dreieck. Die anderen Formen zeigten an, ob es sich um Rückfällige, Angehörige der Strafkompanie oder politische Gefangene mit jüdischer Religion handelte.«

»Okay. Verstanden.«

»Bevor ich jetzt in unserer Story fortfahre, vorweg eine Einordnung von Begriffen, weil sie bei den kommenden Ausführungen eine entscheidende Rolle spielen: Psychopathie und Soziopathie. Sie gehören zu der Gruppe der antisozialen Persönlichkeitsstörungen. Abgekürzt: ASPD[17], antisocial personality disorder.

Psychopathen. Zuerst zugängliches Auftreten. Im Weiteren kommt die Fratze zum Vorschein. Das Benehmen: säureartig zersetzend. Sie reden sich aus jeglichen Schwierigkeiten heraus. Verantwortung für skrupelloses Handeln übernehmen sie nicht. Verdrehen Tatsachen. Setzen meisterhaft Umkehr von Täter-Opfer-Rolle ein. Schlagworte sind pathologische Verlogenheit, überhöhtes Selbstwertgefühl, niedriges Wutniveau. Ganz vorne dran: Promiskuität. Geschlechtsverkehr mit wechselnden oder gleichzeitig verschiedenen Partnern. Sex zählt. Liebe, längerfristige Beziehung dagegen nicht. Brandgefährlich für die auserkorenen Opfer und deren Umfeld.

Soziopathen und ihre Gesellschaftsformen zeichnen sich durch Freude am Verletzen, Quälen, Unterwerfen und manipulativem Handeln aus. Gewissenlos, egomanisch, hinterhältig, ohne Erbarmen und Schuldbewusstsein. Nach außen hin demonstrieren sie oftmals Charme, Charisma und zugewandtes Verhalten. Die genannten Ausführungen und Begriffe fußen auf Karl Birnbaum und George Partridge. Unser Landsmann nutzte die Bezeichnung Soziopathie in Abgrenzung zur Psychopathie.

Für beide Definitionen gilt: gestörtes Sozialverhalten, bewusste Verstöße gegen Normen und Werte. Der entscheidende Unterschied: Psychopathen sind auffällig. Soziopathen verbergen gern ihre antisozialen Persönlichkeitsstörungen. Ein Höllenschlund von Folgen öffnet sich für die bemitleidenswerten Betroffenen. Unbeteiligte sehen sich nicht in der Lage, in das Geschehen einzugreifen. Weil die Betroffenen gelähmt dem eigenen Untergang zusehen. Sich nicht zur Wehr setzen. Apathisch aufgeben. Psychophysisch verenden. Ähnlich der Situation des vor Angst gelähmten, zitternden Mäusleins im Angesicht der zum Angriff bereiten Giftschlange. Beispielhaft für eine solche Entwicklung steigen wir wieder in unsere Geschichte ein.

Ein schicksalhafter Faschingssamstag. Der Gastgeber erkundigte sich, wie es sich in seinen Kreisen ziemte, am folgenden Tag nach dem Befinden des Partyteilnehmers vom Vorabend, welcher die Gelegenheit beim Schopfe fasste. Sich vampirartig am Opfer festsaugte, um verheerendes, lähmendes Gift zu injizieren. Zu diesem Zeitpunkt war der Junge noch der festen Überzeugung, er habe alles im Griff. Könne seine Verlobte in spe durch einen weiteren Canossagang zum Einlenken bewegen. Zu spät. Er verfiel dem gespielten Charme eines psychopathischen Menschen wie dereinst Hugenberg und seine Deutschnationalen der Beredsamkeit des designierten Reichskanzlers. Mit dem Öffnen der Wohnungstür enteignete das Gegenüber mit der unschuldigen Maske eines schüchternen Teenagers seine Persönlichkeit.

Es fielen aus dem Mund von NN in den kommenden Wochen Sätze wie: ›Es sind neue Zeiten angebrochen. Haare wachsen lassen. Nicht solch eine konservative Frisur. Wir leben ja nicht in den Zwanzigern. Und diese buschigen Augenbrauen in Form zupfen. Ist höchst unansehnlich. Präparate gegen die Akne? Logisch. Bei diesen entstellenden Kratern. Mit einem richtigen Makeup und mattierendem Puder übertünchen. Sieht gepflegter aus. Erinnere dich an Karneval. Da sahst du mal richtig gut aus.‹ Anfänglich war es ein Spiel. Die Selbstsicherheit des Jungen wuchs ins Unermessliche. Beim Tanzen erteilte seine Begleitung jedem Bewerber einen Korb. Das gefiel ihm. Er übersah die Niedertracht. Wochen nach der ersten Begegnung drängelte die neue Bekanntschaft, sie habe kein Zuhause mehr, die Mutter verlasse die Region. Ein sofortiges Zusammenziehen, was in dieser Zeit in seinen Kreisen Ehe bedeutete, sei der einzige Ausweg, eine Trennung zu vermeiden. Tränen flossen, dass die Straße vor dem Haus, bildlich gesprochen, meterhoch unter Wasser stand. Der gutgläubige Student fiel darauf herein. Doch sein Bauchgefühl sagte nein, die Sturmglocken läuteten.

NN ließ nichts anbrennen. Der Student erhoffte sich in letzter Minute durch die Familie ein klares Veto. Es kam nicht. Die Falle schnappte zu. Verlobung: auf die Schnelle im Hausflur. Die in früheren Jahren erträumte, rauschende kirchliche Hochzeit mit großer Gesellschaft schrumpfte zu einem standesamtlichen Minutenereignis in Straßenklamotten zusammen. NN forderte ohne Vorwarnung gleich nach der Trauung einen Doppelnamen. Vor dem Standesbeamten bat der Student inständig, nicht darauf zu bestehen. Einem gemeinsamen Namen zuzustimmen. Ein klares Nein folgte. Er fügte sich. Wollte keinen Aufstand in der Öffentlichkeit. Und das in einer Zeit, in der eine Ehefrau laut Gesetz von den Entscheidungen des Gatten abhängig war.«

John knurrte. »In diesem Moment hätte ich hingeworfen. Gesagt: ›Du willst meinen Namen nicht? Scher dich zum Teufel‹. Und wäre eine Minute später geschieden gewesen.«

»Er war geschockt und resignierte. Zu Hause folgte der nächste Schlag. Der Rausschmiss. Die Eltern boten ihm ein monatliches Salär zum Bestreiten eines Haushalts an. Die Tür fiel hinter ihm ins Schloss. Caro blieb in seiner gewohnten Umgebung. Sie sahen sich ausschließlich zu gemeinsamen Spaziergängen. Der Junge verlor seine tägliche Nähe. Das wohlbehütete Ambiente. Wurzeln und Zuflucht. Alles brach für ihn zusammen.

NN feixte. Die Sachlage entwickelte sich mustergültig. Legte sofort nach dem Einzug in die WG einen schriftlich ausgearbeiteten Zehn-Punkte-Plan auf den Tisch. Erniedrigung pur. Die Bedingungen lauteten: Sexverbot. Kinderlosigkeit. Vorgesehen war eine klare Aufgabenverteilung. Der Haushaltsvorstand sei NN und habe damit selbstverständlich alle *männlichen* Rechte. Der Angetraute sei ein hässliches Entlein, das umsonst darauf warte, in ferner Zukunft zum Schwan zu mutieren. Solle sich gefälligst fügen. Oder es setze Hiebe. Das Selbstbewusstsein des frisch gebackenen Ehemannes rutschte in den Keller. Es bestand indes nach seiner Meinung keine Rückzugsmöglichkeit mehr. Er knickte ein. Vor der fremden Person, die sich fortan drohend vor ihm aufbaute. Im Sinne einer Gruselfilmmutation. Härte und Kälte dominierten. Ein Horrortrip. In diesem Moment schien sofortige Trennung logisch. Das einzig Richtige. Er war aber bereits zu dem frühen Zeitpunkt unfähig, vernünftige Entscheidungen ohne Hilfe von außen zu treffen. Vertraute zu kontaktieren. Geschweige denn, sich wortgewaltig zu wehren. Er schämte sich. Sah die Schuld bei sich und seinem Aussehen. Hoffte, alles wäre eine Phase, die sich legen würde. Was im Weiteren geschah, ich werde es nur andeuten. Denn das ist dramatisch genug. Bei Details wird euch speiübel.« Hielt kurz inne. Trank einen Schluck Wasser. Und fuhr fort: »Der Student war ganztägig außer Haus. Im privaten Umfeld spielte sich in der Zwischenzeit Unfassbares ab. Von der Umgebung registriert. Stellt euch das Schlimmste vor, und es ist geschmeichelt. Er jedoch blieb ein Lamm ohne Argwohn, für das die Schlachtbank zum Ausbluten bereitstand. Es gestaltete sich eine toxische Beziehung.

Das *Ermächtigungsgesetz vom 24. März 1933,* das die Diktatur in Deutschland einläutete, fand hier seine Neuauflage im Kleinen. Mit vergleichbar katastrophalen Auswirkungen auf seine Zukunft. Wie die deutschen Volksgenossen argwöhnte auch er nicht. Übersah die diabolischen Absichten. Unvorsichtigerweise erzählte er aus seiner Kindheit. Von den Träumen. Und engen religiösen Bindungen. NN drehte daraus den Strick, an dem er ab sofort baumelte. Begehrte er auf, hieß es strafend: ›Ist das christlich? Du Stöpsel, Machoverschnitt und Überbleibsel von gestern. Wenn dein ach so verehrter Pfarrer dich heute sehen und erleben würde, wäre ihm klar, du bist in der Tat *nur* ein Mädchen. Vom Denken, Fühlen bis zur Figur. Es fehlt nur der entscheidende Schritt. Aber bilde dir keine Schwachheiten ein. Kein noch so blödes Mannsbild würde sich je nach solch einem verkorksten weiblichen Wesen umdrehen. Es sei denn, um zu kotzen. Und es nicht einmal mit einer Kneifzange anpacken. Denn du bist eine Beleidigung für die Augen.‹ So ging es immerfort. Bis er nicht mehr aufmuckte. Und sich bereits duckte, bevor er die psychische Peitsche verspürte.

Gleichzeitig erfolgte generalstabsmäßige Demontage des bisherigen Umfeldes. Vergleichbar mit der Bücherverbrennung vom 10. Mai 1933. NN zwang ihn, die studentische Verbindung zu verlassen. Der Bekanntenkreis schrumpfte täglich. Bis niemand übrig blieb. In der Folgezeit anhaltendes verbales Trommelfeuer. Unechte Tränen. Penetrantes Jammern: ›Das Umfeld treibt Keile in unsere astreine Beziehung. Die Gesellschaft hetzt. Deinen Freunden bin ich zuwider. Dabei stehst du im Mittelpunkt all meiner Überlegungen.‹ Es stimmte. Alle waren in Alarmbereitschaft. Berechtigter Weise. Er war es, der nicht erkannte, dass sich der Boden unter ihm öffnete. Und der armdicke Strick um den Hals sein Genick brach. Dem Gutgläubigen gegenüber äußerten sich Außenstehende nicht. Niemand legte den Finger in die Wunde. Alle hielten sich vornehm zurück.

Mittlerweile nannte er NN scherzhaft den *Führer.* Verglich das Schwinden seines Bekanntenkreises mit dem Austritt des Deutschen Reiches aus dem Völkerbund am 12. November 1933. Sah es zu diesem Zeitpunkt immer noch erstaunlich locker. Ähnlich dem überwiegenden Teil der Volksgenossen in den Dreißigern. In Fehleinschätzung der drohenden Gefahr. Die unzähligen außerehelichen sexuellen Eskapaden NNs blieben im Dunkeln. Er vertraute weiter fest auf Ehrlichkeit, Liebesgesäusel und Treue. Hoffte, dass die Zeit das Eis tauen würde.

Im Vordergrund stand für ihn das Studium. Zwar bemerkte er die zunehmende Isolation. Nicht aber die Konsequenzen, die sich daraus ergaben. NN zeigte sich ohne Beisein des hauseigenen Trottels gespielt besorgt über dessen *sichtbare* Veränderungen. Obwohl selbst initiiert. Arbeitete mit gezielter Gehirnwäsche. Beschwor Blumenkinderzeit und Woodstock. Es uferte aus. Fremde bevölkerten die Wohnung. Der Student büffelte fürs Studium, während NN Partys schmiss. Ließ sich bis zur Lächerlichkeit vorführen. Kam aus den Verstrickungen der schädlichen Beziehung nicht heraus. Gefangen im Labyrinth des Bösen.

Er hatte in dieser Zeit zwei Tiefschläge zu verkraften. Sein Caro starb in der Blüte seines Lebens beim Überqueren der Fahrbahn durch einen Verkehrsrowdy, der mit Höchstgeschwindigkeit die Straße entlangbretterte. Nicht rechtzeitig bremste. Obendrein Schadensersatz für einen unbedeutenden Kratzer am Auto einforderte. Der religiös fest verankerte Student verfluchte zum ersten Male einen Menschen und dessen Umfeld. Nahm dies nie zurück. Litt unter schwersten Gewissensbissen seinem treuen Kameraden gegenüber, da er zu diesem Zeitpunkt nicht im Elternhaus weilte und ein anderes Familienmitglied den Spaziergang übernahm. Er überwand den furchtbaren Verlust nie. Ein Jahr später starb überraschend sein Vater. Damit war er nervlich am Ende.

NN schienen diese schweren Traumata des Jungen nicht die Bohne zu interessieren und setzte ihn in Kenntnis, habe einen Job als Handelsvertreter angenommen. Bestens dotiert. Wie beträchtlich Gehalt und Spesen waren, das gab NN nie preis. Denn sie lebten von den monatlichen Zuwendungen der Mutter des Jungen. Was sich auf den Touren durch die Städte der Republik abspielte, es ist nur zu vermuten. Der Paukenschlag. Die von langer Hand vorbereitete Trennung! Aus heiterem Himmel traf den Examenskandidaten die Mitteilung mitten im Prüfungsstress, in der Zeit vor und nach dem Jom-Kippur-Krieg vom 6. bis 25. Oktober 1973. Zur Erinnerung. Jom Kippur, das Versöhnungsfest, ist der höchste jüdische Feiertag.

NN brachte zum Gerichtstermin einen Anwalt mit. ›Ich stelle für das Gespräch tausend D-Mark in Rechnung‹, schnauzte er den Überfahrenen an. ›Rate dringlich davon ab, einen eigenen Rechtsbeistand zu beauftragen. Dann schnellen die Kosten ins Astronomische.‹ Dafür war es zu diesem Termin ohnehin zu spät. Sie standen bereits im Gang vor dem Saal, in dem die Anhörung stattfand. ›Mund halten‹, raunzte ihn der Rechtsverdreher an, ›wenn Sie von dem Vorsitzenden gefragt werden. Verweigern Sie jede Aussage! Es drohen Ihnen ansonsten immense Schwierigkeiten bei ihrem Examen. Wir sind vorbereitet. Sie chancenlos. Ihre berufliche Zukunft versinkt im Morast. Wir halten die Trümpfe in Händen. Fakt ist, Sie sind ständig fremdgegangen, haben verunglimpft, üble

Lügen verbreitet, übten psychophysischen Terror aus, das sind kriminelle Vergehen. Ein falsches Wort und Sie sind erledigt. Für alle Zeit.‹ In diesem Moment vollzog der Geschädigte den Zustand Polens vom 1. September 1939 nach. Überrumpelt. Ohne Vorwarnung. Opfer-Täter-Umkehr.

Beim Verlassen des Justizgebäudes, er war nach wenigen Minuten in allen Punkten schuldig gesprochen worden, hieß es auf den Treppenstufen triumphierend: ›Habe die feste Zusage für einen begehrten Studienplatz. Benötigte in der zurückliegenden Zeit nur eine Bude und Versorgung zur Überbrückung. Dafür warst du gut genug, Armleuchter!‹ Und weiter: ›Habe überhaupt keine finanziellen Rücklagen. Wie soll ich das kostspielige Studium finanzieren? Deine Mutter muss mich adoptieren. Auf diesem Wege bleibe ich dir sogar erhalten.‹

John hielt sich jetzt nicht mehr zurück. Er knurrte: »Ich wäre gleich ausgeflippt. Auf der Stelle verschwunden. Oder hätte das Schloss der Wohnung ausgetauscht. Die Sachen der Alten im hohen Bogen auf die Straße gefeuert. Und als Abschiedsgeschenk die gusseiserne Bratpfanne nachgeworfen. Und dann diese bodenlose Unverschämtheit. Totale Verdrehung der Sachlage. Alle Vorwürfe waren doch eindeutig aus der Luft gegriffen. Dass ein Gericht das mitmacht? Nicht hinterfragt, warum der Beschuldigte kein Wort zu seiner Verteidigung herausbringt? Spricht nicht für Rechtsempfinden und Objektivität. Vielleicht hatte der Anwalt einen guten Draht zu dem Richter.«

Elijah räusperte sich. Antwortete verhalten: »Diese Frage, mein lieber Freund, treibt mich um, seitdem ich davon hörte. Der Student war geplättet. NN hatte zwei Jahre lang ein hohes Gehalt einkassiert. Unzählige Spesen erhalten. Sparte alles. Und nutzte dennoch die Gunst der Stunde. Räumte ab. Sein Konto, auf dem seit Kurzem das Geld lag, das die Mutter für die Weiterbildungszeit nach dem Examen vorsah. Steckte sämtliche Wertsachen in Gold ein. Geschenke aus den Tagen der Konfirmation. Eine seltene Gedenkmünze von Martin Luther, welche ihm die Großeltern vermacht hatten. Die hochwertige, fein ziselierte, goldene Anstecknadel seiner Mutti. In Form des Buchstabens G. Ein stets gehütetes Andenken. Selbst ein unersetzliches 5-RM-Stück seines Vaters, das für ihn nur ideellen Wert besaß. Und alle gemeinsamen Fotos, sodass an den Täter nichts erinnerte.«

Der Pädagoge holte tief Luft. Fixierte erneut die gegenüberliegende Wand des Klassenzimmers. Fuhr in Form eines Plädoyers fort: »NN teilte ihm nach dem Abräumen des Kontos und seines persönlichen Eigentums teilnahmslos am Telefon mit: ›Du findest meine neue Adresse nie heraus. Der Doppelname ist Geschichte. Heiße jetzt anders. Gib dir keine Mühe. Nichts gebe ich zurück.

Sehe es als Schadensersatz für verlorene Jahre an. Bin obendrein mittellos. Stehe in der Ankunftshalle vom Flughafen. Verbrachte drei Wochen in einem überteuerten Ferienparadies. Die Bilder bekommst du wieder. Falls ich das Porto aufbringe.‹ Was natürlich nie geschah.

Das, meine lieben Freunde, sind typische Aussagen mit doppelter Bedeutung. Der Zuhörer hört Antagonismen. Steht vor dem Dilemma, zu entscheiden, was der andere meint. Verwirrung pur. Der Dieb bemächtigte sich der gesamten Wertgegenstände und finanziellen Rücklagen. Nahm alle Fotos an sich. Wie das nun wertlose Stammbuch. Es blieb nichts, was auf die einstige Gegenwart der Person hinwies. Mission erfüllt, wie Jahre zuvor geplant. Um unterzutauchen.

Ein zuverlässiger Junge mit festen Wertvorstellungen. Gebrandmarkt zur Witzfigur. In der Universität gedemütigt, diskriminiert, unterdrückt. Vom Bekanntenkreis isoliert. Von der Umgebung verlacht. In einer toxischen Beziehung zugrunde gerichtet. Ein solches Menschenkind vermag nicht mehr in den Spiegel zu schauen, ohne sich zu übergeben. Er starb. Zweieinhalb Jahre nach seinem Caro. Folgte dem Papa. R. I. P., rest in peace.«

In der Klasse hätte das Fallen einer Stecknadel in diesem Moment einen Höllenlärm ausgelöst. Alle saßen wie erstarrt da.

»Ja, meine Lieben. Ein armseliges Ende.« Elijah setzte sich wieder auf die Schreibtischplatte. Stützte die Hände auf. Schaukelte einen Augenblick lang mit den Beinen hin und her. Seine Blicke tasteten grüblerisch den Boden ab. Krallten sich fest an einem Fetzen Papier auf dem Gang. Ruckartig richtete er sich auf. »Wie kam es? Schauen wir zurück. Treue, Vertrauen, Entgegenkommen. Begegnen auf Augenhöhe.« Er erhob seine Stimme: »Niedergewalzt durch unnachgiebige Zerstörungswut. Den Anspruch und Willen auszuprobieren, was geschieht, wenn ich wie weit gehe. Das gleiche Muster, das Diktatoren anwenden. Die deutsche Reichsregierung spielte damit. Wiederholt ein Stückchen weitergehen. Das Limit hinausschieben. Sehen, wann die andere Seite, herausgefordert, zum Gegenschlag ausholt. Den Krieg erklärt. Was seinerzeit geschah.

Ein zweites Beispiel, das für einzelne Personen wie Staaten gilt. Du wirst ständig provoziert. Setzt du dich schließlich zur Wehr, schlägst mit Härte zurück, zeigt der Gegner mit Fingern und schreit weinerlich in deine Richtung: ›Da, der Aggressor! Ich, der unschuldige, bedauernswerte Leidtragende.‹ Wir sprachen darüber. Im Geschichtsunterricht. Und Umgebung beziehungsweise Weltgemeinschaft fallen auf das Gezeter des Angreifers herein. Das ist das Spiel der Verdrehung von Tatsachen, die Täter-Opfer-Umkehr.

Nehmen wir den Faden unserer Erzählung noch einmal auf. Wie baute sich unbemerkt ein Zerstörungsnetzwerk dieses Ausmaßes auf? Was waren die niederen Gründe?« Der Lehrer sah auf. »Ich denke, es war ein Machtspiel. Vergleiche es mit einer Pokerrunde. NN beschäftigte sich früh mit Selbsthypnose und den Fragen: Was erreicht Indoktrination? Wie weit reicht Bluff? Hilft Verunsicherung, um zu vermitteln: ›Ich halte die Fäden in der Hand. Die Puppe tanzt nach meiner Musik. Heil mir, dem großen Zampano!‹ Unweigerlich drängt sich der Film *La Strada* von Fellini auf. Die Wohngemeinschaft war reiner Übergangsankerplatz bis zum Erhalt des angestrebten Studienplatzes. Eine kostenfreie Unterkunft. Basis für Sexausflüge aller Art. Erst nach der Trennung kam die entsetzliche Wahrheit von Lüge und Ausbeutung ans Tageslicht. Stückweise rekonstruierte der Ahnungslose das Puzzle des Bösen. Es waren von Anfang an gezinkte Spielkarten.

Der spätere deutsche Führer und Reichskanzler Adolf Hitler brachte in der Zeit seines Gefängnisaufenthaltes 1924 seine abstrusen Ideen in seinem Buch *Mein Kampf* zu Papier. Aufmerksame Leser erfuhren in allen Einzelheiten, was bei Amtsübertragung zu erwarten war. Anders NN, der gewiefte Zauberer. In diesem Fall war es eine geheime Verschlusssache. Der Aufmarschplan für den Vernichtungskrieg gegen das beklagenswerte Opfer war bis ins Detail im Kopf ausgearbeitet. Wann? Warum? Eigenständig? Mit Hilfe? Das bleibt ein unlösbares Rätsel. Gnadenloses Vorgehen. Das war die Intention.

In diesen Tagen benötigte er den Rat von Bruder Franciscus. Nur war jener nicht mehr greifbar. Der Junge hatte sich in den zurückliegenden Jahren zum Volltrottel abstempeln lassen, der keine eigene Meinung hatte. Wehrte sich aus christlicher Überzeugung und Nächstenliebe nicht gegen Anfeindungen. Erduldete. Stets sein Ziel im Auge, das Examen mit vorzeigbaren Noten zu bestehen. Darauf bedacht, niemand Unrecht zu unterstellen. Stand mit allen Sorgen und weichenstellenden Entscheidungen hilflos wie das Lämmlein im Gestrüpp der Zeit. Im festen Vertrauen darauf, der Herr zeige ihm den Weg ins Licht. Nun aber überdachte er die abgelaufene Lebenszeit. Sie war zu oft sinnlos vertan. Tausend Irrwege narrten. Gaukelten Trugbilder vor. Das Beharren, starr dem vorgezeichneten Weg zu folgen, war ein stetes Wandern im Kreis. Im Gefängnishof der einengenden Moralvorstellungen von hohen Mauern umgeben. Sie versperrten den Blick auf Freiheit, Würde, Selbstachtung und Selbstverwirklichung. Lachen und Fröhlichkeit. Vor seinem Tode wollte er die Zeiger auf null stellen. Den unwegsamen Pfaden folgen, die ins Licht führen.

Gedachte der Worte des heiligen Francesco d'Assisi: ›Tu erst das Notwendige, dann das Mögliche und plötzlich schaffst du das Unmögliche.‹ Durch tiefste Finsternis ins helle, farbenfrohe Licht gelangen. Das war sein Bestreben. Aus kindlichen Träumen Realität erblühen zu lassen. Auf unbeschriebenem Papier Pastellfarben malen. Neuanfang und Zukunft. Bunte Wiesen, Lebendigkeit. Tiere, Hoffnung, Glück.

Wie oft flossen in seine Gedankengänge Worte von Bruder Franciscus ein. Und mit einem Male fiel es ihm wie Schuppen von den Augen. Im Herzen Flower-Power, San Francisco, Woodstock und Frankfurter Schule. Die 69er–Bewegung und ihre blumigen Aussagen, niemand falle dem Outsourcing anheim. Alle verdienten eine zweite, bedingungsfreie Chance. Den ehrlichen Neuanfang. In einer Gesellschaft der Freien, die unser Präsident J.F.K. am 26. Juni 1963 in Berlin beschwor. Im Beisein des späteren Führers und Kanzlers der *Demokratiewagen-Bewegung*.

In einem letzten Aufbäumen wollte er sich der hämischen Blicke im Rücken, der Pfeilspitzen entledigen. Und hoffte inständig darauf, *Irgendwo Auf Der Welt*[18] gäbe es auch für ihn ein bisschen Glück. Er argwöhnte nicht, dass die Probleme von nun an mit voller Wucht über ihn hereinbrachen. Hinwegrollten. Zermalmten, was er sich erträumt hatte. Im Land der *S-Krauts* einer – so wie es aussah – *Baron von Münchhausen Republik*. Oder abgekürzt *BvMR*. Es war ein zauberhafter Frühlingstag des Jahres 1974. Die Vöglein zwitscherten, sangen um die Wette, bauten Nester. Eichhörnchen kletterten emsig von Ast zu Ast. Spielten miteinander. Freudiges Hundegebell und Kinderlachen lagen in der Luft. Die Natur kleidete sich in üppige Farbenpracht. Dagmar, seine jüngere Schwester, feierte ihren Geburtstag. Während er zeitgleich still, heimlich und unbemerkt die Regenbogenbrücke betrat... «

12. Shirley: Wiedersehen in den Neunzigern

Die Miami-Tage lagen hinter mir. Schaute zeitvergessen auf den Sand, der wie Puderzucker durch meine Finger rieselte. Wolkenloser Himmel lag über den Keys. Das türkisfarbene Meer flimmerte und glänzte unter dem gleißenden Licht der Sonne. Bunte Segel am Horizont ließen Boote erahnen, die vorüberglitten. Möwen kreischten. Am Strand tobten Kinder. Jungs spielten Beachvolleyball. Kämpften verbissen um Bälle, ungeachtet dessen, dass sie sich verletzten. In Gedanken versunken saß ich da. Die Baseballkappe der Eisdiele vom Hafen spendete meinen Augen Schatten. Gab dem Tränenfluss freien Lauf. Debbie Marilyn kam mir in den Sinn. Seinerzeit war sie es, die an genau diesem Platz geweint und zwischendurch verloren in die Ferne gestiert hatte. Wie es ihr in den zurückliegenden dreizehn Jahren ergangen war? War sie verheiratet, sprangen Kinder und Hunde um sie herum? Arbeitete sie weiter in der Abteilung Blusen und Röcke des Kaufhauses? Aber vor allem: lebte sie? Wir hörten nichts voneinander. Sie kannte mit Gewissheit nicht mehr meinen Namen. War für sie bloß ein Abenteuer gewesen. Die Freundin für den Moment. Eine Urlaubslaune. Ich schluckte. Und summte *Rain And Tears* von Aphrodite's Child vor mich hin. *Wo bist du?*, fuhr es mir durch den Kopf. *Du fehlst mir. Dein Lachen. Die Unbekümmertheit. Das Alice-im-Wunderland-Staunen. Und das Träumen. Über den Horizont hinaus. Abdriften. In ferne Galaxien. Die tiefgründigen Gespräche. Blicke. Berührungen. Und gemeinsames Schweigen. Vermisse dich, Debbie Marilyn. Mit dir hier nähme das Leben erneut Fahrt auf. Key West ist öde, weil du nicht an meiner Seite bist. Abreisen ist die sinnvollste Lösung. Irgendwohin. Zu einem unbekannten Ort. Und vorher die Erinnerungen an dich, David und New York unauffindbar hier im Sand zu verbuddeln. Ach, bin aus der Spur. Diese Ziellosigkeit und Leere.* Verzweiflung umklammerte mich. Schüttelte mich durch. Die salzigen Tropfen, die über die Wangen kullerten, trübten den Blick. Fielen, glitzernden Perlen gleich, in den Sand, der sie unwiederbringlich verschluckte. Ich versank in Selbstmitleid. Vergaß die Zeit. Und das Treiben um mich herum.

War es möglich, sich derart nach einer verflossenen Liebe zu sehnen, dass *Oriental Magic Dust* in der Luft lag, wie in den Tagen der Glückseligkeit? Ich schloss die Augen und sog gierig den unvergesslichen Duft ein. Rührte mich nicht. Wollte diesen Moment festhalten. Sekunden zumindest. Der Puls raste. Das Herz wummerte. Als ich die Augen wieder öffnete, schaute ich auf Hände, die ich wiedererkannte, obwohl zuletzt vor langer Zeit von den meinen umschlossen. Zierlich. Maniküert mit einem pinkfarbenen Lack, den ich einst einer kleinen Amerikanerin aussuchte. Eine vertraute Stimme raunte mir zu: »Beim Abschied bat ich dich, nie mehr zu weinen. In erster Linie nicht wegen mir.« Was in diesem Augenblick geschah, es war wie ein Blackout. Sie setzte sich neben mich. Wir fielen uns in die Arme. Wortlos. Aufgelöst. Dass ich sie losließ, daran erinnerte ich mich später nicht mehr.

»Debbie Marilyn, du bist hier?« Ich schluckte, um den Kloß loszuwerden, der sich im Hals festklammerte. Mit belegter Stimme meinte ich: »Unbegreiflich, dich leibhaftig vor mir zu sehen.« Wie oft ich diesen Satz wiederholte? Keine Ahnung.

»Ich kann es ebenfalls kaum glauben. Rechnete niemals damit, mit dir nach halber Ewigkeit wieder am vertrauten Strandabschnitt zu sitzen. Und dass es hier unverändert aussieht wie in den Achtzigern.«

»Zumal wir absolute Funkstille vereinbarten. Sag mir, wie ist es dir ergangen? Und wieso bist du hier?«

»Ich erhielt eine Nachricht von deinem Ehemann.«

»Von David?« Ungläubig starrte ich sie an.

»Ja. Aus heiterem Himmel. Ist mir schleierhaft, wie er mich fand. Meldete sich am Telefon mit: ›Bin David.‹ Ich grübelte angestrengt. Ein Bekannter mit diesem Namen kam mir nicht in den Sinn. Dass er mich in seiner Muttersprache begrüßte, es fiel nicht aus dem Rahmen. Ich arbeite täglich mit amerikanischen und englischen Kunden zusammen.

›Debbie Marilyn‹, sprach er mich an, und auf der Stelle blinkten sämtliche Lichter. ›Denkst du hin und wieder an die Tage von Key West vor dreizehn Jahren?‹ Sekundenschnell war alles gegenwärtig. Er kam ohne Umschweife auf den Punkt.

›Bin ziemlich fertig. Um nicht zu sagen aufgelöst. Und heilfroh, dich gefunden zu haben. War haarig. Durch die vorgeschalteten Adressen. Deine Bodyguards schirmen fehlerlos ab. Kompliment. Rechnete fest damit, im nächsten Schritt bei der NSA oder beim Mossad zu landen‹, meinte er mit nicht zu überhörendem, ironischem Unterton. Wurde jedoch sofort wieder ernst. Er sprach sich seinen Frust von der Seele. Sagte in diesem Zusammenhang, seine *liebreizende Gattin* genieße einen exklusiven Urlaub in Miami. Sei aber von dort mit unbekanntem Ziel abgereist. Druckste herum, er mache sich Sorgen über deinen Verbleib. Ihr hättet aktuell Schwierigkeiten in der Ehe. Zu seinem Leidwesen seien auch die Kinder völlig ahnungslos, wo du stecken könntest. Elijah drängelte ihn, mich zu kontaktieren, weil ich seinerzeit deine Freundin war. Dann fragte er mich direkt, ob wir noch in Verbindung stünden. Er klang aufrichtig besorgt. Ich antwortete wahrheitsgemäß, dass ich seit damals nichts mehr von dir hörte. Und von Europa aus wohl kaum helfen könne. Dein Mann zog alle Register. Redete wie ein Buch auf mich ein. Als führe er einer Zeugin während einer Verhandlung die Konsequenzen vor Augen, wenn sie nicht kooperiere. Sprach die mannigfaltigen Gefahren an, die auf einen weiblichen Single lauern. Und von Unfällen, den Everglades. Ich sah im Geiste gefräßige Alligatoren auf dich einstürmen und schwer bewaffnete Bandenmitglieder deinen Weg versperren. Er erwähnte, dass du gerne weit aufs Meer hinausschwimmst und stellte abschließend den Gedanken in den Raum, wohl besser die Polizei einzuschalten. Wie es schien, war er wirklich aus der Spur.

Ich entschied kurzerhand: ›David, beruhigt es dich, und wünschst du es ausdrücklich, dass ich nach ihr suche? Okay. Dann mache ich mich auf den Weg. Habe eine vage Ahnung, wo ich sie finden könnte. Melde mich, sobald das der Fall ist. Vorausgesetzt, es ist in ihrem Sinne‹, setzte ich hinzu. ›Gib mir etwas Zeit.‹ Damit war die Unterhaltung beendet. Also buchte ich einen Flug nach Miami und weiter nach Key West. Ich vermutete dich hier. An unserem alten Aufenthaltsort. Im Motel. Falls es die Jahre überdauert hatte und ein Zimmer frei wäre.«

»Warum?«

»Bauchgefühl.«

»Und wenn nicht?«

»Es war eine impulsive Entscheidung. Du kennst mich. Erwog nicht eine Sekunde, du wärest an einem anderen Ort.«

»Anrufen?«

»Mir war der Name des Motels entfallen. Unabhängig davon: Warum lange fahnden? Mein Gefühl signalisierte mir, dass du hier bist. Und zugegeben. Ich wollte fliegen. Es zog mich mystisch hierher.«

»Sehnsucht, Freundschaft? … Liebe?«, rutschte es mir heraus. Ich war zugleich besorgt wegen der Erwiderung. Sie ließ die Frage unbeantwortet.

Wir hatten uns vor dreizehn Jahren aus den Augen verloren. Brannte die Flamme in ihr wie in den Tagen der Unbeschwertheit und ausufernden Emotionen? Oder war sie erloschen, weil sie inzwischen verheiratet war? In Europa eine Familie sehnsüchtig auf ihre Rückkehr wartete? Anzunehmen. Unser Key-West-Abenteuer war gewiss verblasst. Abgelegt unter *Erinnerungen und Sonstiges*. Anders bei mir. Das Feuer loderte. Höher denn je. Dachte in den vergangenen Jahren oft darüber nach. Ich hatte im Leben vor dem Traumurlaub in Key West keine lesbischen Interessen. Warum also ein Mädchen? Noch dazu eine Deutsche? Alle Wege und Gedankengemische kamen zu dem Schluss: Liebe, wenn sie ehrlich und unabänderlich ist, benötigt keine Begründung und ist unberührt von äußeren Bedingungen. Debbie Marilyn mit ihrem tief verwurzelten Vertrauen in die göttliche Fügung hatte ihre eigene Erklärung. Galt dies heute auch noch? War sie dasselbe Seelchen mit dem unschuldigen Blick, der verwundbaren Seele, den mannigfaltigen Träumen? Oder veränderte die Zeit im Land der *Krauts* ein liebreizendes Mädchen? War sie inzwischen gehärtet wie deutscher Stahl? Zäh wie Leder? Wie Jerry[19] sich einst seine Jugend wünschte und formte. Oder war dieses zarte weibliche Wesen ausgemergelt? Zu tief verletzt, um einen Rest von Gefühlsregungen zu besitzen? Ich kannte sie im Grunde lediglich oberflächlich und bruchstückhaft. Zugegebenermaßen war ich nicht im Bilde, wer im Augenblick an meiner Seite saß.

Wir. Zwei Planeten, die vor Jahren kollidierten. In einem Blitz. Der für uns einen Moment lang das Universum erleuchtete. Wir drifteten weit auseinander. Die Stücke flogen davon. Durch Raum und Zeit. Was blieb übrig von der Anziehungskraft, die uns verband? Verstohlen musterte ich sie. Debbie Marilyn hatte sich makellos gehalten. Die Zeit schien an ihr vorübergeeilt zu sein, ohne Macken zu hinterlassen. Sie unterbrach meine abschweifenden Gedankenstrudel mit den Worten: »Ich suchte dich zuerst im Motel. Check-in war vollzogen. Erstaunlicherweise die gleiche Zimmernummer unseres einstigen Liebesnestes. Ein glücklicher Umstand. Das Zimmer nebenan wieder unbelegt. Informierte gleich darauf David, dich hier aufgestöbert zu haben. Was er erleichtert aufnahm und meinte, ich solle dir gehörig ins Gewissen reden, reumütig nach Hause und zurück in die Spur zu kommen. Es gäbe keinen Grund, das *lächerliche* Theater zu vollführen und alle Welt unnötig in Aufruhr zu versetzen.«

Typisch! Solche dummen Sprüche. Es stieß mir schon wieder übel auf. *Genau davor war ich geflohen. Dieser Arroganzbolzen!* Ich schluckte mein aufkommendes Grummeln herunter. *Wenn David Debbies Telefonnummer kannte, bedeutete es, er hatte nach meinem Tagebuch gesucht*, fiel mir siedendheiß ein. *Und in dem Kasten gestöbert. Okay. Damit waren die Fronten geklärt.* Ich atmete tief durch. *Das Versteckspiel war zu Ende.*

Nahm meinen Gedanken wieder auf: »Oder ist es Schicksal, eine göttliche Fügung, dass du hier neben mir sitzt?« Eine erkennbare Reaktion blieb aus. Ich wagte in diesem Moment nicht, sie anzusehen und weiter zu bohren. Meine Blicke glitten über sie hinweg. Sie hatte zugenommen. War rundlicher. Weicher. Die enge Taille behielt sie. Nur das Becken schien noch ausgeprägter als früher. Und dann das! Ich traute meinen Augen kaum: ein Monstrum an Busen. Verbiss mir die zynische Frage, ob es das neue Airbag System für Auto und Flugzeug sei.

»Du hast alles stehen und liegen lassen, um zu mir zu kommen?«

»Gegenfrage. Wie hättest du im umgekehrten Falle entschieden? Na siehst du.«

»Ich«, stotterte, angelte nach Worten. Das Anliegen war einfältig. Es beschäftigte mich, seit sie mir gegenübersaß. »Was ich sagen … meine Fragen … « Es fiel mir schwer, mit der Sprache rauszurücken. »Bist du … « Das Glühen meines Gesichtes schob ich auf die brennende Spätnachmittagssonne. Ich schwenkte um. Räusperte mich verhalten. Schaufelte mich frei mit dem Satz: »Du hattest damals einen wohlgeformten Busen. Was hat dich geritten, dir solch ein Implantat unterschieben zu lassen? War absolut unnötig.«

»Du hast recht. Eine Schnapsidee. Mein letzter Liebhaber stand auf Atombusen. Um ihm zu gefallen, legte ich mich unters Messer. Die Wirkung war dementsprechend. Ihn habe ich vor kurzem abserviert. Diese Geschichte ist eine Altlast, die es zu beseitigen gilt. Verspreche dir, habe demnächst wieder eine zierliche Figur.«

»Bitte, auf die Riesendinger fahren zwar die Jungs ab, sie passen aber nicht zu meiner Debbie Marilyn. Hier in den USA bist du damit natürlich unwidersprochen goldrichtig. Wirst du sehen. Da gilt die Devise: mehr, wer es vermag.«

Wir lachten. Über ihr aktuelles Privatleben erfuhr ich nichts. Zu erwarten, sie habe die vergangenen Jahre in einem Nonnenkloster zugebracht, war jenseits der Realität. Ich lebte ja auch mit David zusammen. Ein Frauenzimmer wie sie hatte das gleiche Recht auf einen Begleiter an ihrer Seite. Sie war mit Sicherheit weder lesbisch noch bisexuell. Das lag auf der Hand. Gestern. Heute. Wir beide waren uns darüber im Klaren. Es war seinerzeit der Hitze der Nächte geschuldet, dem Alkohol, den Joints und dem unnachahmlichen Karibikflair, redete ich mir ein. Zweckpessimismus holte mich auf den Boden der Wirklichkeit zurück. Und doch rettete ich ein Fünkchen Hoffnung über die Ziellinie. Verheiratet schien sie nicht zu sein. Kein Ring am Finger. Erstaunlich. Hoffentlich blieben ein paar Tage Zeit, alles zu bequatschen.

»Wann fliegst du zurück, Debbie?«

»Das verlorene Juwel ist aufgestöbert. *Kobra, Übernehmen Sie*[20] damit beendet.«

»Das bedeutet, du verlässt mich wieder?« Mir schwammen die Felle weg. Die Freude wich einem dunklen Abgrund, in den ich zu stürzen drohte.

»Anders gefragt. Wie lange hast *du* vor, in Key West zu bleiben?«

»Drei oder vier weitere Wochen. Es gibt eine Menge zu überdenken und Weichen für die Zukunft zu stellen. Habe enorme Probleme mit David.«

»Wenn ich dir nicht auf die Nerven gehe, deine Kreise nicht störe, bleibe ich in dieser Zeit bei dir. Wir mieten uns einen Wagen und fahren durch die Gegend. Lerne mit dir die Sumpflandschaften und Fort Meyers kennen. Orlando, die Parks. Vor dreizehn Jahren fehlte mir dazu die Muße.«

Meine Erleichterung zeigte ich deutlich. Debbie Marilyn. Sie schien nicht mehr das verzagte Mädchen von damals zu sein. Wirkte deutlich emanzipierter und selbstbewusst.

Wir hockten nebeneinander im Sand. Redeten. Schwelgten in Erinnerungen. Schwiegen. Schauten aufs Meer hinaus. Und sprangen zwischendurch in die Fluten. Zeitvergessen. Zwei Mädel am Strand. Saßen wie früher nebeneinander im Sand und beobachteten den Sonnenuntergang.

Schlenderten in der Abendstimmung durch die Duval Street zum Motel zurück. Am Straßenrand stand ein Oldtimer und dämmerte vor sich hin. Debbie blieb bewundernd davor stehen und genoss jede Schraube. Die Form. Ausmaße. Speichenräder. Chrom in Fülle.

»Ich bin vernarrt in diese alten Karossen. Und dann noch ein Cabrio«, schwärmte sie. »Eine Preziose. Allein die Farbe. Lippenstiftrot. Gleichfarbige Sitze und Lenkrad. Umwerfend. Wahnsinn! Dass es so etwas überhaupt noch gibt.«

Es war, wie sich herausstellte, ein Cadillac Eldorado Biarritz Convertible, Serie 62, Automatik. Von ›59. Seine besten Zeiten lagen weit hinter ihm. Der Rost nagte am Radkasten. Bei näherem Hinsehen zeigten sich schadhafte Stellen, an denen der Lack abplatzte. Der Wagen hatte Weißwandreifen, die der Erneuerung bedurften. Dafür überstrahlten exquisite Haifischflossen am Heck und Doppelrückleuchten alle sichtbaren Macken.

Ich schaute Debbie von der Seite her an. Wie ein Kind war sie von den

Einzelheiten hingerissen. Von den Knöpfen bis zu den bequemen Liegesitzen. Hing mit der Stirn an der Glasscheibe und inspizierte jede Kleinigkeit. In mir kochte reflexhaft ein Gedanke hoch.

»Setz dich rein«, stachelte ich sie an. »Merkt eh keiner. Laufe seit Tagen an dem Schrotthaufen vorbei. Der ist hier abgestellt und vergessen worden. Oder wartet darauf, nach Kuba verschifft zu werden. Springt höchstwahrscheinlich gar nicht mehr an. Wir versuchen, ihn kurzzuschließen. Komm! Ich kann das. Ein Schulfreund zeigte es mir vor Urzeiten.«

»Niemals, Shirley Jane, habe nicht vor, in Florida im Kittchen zu landen. Wenn ich an die amerikanischen Filme und Serien denke, in denen Sträflinge hinter Gittern hocken. Nein, danke. Verzichte lieber auf das Abenteuer. Anschauen ist schon okay«, entgegnete sie und strich voller Hingabe mit der Hand über die Karosserie.

»Wir warten ab«, warf ich hin. »Vielleicht ergibt sich eine günstige Gelegenheit. Steht der Blechhaufen weiter lethargisch in der Sonne, versuchen wir in den kommenden Tagen eine Spritztour.«

»Davids Freude ufert mit Sicherheit aus, notfallmäßig nach Key West zu fliegen und uns aus dem Schlamassel herauszuboxen«, meinte Debbie sarkastisch.

»Und wenn er nicht kommt, schmoren wir für Jahre im harten Frauenknast«, unkte ich.

»Oder schuften wegen schweren Diebstahls bewacht von massigen Flintenweibern. In gefährlichen Sümpfen. Hüfttief im Wasser. Umgeben von Moskitos. Und anderem Getier.«

»Warum es nicht riskieren? Wäre mal ein Abenteuer. Eine Abwechslung mit Adrenalinstoß. Bei solch einem Kurzausflug aufzufliegen? Eher unwahrscheinlich, hier in Key West. Habe bisher nie eine Polizeistreife gesehen. Wenn es überhaupt einen Posten gibt.« Meine Freundin zögerte. Gleichzeitig wich ihr die Farbe aus dem Gesicht.

»Auf keinen Fall«, gab sie von sich und schüttelte energisch den Kopf. »Eigens die Möglichkeit in Betracht zu ziehen, ist ein Unding. Du vertraust darauf, einen gewieften Anwalt in der Familie zu haben. Ich habe keine Kontakte, mit denen zu punkten wäre. Verzichte dankend. Komme zudem als Ausländerin nicht mit dem Gesetz der USA in Konflikt. Mir langt die unhaltbare Konstellation in *Fremdat*«, rutschte ihr unvorsichtigerweise heraus. Sie erschrak über ihre eigenen Worte. Legte die Hand auf den Mund.

Ich betrachtete sie ernst. Da war er wieder. Dieser abwertende Begriff. Kannte das Wort noch von früher. »Noch immer diese Ablehnung?«

Sie zögerte mit der Antwort. Zog die Augenbrauen nach oben. Dann hörte ich sie sagen: »Nichts hat sich geändert. Du erinnerst dich bestimmt. Ich verwende es als Antonym für Heimat. Und Synonym für *Cambodia. VC. Charlie. Feindesland.* Aber *Krauts* geht auch.«

Ich nahm ihre Worte zur Kenntnis. Entgegnete nichts. Und drang nicht weiter in sie. Der Moment schien jedoch geeignet, eine andere Frage loszuwerden. Druckste herum. Überwand die Bedenken. Erkundigte mich beherzt: »Sag, bist du in festen Händen, Debbie? Verlobt? Verheiratet?« Erwartete ihre Entgegnung wie einen Richterspruch, der über meine Zukunft entschied.

»Nein. Warum fragst du?«

Ich schloss die Augen. Erleichterung löste die engen Fesseln, welche Körper und Seele die Luft zum Atmen geraubt hatten. Bis jetzt. Sie sagte es in solch einer nüchternen Klarheit, dass ich wohlweislich vermied, nachzufragen.

Wir schlenderten stumm, jede ihren Eingebungen nachhängend, zurück zum Motel. Dort stylten wir uns für den Abend.

Debbie trug ihr langes, blondes Haar mit einer rosa Schleife zu einem Pferdeschwanz zusammengebunden. Ihre vollen Lippen glänzten. Der Blick war abwesend. Gedanken, die in die Nacht hinausflogen. Mit einem Anflug von Ungläubigkeit.

»Begreife langsam, dass ich hier bin. Vorgestern erschien das noch nahezu undenkbar.« Ein entspanntes Lächeln erhellte zum ersten Male seit unserem Wiedersehen ihre Gesichtszüge. Ließen sie wieder weich erscheinen. Wir saßen uns im italienischen Restaurant gegenüber. Zwei Hände trafen einander. Umschlossen sich. Wie früher. Lange sahen wir uns an. Kein Wort kam über die Lippen. Zwischen gestern und heute lag ein Ozean. Hier begegnete ich ihr täglich. In all den Jahren der Trennung.

»Cin cin. L'Chaim«, prostete sie mir leise zu und der dunkelrote Wein kreiste in den Gläsern. Wir steuerten nach einem ausgiebigen Abendessen und anschließendem Stadtbummel auf *Tony's Saloon* zu. Vertrautes Ambiente umfing uns. Spät in der Nacht tanzten wir ausgelassen zu *Havah Nagilah*. Am Strand hatte sich eine Gruppe Jugendlicher zusammengefunden, sie musizierten und sangen, ein Lagerfeuer brannte. Sie luden uns ein zu bleiben. Ich hatte meiner kleinen Amerikanerin beim ersten Aufenthalt auf den Keys alle jüdischen Feste eines Jahres vermittelt. Insbesondere Pessach und Chanukka. Und unseren Nationaltanz beigebracht. Sie verlernte ihn nicht. Erzählte mir, sie besitze eine CD, auf der das Lied von Rika Zarai interpretiert wird.

Auf dem Rückweg passierten wir erneut das Cabrio, das immer noch mit geschlossenem Verdeck am selben Platz schlummerte.

»Wir warten zwei Tage. Wenn der Oldtimer übermorgen weiter verlassen vor sich hindümpelt und die Türen zu öffnen sind, Debbie, fahren wir eine Runde. Einmal durchgeknallt sein. Wer hat schon die Gelegenheit dazu?«

»Niemals!«, entgegnete sie mit Bestimmtheit. »Bitte, Shirley Jane, bin nicht ausgeflippt genug, einen Knast zu sehen. Weder von außen. Erst recht nicht von innen zu erleben.«

»Okay. Einverstanden. Wir schauen, was kommt. Es war nur ein beknackter Einfall.«

Den nächsten Tag verbrachten wir damit, das Städtchen zu erkunden. Die Straßen abzulaufen. Uns neu zu orientieren. Debbie Marilyn nutzte die Zeit für den Friseur. Ich unternahm einen ausgedehnten Streifzug, der mich auf eine verrückte Idee brachte. Die ich, die Folgen nicht einschätzend, umsetzte.

Der dritte Tag brach an. Wir nahmen ein reichhaltiges Frühstück ein und entschieden uns für einen Strandaufenthalt. In der Sonne faulenzen. Ansprechen, was sich in den Jahren seit der letzten Begegnung angestaut hatte. Ich schaute regelmäßig auf die Uhr. Animierte sie nach einigen Stunden, zum Motel zurückzugehen. Unbekümmert marschierten wir los und kamen schließlich bei der Chromkarosse an. Debbie griff übermütig ans Schloss der Fahrertür, die sich problemlos öffnen ließ. Entgeistert sah sie mich an. Zog die Schultern hoch. Legte den Kopf zur Seite. Brachte mit unschuldiger Miene nach kurzer Überlegung couragiert zum Ausdruck:

»Hineinsetzen ist wohl keine Straftat. Wir zerstören ja nichts.«

»Außerdem rostet er schon ohne uns vor sich hin. Steig ein. Ist nicht abgeschlossen. Kommt einer Einladung gleich.«

Ich schob sie auf den Fahrersitz. Umrundete den Wagen und setzte mich neben sie. Sie umschloss hingebungsvoll das Lenkrad mit den Fingern.

»Schade, es fehlt der Autoschlüssel«, hörte ich sie brabbeln. Begab mich auf Suche. Unter der Sitzbank des Beifahrerbereiches wurde ich fündig. Fingerte ihn hervor. Hielt das Beutestück triumphierend in die Luft, steckte ihn ins Zündschloss. Es funktionierte.

Ich berührte die Knöpfe. Bei einem öffnete sich das Verdeck. Debbies Augen glänzten beim Anblick der offenen Cabrioschönheit. Sie stellte die Spiegel auf sich ein und malte sich kokett die Lippen nach.

»Komm, haben bisher nichts angestellt. Lass uns aussteigen. Die Wagentüren schließen und die Sache auf sich bewenden«, schlug ich zurückhufend vor.

»Shirley, es ist ein Traumgeschoss. So eine Schönheit zu fahren. Himmlisch. War nie derart nahe dran«, schwärmte sie. Sie war nicht mehr zu halten. Hatte Feuer gefangen. Die Flamme loderte hell. »Wir drehen eine klitzekleine Runde und parken ihn wieder an exakt gleicher Stelle. Wenn der seit geraumer Zeit hier am Straßenrand döst, fällt das niemandem auf.«

In dieser Sekunde meldeten sich bei mir dann doch arge Bedenken. Magengrummeln. Gewissensbisse. *Zu weit aus dem Fenster gelehnt, Shirley,* sagte ich mir. *Es ist nicht anständig, was du anstelltest.* War ehrlich besorgt. Zögerte.

»Was sage ich David, wenn die Cops …«, stellte ich die Überlegung in den Raum und stieg verunsichert wieder aus. Drückte die Tür sachte zu, sah mich unschlüssig um. Mich vergewissernd, dass niemand uns beobachtete. Passanten waren zu dieser mittäglichen Stunde nur wenige unterwegs.

»Komm! Zuerst animieren, dass ich anbeiße, dann kneifen. Das gilt nicht. Bin heiß, die Liebesschaukel ein paar Meter zu bewegen. Steig wieder ein.«

Widerwillig ließ ich mich auf den Sitz fallen.

»Unter den gegebenen Umständen aber mit Stil.« Fingerte aus meiner Strandtasche zwei Kopftücher hervor. Wir banden sie wie die Damenwelt der fünfziger Jahre.

Der Motor sprang sofort an. Schnurrte wie ein Kätzchen. Und der Oldtimer glitt los. Wie eine Sänfte. Vergessen waren alle Bedenken.

Wir waren keine zehn Meter weit gerollt, da tauchte im Rückspiegel ein Polizeifahrzeug auf. Die Sirene ertönte. Debbie trat sofort auf die Bremse und hielt an.

»Worst case!«, entfuhr es mir. Das Patrol car fuhr hinter uns an den Straßenrand. Zwei Cops stiegen aus und schlenderten lässig auf uns zu. »Hände ans Lenkrad!«, zischelte ich gerade noch rechtzeitig. Dann waren sie auch schon da.

»Ladies!«, meinte einer und tippte an seine Mütze. »Die Papiere bitte. Ihnen gehört dieser Schrotthaufen? Ist der überhaupt fahrtüchtig? Der Wagen steht seit Längerem hier herum.«

Wir sahen uns bedröppelt an. Gestanden kleinlaut die verfängliche Situation. Die Mienen der Polizisten verfinsterten sich.

»Na das ist ja heiter. Aussteigen, Ladies, langsam, wenn ich bitten darf. Keine hektischen Bewegungen. Hände auf die Karosserie.«

Es folgte Abtasten. Bei Debbie ließ sich der Deputy eine Menge Zeit. Der Sheriff schaute sich derweil im Auto um. Griff gezielt ins Handschuhfach und förderte zu allem Überfluss eine Tüte zutage. Hielt sie prüfend in die Höhe.

»Ab in den Streifenwagen!«, befahl er in bissigem Ton. Der andere Beamte verlas derweil die Rechte.

Wir hörten mit hängenden Köpfen die Beschuldigungen an. »Diebstahl eines Cadillac Cabrios, Fahren ohne Fahrerlaubnis und Drogenbesitz.« Damit rückte unser Urlaubsaufenthalt in Key West in weite Ferne. Debbie redete wie ein Wasserfall auf die Officers ein. Erklärte sich für allein schuldig. Sie habe mich überredet, eine Spritztour mitzumachen. Dem hätte ich widerwillig nachgegeben, um Schlimmeres zu verhüten. Der Joint gehöre uns nicht. Sie schwöre es. Bei allem, was ihr heilig sei.

Der Sheriff hörte in Seelenruhe zu. Meinte konziliant in meine Richtung: »Okay, Ma'am, wenn sich das dementsprechend verhält, ich drücke alle Augen zu, verschwinden sie. Bevor ich es mir anders überlege. Sie, Miss–« Er deutete auf Debbie Marilyn. »Sie sind bis auf weiteres unser Gast. Hände auf den Rücken«, meinte er mit amtlichem Unterton und legte Handschellen um ihre zarten Gelenke.

Ich biss mir verunsichert auf die Lippen. Empfand körperlich den Schmerz, das Zuschnappen des Metalls. Debbie verschwand auf dem Rücksitz der Polizeilimousine. Das Auto fuhr davon. Ich verlor es beim Einbiegen in die Seitenstraße aus den Augen.

Wie ich später erfuhr, erreichte das Trio nach kurzer Fahrt ein Gebäude, das außerhalb der Stadtgrenzen lag. Zuerst wurden Fingerabdrücke genommen. Der Gehilfe schoss eine Serie Fotos. Dann fiel das Gitter einer kargen Zelle hinter der Festgenommenen ins Schloss. In meiner Fantasie sah ich die Kleine, wie ihre Hände von innen die Stäbe umklammerten, und sie mit gesenktem Kopf dastand. Zitternd wie Espenlaub.

Der Deputy reichte in der Zwischenzeit einen Kaffee durch die dicken Eisenstangen. Packte zwei Donuts in eine Box. Unterhielt sich hin und wieder mit der Gefangenen. Vorbeischlurfend meinte der Sheriff knurrend: »Miss, schwerer Diebstahl, keine Papiere, Ausländerin und Joint, das summiert sich sauber zu zehn Jährchen. Morgen stellen wir Sie dem Haftrichter vor. Sie werden noch viel Gelegenheit haben, darüber nachzudenken, was Sie unüberlegt anstellten.«

Debbie entgegnete nichts. Atmete hörbar ein und aus. Grübelte. Schaute zu Boden. Malte zeitvergessen mit den Füßen Kreise auf dem staubigen Untergrund. Hockte gebückt auf der unbequemen Pritsche. Trank schluckweise den Kaffee und schob apathisch die Süßigkeiten in sich hinein. Litt Seelenqualen, weil sie sich die Zukunft in grauen Farben ausmalte. Immer wieder in ihren Reflexionen unterbrochen, wenn einer der beiden Officers am Gitter vorbeilief oder sie ansprach. Doch dann schloss der Chef zu ihrem Erstaunen auf.

»Miss, unverdientes Glück ist Ihnen hold. Kaution ist gestellt. Sie sind frei. Draußen steht Ihre Freundin. Der Besitzer des Cabrios ist ermittelt. Hat auf eine Anzeige verzichtet. Gab zu Protokoll, dass der Joint beim Kauf vom Vorbesitzer im Handschuhfach lag. Heute Abend melden Sie sich bei uns in diesem Restaurant.« Er steckte ihr einen Zettel zu. »Pünktlich um einundzwanzig Uhr. Sie bringen einen gültigen internationalen Führerschein mit, und die Sache ist vom Tisch. Kommen Sie nicht, warten wir im Motel auf Sie. Und Sie verbringen die Nacht bei uns. Bei Wasser, Brot und kleinen tierischen Mitbewohnern. Unter Umständen sind die auch etwas größer, wenn sie sich durch das Gitter schlängeln«, meinte er unverhohlen.

Mit hochrotem Kopf verließ Debbie mit mir das Polizeirevier. Ungemein erleichtert. Das Abenteuer war Gesprächsthema Nummer eins an diesem Spätnachmittag.

»War ja klar, dass mir das passiert. Aber Sidney kam ständig ans Gitter.«
»Wer?«

»Nun ja«, druckste sie herum und wischte sich verlegen eine Haarlocke aus der Stirn. »Der Deputy. Er sieht Sidney Poitier sogar ähnlich. Meinst du nicht?«

»Ach nein, wie interessant«, kam mir spitz über die Lippen.

Debbie überhörte geflissentlich meinen giftigen Unterton und plapperte weiter: »Er blieb ab und zu stehen. Unterbrach meine negativen Eingebungen durch kurze Unterhaltungen. Vielleicht hatte er Bedenken, ich mache Dummheiten. Außerhalb dieser Umgebung hätte fast der Gedanke nahegelegen, er verabrede sich zu einem Date. Bei jedem Schritt des Sheriffs fuhr ich angstvoll in die Höhe. Mir schlug bei seinem Anblick das Herz bis zum Hals. Die Impression war, er holt mich ab. In den Todestrakt. Ich hoffe, ich komme nie wieder in solch eine Verlegenheit. Shirley, das ist mir eine bittere Lehre. Irgendwann tauchtest du im Gang vor der Zelle auf. Ich kann dir nicht sagen, welch ein Felsbrocken mir in dieser Sekunde von der Seele rutschte.«

Am Abend gingen wir ins Restaurant. Debbie sah hinreißend aus in ihrem sonnengelben Minikleidchen, den pinkfarbenen Stilettos und der passenden Umhängetasche. Ich zwängte mich in hautenge, weiße Jeans und trug eine marineblaue Bluse. Darüber einen Bolero aus glänzendem Lederimitat und ein farblich passendes Tuch. Wir trafen auf der Galerie des Lokals ein. Hier erwarteten uns die Cops in Zivil. Die Officers waren aufgeräumt. Nicht wie in den Stunden zuvor. Der Sheriff verzog die Lippen. Ihm entfuhr mit hämischem Grinsen: »Die Gangsterbräute sind eingetroffen.«

Ich bestellte ein vortreffliches Fünf-Sterne-Menü. Wir unterhielten uns wie alte Freunde. Das Zeigen der Papiere schien nebensächlich zu sein. Gegen Ende des Abendessens legte der Deputy einen Pack Fotos auf den Tisch. Aufnahmen, die er vor Debbies Abschieben in den Zellentrakt gemacht hatte. Wir Verschwörer klärten jetzt die Angelegenheit auf. Der Joint war eine Attrappe, die Verhaftung ein zugegebenermaßen grober Schabernack. Eine Inszenierung, die mit den Officers abgesprochen war. Hatte mich viel Überredungskünste gekostet, bis sie einwilligten. Ich wollte Debbie gehörig auf den Arm nehmen. Was gelang. Ziemlich dreist von mir. Im Nachherein betrachtet. Zumal der Cadillac, mein Neuerwerb aus Miami, für den groben Scherz herhielt. Der Sheriff war voll des Lobes. »Miss Debbie verhielt sich prächtig. War nicht ausfallend. Kein Toben und Schreien, keine Weinkrämpfe. Rührte sich nicht. Wir passten natürlich die ganze Zeit höllisch auf, dass der Spaß nicht ausuferte.« Die Kleine war unverhohlen erleichtert. Blätterte versonnen die Aufnahmen der Stunden zuvor erfolgten erkennungsdienstlichen Maßnahme durch.

»Mehr für ein Fotoalbum und nicht für eine Verbrecherkartei«, sagte sie und musterte den Deputy erstaunt.

»Miss Debbie, wenn Sie keine Verwendung dafür haben, ich nehme sie gerne zurück.«

In ihrer typischen Art legte sie den Kopf zur Seite, formte einen Schmollmund und schob das Päckchen mit betörendem Augenaufschlag zu ihm hin. »Fingerabdrücke ohne Fotografien in der Kartei sind unvollständig. Sie gehören Ihnen, Sidney.«

Lächelnd steckte der Beamte die Fotos ein.

Nach dem ausgiebigen Essen folgte eine heiße Disconacht mit Tanzen bis zum Abwinken. Während einer Verschnaufpause peilte ein Gast von der Theke her Debbie an, um mit ihr auf der Tanzfläche abzuhängen. Es war die Zeit der Schmusesongs. In Windeseile fingerte der Deputy Handschellen aus der Hosentasche. Legte sie ihr und sich an die Handgelenke. Meinte mit amtlichem Unterton in der Stimme: »Sorry, Boy, die Lady ist im Gewahrsam der Polizei. Rockerbraut. Brandgefährlich. Die Gang lungert draußen noch herum. Mit diesen Typen ist nicht zu spaßen. Mach, dass du weiterkommst. Such dir eine andere, die nicht ein paar Jahre abbrummt. Ab morgen.« Der Tanzwillige blieb wie angewurzelt stehen. Drehte sich auf dem Absatz um und tauchte blitzartig in der Menge ab. Wir lachten, dass sich die Balken bogen.

Der Cop erhob sich. Beugte sich zu Debbie hin und raunte: »Letzte Gelegenheit, Baby, mit einem richtigen Kerl abzuhängen. Bevor du für viele Jahre in den höllischen Weiberknast einfährst.« Und schon zog er mit Debbie ab ins Gewühl.

Auf einen Absacker ging's später in den Saloon. Mit unseren neuen Freunden.

Am Morgen frühstückten wir beide in der belebten Strandbar.

»Ist er geübt?«

Sie schaute verblüfft auf.

»Erwischt?«

»Was meinst du?«, stammelte sie kleinlaut. Mein provozierender Blick verunsicherte sie.

»Unschuldsengel.« Ich verzog spöttisch die Lippen.

Sie spielte fahrig mit der Papierserviette. Entgegnete nichts.

»Ihr wart lange verschwunden, Debbielein. Im Bermudadreieck des Schuppens. Hat es sich gelohnt? Schau mich nicht mit fragenden Rehäuglein an. Das Tanzen meinte ich.«

Von dem, was sie darauf antwortete, kam nichts als unverständliche Wortfetzen bei mir an.

»Was sagtest du?«

»Ich … «

»Gib dir keine Mühe. Kenne das. Und sämtliche Ausreden dieser Welt. Bin darin routiniert. Durch David«, entfuhr es mir. Wortlos schoben wir die Sandwiches in uns hinein. Es brachte nichts, das Gespräch zu vertiefen. In allen Einzelheiten zu wissen, was geschehen war. Im Dunkel der Inselnacht. *Habe es provoziert*, gestand ich mir ein. Ein Spiel mit dem Feuer. Finger verbrannt. War mir zu sicher gewesen.

»Sag, Shirley, warum führtest du mich derart hinters Licht?«, grummelte sie angesäuert. Es war ihre Form eines Befreiungsschlages aus der misslichen Lage, in der sie sich vorfand.

»Zwei Stunden Bibbern. Sah vor meinem geistigen Auge schon Sümpfe. Schwerbewaffnete Wachen. Muskulöse Frauenzimmer mit Haaren auf den Zähnen. Wasserschlangen. Moskitos. Und Alligatoren. Hungrig. Auf Beute lauernd. Kam bei der Aussicht auf zehn Jahre Haft zu dem ernüchternden Schluss, dreihundertfünfundsechzig Tage pro gefahrenem Meter einsitzen zu müssen.« Sie unterbrach sich. Fingerte fahrig an dem Besteck herum. »Nach einer geraumen Weile kam mir realitätsfern in den Sinn, dass es sich trotz allem lohnte. Die Gelegenheit, nicht in die *B-Republik* zurückzufliegen, reizte mich ungemein.« Sie lachte tonlos auf. »Was für eine Double-Bind-Aussage. Ein Widerspruch in sich. Freiheit durch Kittchen.« Sie nippte an ihrer eiskalten Coke. »In diesen zwei Stunden des Schwebezustandes, wie sich wohl die Zukunft für mich gestaltete, schweiften die Gedanken ab. Zu einer roten Traumwolke. Dieses Cabrio. Welch glanzvolle Epoche. Warum benötigen Menschen Krieg, um im Anschluss daran den Wert des Bunten schätzen zu lernen? Wie in den Zwanzigern. Und Fünfzigern. Vor meinem geistigen Auge spielte es sich ab. Abendliches Flanieren über die überfüllte Mainstreet. Rock'n'roll aus dem Radio. Petticoats. Spitztüten-BHs. Drive-ins. Classic Diner. Rote Sitze. Milchshakes. Fastfood. Die Elvistollen der Jungs. Eine Jugend im Aufbruch. Und ich mittendrin. Auf der richtigen Seite des Lebens … «, sagte sie nahezu unhörbar.

»Siehst du, das ist des Pudels Kern. Du redest fortlaufend in Rätseln. Sprichst von Deutschland in zutiefst abwertendem Ton. Mittlerweile von Groß-Trizonesien.«

»Sie haben 1990 den letzten Rest deutsche Heimat, die DDR, geschluckt«, entgegnete sie kleinlaut. »Wie das faschistisch regierte Deutsche Reich im Handstreich das demokratische Österreich. Und den Anschluss fest betoniert hat.«

»*B-Republik*. Klingt wie zweite Wahl. Ist auch so gemeint, ja? War mir klar.

Du rücktest schon in den Achtzigern nie mit der Wahrheit heraus. Mein Fragenberg ist mittlerweile auf die Größe der Rocky Mountains angewachsen. Ich benötige Erklärungen. Und zwar ehrliche. Welchen Wert hat eine echte Mädchenfreundschaft, wenn nicht alle Karten offen auf dem Tisch liegen. Gehe davon aus, dass du keine Kriegsverbrecherin, Landesverräterin, Terroristin, Mitglied eines Syndikats oder einer Mafiafamilie bist? Was hast du um Himmels Willen angestellt, dass zwischen diesem Land und dir derart das Tischtuch zerrissen ist? Wirst du steckbrieflich gesucht?«

»Ach«, sagte sie, »das ist eine heikle Angelegenheit.«

»Ich höre.«

»Drängele nicht. Es würde alles zerstören.«

»Und du meinst, diese Unehrlichkeit trennt nicht? Wie hast du es gestern aufgefasst, dass dich die Freundin derart gemein an der Nase herumführte? Na? Siehst du. Ich bitte einzig um klärende Worte. Die Wahrheit. Um zu kapieren, was Sache ist. Ich will nachvollziehen können. Verdammt. Rede.«

»Du kennst die Geschichte der Heinzelmännchen von Köln? Das vereinfacht den Vergleich.« Debbie schaute mir vielsagend in die Augen. Kein Wort fiel. Sie wandte sich ab. Ihr Blick saugte sich am Boden zu ihren Füßen fest und flüsterte: »Erfährst du die volle Wahrheit, verlierst du mich. Für alle Zeit. Und wenn nicht du einen Schlussstrich ziehst, dann ich. Versprochen!«

Eine lange Pause entstand. Der unterschwellig vorwurfsvolle Ton war mir nicht entgangen. Es klang wie ein ernst gemeintes Ultimatum.

»Shirley, hast du mir das gestrige Schauspiel vorgespielt, um zu zeigen, was Geheimnistuerei nach sich zieht? Es ist dir gelungen. Bin bereit, jede Einzelheit ungeschönt auf den Tisch zu legen. Doch wundere dich nicht. Ist alles gesagt, werde ich packen. Und abreisen. Nichts und niemand halten mich auf. Denn ich werde nackt vor dir stehen.«

Bei dieser Vorstellung erlaubte ich mir ein unverhohlenes Grinsen. In Verkennung der heiklen Begleitumstände. »Sah das unzählige Male. Erlebte. Genoss. Ich war vernarrt in diesen Anblick, die anmachenden Kurven. Was daran ist derart furchterregend, dass es einen Keil zwischen uns treiben könnte? Ich liebe dich wie vor dreizehn Jahren. Jede Faser deines Körpers. Am Flughafen in Miami flüstertest du mir *mi ami*[21] zu. Ich begriff nicht. Einfältig wie ich war, fasste ich es als deutsche Aussprache des Namens auf. Eine krasse Fehlinterpretation. Heute erwarte ich von dir eine Antwort auf diese entscheidende Frage. Wir waren keine platonischen Freundinnen. Sondern Girlfriends. Das ist der Unterschied zwischen *ragazza*[22] und *amica*. Mittlerweile ist mir das klar. Habe mich, weil du das Land oft erwähntest, mit der melodischen Sprache, der Schönheit des Landes, seiner Regionen und der Kultur beschäftigt. Einfach, um dir dadurch nah zu sein. Sogar die Nationalhymne[23] mit allen Strophen gelernt. Und wie du habe ich *Austria* durch *Germania* ersetzt. Ich hatte so viel freie Zeit seit unserer Trennung, dass ich den italienischenText einer katholischen Messe, die du mir bei einem Strandspaziergang seinerzeit rezitiertest, auswendig lernte. Kenne Ursprung und Sinn von Ferragosto. Die Songs: *Volare. Una Lacrima Sul Viso.* Und *Bella Ciao.*« Ich faltete unwillkürlich die Hände. Sah flehentlich zu ihr hin. »Warum bist du nicht ehrlich? Wenn das zu Erzählende uns auseinanderdividiert, war es nie eine echte Beziehung. Denn dazu gehört bedingungslose Offenheit. Andernfalls waren es nur Dates. Kein auf gegenseitiges Vertrauen aufbauendes Verhältnis. Für mich aber war es das. Auf die Gefahr hin, dich zu verlieren, fang an.«

»Es dauert einen Tag und eine Nacht.«

»Habe nichts vor.«

»Auf dein Risiko hin. Kein Stein bleibt auf dem anderen, wenn du meine Geschichte gehört hast. Es ist eine gigantische Bombe, die vormals Liebreizendes in der nächsten Sekunde entstellt. Jede von Glück erfüllte Erinnerung bis zur Unkenntlichkeit verbrennt. Träume dämonisch verdampft. Nichts bleibt. Außer Leere.«

»Okay. Bin auf das Schlimmste vorbereitet.« Ich nickte zustimmend.

»Es ist schmerzvoll«, gab sie kühl zurück. »Du hast keine Ahnung, was dich erwartet.« Ihr Mund halb geöffnet. Gesenkter Blick. Die Haltung ergeben. Kraftlos. Am Ende.

Wir schlenderten schweigend nebeneinander her. Mindestens einen Meter Abstand zwischen uns. Mom brachte mir seinerzeit Deutsch bei. Erklärte in meiner Kindheit zum besseren Verständnis der Schreibweise Folgendes: Zwei lernen sich kennen. Sie berühren sich. Daher *kennenlernen* zusammenschreiben. *Gar nicht* auseinanderschreiben. Wenn sie sich nicht mehr hold sind. In diesem Augenblick fielen mir diese Worte ein. Und lasteten auf der Seele. War es notwendig, Debbie Marilyn derart zu nötigen? Meine kleine Amerikanerin zu verlieren durch zudringliche Fragerei? Die Heinzelmännchen im Märchen zeigten sich nie mehr nach der Nacht des Entdeckens. Bewegte mich also auf hauchdünnem Eis. Brach ich ein? Versanken all meine Vorstellungen auf den Meeresgrund? Wohingegen das Fragezeichen unausgesprochener Worte ebenfalls unsere Beziehung belastete. Und das nicht zu knapp. Einlenkend meinte ich: »Wir setzen uns heute Abend in *Tony's Saloon*. In dieser Atmosphäre fällt es leichter, sich schwere Brocken von der Seele zu reden.«

Wir kamen vom Strand zurück. Debbie blieb erneut bewundernd vor dem Oldtimer stehen.

»Was für ein Wagen. Der gehört dir? Seit wann?«

»Du wirst es mir nicht abnehmen. Eine Gelegenheit in Miami. Brauchte dringend ein Gefährt, um nach Key West zu fahren. Suchte irgendetwas Günstiges. Einen alten TR6, Spitfire oder MGB. Die waren mir von früher vertraut. Schlenderte rein zufällig an einem abgelegenen Autohändler vorbei. Und da sah ich ihn. Döste in sengender Hitze verlassen vor sich hin. Zerfledderte Kartons und Krimskrams auf der Karosserie. Er schaute in meine Richtung mit einem tieftraurigen Ausdruck, der besagte: ›Habe ein Herz, hol mich hier raus. Ich bringe dich wohin du begehrst.‹ Das Überbleibsel amerikanischer Ideale blinzelte mir unentwegt zu. Farbe, Form. Chrom. Haifischflossen. Es zog mich magnetisch an. Ordentlich poliert und aufgearbeitet war dies eine Preziose. Und weil du in den Achtzigern jedem dieser Wagen sehnsüchtig nachschautest und darauf abfuhrst mit den schmachtenden Worten: ›Ein einziges Mal darin sitzen‹, stellte ich mir deinen schwärmerischen Blick vor, wenn du diese Barbieschaukel zu Gesicht bekämst. Habe natürlich nicht im Traum damit gerechnet, dass dies der Fall sein würde. Kaufte sehr günstig. Und der Händler schien deutlich erleichtert, das Schiff wegen Platzmangel losgeworden zu sein. Es ist unser Auto, Debbie Marilyn.«

Wie Teenager warfen wir uns auf die Sitze und unternahmen, ohne zu zögern, eine ausgedehnte Spritztour aufs Festland. Kamen erst spät am Abend zurück. Meine Freundin war von diesem Abenteuer aufgeputscht. Es dauerte lange, bis sie sich beruhigte.

Vor Antritt der Fahrt hatten wir den Cops Kaffee und Donuts vorbeigebracht und waren auf einen kurzen Plausch geblieben.

»Die Zelle ist frei«, meinte der Deputy lächelnd und klapperte mit den Handschellen. »Wir finden einen Grund, um über Nacht die Unterkunft mit dir zu belegen. Habe Dienst. Erzähle gern eine die Sinne umschmeichelnde Geschichte zum Einschlafen. Meine Spezialität. Bin im Übrigen nach dem Discoabend für eine wesentliche Vertiefung der deutsch-amerikanischen Beziehungen äußerst empfänglich.«

Schamesröte überzog Debbies Gesicht. Dieses Feuer loderte. Lichterloh. Auf beiden Seiten. Ich bemerkte es mit nicht zu unterdrückendem Bauchgrummeln. *Keine Wiederholung* hämmerte es in mir. Die Alarmglocken läuteten Sturm. Drängte zur Eile. Wir verabschiedeten uns und fuhren los.

> *›Ich bin gut, aber kein Engel.*
> *Ich sündige, aber ich bin nicht der Teufel.*
> *Ich bin nur ein kleines Mädchen*
> *in einer großen Welt,*
> *das versucht, jemanden zu finden, den sie lieben kann.‹*
> Marilyn Monroe

›Die ganze Dunkelheit der Welt
kann das Licht einer einzelnen Kerze nicht löschen.‹
San Francesco d'Assisi

13. Shirley: Vorspiel

ch klopfte an Debbies Zimmertür. Es dauerte eine Weile, bis sie zaghaft öffnete. Und ich war maßlos irritiert. Sie trug eine Hochsteckfrisur wie eine Stiftsdame. Ohne einen Hauch von Make-up. Eine hochgeschlossene Bluse aus bunter, derber Baumwolle und dreiviertellange schlabberige Jeans. War lange her, dass ich sie in Hosen gesehen hatte. Es gefiel mir nicht. In Röcken sah sie wesentlich vorteilhafter aus. Und die Farbe des Oberteils. Wie eine Cowgirlkluft. Hielt mich zurück, den lockeren Spruch loszutreten: *Die beiden 45er Colts und die Winchester 73 sind im Büro des Sheriffs zu hinterlegen. Das Pferd bitte im Mietstall unterstellen, füttern und striegeln lassen.* Ihre finstere Miene verhinderte dies.

Was war geschehen, seitdem wir uns vor kurzem verabschiedet hatten? Und diese Mimik. Das war nicht die weiche, liebreizende Fee, die Blicke auf sich zog und mit ihrem Duft nach *Oriental Magic Dust* Sinne betörte. Oder die Frau, die – einer Wolkenwanderin gleich – in der Nacht mit dem Officer, eng aneinandergeschmiegt, über die Tanzfläche schwebte. Am Nachmittag die Fahrt mit dem Cabrio genoss wie ein Teenager. In diesen Stunden war sie gelöst. Unternehmungslustig. Lachte und strahlte. Ich sorgte mich ernsthaft.

»Was ist? Zu viel Sonne im offenen Wagen?«

Sie antwortete nicht. Drehte sich teilnahmslos um. Schwerfällig schlich sie die wenigen Schritte bis zum Fenster und stierte zum Brunnen hinab, der in der Abendsonne lag. Ich trat hinter sie. Zeichnete mit den Händen sanft die Konturen ihres Körpers nach. Unsere Wangen berührten sich.

»Bitte rede. Sei nicht geknickt.«

Sie senkte den Kopf und fuhr sich mit den Fingern über die Augen. Tränen tropften zu Boden. Weinkrämpfe schüttelten ihren Körper. Ich kam mir hilflos vor. Meine einzige Reaktion war, sie umzudrehen und fest an mich zu drücken. So standen wir da. Eine gefühlte halbe Ewigkeit. Sie atmete hörbar. Eine schwere Last schien ihre Schultern niederzudrücken. Das Wummern ihres Herzschlags glich dem Schnaufen einer betagten Dampflokomotive, die einen Höhenzug erklomm. Ich setzte mich auf das Bett. Zog sie sanft zu mir hin. Sie wehrte sich. Eine Wand fuhr zwischen uns empor. Der Ausdruck ihres Gesichtes. Gehetzt. Abweisend. Eiskalt.

»Debbie, was ist?«

»Bin gekommen, um dir zu helfen. Du drehst den Spieß um. Durchbohrst mein Herz wie mit glühendem Stahl!« Sie presste es heraus. Ich verkannte vollkommen die Sachlage.

»Gefalle ich dir nicht mehr? Sag mir die Wahrheit. Ist es der Deputy?«, erkundigte ich mich mit vibrierender Stimme. Erwartete bang die Antwort. Wie ein Urteil mit Tragweite.

Sie schüttelte den Kopf. »Ach der«, meinte sie abwehrend, »ein echtes, unverfälschtes Mannsbild. Herzensgut. Zärtlich. Offen. Ehrlich. Beschützertyp. Ein Mädchen, dem er sein Herz schenkt, ist bestens beraten, ihn eisern festzuhalten. Und nicht von der Bettkante zu schubsen. Aber ... «

»Was denn?«

»Dieser grundehrliche, unverdorbene Kerl ist viel zu schade für mich. Und obendrein Jahre zu jung.« Ich schaute verblüfft zu ihr hin. »Gestern hat dich diese Tatsache anscheinend nicht gestört, warum jetzt?«

»Er sucht eine verlässliche Frau zum Heiraten. Um ein Nest zu bauen. Mit einem sauberen, unbeschwerten Mädchen. Seiner Prinzessin, die er auf Händen zu tragen gedenkt. Das bin ich nicht. Schon lange nicht mehr. Was von einem liebreizenden Mädel reinen Herzens blieb?« Ihr Blick blieb am ramponierten Papierkorb in der Ecke haften. Sie schwieg. Die Sekunden verrannen wie ungenutzte Lebenszeit. Dann nahm sie zögerlich den unterbrochenen Gedankengang wieder auf: »Eine möglicherweise annehmbare Hülle, schwere Last auf der Seele und Nachwehen eines Lebens am Rande und in der Gosse. Sidney erblickt in mir nur das, was er sehen will. Für ein gemeinsames Leben aber ist das zu wenig. Es steht zu viel Unausgesprochenes zwischen uns. Und wie du richtig sagtest: Zu einer dauerhaften Beziehung gehört uneingeschränkte Offenheit. Außerdem ist er keine Konkurrenz.«

»Für wen?«

»Es fällt schwer, das auszusprechen. Erlasse es mir.«

»Du baust schon wieder Mysterien auf. Sprich Klartext, Debbie, ich werde noch kirre.«

»Für dich, Shirley! Für wen denn sonst?« Und nach kurzer Pause ergänzte sie fast unhörbar: »Was du mir damals gabst, das kann kein Mannsbild übertreffen. Weil es einzigartig war. Nicht nur körperliche Erfüllung. Sondern bedeutend mehr: Harmonie. Seelenverwandtschaft. Du gabst mir seinerzeit Hoffnung und Leben zurück, als ich schwer verwundet an Leib und Seele – aus

Fremdat kommend – mit dir hier eine Auszeit aus Überlebenskampf und Krieg verbringen durfte. Deine Zuversicht, die spielerische Leichtigkeit, mit der du sie vermitteltest, das gemeinsame Träumen in die endlosen Weiten hinein. Sie richteten mich auf. Du hast Mut gegeben, mir neue Ziele vor Augen geführt. Mich aus dem Sumpf gezogen, als ich mich längst aufgegeben hatte und stetig weiter versank. Du zeigtest mir, was Liebe in seiner einzigartigen, umfassenden Größe wirklich bedeutet. Und dass erfüllender Sex wunderschön, doch nur ein Teil von ihr ist.«

»Kapiere nichts. Brauchte zuerst lange, zu begreifen, dass du hier auf den Keys bist. Dein Erscheinen kommt einem Wunder gleich. Und mittlerweile diese schreckliche Ernüchterung. Die Geheimniskrämerei endet nicht. Du gehst mir aus dem Weg. Wie ein undurchdringlicher Wall baut sich ein Gestrüpp von Rosen auf. Sie duften. Sind berückend anzusehen. Verströmen jedoch eine Kälte, dass jedes Gefühl zu Eis erstarrt. Ich bekomme dich nicht zu fassen. Die Hand greift ins Leere. Du überraschst mich in diese Ernüchterung hinein mit solch einer tiefgründigen Bemerkung, die ich nicht einzuordnen imstande bin. Blicke nicht mehr durch. Wo bist du? Existiert sie noch, die kleine Amerikanerin, meine Debbie Marilyn, von der ich mir einbildete, sie sei die eine feste Freundin? Oder war sie vor dreizehn Jahren eine Fata Morgana, die Herz und Sinne vernebelte? Der ich mit Haut und Haaren verfiel. Die meine Ehe ins Wanken brachte.« »Siehst du, das ist der Punkt. Gerade das war nie die Absicht. Ich zerstöre keine Partnerschaften. Schon aus Prinzip nicht. Erst recht nicht einen Ehebund! Im Übrigen war dir von Anfang an klar, dass ich nicht lesbisch bin. Das letzte, was ich auf dieser Erde anstrebe, ist, eine gleichgeschlechtliche Verbindung einzugehen. Ich bin nicht abartig!«

Der Satz war gehaucht. Dennoch schlug er bei mir ein wie eine Wasserstoffbombe. Ich brauchte eine geraume Weile, mich zu fassen.

Antwortete erstaunlich besonnen: »So siehst du das? Unnormal, krankhaft, widernatürlich, pervers, was sich rein, ungekünstelt und voller Liebreiz entwickelte? Und das aus deinem Munde? Nicht von stockkonservativen Politikern oder Evangelikalen mit Fanfaren in die Welt trompetet. Nein. Dahingeworfene Worte eines bezaubernden Mädchens, das zu inniger Liebe fähig ist. Und trotz alledem solch eine behämmerte Denkweise von engstirnigen Zeitgenossen ungeprüft übernimmt?« Holte tief Luft. Versuchte, einen bedachteren Ton anzuschlagen, derweil mein Herz aus dem Takt geriet. »Ich beruhige dich. Es existierte in meinem Leben außer mit dir nie ein lesbisches Verhältnis. Warum es in jenen Tagen passierte und gefühlsmäßig gegen alle Vernunft in mir weiterlebt? Ich bin ratlos. Schäme mich trotzdem nicht dafür. Im Gegensatz zu dir. Und nein. Du zerstörtest keine Ehe. Das war eine Falschaussage. Hast höchstens einen möglichen Ausweg aufgezeigt. Den ich eigenverantwortlich aufgriff. Und der in den letzten Jahren einen wichtigen seelischen Halt darstellte, als mir alle Felle wegschwammen. David und ich haben uns auseinandergelebt. Der Göttergatte hat sich ratzfatz und oft getröstet. Ich bin, deiner geschätzten Meinung nach, gesellschaftlich untragbar, lächerlich und jenseits der Normalität? Okay. Es ist, wie du sagst.« Herausfordernd musterte ich sie von oben bis unten. Sie wich meinem forschenden Blick aus. Ich blieb dran. Nagelte sie fest.

»Höre mir gut zu! Ich wiederhole es nicht. War dieser unermesslich kostbaren Liebe die vergangenen dreizehn Jahre treu. Ja! So ist es. Du dagegen nicht. Wie aktuelles Beispiel erst bewies. *Ti voglio tanto bene per sempre* steht in einer Schachtel, die du mir schenktest. War es Lüge? Überschwang? Theater? Ein dummer Spruch? Nach dem Rückflug vergessen? Hingeworfen in der Gewissheit, wir sähen uns in diesem Leben nie wieder? Oder auf rein platonische Liebe bezogen?« Tränen der Wut und Enttäuschung stiegen mir in die Augen. Rollten über die Wangen. Hatte das Gefühl, trockene Salzkristalle bildeten sich auf der Haut, die wie Nadeln tief in das Fleisch stachen. Ich brannte lichterloh. Es kam alles hoch. Die Tortur mit David in den zurückliegenden Jahren. Wie die gelittene Pein in der Disconacht, in der ich mich zusammenriss, um mir keine Blöße zu geben. Mit dem Sheriff lächelnd über Alltägliches plauderte. Während die beiden Turteltäubchen …

Ich stand ruckartig auf und verließ wortlos das Zimmer. Die Tür fiel gedämpft hinter mir ins Schloss. Fand mich Stunden später am Strand wieder. Meine nackten Füße umspülte sanft das Wasser. Eine Umarmung. Und die hatte ich bitternötig. Dunstschleier breiteten sich in mir aus. Alles verschwand im Einheitsgrau. Ein Gewirr von widerstreitenden Empfindungen spielte sich im Kopf ab. Am sinnvollsten war es, sofort zurück ins Motel. Koffer packen. Verschwinden. Beenden. Bevor ich ertrank. Im Selbstmitleid. Fand mich später an der Theke von *Sloppy Joe's* Bar wieder. Leonard Cohens *Hallelujah* drang von fern zu mir hin. Legte sich wie eine Fessel um meinen Körper, zurrte mich am Barstuhl fest. Ich atmete schwer. Die Gedanken torkelten durcheinander. Kam zu keinem Ergebnis.

War nicht mehr stocknüchtern, da hörte ich eine vorwurfsvolle Stimme neben mir: »Shirley Jane, ich suche dich seit Stunden. Am Strand. In der Disco. In

Captain Tony's Saloon. Bin verrückt vor Angst. Malte mir die schlimmsten Szenarien aus.«

Müde hob ich den Kopf, der auf meine rechte Hand gestützt war.

»Weshalb? Was erwartest du von mir? Hast du vergessen? Ich bin wie du nur ein Mädchen. Mit einer Muschi. Kein Kerl mit einem steifen, dicken Riesenschwanz und bis zum Rand gefüllten Straußeneiern, der es dir so richtig besorgt. Und dich einreitet. Bis die Möse qualmt. Beim Rodeo der Lust. Lass dich nicht mit mir ein. Sonst färbt sie womöglich ab. Die geschmacklose Spielart der Liebe.«

»Bitte, komm nach Hause. Du hast genug.«

»Ich entscheide, wann das der Fall ist.« Damit orderte ich einen weiteren Drink.

Sah aus den Augenwinkeln, dass meine Freundin den Kopf schüttelte und die Zeche beglich. Sie zog mich energisch vom Barhocker, und ich wankte mit ihr ins Motel. Schlief in ihrem Zimmer den Rausch aus und wachte mit einem gehörigen Brummschädel am späten Vormittag auf. In diesem Moment öffnete sich die Tür. Debbie kam herein und stellte mir ein reichhaltiges Frühstück auf die Bettdecke. Eine bis zum Rand gefüllte Karaffe kühlen Orangensaftes lachte mich an. Nach einer erfrischenden Dusche in meinem Zimmer waren die Lebensgeister zurück. Ich kleidete mich an.

Es klopfte. Debbie hatte sich umgezogen. Ein unscheinbares Jeansmädchen stand auf dem Flur. Sah aus, als hätte sie gerade das Bad verlassen. Erschien mit lässiger Haartracht, ungeschminkt und im Cowgirl-Outfit.

»Weib!«, fauchte ich sie an. »Wenn du nicht sofort etwas Vernünftiges anziehst und ein manierliches Styling hinlegst, verlasse ich mit dir nicht das Zimmer. Oder reiße dir die Klamotten vom Leib und jage dich nackt durch die Straßen. Erinnere dich einmal an Marilyn Monroe und die Worte, die ihre Gültigkeit nie verlieren: ›Jungs denken, Mädchen sind wie Bücher. Wenn das Cover nicht auffällt, lesen sie nicht, was sich darin befindet.‹ Willst du, eine überaus attraktive Frau, so unscheinbar durch die Welt ziehen? Übersehen? Ich will nicht, dass du derart nachlässig herumläufst. Zieh den Scheiß aus. Warum dieses provozierende Gehenlassen? Wen willst du damit beeindrucken? Mich jedenfalls nicht. Und glaube mir, auch keinen normalen Vertreter des männlichen Geschlechts. Erst recht kein sexy Exemplar wie Sidney.«

»*I Will Always Love You*, Shirley Jane«, gab sie tonlos von sich und schaute zu Boden. Hob verunsichert den Kopf, kam einen Schritt näher.

»Nein, bedränge mich nicht«, wehrte ich sie mit ausgestreckten Armen ab.
»Verstehe bitte. Zwischen uns liegt eine Schlucht. Ein Grand Canyon. Unüberbrückbar. Ich bin deine schlechteste Wahl. Geh zurück zu David. Er ist in Ordnung. Ich komme aus dem Dreck. Und gehöre dorthin. Glaube mir. Der angedrohte geschlossene, fensterlose Waggon, der mich transportiert, ist auf Gleisen in eine Richtung unterwegs, die du mitzuerleben nicht verdient hast. Wer Bewacher und Zugführer sind, fragst du?« Sie verzog spöttisch die Lippen. Ihr entrückter Blick saugte sich zwischen Wand und Decke fest. Die Finger krallten sich ineinander, bis die Knöchel weiß hervortraten. »Sie tragen keine Hakenkreuzbinde am Arm. Sondern das Grundgesetz von 1949 in der Hand. Umwickelt mit den Farben der Freiheit von 1813/15. Trenn dich rasch von dieser beschissenen Deutschen, die dir Unglück frei Haus liefert. Von denen, die jetzt im Lande das Sagen haben, aussortiert wie Abfall.«

Sie presste die Worte heraus. Bockig. Geknickt. Gleichzeitig rebellisch, enttäuscht. Ich überhörte das Wimmern um Gnade. War geladen. Entgegnete nichts. Krallte mich in der bunten, groben Hemdbluse fest. Zog das störrische Fohlen fuchsteufelswild ins Zimmer hinein. Drückte sie kraftvoll aufs Bett. Sie fiel. Wie ein vom Sturm gefällter Stamm. Zerrte ihr die Hose von den Beinen. Knöpfte die Bluse nicht auf, sondern riss sie vom Körper, dass die Knöpfe abplatzten und die Kleine nackt vor mir lag. Warf ihre Kleidung achtlos in die Ecke. Deutete mit dem Finger darauf.

»Müll«, entfuhr es mir. Fischte ein Sommerkleidchen in zarten Pastelltönen aus dem Schrank. Verfrachtete sie auf den Stuhl vor dem Spiegel und legte die Haare in Locken. Schminkte sie. Lackierte die Nägel. Malte ihr die Lippen an. Sie ließ es stumm geschehen. Wie eine Puppe. Sah mein Werk und war zufrieden.

»Okay. Nie anders. Sonst setzt es Hiebe. Von mir aus bist du frei für dein nächstes Date mit dem Deputy. Aber du verlässt gefälligst nie mehr derart nachlässig und ungepflegt die Bude. Ist das da oben angekommen, Fräulein?« Ich klopfte ihr hart gegen die Stirn.

Sie sah mich resigniert an. Ein angeschossenes Kitz, in das schwarze Loch der Flinte schauend. Hilflos, ein Blatt im Wind. Ein Pusten. Und sie würde einknicken. Ich wollte sie umarmen und trösten. Mein Intellekt verbat es. Stattdessen wünschte ich kühl *a happy day* und verschwand. War mit mir zufrieden. Mein schwächelndes Selbstbewusstsein war damit überspielt. Behandelte sie ihrem Verhalten entsprechend. Wie eine minderjährige, zickige Tochter. Leah runzelte bei solchen Aktionen zwar die Stirn und zog sich verschnupft zurück.

In dem Durcheinander jedoch schien mir das der einzig mögliche Weg. War mir dessen sicher.

Wie ordnete ich die seltsame Stimmung ein? Den Begriff *abartig*. Er stand im Gegensatz zu ihren sonstigen Ansichten. Dieses Wort. Ein Befreiungsschlag? Selbstzerstörung? Zuerst schießen, bevor die andere Seite loslegt? Insgeheim hoffte ich inständig, sie würde sich besinnen. Und nicht in die Arme des Officers flüchten, um sich trösten zu lassen. Bei einer solchen Entscheidung war sie für eine weitere Beziehung mit mir sowieso endgültig verloren. Das war ein klarer Schlussstrich. Lieber dieser Ausgang. Kein Hoffen, Bangen und reihenweise Enttäuschungen kassieren. *Perhaps, Perhaps, Perhaps*, damit zu leben war nicht das, was ich mir für eine erfüllte Zukunft zu zweit vorstellte. Nach den Jahren der Pein mit Davids Eskapaden. Ich setzte mich in den Cadillac und fuhr über die Seven Mile Bridge aufs Festland. Im Herzen my *Secret Love*. Kurvte den ganzen Tag durch die Gegend. Landete erst weit nach Mitternacht auf der Insel. Der Fahrtwind blies den Kopf frei. Gegen vier Uhr in der Nacht klopfte es zaudernd an die Tür. Vernahm ein Kratzen wie das einer Katze, die vom Streunen nach Hause kam.

Var es so? Was bedeutete diese Gewissheit in diesem Augenblick? Nichts. Ich reagierte nicht. Schlief kurz darauf wieder ein. Gegen zehn Uhr öffnete ich die Zimmertür. Fand Debbie in sitzender Position schlafend auf dem Boden vor. Und weckte sie.

›*Ein weises Mädchen kennt seine Grenzen,*
ein kluges Mädchen weiß, dass es keine hat.‹
Marilyn Monroe›

›Die Liebe ist nicht das, was man erwartet zu bekommen,
sondern was man bereit ist zu geben.‹
Katharine Hepburn

14. Shirley: Blick in die Büchse der Pandora

Ich war nicht besonders erpicht zu erfahren, was am Abend zuvor und in der Nacht geschah. Zwischen dem Deputy und ihr. Im Halbdunkel des Zimmers erschien mir dies plötzlich nicht mehr wichtig. Im Rückblick betrachtet nicht erwähnenswert. Eher unwirklich. Verschwommen. Zeitlupenhaft verzerrt. Ohne Belang. War nichts vorgefallen, würde ich unnötig Staub aufwirbeln. Und im anderen Falle zeigen, wie verwundbar ich bin. Warum also darüber reden. Und einen Konflikt vom Zaun brechen, der womöglich mehr Schaden anrichtete, als jetzt schon entstanden war.

Ich saß auf dem Bett mit übereinandergeschlagenen Beinen. Zurückgelehnt. Gestützt auf beide Ellenbogen. Mit versteinerter Mimik. Die Lippen zusammengepresst. Für Außenstehende ohne Frage überheblich wirkend. Wenn nicht einschüchternd. Einen Umstand, den Leah hasste. Weil sie in diesen Momenten jedesmal erneut das mulmige Gefühl beschlich, auf einer Anklagebank vor dem Richterstuhl zu sitzen. Den harten Urteilsspruch erwartend. Was sie mir Jahre später bei jeder unpassenden Gelegenheit vorwarf. Debbie stand am Fenster. Wieder ungeschminkt, in weißem T-Shirt und abtörnenden Hosen. Sie schaute nach draußen durch die halb geschlossenen Läden. Gitterstäben gleich. Die grellen Sonnenstrahlen, die sich hindurchzwangen, hinterließen ein Streifenmuster auf Gesicht und Körper.

»Du ahnst nicht, welchen Stellenwert gesellschaftskonformes Leben für eine aus der Kloake wie mich besitzt.« War mir sicher, ich hörte schlecht. Aufbegehren ließ sie dennoch nicht gelten. »In deinem Vokabular, Shirley, ist es ein banales Wort. Für die verlauste Hündin in den verdreckten Gassen der abweisenden Großstadt war die Bezeichnung *normal* ein unerreichbares Ziel. Und ist es immer noch.« Minuten des Schweigens verrannen. Sie schaute verloren durch die Ritzen des heruntergelassenen Sonnenschutzes. »Es lag mir fern, dich zu verletzen. Eine in die Enge getriebene Streunerin, die in der Falle saß. Daher diese Bissigkeit. Empfinde tiefe Scham über meine schnodderigen

Worte. Wunden, die ich im Grund mir selbst zufüge. In vollem Bewusstsein. Seit der Kindheit.«

Von einem Moment zum anderen schienen Dämme gebrochen. Debbie redete wie eine Kronzeugin vor einem Schwurgericht, das Strafminderung versprach. Und Todesstrafe in lebenslänglich umwandeln würde, wenn sie kein Detail ausließ. Sie schaute sich nicht um. Blickte stoisch aus dem Fenster. Und schlug mich mit ihren sachlich ausgeführten Berichten in den Bann. Allerdings erkannte ich den tieferen Sinn des weiten Ausholens in die Familiengeschichte nicht. Fand keinen Einstieg in das Gehörte. Es klang furchtbar verworren. Sie redete – nach meiner festen Überzeugung – um den heißen Brei herum. Was auf mich wie das sachte Vorbereiten auf den Einschlag eines Geschosses wirkte. Im übertragenen Sinne in der verheerenden und nachhaltigen Wirkung eines katastrophalen Bombenabwurfs, der kurz bevorstand. Und in mir ungewollt eine erschütternde Abfolge von stattgefundenen geschichtlichen Ereignissen initiierte. Und entsprechenden Filmen aus dieser grauenvollen Zeit[24]. Mich damit völlig aus der Fassung brachte. Doch ich unterbrach das Plädoyer nicht, obwohl meine innere Unruhe überhandnahm. Und Debbie redete. Ununterbrochen. Worte. Sätze. Szenen. Filmsequenzen. Sie flossen an mir vorbei. Schossen ins grelle Tageslicht. Unverhüllt. Aus Kellergewölben seelischer Verwundbarkeit. Irgendwann schaltete ich aus Selbstschutz ab. Bekam nur noch Wortfetzen und Halbsätze mit.

»Shirley.« Debbies Stimme drang wie aus weiter Entfernung zu mir. »Bist du noch anwesend?«

Ich stotterte, riss mich zusammen. »Entschuldige. War gedanklich kurzfristig auf Abwegen. Verzeih meine Unaufmerksamkeit. Was sagtest du in den letzten Minuten?«

»Verstehe. Es langweilt dich.«

»Durchaus nicht. Versuche in diesem Moment einzig Eindrücke aus dem Kopf zu entfernen, die sich von früher her in mir einnisteten. Und die ich allzu gern auslöschen würde. Wenn ich nur könnte.«

»Wie ich das nachzuvollziehen vermag.« Sie stockte. Schluckte. Wischte sich über die Augen. Fuhr fort: »Es war eine bekannte Universitätsklinik Trizonesiens. Eine viele Stunden dauernde Operation lag hinter ihr. Gefühlte tausend Schläuche, die sie an das Bett fesselten. Der Professor mit dem vorbildlichen Ruf hatte ein Resultat geschaffen, das Frankensteins Monster in den Schatten stellte. Nicht dem weiblichen Genitale entsprach. Nach dem Operationsdebakel waren weitere schwere, langwierige Eingriffe unter Leitung erfahrener Spezialisten notwendig, bis ein anatomisch und ästhetisch korrektes Ergebnis vorlag. Funktionell frei von Mängeln. Mit erhaltener Orgasmusfähigkeit. Der enorme Pfusch, die beschissene Arbeit des ersten Operateurs, war damit Geschichte. Ein Dilettant. Warum gab er nicht vorher zu, dass er nicht der Richtige für diesen Job sei? Warum sagte er nicht einfach: ›Wenden Sie sich an die Universitätsklinik Kiel. Besser, fliegen Sie gleich nach Casablanca. Oder ins Johns Hopkins Hospital. Die sind fachlich versiert. Ich bin ein Anfänger und Scharlatan auf dem Gebiet, der sich auf seinem Titel ausruht und maßlos überschätzt. Und dem es scheißegal ist, wenn er die Patientin gynäkologisch verstümmelt‹«. Die Kleine redete unentwegt weiter. Mein Kopf summte derweil wie ein Bienenkorb. Zum Glück verflüchtigten sich die grauenvollen, niederschmetternden, allzu realen Darstellungen der Filme aus Kriegszeiten, die mich gerade noch dämonenhaft heimsuchten. Ich stand auf allen Leitungen.

Debbie bemerkte, dass ihre Erzählung totale Verwirrung hinterließ. Sie schluckte. Drehte sich um. Ich sah ihr ins Gesicht. Es war verzerrt. Maskenhaft. Leiderfüllt. Tränen rollten über ihre Wangen. Leichenhafte Blässe überzog ihr Gesicht. »So verstehe doch, Shirley Jane«, flüsterte sie in den Raum hinein. »Mache es mir nicht unnötig schwer. Hatte nie Geschwister. Das alles widerfuhr mir.«

Ich krallte mich an der Bettdecke fest. Mir war, als ziehe jemand den Boden unter den Füßen weg. Die Wände schwankten bedenklich. Stürzten polternd in sich zusammen. Staubwolken überall. Ein Seebeben bemächtigte sich der Insel. Mir war speiübel. Die Zunge klebte am Gaumen fest. Die Kiefer verhakten. Schwerste Atemnot plagte mich. Das Herz klopfte wild bis zum Hals. In Todesangst sprang ich auf. Verließ fluchtartig das Zimmer. Die Tür schlug hinter mir krachend ins Schloss. Ich stürmte die Treppe nach unten. Am Brunnen vorbei, der hämisch plätscherte. Aus einem Transistorradio ertönte blechern *Crying In The Rain*. Es verspottete mich. Jagte hinter mir her. Und ich davon.

Furien hetzten mich. Gleich einer Stampede. Tausende Hufe. Der Untergrund erzitterte. Urgewalten schienen sich zu erheben. Das Erdreich brach auf. Gestalten der Unterwelt schossen hervor. Giftgrüne Wesen mit schwarzen, totenkopfähnlichen Schädeln. Blut tropfte aus ihren schmierigen Mäulern. Ein Gewitter biblischen Ausmaßes umgab sie. Einen klaren Gedanken zu fassen: unmöglich. Ich rannte um mein Leben. Über grauen Asphalt. Durch unbekannte Straßen. An verbarrikadierten Häusern vorbei. Schutt und Asche

am Wegesrand. Wellenberge, die mich zu begraben drohten. Erreichte schweißgebadet den Strand. Stolperte im nassen Sand. Schlug der Länge nach hin. Das
anlandende Wasser streckte seine Tentakel aus. Bestrebt, mich in die Fluten zu
ziehen. Hinauszutragen. Dorthin, wo meterhohe Dünung jegliches Land unter
sich begrub. War verloren …

Hatte keine Ahnung, wie viele Stunden ich dort in gebückter Haltung verweilte. Erhob mich mit letzter Kraft, schleppte die müden Knochen an einen
verlassenen Badestrandabschnitt. Sackte ermattet zusammen. Umringt von an-
gespültem Strandgut. Weinte hemmungslos. Sprang auf, hastete ins Wasser.
Japste nach Luft. Fontänen stiegen auf. Ich schrie den Naturgewalten meine
Kränkung entgegen: *Love Hurts.* Nacht fiel über die Keys. Und eine verlorene,
gemarterte Seele lag regungslos zwischen angeschwemmten Bootslatten. Dosen.
Eimern. Und Netzen.

Die Sonne lugte am Horizont hervor. Es hatte lange gedauert, bis ich mich
beruhigte, bereit war, vernünftige Überlegungen anzustellen. Unbegreiflich.
Langsam kamen die Erinnerungen an die ernüchternden Einzelheiten des Ge-
hörten zurück. Fügten sich Teile eines Puzzles nahtlos zusammen. Und ich
begriff. Debbie berichtete ausschweifend von der Entwicklung eines Kindes,
das von seiner Umgebung falsch wahrgenommen wurde. Erfolglos gegen eine
übermächtige weibliche Psyche ankämpfte. Und verlor. In erster Linie gegen
genetische Vorbestimmung. Aber auch gesellschaftliches Umfeld, schulische
Erziehung, häusliche Enge und ausgelegte Fallstricke, die schließlich den Rest
gaben. Und zum Zusammenbruch eines Kartenhauses führten, das erstaunlicherweise lange hielt, *weil nicht sein sollte, was nicht sein durfte.* Nicht nur aus
meinem Studium war mir bekannt, dass die Psyche grundsätzlich die Oberhand
gewinnt, weil sie federführend ist. Oberflächlich betrachtet war von zwei völlig
unterschiedlichen Menschen die Rede. In Wirklichkeit war dies aber nur auf äußere Geschlechtsmerkmale bezogen, deren operative Korrektur schlagartig zur
Einheit von Körper und Seele führte. Mit einem aus meiner Sicht umwerfenden
Resultat. Vergleichbar einem imposanten Feuerwerksspektakel.

Abstehende Ohren zu operieren war keine Sache. Störende Haare im Gesicht zu entfernen? Schmerzhaft, nicht unüblich. Unter Hormontherapie Busen und eine wohlgefällige, weiche feminine Stimme, einen sich verändernden Knochenbau wie auch Fettumverteilung? Nachvollziehbar. Aber eine makellose Gesichtshaut nach schwerer Akne, schmale Taille und Schultern, ansprechende Arme und Beine, wohlgeformte Fessseln. Zierliche Füße und Hände. Diese betörende Figur. Und geballte Weiblichkeit. Wie denn das? In einem Hollywoodstreifen. Das sah ich ein. Stattdessen düste hier die Wirklichkeit ab. Das Gehörte. Eine Horrorgeschichte. Jetzt erst dämmerte mir bruchstückhaft, in welch einen brodelnden Abgrund ich schaute. All die Stunden zuvor.

Schwer zu glauben, aus solch einer Wirrnis lebend herauszukommen. Wieder lachen zu lernen. Und weiterhin Schwingungsfähigkeit zu besitzen. Die einzige Erklärung war, dass die weiblichen Anlagen bereits vorher im Übermaß vorhanden waren. Es genügte, die Zündung einzuschalten. Und ein Perpetuum mobile sprang an.

Meine Debbie Marilyn. Sie hatte dieses Höllental einer Metamorphose erlebt, erduldet, durchlebt? Sprach sie mit ihrem für sie typischen Gottvertrauen das *Mutabor*[25] aus dem Hauff Märchen *Kalif Storch* aus, ohne zu wissen, was daraus resultierte? Ein One-Way-Ticket ins Unbekannte? Nein. Auf keinen Fall. Es war, wie es schien, vielmehr die vorbestimmte Entwicklung vom hässlichen Entlein in den weißen Schwan.

Was bedeutete in diesem Zusammenhang der Begriff Transfiguration – unabhängig von der Symbolik im Christentum –. Eine Klärung? Trugbild? Existierte sie? War sie ein Wesen aus der Weite des Universums, das mich, eine einfältige Sterbliche, heimsuchte? Verführte? Entführte? Oder war sie nach wie vor meine kleine Amerikanerin, sie, die in diesen Stunden *Million Miles Away* schien?

Es fiel mir wie Schuppen von den Augen. Wo war sie gerade? Eiskalt lief es mir über den Rücken. Verinnerlichte in diesem Augenblick, wie unreif mein Benehmen war. Ließ sie in ihrem Schmerz mit dem Coming-out auf sich gestellt zurück. Und bestätigte damit jede ihrer Befürchtungen. Ich legte Schwäche und Überreaktion an den Tag. Agierte gesellschaftstypisch. Nicht wie eine ehrliche Freundin. Sie kam, um mir zu helfen. Selbstlos. Ließ zu Hause alles stehen und liegen. Folgte ihrem Herzen. Ohne dafür irgendetwas zu erwarten. Hielt mich seit ihrer Ankunft auf Abstand. Vermied jeden körperlichen Kontakt, der zu mehr führte. Fing hier bewusst eine heißblütige Beziehung mit dem Deputy an, um mir zu zeigen: *Ich brauche dich nicht, bin davon weg. Warte nicht.* Sie war in der Überzeugung nach Miami geflogen, ich sei trotz häuslicher Probleme mit David im Reinen. Der Dank dafür: Diese eiskalte Dusche. Eine Abfuhr, die umwarf.

Ich versuchte, mich zu beruhigen, die erneut aufwallende innere Unruhe in Grenzen zu halten. Sie war zu einer Kurzschlusshandlung sicher nicht fähig. Zudem verwarf ich den Gedanken, sie könne sich in der Disco vom Erstbesten abschleppen lassen, eventuell unwiderruflich in die offenen Arme des Officers rennen. Nein. Nicht nach dieser Beichte, die ihr unverkennbar schwergefallen war. Doch sofort nagten Zweifel an mir. Einerseits: Ausschließlich mich hatte sie eingeweiht. Andererseits: Es war ausgesprochen. Und maximale Verwundbarkeit entstanden. Unsicherheit im Umgang mit Menschen. Das war der Grund, warum sie in lustbremsenden Hosen herumlief. Diese unerotische, sackartige Hemdbluse überstreifte, die ihre Formen verbarg. Ungeschminkt herumlief.

Ihre Bunkermauer.

Nach innen abschirmend.

Außen abwehrend.

Eine Art Selbstzüchtigung und Bestrafung.

Selbsterniedrigung. Jedes abwertende Wort.

Akzeptiertes Gefängnis und Marter. Im Rückblick fügten sich die Steinchen des Ratespiels zusammen.

Wie oft hatte ich dreizehn Jahre zuvor und in den vergangenen Tagen erlebt, dass sie sich Tieren gegenüber vorbehaltlos öffnete. Auf sie zuging. Ohne Angst und Scheu. Ich denke nur an den großen Hund im Vorgarten der weißen Villa, die Katze in der Sonne auf dem Mauervorsprung, den zutraulichen Vogel auf dem Tisch der Bar. Die sie wie Kameraden oder Geschwister behandelte. Auch so von ihnen sprach. In jeder Minute in Sorge um deren Bestes. Im Umgang mit der menschlichen Spezies hingegen stand sie auf sämtlichen Bremsen. Worte: wohlüberlegt ausgesprochen. Gestik: anatomisch analysiert. Zwischenmenschliches lag ständig auf der Waagschale.

Vom langen Sitzen im Sand war ich steif. Schwerfällig schlurfte ich zum Motel. Mit jedem Schritt langsamer laufend. Blei hing an meinen Füßen. Mich überfiel Unsicherheit. Wie ihr gegenübertreten? Betont sachlich, beherrscht? Gespielt unbekümmert? Es gab kein Patentrezept.

Sie nahm mir die Entscheidung ab. War abgereist. Die Tür zu ihrem Zimmer stand offen. Die Vorbereitungen für neue Gäste waren in vollem Gange. Flugs warst du ein Name mit Datum in einem Buch. Nach allem, was ich in den vergangenen vierundzwanzig Stunden erlebt und gehört hatte, erschienen mir nun die eigenen Probleme zu Hause wie eine Lächerlichkeit. Betrat mein Zimmer, das im Halbdunkel lag. Saß auf dem Bett und stützte mich auf. In meinem Kopf sich ausbreitende Leere. Das Kleid, das ich Debbie am Vortag übergestreift hatte, zierte, säuberlich zusammengefaltet, das Kopfkissen. Die von mir achtlos in die Ecke gefeuerten Sachen dämmerten unberührt vor sich hin. Mein Blick fiel erst jetzt auf einen durch den Türschlitz geschobenen Brief. Hob ihn auf, setzte mich zurück auf die Bettkante. Meine Finger zitterten. Ein beklommenes Gefühl beschlich mich beim Öffnen des Umschlags. Ich zögerte. Doch dann zog ich beherzt das Schreiben heraus. Überflog mit verschleiertem Blick die Zeilen:

Liebste Shirley Jane,
ich verstehe deine Reaktion nur allzu gut. Vor dreizehn Jahren wäre es meine Pflicht gewesen, dir alles schnörkellos und ohne Aufforderung auf den Tisch zu legen. Bevor wir ein Paar wurden. Ich schwieg jedoch beharrlich. Eine Schuld, die ich mir nicht verzeihe. Doch was ist die Wahrheit? Das ist eine Frage, die einzig der Herr zu beantworten in der Lage ist. Vielleicht werde ich es mit seiner Hilfe eines Tages begreifen lernen. Zu meiner Entschuldigung sei vorgebracht: Von dem Moment an, als ich nach der Narkose ins Licht der Operationslampen schaute, war ich unumstößlich davon überzeugt, ausschließlich ein Mädchen zu sein. Von Geburt an. Und nicht nur, weil ich eine Op.-Schwester sagen hörte: ›Sie wacht auf‹. Nur so kamen für mich körperliche Beziehungen zum anderen Geschlecht in den Jahren danach überhaupt in Frage. Heterosexualität war zu diesem Zeitpunkt keine bewusste Entscheidung, sie entwickelte sich. Unter der hormonellen Ausgangslage und dem unabdingbaren Verlangen, ein *normales* Leben zu führen. Du weißt, wie ich das meine. Geliebte, verzeih mir, dass ich dich auf diese Weise ein letztes Mal anspreche. Unser Date und das sich daraus ergebende Abdriften in paradiesische Gefilde waren absolut ungeplant. Ein lesbisches Verhältnis. Undenkbar Anfang der Achtziger. Ich schlitterte hinein. Warum? Du warst mein Schicksal. Eine glatte Rutschbahn in Tiefen nicht zu stillender Sehnsucht, beispiellosen körperlichen Verlangens bis hin zur Ekstase und dadurch schlussendlich in ewige Verdammnis. Erkannte mich nicht wieder. Wehrte mich dagegen. Mit aller Kraft.

Ich gebe unumwunden zu, dass ich restlos unehrlich dir gegenüber war. Zu meiner Entlastung sei gesagt: Ich hatte in der Hitze der Karibiknächte und der unendlich scheinenden Freiheit des Erlebens hier im Süden Floridas für wenige Tage völlig ausgeblendet, welche belastende Hypothek ich mit mir herumschleppte. Darüber hinaus war ein Wiedersehen mit dir in diesem Leben unwahrscheinlich. Warum an dem Teufelsdreck rühren, der mich bis in die Ewigkeit besudelt?

Erlebte die Zeit von Key West wie ein Märchen aus tausend und einer Nacht. Der Farbfilm der Unbeschwertheit aus den Achtzigern war wie Eintauchen in einen Liebesstreifen. Ein Hollywoodmärchen, das mir ein Leben in Freiheit, Glück, schon immer gelebter Weiblichkeit vorgaukelte. Und aus Cinderella eine lebensfrohe Prinzessin machte.

Die Rückkehr nach *Fremdat* ließ die bunte Leichtigkeit verblassen. Es blieb eine weiße Leinwand zurück, die zunehmend verdreckte. Im Alltagsgrau der Realität. Die glückliche Königstochter von Key West gibt es schon lange nicht mehr. Nur das Mädchen aus der Traurigkeit. Was nutzt einem Schwan sein weißes Gefieder, wenn die missgünstige Umgebung nur ein hässliches Entlein zu sehen bereit ist?

Shirley Jane, ich verletzte dich schwer. Denn ich ließ dich in Unkenntnis, aus welcher stinkenden Gosse ich kam. Zog einen Menschen zu mir herab, dessen Zuneigung ich sehr zu schätzen weiß.

Verzeih mir! Trenne bitte das bunte, mädchenhaft Unbekümmerte aus den Achtzigern vom ernüchternden Schwarzgrau des Heute. Die berauschenden Stunden bleiben unvergesslich, sieh es mir nach. Habe redlich versucht, die Erinnerungen an dich beiseitezuschieben. Mich auf oberflächliche Dates mit dem männlichen Geschlecht eingelassen. Zugelassen, dass sie sich an einem Stück weiblichen Fleisches abreagierten und ihre Lust befriedigten. Sich umdrehten. Und verschwanden. All das, um das Bild von dir aus meinen Gedanken zu eliminieren. Und-, um mich zu bestrafen. Für diese märchenhafte Zeit in Key West. Doch mit jedem One Night Stand prägte es sich deutlicher aus. Ich gestehe es ein. Kam nicht zuletzt auch in der heimlichen Hoffnung, einen Schlussstrich zu setzen. Weiter nach der vermeintlichen Normalität, dem Mann meiner Träume zu suchen. Der Einzige, der gegebenenfalls bisher infrage gekommen wäre, verstarb vor drei Jahren. Umso notwendiger ist es, aus deinem Leben unwiderruflich zu verschwinden.

Gott schütze dich, David und deine Familie auf allen Wegen. Bewahre diesen Schatz. Er ist unbezahlbar. Bitte trage mir die Schuld, dich verletzt zu haben, nicht nach. Versuche mit den Jahren, mir zu verzeihen. Erinnere dich, ich bat dich seinerzeit am Airport beim Abschied, mich nicht zu vergessen: Aussehen. Körper. Meine Sichtweisen und Gefühlswelten. Was wir gemeinsam erlebten. Denn das war die Realität des Seins. Wie des Bewusstseins. Mit einem letzten freundschaftlichen Kuss auf die Wange, einer hingebungsvollen Umarmung, sage ich dir adieu. Shalom,
deine Debbie Marilyn.

Lange saß ich reglos da. Den Brief in der Hand. Bis er raschelnd zu Boden fiel. Ich erwachte. Wie aus narkoseähnlichem Schlaf. Derart sachlich endete es? Dreizehn Jahre Traumwelten stürzten ab? Zerstoben zu Staub?

An der Rezeption erfuhr ich, wann der Flieger in Miami abhob. Ein Wettlauf mit der Zeit begann. Setzte mich in den Wagen und preschte los. Es herrschte geringer Verkehr. Kam problemlos voran. Erreichte den Airport. Der Check-in war in vollem Gange. Ließ sie aufrufen. Wartete fieberhaft. Die Minuten verstrichen. Sie kam nicht zurück.

Auf der Anzeigentafel erschien der Take-off der Maschine. Blieb drei weitere Stunden vor Ort. In dem vagen Optimismus, sie sei über ihren Schatten gesprungen. Schlich mit hängendem Kopf durch die Hallen. Trank einen Kaffee. Aß mehr aus Vernunft eine Kleinigkeit. Und begriff. Es war aus.

Saß über eine Stunde untätig herum. Unfähig, einen klaren Gedanken zu fassen, brütete ich vor mich hin. Vom Nachbartisch drang blechern Musik herüber. Hörte irgendwann wie durch Nebelschwaden eine vertraute Stimme flüstern: »Ma'am, haben Sie eine Mitfahrgelegenheit nach Key West? Benötige kaum Platz. Versprochen.«

Alle Traurigkeit war wie weggewischt. Mein Herz hüpfte. Antwortete reflexartig: »Für ein bestrickendes Mädel jederzeit.« Wir brachen sofort auf. Der Cadillac blitzte schon von weitem zwischen den Einheitsmodellen der anderen geparkten Wagen auf. Debbie stieg verzagt ein. Saß wortkarg zusammengekauert auf dem Beifahrersitz. Schweigend fuhren wir gen Süden.

»Was war los?«, unterbrach ich nach geraumer Zeit die Stille. »Zwei Stewardessen holten mich in letzter Sekunde aus dem Flieger. Mir war mulmig zumute. Alle Köpfe waren in meine Richtung gedreht. Die Passagiere musterten mich im

Sinne von: Welche Terroristin holen sie denn da noch rechtzeitig von Bord? Unerfreuliche Begegnungen bei Grenzübertritten in Europa fielen ungebeten über mich her. Die Flugbegleiterinnen waren genervt. Drängelten. Ich wurde weitergereicht ans Flughafenpersonal. Begleitet von zugeknöpften Sicherheitsbeamten mit eingefrorenen Mienen und Revolvern am Gürtel. Ein besorgniserregender Umstand. Der Moment meiner Verhaftung durch die Cops drängte sich mir auf. Entwarnung folgte. Die Aufklärung: Ehemann und Schwägerin beorderten mich wegen dringlicher Familienangelegenheit zurück. Vermutete mit Recht eine Verwechslung. Das war in der augenblicklichen Verfassung aber ohne Belang. Hauptsache Scherereien vermeiden. Auf dem mir eiligst zugesteckten Zettel stand der Buchstabe des Flughafenbereiches, wo meine Verwandten angeblich warteten. Vermutete nicht, dass du hier bist. War einspurig auf Rückkehr nach *Fremdat* eingestellt. Beim unkonzentrierten Weitergehen verlor ich die Nachricht. Der Rausschmiss aus der Maschine durchkreuzte die Planung. Alle Flüge auf Tage ausgebucht, wie ich erfuhr. Saß fest. Hotelsuche war angesagt.«

»Du hast nicht mit mir gerechnet?«

»Nein.«

»Das frustriert mich.«

»Warum hast du nicht die Wahrheit gesagt?«

»Was wäre deiner Meinung nach über Lautsprecher sinnigerweise die richtige Wortwahl gewesen? In Ihrer LH-Maschine sitzt meine innigst geliebte, feste Freundin. Sie verließ mich zurecht. Habe sie zutiefst verletzt. Teilen Sie ihr bitte mit, dass ich sie furchtbar vermisse und abgöttisch liebe. Sie möge mir verzeihen und hierbleiben. Waren das die richtigen Worte, mein Fräulein? Und zu allem Überfluss über Mikrofon?« Die Worte klangen pikierter als gemeint. Aus dem Autoradio ertönte *I Am A Woman In Love*. Sie entgegnete nichts. Starrte vor sich hin. War sie anwesend oder mit ihren Gedanken weit weg?

»Wie hast du mich nach diesen Stunden überhaupt gefunden, Debbie?«

»Sah dich rein zufällig zusammengesunken in der Ecke neben einem Klavier am Fenster sitzen. Sonnenstrahlen verfingen sich in deinen Haaren. Sie blinkten wie Morsezeichen, die mir zuriefen: *Ich bin hier. Komm!* Doch ich wartete ab. Brauchte lange, meinen ganzen Mut zusammenzunehmen, dich anzusprechen. Vermochte, obwohl du hier warst, nicht einzuschätzen, wie du reagieren würdest. Rechnete fest damit, du würdest irgendwann aufstehen und gehen. Und ich wäre die Verantwortung einer aktiven Entscheidung los. Doch kein Mucks von dir. Hörte aus einem Transistorradio in der Nähe leise *How I Love You*.

Sah deine über die Wangen kullernden Tränen. Die grenzenlose Traurigkeit in deinen Augen, die wie Bergseen schimmerten, als du den Kopf hobst. Es traf mein Herz. Nichts hielt mich mehr. Kam zu dir.«

Eine Zeitlang fiel kein Wort zwischen uns. Nur das monotone Schnurren des Motors untermalte die Fahrt. Bei der nächsten Haltemöglichkeit außerhalb einer Ortschaft fuhr ich rechts ran und parkte.

»Im Handschuhfach findest du Kosmetika, Nagellack und Lippenstift. Bitte richte dich her. Nimm es mir nicht übel, du siehst furchtbar aus. Auf dem Rücksitz liegen Rock, Bluse und Riemchensandaletten. Her mit dem Kram, den du trägst, ist ja nicht auszuhalten.«

»Was geschieht damit?«

Ihr schwaches Aufbegehren verstummte, als ich mit einer Stimme, die keinen Widerspruch duldete, sagte: »Ich lege sie dort auf den Stein am Straßenrand. Einverstanden? Es gibt genug arme Schlucker, die sich freuen, wenn sie die Sachen finden. Entsorge jetzt zum zweiten Male solche unpassenden Klamotten. Hoffe, du hast nicht mehr davon in deiner Reisetasche.«

Sie widersprach nicht. Nach einer halben Stunde fuhren wir weiter. Engelbert Humperdinck sang *Love Me With All Your Heart*. Meine Beifahrerin saß derweil apathisch neben mir. Brachte keinen Ton über die Lippen. Schien mit den Gedanken in endlose Ferne zu schweifen.

Das Motel war ausgebucht. Debbie zierte sich zunächst. Zog schließlich unter leisen Protesten in unser gemeinsames Schlafzimmer ein. An der Rezeption hieß es, am nächsten Tag sei das Nebenzimmer wieder frei. Mit dieser Auskunft gab sie sich zufrieden.

Wir aßen beim Italiener wortkarg zu Abend, schlenderten später zu *Sloppy Joe's Bar* und nisteten uns ein.

›Um Feinde zu bekommen,
ist es nicht nötig, den Krieg zu erklären.
Es reicht, wenn man einfach sagt, was man denkt.‹
Dr. Martin Luther King

15. Shirley: Aussprache

*D*ort lockerte sich ihre Zunge, und sie erzählte. Bemüht, betont sachlich zu argumentieren. Ihr Blick verlor sich zwischen Flaschen, Gläsern und Schälchen, die auf der Bartheke kunterbunt herumstanden.

»Der Begriff *Transgender* gehörte Anfang 1970 in den Fachkreisen der USA zur Terminologie[26]. Wissenschaftliche Erkenntnisse und Strömungen schwappen jedoch oftmals mit reichlich Verspätung über den Teich. Bis in die frühen Achtziger erklärte ein deutsches medizinisches Standardwörterbuch den veralteten Terminus *Transsexualität* zur *Endform des Transvestitismus.*«

»Hört sich an wie Endlösung«.

»Von solchen Gedankengängen lassen sich, wie es den Anschein hat, so mancher Politiker und Staatsbediensteter wie deren Gefolge in *Fremdat* bis heute inspirieren. Ob unter *NSDAP* – der vom Ursprung her linksgerichteten, sozialistischen Bewegung in einem Land mit Hegemonialanspruch – oder den Rumpfbuchstaben, wenn *N* und *A*, das Nationale und die Arbeiter, wegfallen. Demokratie, Humanismus und Freiheit der Einzelnen als feste Größen einer modernen Gesellschaft vorgegeben werden. Nach der Machtergreifung 1969 tönte es an der Bonner Spitze schrill und vernehmlich: ›Mehr Demokratie wagen‹[27].

›Wo die Zivilcourage keine Heimat hat, reicht die Freiheit nicht weit‹[28].

›Es soll sich die Politik zum Teufel scheren, die – um welcher Prinzipien auch immer – den Menschen das Leben nicht leichter zu machen sucht[29].‹

›Wer Unrecht lange geschehen lässt, bahnt dem nächsten den Weg[30].‹

›Nicht der Krieg, der Frieden ist der Vater aller Dinge[31].‹ Nur am Umsetzen haperte es gewaltig«, entfuhr ihr sachlich.

»›Die Zukunft wird nicht gemeistert von denen, die am Vergangenen kleben[32].‹ Der Initiator solcher Weisheiten hätte es auf Tonband aufnehmen und sich selbst immer wieder vorspielen sollen.

›Nichts kommt von selbst. Und nur wenig ist von Dauer. Darum – besinnt Euch auf Eure Kraft und darauf, dass jede Zeit eigene Antworten will und man auf ihrer Höhe zu sein hat, wenn Gutes bewirkt werden soll[33].‹ Für mich Zynismus pur.

Diese und ähnliche Sätze kamen von der neuen Führung. Ohne Bereitschaft, sie in meinem Fall unbürokratisch umzusetzen. Ich habe vertraut. Auf das leere Geschwätz. Und fiel in die Scheiße, in die mich die Genossen traten, welche Sprüche dieser Art ungeprüft übernahmen und reihenweise vom Stapel ließen.«

Leader Of The Pack tönte krächzend aus dem Lautsprecher im Hintergrund und versuchte, sich gegen den Geräuschpegel im Raum zu behaupten.

»Wie passend«, rutschte mir heraus. Ich ergänzte sofort: »Honi soit qui mal y pense.«

»Das vielbeschworene *Demokratiewagen* entpuppte sich wie folgt: Die Politik verweigerte mir, die schwierige Situation sachlich darzulegen. An diese Stelle traten Totschweigen, Vorverurteilen ohne Gerichtsverhandlung. Ausgrenzen. Mit Winkel oder Schandmal ähnlichen Bemerkungen in deutlich kennzeichnenden Papieren. Es fehlte einzig der Stempel *unerwünscht*. Sie bedienten sich dafür leuchtend *roter* Stifte. Die neuen Machthaber über Trizonesien und die Bevölkerung. Sie straften ihre eigenen Beschwörungen lügen. Traten die *allgemeinen Menschenrechte* von 1948 wie die Werte des proklamierten *Grundgesetzes* von 1949 oder eine Jahrhunderte alte *Goldene Regel* in meinem Falle achtlos in den Dreck. Vertrauten darauf, dass niemand hinterfragte. Für mich entpuppte sich diese Herrschaftsform als ein weiteres Regime auf deutschem Boden. Eine Art *Dritte Republik*. Anno 1969. Unter den wohlwollenden Augen der drei westlichen Siegermächte, welche das Treiben anstandslos tolerierten. Weil wohl *innerdeutsche* Angelegenheit.

Du kennst die Kurzgeschichte *Saisonbeginn* von der Schriftstellerin E. Langgässer? Das ist es. Die Behörden *Fremdats* agieren in Schablonen. Solche Institutionen würden eigene Fehleinschätzung und falsches Verhalten niemals zugeben. Nur das von früher haben sie ständig auf dem Schirm. Ist ja auch deutlich bequemer. Welcher Schaden entstünde für die deutsche Volksgemeinschaft, darüber vernünftig und sachlich nachzudenken, dass Leben, seine Würde, Freiheit, Selbstbestimmung – von Tier und Mensch – in einem demokratischen Staatswesen Vorrang haben sollten. Vor Bürokratie. Ohne Einschränkung! Warum sind die *Hüter* des *Grundgesetzes* nicht flexibel genug, die beschriebenen Werte und Ziele wirklich für *alle* durchzusetzen? Ist das zu unbequem? Undurchführbar? Nicht erwünscht? Die Politik vermittelt gern ein geschöntes humanitäres Bild von sich. Durchgestylte Strukturen. Für freie menschliche Wesen. Expressis verbis: im Sinne von J.F.K. für *alle* im Land. Ohne die vielbeschworenen Ausnahmen. Ein Gesellschaftssystem, das vor den westlichen Besatzungsmächten, dem Kennedyerbe und der Bewegung eines Dr. Martin Luther King standhält. In den Fußstapfen der wissenschaftlichen Werke eines PD Dr. Dietrich Bonhoeffer, den sie zwar zitieren, die Quintessenz seiner Ausführungen im Einzelfall aber gern unter den Tisch fallen lassen. Bezogen auf meine Person und andere, die sich in ähnlicher Bedrängnis befinden. Es gab jetzt neue *Unerwünschte* mit *roten Winkeln* in den Papieren. Und Menschen, die an diesen Vorstellungen und Mauern zerbrachen. Ungeachtet der Blumenkindergeneration, einer *Frankfurter Schule* und der *68er-Bewegung*. Respekt, Würde, Selbstbestimmung, Freiheit, Gleichheit, Gleichberechtigung, Fairness. Verbriefte bürgerliche Ehrenrechte. Aberkannt. Mit einem Federstrich. Von einem Moment zum anderen. Ohne offizielle Verhandlung und Gerichtsurteil. Dafür durch *Demokratiewagen* und linkssoziale *Liberaltoleranz mit Punkten* ersetzt.

Der Führer und Kanzler dieser *neuen Bewegung* erbat auf Knien Verzeihen von der Welt für die unvorstellbaren Verbrechen, die im Namen dieses Landes und Volkes geschahen. Wie einst der unbarmherzige Schuldner von seinem Herrn, Gott, Erlass erflehte für seine Millionenschulden. Und wie dieser Freigesprochene stand gleichermaßen der kniefallende Regierungschef auf. Drehte sich um. Und verurteilte unnachgiebig die am Boden kauernde, um Gnade flehende Sünderin für ihr vergleichsweise geringes Vergehen mit dem Höchstmaß an Bestrafung: Rechtlos auf unbestimmte Zeit. Ohne korrekte Dokumente. Verzweiflung ergriff mich. Ein nicht absehbares Ende ist wie ein freier Fall ins Nichts. Aus! Der Traum von einem selbstbestimmten Leben in Würde. Es wurden 'nur' sieben Jahre, in denen sie mich durch eine psychophysische Hölle schleiften. Und jeder Tag eine Folter. Automatisch dann in eine Art lebenslange Winkelhaft umgewandelt. Selbstüberzeugt von der eigenen Gerechtigkeit und *S-Politik*. Dem Anspruch, einzig wahres Recht zu sprechen. Wie die Vorgängerregierungen, die jede für sich von der Wahrhaftigkeit ihrer Rechtsprechung überzeugt waren.

Ein politischer Urteilsspruch, den die Nachfolger aus den *Lagern der Demokratisten* im Lande der *gelebten* Demokratie in eine Art *todeslänglich* umwandelten. Mit der Ankündigung, die erniedrigenden standesamtlichen Einträge seien über den Tod hinaus unanfechtbar. Matthäus 18:21-35 fällt mir dazu ein.

Ein leidvoller Würdekrieg tobte fortan.

Initiiert unter der Regie eines bis heute hochgelobten, von seinen Anhängern verehrten Friedensnobelpreisträgers. In einer Diktatur ist mit solchen Entscheidungen zu rechnen. Für ein *demokratisches* Gemeinwesen ist das Vorgehen unverzeihlich und schändlich.«

»Dieser Begriff hat jetzt aber nichts mit *gemein* zu tun. Oder?« unterbrach ich mit nicht zu überhörendem Unterton. *Trotzkisch* hallten die Worte im Raum nach. Debbie schaute mich nur an. Ihr trauriger Blick sprach Bände.

»Die Machtinhaber und ihre Medien vermengten fortan demagogisch: *Identitätsprobleme* und *sexuelle Orientierung*. Sexualmedizinische Institute im Land arbeiteten im Stillen. Beeinflussten das Steinzeitgedankengut dieser Tage nicht. Führe beispielhaft den deutschen Sexualwissenschaftler Magnus Hirschfeld an. Er veröffentlichte in der medizinischen Fachpresse erste bahnbrechende Arbeiten.« Debbie nickte bestätigend und nahm einen Schluck von ihrem Cocktail. »Stelle dir vor, bereits siebzig Jahre zuvor.«

»Nicht zu glauben.«

»Dabei gab es im Deutschen Reich nachweislich geschlechtsanpassende Operationen. Mit postoperativer Korrektur *aller* Dokumente. Bis 1945. Vornamensänderungen und richtigen Geschlechtseintrag.«

»Das ist verwunderlich. Und dreißig Jahre später nicht mehr? Fortschritt andersrum. Ich gehe davon aus, die *S-Krauts* sagten sich: ›Alles, was vorher war, ist für uns keine Option. Diktieren wir das Gegenteil. Ein Verhalten, das in der Welt ankommt.‹«

»Diese simple Denkstruktur scheint bis heute zu funktionieren.«

Ich nippte grübelnd an meinem Drink. »Aber lernte denn niemand aus den Erkenntnissen der Moderne, den internationalen Arbeiten?«

»Die Stadt, in der ich studierte, hatte ein sexualmedizinisches Institut an der Uniklinik. Der Leiter verweigerte mir eine Beratung. Ich verstehe den Grund bis heute nicht. Hätte es privat bezahlt. Ein feuerspeiender Vorzimmerdrache verhinderte es mit Anweisung des Chefs, wie ich erfuhr. Fand schließlich an anderer Stelle Gehör.«

»Was für ein Armutszeugnis. Ein modernes, zeitgemäßes Institut. Und eine Betroffene wird im Regen stehen gelassen?«

»Ich glaube, sie kümmerten sich dort mehr um sexuelle Orientierung. Identitätsproblematik interessierte wohl nicht. Dazu die unerträglichen Belastungen parallel zum Studium. Seelischer Terror an der *Heimatfront*. Ständig Fremde im Haus. Keine Ruhe zum Lernen. Nicht mehr nachvollziehbar, wie ich das trotz alledem bewerkstelligte. Den Psychopathen nicht vor die Tür setzte. Und das Schloss austauschte.«

»Es existiert eine alte, einfache Regel: Führer werden gemacht. Nicht geboren. Das weißt du.«

»Wenn du im Schlamassel drinsteckst, ist es schwer, dies sachlich umzusetzen. Die Angst, entdeckt zu werden. Von Nachbarn. Kommilitonen. Eine Fachbereichsleitung im Nacken. Die Aussage war eindeutig: Sie sind im Handumdrehen exmatrikuliert. Auch kurz vor dem Staatsexamen‹. Ich entwickelte Unsicherheiten, Ängste, Panikattacken. Statt mich auf das Lernen zu konzentrieren, war ich bemüht, nur nicht aufzufallen. Oder anzuecken. Am liebsten hätte ich mich in ein dunkles Mauseloch verkrochen. Es waren zu viele Fronten, an denen Feinde anstürmten. Unter diesem Druck kapitulierte ich. Bedingungslos. Versuchte zu retten, was in meiner Machtlosigkeit stand. Indem ich den Mund hielt. Zurückwich. Mich wegduckte. Und jede Gemeinheit unkommentiert ertrug.« Debbie sah verunsichert in den Raum. Schien beim Erzählen erneut hautnah das Horrorszenario zu erleben.

»Ich gab mir Mühe, jegliches Aufsehen zu vermeiden. Die Spitzel lauerten auf dem Unigelände überall. Denke an den üblen *SDS*-Typen. Er schlich herum. Bemühte sich, Mitgefühl zu signalisieren. Drängte mich bei passender Gelegenheit an eine Wand. War einen Kopf größer als ich, stand drohend vor mir. Es fehlte nur die passende Armbinde bei dieser Aktion. Seine Worte etwa wie folgt: ›Glaubst du wirklich, du kämst damit durch? Wir haben dich durchschaut. Und im Visier. Verstecken? Untertauchen? Nicht möglich. Täusche dich nicht. Sowas wie du hat in unserer Fakultät keine Chance. Verschwinde. Solange Zeit ist. Suche dir eine Hochschule, die diesen Schwachsinn mitmacht. Du wirst das Examen bei uns niemals bestehen.‹«

»Wie fies. War das ein angehender Akademiker? Wo waren Ärzte und Psychologen, die verpflichtet sind zu helfen und nicht ins Verderben zu schicken?«

»Sie waren Teil des Systems. Gehässigkeit. Verleumdung. Giftig sein!«

»Die optimale Voraussetzung für den ärztlichen Beruf.«

»Nach drei Jahrzehnten vermeintlichen Umdenkens, angeblicher Umstrukturierung der ehemaligen NS-Ärzteschaftsinstitutionen und großspuriger Proklamation aus Bonn, Minderheiten nicht an den Rand zu drängen. Sondern mitzunehmen, zu integrieren. Ich versuchte hastig, eine andere Universität zu finden. Unmöglich. Zu kurz vor dem Staatsexamen. Reichte zwangsläufig die Papiere auf dem Prüfungsamt ein. Was für ein Theater. Latschte in grauen, schlabberigen, zu langen Männerhosen herum. Trug ein farblich ähnliches, ausgefranstes Hemd. Zerschlissene Schuhe mit Löchern in den schiefgelaufenen Sohlen. Haare kurz in einer Zeit, in der viele Jungs ungepflegte Riesenmähnen zur Schau stellten. Ich war der Meinung, unauffällig daherzukommen. Die Sekretärin baute sich trotz dieser Verkleidung zornerfüllt vor mir auf. Zerrte mich vor einen Spiegel. Schrie! Tobte! Führte sich auf wie eine Besessene. Die anwesenden Studenten kosteten die Vorstellung voll aus. Sie rüttelte an mir herum und geiferte: ›Wissen Sie, wie Sie aussehen? Wie eine Frau!‹

Ich antwortete tonlos und nervlich am Ende: ›Ich bin eine.‹ Das stachelte sie weiter an. ›Werde Sie bei der Fakultätsleitung anzeigen. Umgehend! Das ist Ihre Exmatrikulation. Sie sind eine Schande für diese Universität.‹ Die Einberufung folgte auf dem Fuße. Das Ultimatum hieß: ›Wir geben Ihnen einen letzten Aufschub. Behalten Sie im Auge. Ein Fehltritt und Sie sind weg vom Fenster.‹ Stelle dir vor, auf Grund von ein paar gezupften Augenbrauen. Die weibliche Figur hatte ich vom lieben Gott mitbekommen. Kaschierte sie mit sackartiger Kleidung und Hosenträgern. Malte mir schwarze Punkte ins Gesicht. Setzte alle Hebel in Bewegung, ein ungepflegtes Image zu entwickeln. Mit ungewaschenen, strähnigen Haaren, dicker Hornbrille auf der Nase. Wie bei einer drittklassigen Theateraufführung im Karneval. Nach Erreichen eines fortgeschrittenen Hässlichkeitsgrades ließen sie von mir ab. Viel später erst erfuhr ich, warum ich überhaupt Zielscheibe von Demütigungen wurde. NN hetzte Leute im Unibereich auf, die es spaßig fanden, mich bei jeder unpassenden Gelegenheit zu denunzieren. Ohne den Wahrheitsgehalt der Aussagen zu hinterfragen.

Mit dem Examen in der Tasche tauchte ich gepflegt im Prüfungsamt auf. Nannte meinen richtigen Vornamen. Die Sekretärin entschuldigte sich, die Unterlagen seien unerklärlicherweise verschwunden. Sie finde mich nicht. Und stöberte sichtlich nervös die Akten durch. Es war ihr gegenüber ›der vor ihr stehenden Dame und Examensabsolventin‹ peinlich, wie sie mir mehrmals versicherte. Erinnerte sich nicht an den Aufstand Monate zuvor. Der erste Erfolg auf feindlichem Terrain.

Auf Jobsuche mit Dissertationsmöglichkeit bot sich mir ein mittelständiges Unternehmen in Süddeutschland an. Der Personalleiter war anfänglich umgänglich. Das änderte sich nach Sichtung meiner Unterlagen schlagartig mit dem Satz: ›Sagen Sie, sind Sie etwa-? Ich war in der Leitung des Fachbereichs an der Universität tätig‹, schwafelte er. ›Sie waren das!‹ Er zeigte mit dem Finger auf mich wie mit einem Dolch. ›Wären um ein Haar exmatrikuliert worden. Es gab schwelende Gerüchte über Sie. Studenten meldeten Sie. Wegen einer weißen Handtasche im Auto.‹«

»Spinnerte Aussage« warf ich ein. »Das ist ja staatspolizeilicher Überwachung gleichzusetzen. Bekomme Gänsehaut, wenn mir solch ein Unsinn zu Ohren kommt. Nicht nachvollziehbar, was sich bei den S-Krauts trotz der Nürnberger Prozesse und Umerziehungsmaßnahmen abspielte. In einer Stadt, in der 1929 eine Anne Frank das Licht der Welt erblickte.«

»Das unerfreuliche Gespräch gipfelte in: ›Ich bedaure heute, dass wir Ihnen das Studium zum Spießrutenlauf gestalteten. War unfair.‹

›Ich bekomme die Stelle?‹, entfuhr mir.

›Nein‹, lautete seine nüchterne Antwort. Sie seien ein Unternehmen mit bestem Ruf, und er gedenke, dies nicht zu ändern.«

»Ich befürchte, im Land der *Krauts* ändert sich die Politik unter der Decke nie, Debbie. Das macht Angst. Gleich, welche Volksvertreter das Sagen haben. Verbohrt in irgendeiner Richtung sind wohl alle politischen Strömungen.« Eine Gruppe Touristen betrat das Lokal und nahm die leeren Plätze am Tresen in Beschlag. Es wurde laut und Alkohol floss in Mengen. Zwei Jungs in der Nähe hoben ihre Gläser und prosteten uns zu. »Warum so allein?«, meinten sie und setzten sich zu uns. »Etwas männlicher Schutz gefällig?« Es entspann sich eine ungezwungene Unterhaltung. Nach einer Stunde zog die Gruppe weiter. »Was ist mit euch, kommt ihr mit?« Es gelang mir, mit Hinweis auf unsere im Hotel wartenden Ehemänner weitere Annäherungsversuche zu verhindern. Sie gaben sich mit der Auskunft zufrieden, es wurde ruhig an der Theke. Wir nahmen unser Gespräch wieder auf. Und Debbie meinte: »Ich hoffte auf Besserung. Das Gegenteil war der Fall.«

»Weil die Führung weder einlenkt noch einschreitet. Und durch den Brandbeschleuniger *Zögern* das Feuer anfacht, welches die Heißsporne unter den Anhängern ermutigt, vernünftiges Maß zu überschreiten. Denke nur an das Bemalen der Hauswände, Türen und Fenster. Die Aufmärsche. Das Brennen der Synagogen.«

»Heute züngeln sie im Einklang mit dem *Grundgesetz*. Biegen es sich juristisch zurecht. Mein Bestreben war, so schnell wie möglich zurück in die Normalität zu gelangen. Sie verwehrten es, indem sie mir ordentliche Dokumente vorenthielten. Nimm das einfache Beispiel Wahlen. Stelle dir vor, Shirley, du stehst als gepflegte Frau in einem Raum mit vielen fremden Menschen zusammen. Willst wählen. Zeigst deinen Ausweis. Und wirst laut auf die Diskrepanz Aussehen und Papiere angesprochen. Mit hintergründigem Grinsen. Offenem Tadeln. Kopfschütteln. Beleidigungen. Wie fühlst du dich in diesem Moment? Also gehst du nicht zur Wahl. Bei der Briefwahl wirst du bewusst falsch angeschrieben. Das schmerzt immens. Du hast dafür all das Zurückliegende auf dich genommen, dass du in solch einem Interregnum, einer *Zwischenzeit*, dahinvegetierst?

Passives Wahlrecht? Es steht unter noch ungünstigerem Stern. Mittlerweile war ich sehr dünnhäutig und fing in der Öffentlichkeit sogar zu weinen an, wenn mein Gegenüber dick auftrug. Bei bösartigen Unterstellungen. Üblen Bezeichnungen. Lachtiraden. Und meistens coram publico. Aber das sind nur Beispiele.« Debbie schaute an mir vorbei. Ihr Blick verlor sich in der Tiefe des Raums. Sie strich sich eine vorwitzige Locke aus der Stirn. »Um eine Zeit, von der du nicht weißt, wann und ob sie endet, durchzustehen, brauchst du Durchhaltewillen. Wie eine jahrzehntelang gefangen gehaltene Bärin, die bei jeder passenden Gelegenheit am Nasenring in der Manege vorgeführt wird. Zur Belustigung des Publikums. Und dann wieder im Abseits landet. Weggesperrt. Vergessen. Bis zur nächsten Show. Sie drohten mir empfindliche Strafen an, eine öffentliche Damentoilette zu benutzen. Eine Herrentoilette verbot sich von selbst.

›Und wenn du ins Grüne pisst oder scheißt, bist du dran. Wegen Erregung öffentlichen Ärgernisses‹, hieß es. Es wurden sieben Jahre Erniedrigung und Ausgrenzung, in denen ich durch Dreck watete, der mir bis zum Hals stand.« Sie atmete hörbar ein und aus. Schaute mich minutenlang fragend an. Als erwarte sie eine Antwort. Da ich keine passenden Worte fand, legte ich sacht meine Hand auf ihren Oberschenkel und verharrte einige Zeit in dieser Stellung.

Irgendwann fuhr Debbie fort: »Der irreführende Begriff *Geschlechtsumwandlung* ist bei Hirschberg zu finden. Er sprach von *Vielschichtigkeit der Geschlechterrollen*. Bald schon hieß es *geschlechtsangleichende Operation*. Nicht mehr *Umwandlung*, da dies sachlich falsch war. Für manchen Politiker der Gegenwart und dessen geifernden, unbeweglichen Anhang allerdings nicht zu begreifen.«

»Weil Wille und Empathie fehlen.«

»Die modernen Medien holten populistisch den verstaubten Begriff der *Umwandlung* wieder hervor. Nach sieben Jahrzehnten. Um negative Stimmung unter Volk, Genossen und den in der *S-Republik* angeblich nicht mehr vorhandenen Volksgenossen zu verbreiten. Dies war der Rückzug auf die

Positionen der Jahrhundertwende in der Transgenderpolitik. Im Stile eines *völkischen Beobachters,* des publizistischen Parteiorgans der NSDAP. Johannes 8,7[34] hatten sie wohl geflissentlich überlesen. Denn sie scheinen sich bis heute als sündenfrei zu begreifen. Und damit das journalistische Recht zu besitzen, mit *Publikationssteinen* um sich zu werfen. Dessen ungeachtet verkündeten die Bosse in Bonn großspurig, sie wollten *Demokratie wagen.* Nur um damit komplett zu versagen.« Sie schluckte. »War es ein Sendungsbewusstsein der Neunundsechziger?« Sie stellte diese Frage mehr sich selbst. Erwartete keine Antwort. Lächelte gequält. Zuckte ergeben mit den Schultern.

»Blamabel«, entgegnete ich.

»Im Deutschen Reich griffen sie in einen Sack voll Möglichkeiten, um Leben zu unterjochen. Zu vernichten. Das ist nicht mehr drin. Im Rahmen der demokratischen Strukturen loten sie unter der Decke aus, wie aktuell der politische Spielraum ist, ohne damit beim eigenen Volk und in der westlichen Welt negativ aufzufallen. Untermalt von regierungskonformen, einseitig gefärbten Berichten und Artikeln. Sie waren die Regel in den öffentlich-rechtlichen Anstalten und der Presse.«

»Reichsdeutschland verordnete Gleichschaltung, wenn ich nicht irre.«

»Denke mit Schaudern an eine Wochenzeitung, die sich den Anspruch einer seriösen Berichterstattung umhing. Sich selbst keinen Spiegel vorhalten ließ. Ich war ein gefundenes Fressen, eine Art Stellvertreterkriegsschauplatz, für dieses Blatt.« Nachdenklich nickte sie mit dem Kopf. »War schon schlimm. Der Herausgeber und seine Mannschaft konnten stolz sein. Erwischten mich mit voller Breitseite. Schwerverletzt entkam ich jedoch dem Bombardement.

Viel wichtiger aber ist das: Die Operationen waren Geschichte. Der Psychologieprofessor und Sexualmediziner im Norden ließ keinen Zweifel daran. Er habe nie sicherer eine Diagnose gestellt als in meinem Falle, da sich das Gesamtbild eindeutig darstellte. Sein Gutachten sei der Türöffner für ordentliche Papiere. Einen korrekten Vornamen. Geschlechtseintrag weiblich. Ich benötigte Personalausweis, Pass, Führerschein. Unbelastete Standesamtsunterlagen. Das waren die Voraussetzungen für das Staatsexamenszeugnis und die Weiterbildungsstelle. Eine mögliche Dissertation. Angestrebte Universitätslaufbahn. Politisches Engagement. Ehe. Familie. Zukunft.

Die Überraschung war dementsprechend. Es hieß bei der zuständigen Behörde der Stadt: ›Nichts erhalten Sie. Abgesehen von einer klaren Kennzeichnung der alten Standesamtsurkunden und Einwohnermeldeamtspapiere.‹

Der Stadtangestellte grinste gehässig. Warf mir hin, ›Menschenrechte? Grundgesetz? Psychologisch-medizinisches Gutachten eines deutschen Professors? Was fällt Ihnen denn noch ein?‹«

»Und was war mit ordentlichen Zeugnissen?«

»Diese verweigerten daraufhin die zuständigen Behörden. Wie beim *Hauptmann von Köpenick*. Staatsbürgerliche Dokumente, Urkunden, Diplome und Ausbildung hingen schon immer voneinander ab. Dazu kam das Auffallen. Bei jeder Polizeikontrolle. Und Grenzübergängen: Peinliche Befragungen, verbissene Kontrollen und Schikanen waren die Folge. Will mich an die Einzelheiten nicht mehr erinnern. Es war Erniedrigung pur.« Ergeben schüttelte sie ihren Kopf. Ergänzte kaum hörbar: »Vielleicht stuften die Verantwortlichen ein Staatsexamen an dieser Universität als wertlos ein, dass sich Weiterbildung für mich erübrigte.«

»Minnie Maus war gefangen.«

»Nicht rein. Nicht raus. Oder psychophysisch ausziehen. Schlimmste Beamtenbeleidigungen prasselten auf mich nieder. Eindeutiger ausgedrückt: Beleidigungen durch Beamte! Und wiederholt stand der irritierende Vorwurf im Raum, ich sei eine Terroristin. Wegen fehlender Identitätsnachweise. Denn vom Aussehen her unterschied ich mich nicht von anderen Frauen. Es sei denn, ich gefiel-«, ergänzte sie kaum vernehmlich. Und lächelte versonnen in sich hinein. »Das nutzte ich schamlos aus. Diesseits und jenseits der Landesgrenzen. Bei gutaussehenden Uniformierten, die dafür empfänglich waren und keinen Blick mehr in die Ausweise warfen. Sondern das Weib anpeilten, dabei das Drumherum vergaßen.

Einmal gab es außerplanmäßige Probleme beim Grenzübertritt. Stand im Verhörraum der Zöllner. Diskutierte nicht. Ließ die Hüllen fallen. Die anwesenden Herren erstarrten. Ein Grenzer fasste sich. Löste die allgemeine Beklemmung auf. Indem er spöttisch grinsend unter beifälligem Gelächter seiner Kollegen zum Besten gab: ›Die Deutschen haben nicht nur den Krieg verloren. Sie sind auch außerstande, eine bildhübsche Ragazza von einem Kerl zu unterscheiden. Bitte, Signorina, entschuldigen Sie das uns peinliche Missverständnis.‹ Alle drehten sich auf der Stelle um, bis ich angekleidet war. Und luden mich zum Café ein. Ein derart reibungsloser Ablauf war natürlich nicht die Regel.

In einer Zeit ohne festen Arbeitsplatz und Rentenansprüche spendierte mir Mama hin und wieder Auszeiten. In Italia. Spanien. Eine Städtereise nach Paris. Damit ich auf andere Gedanken kam.«

»Hast du dich denn nicht arbeitslos gemeldet?«

»Das war mit wirklichkeitsfernen Dokumenten nicht drin. Wieder die Köpenickiade. Ich pendelte zwischen allen Stühlen. Der Kanzler der *S-Partei* reagierte auf meine schriftlichen Eingaben erwartungsgemäß nicht. Wie sein Vorgänger und dessen Stab. Die liberale Punktepartei belog sich und die Landsleute mit dem Anspruch, eine Toleranzpartei zu sein. Ein Politiker führte lustigerweise den Begriff   in seinem Namen.«

»Wie sinnig.«

»Ich erlebte das *BRD-Syndrom* von seiner edelsten Seite. Meine Abkürzung für B wie Boshaftigkeit oder Beamtenwillkür, R wie Rechtlosigkeit und D wie Diskriminierung und Datenschutzverlust. Stand ohne vernünftige Identitätsnachweise da. Hilflos dem Behördenterror ausgeliefert. Den Hinterhältigkeiten der dortigen Angestellten. Und den Genossen auf der Straße. Ich erinnere mich an Aussagen wie: ›Siehst doch annehmbar aus. Für was ordentliche Dokumente? Arbeit für eine wie dich gibt es genug. An jeder Straßenecke. Lehn dich an eine Straßenlaterne. Zieh den Rock höher. Und warte, bis einer anhält und mit einem Scheinchen wedelt. Oder geh in Richtung Bahnhof. Zu den Läden mit rot beleuchteten Fenstern. Die Türsteher schauen sich keine Papiere an. Beurteilen nach anderen Kriterien. Wenn dein Äußeres dem Rest entspricht, erfüllst du sie spielend.‹« Meine Freundin presste ihre Lippen zusammen, bevor sie leise sprach: »Es gab aber auch andere Stimmen. Die besagten: ›Sowas wie du, da ist es schade, dass sie das Tor mit der Überschrift *Arbeit macht frei*[35] schlossen.‹ Oder: ›Da rein, dort bist du willkommen.‹« Sie schluckte. »Und der Finger zeigte auf einen fensterlosen, grauen Kessel der nahen Fabrik.« Mit gesenktem Kopf saß Debbie da. Hilflos. Hätte ich sie angestupst, wäre sie zur Seite gekippt. Ich vernahm diese gehauchten Worte, die wie geruchloses Gas und beißender Rauch im Raume standen, sich nicht verflüchtigten. War wie vom Blitz getroffen. Hatten sie in den Siebzigern nichts gelernt? War alles vergessen?

Mit sachlich verhaltener Stimme fuhr sie fort: »›In einem russischen Gulag würden dir deine Sperenzien vergehen, *schwule Transvestitensau*. Lies, was dort an der Tür steht: *Wir bleiben draußen*. Da ein Haken zum Festbinden. Heb ja nicht den Lauf, pinkle nicht an die Hauswand.‹ Der Vertreter des männlichen Geschlechts ließ dabei außer Acht, dass ein solches Geschäft in meinem Falle Hinsetzen erforderte.«

»Klingt wie Sprüche im Deutschen Reich?«

»Losgetreten im sozialdemokratisch-liberalen Westdeutschland der Siebziger und später.« Sie atmete bedächtig ein und aus. Wischte sich fahrig über die Augen. »Sie entzogen mir jegliche Würde. Und die Plattform, Boden unter den Füßen zu gewinnen. Unter die Gürtellinie zielten besonders diese Bemerkungen: ›Und denke daran. Frisst du etwas aus, buchten wir dich ein. Für lange Zeit. Aber bestimmt nicht im Frauenknast. Was meinst du, miese Nutte? Etwa bei den Männern? Damit du jeden Tag reihenweise durchgebumst wirst, die volle Dröhnung? Du kommst geschlichen. Mach dir keine Hoffnung. Einzelhaft heißt das Zauberwort. Bis dir Spinnweben vor der geilen Fotze wachsen.‹ Ja, welch ein interessantes Bild.«

»Abstoßend. Wenn eine politische Führung solch eine Denkweise durch ihr Verhalten befeuert, wundere dich nicht, dass sie eigenartige Blüten trägt.«

»Es erschütterte mein Selbstbewusstsein arg. Wie die Aussage von Politik und Behörden, sie seien die wahren Vertreter der Demokratie. Im hundertprozentigen Einklang mit Grundgesetz und Menschenrechtscharta. Wer sich mit ihnen anlege, der stehe demnach nicht auf dem Boden der Verfassung. Und sei so zu behandeln.

Shirley, du weißt, ich wäre mit ordentlichem Vornamen und korrektem Geschlechtseintrag in den Dokumenten nie aufgefallen. Nicht von der ersten Sekunde an. Sagte mir jeden Tag, das Leben ist schön. Du bist gesund. Ein Mädchen. Hast wider Erwarten erstaunlich viele Chancen beim männlichen Geschlecht. Alles andere findet sich. Ich werde das durchstehen.«

›Unsere Generation wird eines Tages nicht nur die ätzenden Worte und bösen Taten der schlechten Menschen zu bereuen haben, sondern auch das furchtbare Schweigen der guten.‹
Dr. Martin Luther King

16. Shirley: Reise in die Vergangenheit

Der Barkeeper stellte zwei Cocktails vor uns hin.

»Geht aufs Haus«, meinte er beiläufig und wischte mit einem Tuch über die Thekenplatte. Wie zur Beseitigung des kurz zuvor Gesagten. »Bloody Mary. Ein Florida-Drink. Ihr seid damit in bester Gesellschaft. Ernest Hemingway trank ihn 1921 in Harry's New York Bar in Paris. Und später hier. Auf euer Wohl, Mädels.«

Wir hoben die Gläser und schauten uns tief in die Augen. Debbie senkte den Blick. Spielte mit ihren Fingern. Schien mit den Gedanken abzudriften. Ihr linkes Augenlid zuckte nervös. Dann fing sie sich und nahm ihren Bericht wieder auf: »Vertrödelte unterdessen meine Zeit in einer Gemeinde vor den Toren der Großstadt. Mama hatte mir dort ein günstiges Apartment besorgt. Zahlte Miete und Umlagen.

Du musst wissen, es gibt italienische männliche Vornamen, die im Deutschen weiblich klingen. Wie Simone, Andrea. Und es existieren sogenannte geschlechts*unspezifische* Rufnamen: Sydney, Sandy, Elisa, Toni, Kim, Maria. Und andere mehr.«

»Selbst Shirley und Jane gelten offiziell als geschlechtsneutrale Vornamen.«

»Ach ja?«

»Hat mich nie gestört. Viele Rufnamen unterlagen im Laufe der Zeit einer Verschiebung der Bedeutung. Was zählt, das ist, wer sie wie trägt.«

»Ich stellte mir die Kombination Sandy Maria vor. Bei geringfügiger Kompromissbereitschaft der Verantwortlichen kein Problem. Mit diesen Ideen im Gepäck erbat ich einen Termin beim Bürgermeister des Ortes. In der Hoffnung, auf dem Land sei es leichter, Entgegenkommen zu finden. Und auf einen wohlwollenden Christdemokraten zu treffen. Das war zu der Zeit dort leider eher unwahrscheinlich. Bittere Enttäuschung folgte auf dem Fuße. Es war erniedrigend. Ein Demokratie wagender Parteimann saß breitbeinig hinter dem massigen Schreibtisch. Das Gespräch verlief sinngemäß in dieser Weise: ›Das könnte

Ihnen so passen. Fremdländische Vornamen‹, er kicherte unflätig vor sich hin, ›darauf kommen bloß Figuren wie Sie. Kategorisch nein! Einen *unspezifischen* Vornamen gestehe ich zu. *Hinter* dem *normalen* Rufnamen‹. Betonte das Adjektiv mit sichtlicher Genugtuung. ›Was? Davor? Nicht bei Trost!‹, herrschte er mich an. ›Was für ein behämmertes Ansinnen.‹ Er schlug mit der flachen Hand derart auf die Tischplatte, dass das abgestandene, braune Gesöff in seiner Tasse überschwappte. ›Und erst recht nicht für sich‹, hieb er nach. Ich war geplättet. Antwortete entgeistert: ›Diese provisorische Änderung ist dann logischerweise sinnlos.‹ ›Vorläufig?‹ Er fauchte. ›Was kommt denn noch?‹«

»Meine Güte«, entfuhr es mir unwillkürlich. »Was für ein hochgradiger Schwachsinn! Diese deutsche Bürokratie und Einmischung in das Privatleben. Für solch einen perversen Humbug fehlt mir das Verständnis. Bei uns wählst du, was du dir vorstellst. Und seien es Anfangsbuchstaben. Suchst aus, was gefällt. Es gibt keine Freiheit, wenn sich der Staat derart massiv in dein Leben einmischt. Dir vorschreibt, wie du zu heißen hast. Ein Veto-Recht der Politik? Quatsch! Idiotisch! Aus der Luft gegriffen! Freiheitsentzug. In der höchsten Potenz. Und ein Standesamt? Für was? Ein Einwohnermeldeamt? Sinnlos. Bei uns heißt es *anything goes*. Die staatlichen Stellen haben weitaus Wichtigeres vor, als freie Menschen zu zwirbeln. Zu unterwerfen. Ihnen das Leben zu versauern. Bin erschüttert.«

»Shirley, ich war Tränen der Verzweiflung nahe. ›Für was brauche ich unspezifische Zusatzvornamen, wenn sie obendrein am Ende stehen?‹, maulte ich weinerlich. »Außerdem bin ich klar erkennbar eine Frau. Eine Sie! Ein weibliches Wesen. Und nicht undefinierbar, unspezifisch, geschlechtsneutral.‹ Er überhörte geflissentlich den Einwand. Lehnte sich überheblich feixend in seinem abgewetzten Schreibtischstuhl zurück. Spielte provozierend mit dem Stift in der Hand. Grunzte: ›Wie gesagt. Meine Meinung steht fest. Bleiben Sie beim bisherigen Vornamen, der passt ausgezeichnet zu Ihnen. Behalten. Über den Tod hinaus. Für uns ist das in Ordnung. Sie parieren, und wir verstehen uns prächtig.‹

›Wieso ist der auf mich zugeschnitten?‹, wollte ich wissen. ›Sehen Sie mich bitte einmal genau an‹, jammerte ich. Meine Stimme überschlug sich. ›Haben Sie auch nur eine Vorstellung, was ich alles schon zu hören bekam?‹

›Na, was denn schon‹ und grinste.

›Schnepfe, Schickse, Professionelle, Flittchen. All das schrien sie mir schon nach. Ich bin äußerlich und innerlich eine Einheit. Psychophysisch weiblich!

Unumkehrbar. Jung und knackig. Mit allen Attributen einer Frau. Oder ist nackt ausziehen angesagt, um es zu beweisen?‹ Ich fing an, die Bluse aufzuknöpfen.«

»Eine deiner leichtesten Übungen, Debbie, wie mir scheint«, warf ich ein, und sie verzog die Lippen zu einem verzerrten Lächeln.

»›Unverschämtheit, unterstehen Sie sich.‹ Der Politiker erhob sich keuchend aus seinem Sessel und baute seine massige Gestalt vor mir auf. Die Miene des Genossen verfinsterte sich zunehmend: ›Ich entscheide, was und wer Sie sind‹, knurrte er. In diesem Augenblick drängte sich mir ein Dr. Karl Lueger Zitat[36] auf.

›Bekomme damit aber keine vorzeigbaren Zeugnisse für die Weiterbildung. Wie soll ich mich frei bewegen? Oder ins Ausland kommen, nach Übersee fliegen wegen der Ausbildung‹, meinte ich kleinlaut.

›Das ist nicht mein Bier. Und warum in die Fremde? Gefällt Ihnen unser schönes Land nicht? Dem langen Behördenarm entkommen Sie sowieso nie mehr im Leben. Und darüber hinaus. Es gibt kein Fleckchen auf dieser Erde, wo Sie sich vor uns verstecken können. Alle Fäden und Informationen laufen hier zusammen. Im Standesamt der Stadt. Sie sind gefangen. In unserem Netz. Zappelnd, winzig, nach Luft schnappend. Nie mehr frei! Hören Sie? Nie mehr frei!‹ Sein grimassenhaftes Grinsen bohrte sich wie ein Dolch in meine Brust ein. ›Verinnerlichen Sie meine Worte. Je schneller umso besser. Also. Verlassen Sie sich nicht auf Unerfüllbares.‹ Und ein weiteres Dr. Karl Lueger Zitat überfiel mich spontan. Es hörte sich – mit einem aktuellen Text versehen – in etwa so an: ›Es steht die Behauptung im Raum, der *Antitransgenderismus* wird einmal zugrunde gehen. Gewiss, meine Herren Genossen, wird er einmal zugrunde gehen, aber erst dann, wenn die letzte Betroffene zugrunde gegangen sein wird.‹

Das Gesagte hallt fortan in meinen Ohren wider. Verfolgt mich in schrecklich belastenden Träumen. Stelle dir vor: nie mehr frei! Welch eine furchtbare Aussage! War doch keine gefährliche Serienmörderin. Tränen der Wut und Enttäuschung stiegen in mir auf. Hörte den *S-Mann* im Geiste *wertlos* ergänzen. Hockte gebückt wie vor dem Richter eines Volksgerichtshofes. Erwartete ergeben das Wort *Todesstrafe*. Es kam nicht über seine schmalen, vertrockneten Lippen. Er sprach es indirekt aus. Denn ohne ordentliche Papiere war eine Bürgerin dieses Landes gleichsam tot. *Ja. Das Urteil vernahm ich, Herr Richter*, reflektierte das Gesagte desillusioniert.

Während ich unter der Ungeheuerlichkeit dieser Aussage innerlich zusammenbrach, dozierte der *S-Mann* weiter: ›Haben Sie sich selbst eingebrockt.‹

Das Magazin seiner Erkenntnisse leerte sich ununterbrochen. ›Vorher Hirn einschalten. Der Zug ist abgefahren. Selbst abgeschossen. Sehen Sie, wo Sie bleiben. Was ist mit den geschlechtsunspezifischen Vornamen? Ja. Oder nein? Vergeuden Sie nicht meine kostbare Zeit! Entscheiden Sie sich. Ein bisschen dalli.‹ Er klopfte angefressen mit dem Stift auf der Schreibtischplatte herum. Bleckte die bräunlich verfärbten Zähne. Ich sackte im Stuhl zusammen. Und nickte ergeben. Mein Gegenüber kritzelte seinen Befehl auf ein Stück Papier. Ruckartig schnellte sein Kopf in die Höhe.

›Was meinten Sie vorhin mit *vorläufig*? Ich liefere Ihnen die Antwort gleich mit. Die Wunschliste beim Weihnachtsmann führt der *richtige* Vorname an. Gefolgt vom Standesamtseintrag *weiblich*. Damit nicht genug. Heiraten. Ach ja. Kinder adoptieren und aufziehen.‹ Versuchte in der Folge, einen mich verfolgenden Satz zu vergessen: ›Und ein einfältiger Ehemann hat ahnungslos jahrzehntelang ein Früchtchen im Bett, das ihn zum *verdammten Schwulen degradiert*.‹« Ihre Augen füllten sich mit Tränen.

Ich konnte nicht mehr an mich halten. »So eine vergorene Scheiße. Dreist. Infam. Provokatorisch. Populistisch. Und total realitätsfremd. Homosexuelle Kerle lassen sich nur mit durch und durch echten Mannsbildern ein, nicht mit Weibern. Und definitiv nicht mit Vollblutfrauenzimmern, wie du eines bist. Was für eine beknackte Aussage.«

»Hörte derweil das impertinente Kaliber toben: ›Meine Antwort darauf: niemals!‹ Ich stand auf. Schaute ergeben zu Boden. Er befahl: ›Runter marschieren. Ins Amt. Vorname ergänzen. Hinten dran!‹ Er betonte die beiden letzten Worte mit überlegener Genugtuung. Wie eine Schallplatte mit Sprung. Ein weiteres Mal. Drehte mich apathisch auf dem Absatz um. Schwankte. Stützte mich an dem verschrammten Türrahmen ab, um nicht zu stürzen. Und schlich mit hängendem Kopf die Treppenstufen hinab. Es intonierte unterdessen eine Stimme in mir den abgewandelten Vers eines Liedes aus dem Jahre 1859: ›Erheb zum Herrn Gesicht und Herz, zum lieben Gott die Hand, ach schütze mich vor Hetze, Hass und   -Vaterland. Vollweiblichkeit, in Lust erprobt, derweil Missgunst mir entgegentobt. Halte aus die schlimme Zeit, halte aus im Sturmgebraus.‹ In meinem Inneren wiederholte sich stereotyp eine mitleidlose, brutale Ansage: ›In jeder Sekunde stirbt ein Teil deiner Würde, Freiheit, Persönlichkeit, Selbstbestimmung und Selbstachtung. Mit jedem Schritt verfängst du dich mehr in unserem reißfesten Netz aus Entmündigung, Überwachung und Parteipolitik. Treten Gleichberechtigung und Zukunft auf Minen, die den letzten Rest

Humanität bis zur Unkenntlichkeit zerfetzen.‹ Begleitet vom monotonen Ticken einer Uhr, die das Verrinnen kostbarer Lebenszeit hörbar untermalte. Ich sah mich hängen. Nackt. Aus der Vagina blutend. An einem verkohlten Balken mit roter Inschrift: *Demokratie macht frei!* Vor mir im goldenen Licht der Sonne eine graue Masse geifernder Schaulustiger. Nationalflaggen schwenkend. Wie bei einem Festival. In mir klangen Worte nach, die blechern wie aus dem Lautsprecher eines Volksempfängers verkündeten: ›Entkommen? Unmöglich! Nie mehr frei!‹

Schob verzagt die schwere Tür zum Amtszimmer im Erdgeschoss auf. Ein freundlicher Angestellter grüßte entgegenkommend beim Eintreten. Ergriff den Zettel seines Chefs. Las oberflächlich. Meinte aufgeräumt: ›Mein Fräulein, Sie benötigen einen Personalausweis?‹ Dann stockte er. Streifte die Kritzelei erneut. Musterte mich eingehend. Sein Blick tastete das Mädchen vor dem Tresen vom Kopf bis zu den Füßen ab. Schaute nachsichtig zu dem eingeschüchterten Häuflein Elend hin. ›Warten Sie einen Moment. Dort drüben auf der Bank.‹

In einer akuten Eingebung rief ich ihm hinterher: ›Bitte, dem Herrn Bürgermeister ist ein Fehler unterlaufen. Die Vornamen stehen in dieser Reihenfolge. Das ist der Rufname.‹ Ich deutete auf das Papier.

›Gern. Telefoniere kurz rückversichernd‹, meinte er gutherzig.

Aus, aus! In mir stürzten Mauern zusammen und lösten ein Erdbeben aus. Verzweiflung ergriff mich. Das Herz wummerte auf Hochtouren, der Atem raste. Stand kurz davor, fluchtartig das Büro zu verlassen und kopflos auf die Straße zu rennen. Meine Hand lag bereits auf der Klinke. *Schrecklich*, durchfuhr mich. *Von diesem Mann bei einer saftigen Lüge ertappt.* Da kam der Angestellte auch schon zurück. Zu meinem maßlosen Erstaunen meinte er in ruhigem Tonfall: ›Alles in Ordnung. Die Leitung zum Herrn Bürgermeister ist ständig besetzt. Entschied ohne Rücksprache. Habe das Dokument nach Ihren Wünschen veranlasst.‹ Wir sahen uns an. Hörte ich richtig? War das die Wahrheit? Beabsichtigte er etwa, dieser Jammergestalt von Bittstellerin zu helfen?

›Benötigen Sie weitere Ausweispapiere, mein Fräulein? Einen Pass?‹ Ich schüttelte benommen den Kopf, der wie ein Bienenhaus summte. Dankte, zahlte und verschwand auf die Straße.

Beispielloses Glück. Ein Lichtblick.

Kurze Zeit später waren sie gedruckt: gültige Papiere. Zwar nicht auf meine richtigen Vornamen. Mit falschem Geschlechtseintrag. Es ließ sich dessen ungeachtet damit vorerst leben. Und vor allem arbeiten. Denn der *geschlechtsunspezifische* Vorname stand als Rufname vorn. Eine Erklärung wegen der sich widersprechenden Aussage bezüglich des Geschlechtseintrages auf dem Personalausweis würde sich im Eventualfall finden, sagte ich mir. Einen Pass zu beantragen, es war zu gefährlich. Das Arrangement stand auf sehr dünnem Eis. Flog es auf, war die hilfreiche Kennkarte weg.«

»Was für eine Odyssee!« Ich griff mir an den Kopf. »Welch unwürdiges Verbiegen. Perfide Beleidigungen. Das ist vergleichbar mit Gefangenen in deutschen Lagern vor 1946.«

»Wie meinst du das?«

»Menschen, die von den Aufsehern Vergünstigungen erhofften. Unterwürfig. Mit Leid erkauft. Und solch ein Verhalten dreißig Jahre später. In einer aufgeklärten, demokratischen Nachkriegsgesellschaft. Verabscheuenswürdig.«

»Privat gab ich von Anfang an meinen richtigen Vornamen Dagmar an. Das führte zu Irritationen. Das Abholen von Einschreiben auf dem Postamt entwickelte sich zur Posse. Dort *regierte* ein Beamter mit uneingeschränkter Selbstüberschätzung. Es schien ihm diebisches Vergnügen zu bereiten, sich in Gegenwart von Kunden wiederholt meinen Personalausweis zeigen zu lassen. Den Inhalt süffisant vorzulesen. Darauf hinzuweisen, dass ich nicht die Empfängerin des ihm vorliegenden Schreibens oder Päckchens sei. Schikanierte mich mit Genugtuung vor fremden Leuten. Um Lacher und Kopfschütteln zu ernten. Auf meine Kosten.«

»Erniedrigend!«

»Und das Demoralisierende nahm kein Ende. Mein Freundeskreis war zusammengebrochen. Einen der letzten Kandidaten, einen Bekannten aus Kindertagen, suchte ich an dessen Arbeitsplatz auf. Bat an der Rezeption darum, den Herrn zu sprechen. Der schoss erbost in die Eingangshalle. Baute sich zornerfüllt vor mir auf.

›Eine Unmöglichkeit, Belästigung ohnegleichen. Es ist unanständig, mich vor den Kollegen und Kunden anzusprechen und damit in Verlegenheit zu bringen. Verschwinde! Lass dich hier nie wieder blicken‹, meinte er giftig. Ich bedauerte zutiefst, versprach, es nie wieder zu tun. Und hielt Wort.«

»Ich zitiere: ›Dass mir mein Hund das Liebste sei, sagst du, oh Mensch, sei Sünde, mein Hund ist mir im Sturme treu, der Mensch nicht mal im Winde.‹ Sagte das nicht Franz von Assisi, den du so verehrst?« Debbie Marilyn erhob das Cocktailglas, ließ die rote Flüssigkeit langsam kreisen. Eine sich verselbständigende Wellenbewegung baute sich in den Resten ihres Bloody Marys auf.

Schwappte über. Rot wie Blut die Spritzer auf dem blütenreinen Weiß ihrer durchsichtigen Bluse in Höhe des Herzens.

»Bloody Germany«, entfuhr es ihr, und sie sah bestürzt auf. Ihr hilfesuchender Blick traf meine mitleidende Seele, die in ihren wie Morgentau anmutenden Tränen untertauchte.

»L'Chaim! Auf das Leben«, riefen wir gleichzeitig aus. Es klang wie Befreiungsschlag und Trotzreaktion gleichermaßen.

Sie stellte den Rest des Getränkes zurück auf die Theke und ergriff nach einer Weile des Schweigens wieder das Wort. »Shirley, ich erzähle bruchstückhaft, wie es mir einfällt. Nicht chronologisch. Gebe dir einen Querschnitt aus Erlebtem. Vermittele dir Eindrücke vom erbitterten Stellungskrieg um Selbstverständlichkeiten. Was es brachte? Abstürze in tiefste Traurigkeit. Unzählige Traumata. Verzweiflung. Suizidales Gedankengut. Chancenvereitelung nach dem Staatsexamen. Die Demokratie wagende Republik entschloss sich zum inoffiziellen *Würdekrieg*. Das inständige Bitten, mir eine zweite Chance zuzugestehen, verpuffte ungehört«, flüsterte sie. Debbie schaute auf ihren Schoß. Verlor sich in Gedankenstrudeln. Auf der Suche. Nach einem Restansatz Anstand in der Haltung einer solchen Politik. Meinte niedergeschlagen:

»In den Siebzigern konnte plötzlich niemand mehr nachvollziehen, wie es möglich war, dass deutsche Polizei am helllichten Tag an Wohnungstüren hämmern und die Bewohner verschleppen konnte. In Lager. Eines fernen Tages werden sie sich nicht mehr daran erinnern wollen, dass mich nach 1974 eine *humane* Politik von Turnschuhgrünen, gelb-blauen Toleranzpunkten, Demokratie wagenden Roten und christlichen Schwarzen aus fadenscheinigen Gründen aussondern durfte. Mit Wissen der Bürger, ihrer Organisationen und Institutionen. Und deren *Freunden* in der Welt.

Aber es gab auch schöne Erlebnisse. Denke an folgende Begebenheit: Eines Tages flatterte ein Brief der Militärbehörde ins Haus. Hätte mich alsbaldig zu melden, oder eine Polizeistreife hole mich ab. Schweren Herzens kam ich der Aufforderung nach. Auf der Amtsstube empfing mich ein Offizier alter Schule. Er sah mich. War perplex. Musste sich erst einmal fangen. Entschuldigte sich, mir Unannehmlichkeiten bereitet zu haben. ›Nicht nachvollziehbar, dass die Papiere derart Fehler behaftet sind. Welcher Behörde ist diese Nachlässigkeit unterlaufen? Unverständlich. Ist Ihnen nicht aufgefallen, dass in ihrem Ausweis falsche Vornamen und ein verkehrter Geschlechtseintrag stehen? In Ihrem eigenen Interesse: Lassen sie das sofort ändern.‹ Er lächelte verschmitzt.

›Andererseits. Die Jungs auf der Stube sind garantiert nicht abgeneigt, wenn Sie einrücken.‹ War darauf gleich wieder ernst: ›Berichtigen lassen! Umgehend!‹ Er gab die ihm vorliegenden Akten in meinem Beisein in den Schredder. Weiterhin fassungslos. Stand auf. Entschuldigte sich erneut. Verbeugte sich. Geleitete mich zur Tür. Hielt sie auf. Grüßte formvollendet: ›Mein Fräulein, ich versichere Ihnen, es kommt nie wieder vor. In unseren Unterlagen existieren Sie selbstverständlich nicht mehr.‹

Arbeitete vorübergehend an der Rezeption eines Hotels. Erneut waren viele Ausreden notwendig. Wegen der irreführenden Angaben auf dem Personalausweis. Ergatterte die Stelle jedoch, da sie dringend eine Kraft für Publikumsverkehr suchten. Und ich gefiel. War bald integriert. Bei Gästen und im kollegialen Umfeld.

›Es ist nicht wahr, dass ich nichts anhatte.
Ich hatte das Radio an.‹
Marilyn Monroe

17. Shirley: die Person des öffentlichen Interesses

Aus heiterem Himmel rief in diesen Tagen ein Rundfunksender an. Die Journalistin erbat zur Thematik Transgender(*TG*) Informationen und ein Kurzinterview ohne Namensnennung. Es wäre der Sache dienlich. Ich könne beitragen, dass im Lande die Stimmung für Betroffene zum Positiven umschlage. Zu dem Zeitpunkt war mir unklar, woher sie meinen Namen und meine Kontaktadresse hatte. Erfuhr dies später durch Zufall. Ich sagte zu. Es vergingen Wochen nach der Sendung. Da rief erneut ein Redakteur an. Er sei Moderator einer Talkshow mit abwechslungsreichen Teilnehmern. Habe den Rundfunkbeitrag gehört. Er behandelte mich, zumindest kam es bei mir so an, bei diesem Telefonat wie ein einfältiges Mädchen. Ich sei natürlich nicht die Hauptperson sondern mehr das Nummerngirl im Hintergrund, klang zwischen den Sätzen durch. Um die Einschaltquoten anzuheben. Mit anderen Worten, *bilde dir bloß nicht ein, du wärest eingeladen, weil du einen vernünftigen Beitrag zu leisten vermagst.* Es sei für mich die einmalige Gelegenheit, zu bester Sendezeit im Fernsehen vor einem Millionenpublikum eine unklare gesellschaftspolitische Lage anzusprechen. Um den erfolgreichen Durchbruch in Bonn zu erwirken. Und alsdann eine Frage der Zeit, bis korrekte Papiere denkbar seien. Derart oder ähnlich drückte er sich aus. Er erwartete innerhalb einer Stunde meine Entscheidung. Unter diesem Zeitdruck sagte ich zu. Ich bat, die Presse nicht vorab zu involvieren, um damit nach der Sendung sofort wieder unterzutauchen. Naivität in höchster Potenz! Wenige Tage vor der Sendung berichtete ein Boulevardblatt. Reißerisch. Niveaulos. Entwürdigend.

Seit Kurzem besaß ich den festen Anstellungsvertrag. Mit Mühe und Engagement erkämpft. Viele Ausreden wegen der unkorrekten Dokumente säumten den steinigen Pfad. Daher stand das Erreichte auf wackeligen Füßen. Mama rief früh morgens an und animierte mich, die Zeitungen am Kiosk in der Empfangshalle des Hotels, in dem ich hinter dem Tresen arbeitete, aufzukaufen. Zu spät. Die Kollegen an der Rezeption und die herumstehenden Gäste waren bereits im Bilde. Trauben von Menschen. Klatschblätter überall. Traute meinen Augen kaum. Ich musste mich zusammenreißen. Haltung beweisen. Eine ausladende Treppe schwang sich aus dem ersten Stock des Hauses ins Foyer. Die Anwesenden starrten wie zu einer Erscheinung in meine Richtung. Am Tag zuvor hatten wir noch ganz normale Gespräche geführt. Jetzt schien eine unsichtbare Wand zwischen uns errichtet. Ich schritt bedächtig und nach außen cool die Stufen hinunter. Grüßte. Bereitwillig formte sich eine breite Gasse. Alle Augenpaare waren auf mich gerichtet. Im wahrsten Sinne des Wortes: Gericht. Erreichte den Kiosk und erstand das letzte verfügbare Journal. Verschwand in einem Zimmer. Was gedruckt war, trieb mir Tränen der Machtlosigkeit und Empörung in die Augen. Hermann Heinrich, ein Journalist, den ich kurze Zeit später kennenlernte und mit dem ich mich anfreundete, verriet mir, dass sein Arbeitgeber dreihundert Deutsche Mark für die veröffentlichten Bilder an NN zahlte. Wie auf die Schnelle aufgestöbert? Ich werde es dir erzählen. Und du wirst es nicht glauben.«

»Bin mittlerweile auf alles vorbereitet.«

»Dreihundert Silberlinge. Wie gerne hätte ich ein Vielfaches bezahlt, um die erniedrigende Veröffentlichung zu verhindern. NN bot mir die Fotos nicht an. Der Torpedo war auf den Weg gebracht. Ein weiteres Manöver, um mich in der Öffentlichkeit zu denunzieren. Oder, um beim Bild zu bleiben, zu versenken. Ich hatte diesem Menschen doch nie Böses angetan. Warum das üble Nachtreten? Der Versuch, mich endgültig fertigzumachen, misslang jedoch. Außerdem. Die Aufnahmen waren mein persönliches Eigentum. Teil der von NN zu Unrecht entwendeten Fotografien. Wie viele davon weiterverkauft? Keine Ahnung.«

»Der ganze Pack?«

»Ist möglich.«

»Ein Psychopath. Bin deiner Meinung. Da gilt nur: Abstand. So weit wie möglich.«

Ein Schwung Gäste betrat das Lokal. Sie scherzten. Brachten Stimmung in die Bude. Country und Western Musik übernahm die Regie. Unser Gespräch versank in der Geräuschkulisse. Wir verständigten uns mit Blicken und Gesten. Nippten an unseren Gläsern. Warteten, bis der Lautstärkepegel soweit gesenkt war, dass wir unsere Unterhaltung fortsetzen konnten, ohne uns gegenseitig anzuschreien.

»Zurück zur Veröffentlichung. Die auf der Titelseite widerrechtlich abgedruckten Aufnahmen trugen, nach Yellow Press Gepflogenheit, einen falschen

Vornamen. *Glücklich vorher, zufrieden nachher* stand unter den Abbildungen. Was dem Durchschnittsleser vermittelte, bei der Operation handelte es sich um eine Scheißentscheidung, denn es bestanden zuvor anscheinend keine Probleme. Ein schmalztriefender Artikel, für den ich mich schämte. Ohne Anflug von geringstem journalistischen Niveau. Der aus den Fingern gesogene Lügentext besagte realitätsfremd, ich hätte *aus heiterem Himmel zum Entsetzen des Fotoverkäufers NN* gleich nach dem Zusammenziehen ein andersartiges Verhalten an den Tag gelegt. Warum zog der bedauernswerte Täter, vorausgesetzt, es spielte sich derart hirnrissig ab, nicht sofort die Notbremse und trennte sich auf der Stelle? Siehst du, alles Betrug, ein Lügenmärchen von Anfang bis Ende! An den Haaren herbeigezogen. Völkische Meinungsmache! *Der Stürmer*, die NS-Wochenzeitung, ließ grüßen!

Es war geschrieben. Negatives bleibt kleben. Weil die Menschen abkaufen, was per se in ihren Köpfen herumspukt. Und wenn ein deutsches Intelligenzblatt etwas veröffentlicht, hat es wahr zu sein. Punkt. Damit klebte es in der Fantasie des Publikums wie brauner Schiss am Hintern. Denn die Presse gab mir keine Möglichkeit, Stellung zu nehmen.

Ich erwartete nach solch einer Veröffentlichung nicht, dass die Basisgenossen anders tickten. Doch ich täuschte mich. Gewaltig. Bis zum Abend glich mein Arbeitsplatz im Hotel einem Blumenmeer. Die Reaktion der Menschen war überwältigend. Allen Befürchtungen zum Trotz. Viele fieberten der Fernsehsendung entgegen. Ich wurde getragen auf einer Welle der Zuneigung. Die nächsten Tage erlebte ich von außen gesteuert. Es aufzuhalten? Unmöglich. Einem Dammbruch vergleichbar.

Ein Bilderjournalist nervte. Du kennst die Geschichte mit dem Raben und dem Fuchs? Er schmeichelte mir. Ließ nicht locker. Also stimmte ich zu. Oben ohne vor dem Spiegel des Mini-Apartments. Von einem Profi fotografiert. Er würde nicht das Negativ behalten, beteuerte er. Und verkaufen würde er es sowieso nicht. Wäre nur möglich mit meiner Einwilligung. Alles gelogen, wie sich kurz darauf herausstellte. Ob ihm die Kröten für das Foto Glück brachten? Nicht ein Bild sandte er mir zu. Dafür sorgte er für überschießenden Wirbel. Und Ärger.

Meine Erfahrungen mit Presse und Fernsehen waren gleich null. Der Moderator der Sendung gab sich mir gegenüber am Telefon unterkühlt. Er behandelte mich wie eine nicht ernstzunehmende Göre. ›Wir entscheiden, was sie anziehen. Kommen Sie nicht auf die Idee, in Hosen aufzumarschieren. Glitzerndes ist absolut verboten.‹ Mir schien, er war besorgt, ich käme als Weihnachtsbaum verkleidet ins Studio. In Stunden zurechtgemacht. Geradewegs aus der Transvestitenshow.«

»Welche Vorstellungen plagten dieses Mannsbild? Nicht zu fassen.«

»›Make-up beim Sender. Uns obliegt alles. Wir sind für Ihr Aussehen verantwortlich. Sie sind bei einem Starfriseur angemeldet. Ach ja, und keine Fotos. Nirgendwo.‹ Mir fiel das Herz in die sprichwörtliche Hose, obwohl ich am Arbeitsplatz einzig Kostüme tragen durfte. Es war geschehen und nicht mehr rückgängig zu machen. Fragte zögerlich bei einem weiteren Telefonat, wie es dazu kam, dass mich die Yellow Press aufstöberte. Den ausgegorenen Humbug als Leitartikel veröffentlichte. Zu allem Überfluss noch als *Insiderinformationen* verkaufte. Das wisse er nicht, konterte er pikiert. Er sei davon ausgegangen, ich hätte geschwatzt, um den Bericht für eine hohe Summe zu verkaufen. Zwischen den Zeilen klang für mich bei diesem Gespräch durch, dass Redseligkeit typisch weiblich sei. In seinem Sender gäbe es keine undichten Stellen. Welch lächerliche Aussage! Mir war in erster Linie an Stillschweigen gelegen. Zwei Tage lauerten Reporter eines Sensationsblattes vor meinem Elternhaus herum. Ich beobachtete sie durch die Gardinen. Fühlte mich wie gehetztes Wild. Auf der Flucht. In die Enge getrieben.

Der Samstag, an dem die Sendung aufgezeichnet werden sollte, nahte. Ich erreichte den Ort des Geschehens. Der Friseur stylte mich bis auf den Grund um. War nicht wiederzuerkennen. Am Tag zuvor hatte mich der Journalist zu einer Boutiquetour durch Mainhattan verdonnert. Mit weiblichem Bodyguard. Sie suchte ein Kleid aus, das ich potthässlich fand. Bestand aber in seinem Namen darauf. Ich war so eingeschüchtert, dass ich das willenlos über mich ergehen ließ.

Spot an. Die Show hob ab. Der angesehene Talkmaster bereitete mir gefühlte einhundert Fettnäpfchen, in die ich prompt hineintappte. Betonte, dass ich keinen Titel habe, sodass es auch der Schwerhörige in der letzten Reihe mitbekam. Wie denn auch? Ohne ordentliche Dokumente und Doktorandinnenstelle. Dafür war ich ja in diesem Theaterstück weiblicher Pausenclown und Nummerngirl. Der Abend ging zu Ende, ich hatte alles lebend überstanden. Am nächsten Tag in der Frühe ein erboster Anruf vom Meister mit Titel. Was mir einfiele, Nacktaufnahmen über die Zeitung zu verbreiten? Welche Summe das Ausziehen in die Kasse gespült habe? Ich war geplättet. Erstens war mir von Zeitungsartikeln an diesem Sonntag nichts bekannt. Zweitens hatte ich die versprochenen Abzüge der Portraits nie zur Begutachtung erhalten, geschweige denn eine Bezahlung. Ließ er nicht gelten. Hätte ihn zutiefst verletzt und hintergangen. Ich solle nicht auf die bizarre Idee kommen, mich mit ihm oder der Fernsehanstalt je wieder in Verbindung zu setzen. Hatte ich ohnehin nicht vor. Es regnete fortgesetzt Vorwürfe wie Ascheregen beim Vulkanausbruch. Wünschte mir sehnlichst den Aschermittwoch herbei. Das Aschekreuz. In der Kirche.

Es entsprach der bitteren Wahrheit. Verschiedene Blätter brachten Artikel mit dem Nacktfoto. An vorderer Front loderte das Fegefeuer vom vorhin erwähnten Wochenmagazin. Journalisten gaben sich die Klinken in die Hand. Eine führende Illustrierte und verschiedene Frauenzeitschriften hechelten nach der Thematik. Zeitungsartikel erschienen in Israel, den USA und anderen Staaten. Ein Indiz dafür, wie Medien miteinander verbunden sind. Erkannte es an der Aufmachung der Berichte. Die Talkshow hatte einen medialen Tsunami anscheinend rund um den Erdball ausgelöst. Mir Unbekannte sandten Zeitungsausschnitte, Bücher und Kommentare an mich. Um Solidarität zu bekunden. Mit aufmunternden Worten. Eine Welle der Sympathie flog mir aus all diesen Ländern entgegen.

Der Journalist Hermann Heinrich betrat die Bühne meines Lebens. Du glaubst es nicht, wie viele Zuschauer solche flachen Berichte in sich reinziehen. Und darauf reagieren. Der Öffentlichkeitsrummel brachte mir Zuschriften en masse und Heiratsanträge ein. Verrückt, nicht wahr? Ich kam mit all dem nicht klar. Geplagt von Ressentiments gegen jegliche Partnerschaften, die über das Platonische hinausgingen. Sex mit dem anderen Geschlecht? Insbesondere mit Männern, die mich von früher her oder nun meine *Geschichte* kannten? Unmöglich. Nicht vorstellbar. Und von Weibsleuten hatte ich nach den bitteren Erfahrungen, offen gesagt, die Schnauze gestrichen voll. Hätte zu dem Zeitpunkt jedes Kloster vorgezogen. Und Schweigen. Zu allem, was war und ist. Abgesehen davon. Die falschen Papiere ließen normales Leben, Handeln und freie Entscheidungen für eine Zukunft, die in den Sternen stand, gar nicht zu. Die *Fremdat-Machthaber* hatten vorgesorgt. Mir jedes Schlupfloch versperrt. Als Frau ein anderes weibliches Wesen zu heiraten? Das war *theoretisch* möglich. Sogar in einer katholischen Kirche.« Sie lächelte gequält und schüttelte den Kopf. »Die normale Verbindung mit einem Mann, eine heterosexuelle Ehe, war ausgeschlossen. Wäre als *Unzucht* bestraft worden. Stelle dir das einmal vor. Nach all den Strapazen, die ich auf mich nahm, die Schmerzen und Tränen, nun auch noch eine verurteilte Kriminelle zu sein.«

»Ich denke, Sie hätten dir auch die lesbische Verbindung verboten. Und dafür genügend Argumente gefunden. Dir deinen weiblichen Körper vorgeworfen. Und deine eindeutige feminine Ausstrahlung vorgehalten.«

»Wohl wahr«, meinte sie. »Aber Stellenangebote kamen. Eine Nachwirkung des Fernsehabends. Ohne Vorlegen von Zeugnissen oder bohrende Fragen, ob ein bestandenes Staatsexamen vorlag. Auch die Frage nach Mitgliedschaft bei der RAF, der Rote Armee Fraktion, stellte niemand mehr in den Raum. Die Hotelleitung stufte die *Fernseh-Hostess* allerdings sofort als untragbar ein. Und schasste mich. Ach ja. Da fällt mir eine andere Begebenheit ein. Typisch für die gesellschaftspolitische Ausgangslage in *Fremdat*. Das neu aufgestellte deutsche Militär suchte zu diesem Zeitpunkt dringend weibliche Fachkräfte aus meinem Studienzweig. Mit bester Bezahlung. Weiterbildung. Aufstiegschancen. Ich bot *langfristige* Dienstverpflichtung an. Erwartete dafür lediglich realitätsentsprechende Papiere. Die Antwort kam prompt. *Nach* Erhalt ordentlicher Dokumente durch die Behörden wären sie beglückt, von mir zu hören.«

»Solche Heuchler.«

»Mit anderen Worten: Es gab kein Schlupfloch. Oder Entgegenkommen. Nicht einmal, wenn es diesem Staat nutzte.

Schließlich fand ich eine Doktorandinnenstelle bei einem Professor an einer guten Universität. Doch auch diese wissenschaftliche Arbeit abzuschließen, das war nicht drin. Alles hing am Tropf der korrekten Dokumente, die ich in der Hochschule nicht vorzuweisen in der Lage war. Die politisch Verantwortlichen waren sich dessen von Anfang an bewusst. Sie hatten mich in der Hand. Auf dem allgemeinen Arbeitsmarkt waren normale Ausweise und Zeugnisse Voraussetzung. Es bestand weiterhin keine Weiterbildungschance. Trotz Bekanntheitsgrad. Zwischenzeitlich entstanden ein paar Fernsehaufnahmen. Ein regionaler TV-Sender stellte meine Schwierigkeiten im täglichen Leben dar, zum Beispiel beim Grenzübertritt. Gesendet in der Spätausgabe einer Nachrichtensendung. Es half nichts. Die politische Führung blieb unbeweglich. Ich stand vor Mauern. Und Gräben, so tief wie die Marianenrinne.

In diesen Tagen kristallisierten sich deutlich die Unterschiede der Diktatur und einer sozialliberalen Demokratie in *Fremdat* heraus. Die Erste kennt nur den Paragraphen 1: Die Partei hat immer recht. Die Zweite kennt einen Weiteren: Sollte die Partei einmal Unrecht haben, tritt Paragraph 1 in Kraft.

Es gab in der Bevölkerung leider ebenfalls Kotzbrocken. Vor allem Frauen.«

»Nicht verwunderlich. Je besser eine Konkurrentin aussieht, umso mehr Feindinnen tauchen auf.«

»Denke an folgende Begegnung. Besuchte im Städtchen, in dem ich kurzzeitig arbeitete, eine Parfümerie. Vermutete hier nichts Widerwärtiges. Die junge Mitarbeiterin hatte von mir in der Zeitung gelesen. Erinnerte sich an die Fernsehsendung. Ließ mich abblitzen und verweigerte mir, Damenparfüms auszuprobieren. Ich zog daraufhin bedauernd ab. Gewahrte körperlich die finsteren Blicke im Rücken wie Dolche.«

»Eine Kundin plump und überheblich vor den Kopf zu stoßen. Wie armselig.«

»Und kindisch. Fuhr über die nahe Grenze. Erstand in einem umarmenden Ambiente bei einer kompetenten Mitarbeiterin die Kosmetiklinie von *Riverbank*. Behielt sie Jahre bei.«

Es war spät. Wir schlenderten zurück ins Motel und schliefen sofort ein. Am folgenden Vormittag faulenzten wir am Strand, schwammen weit hinaus. Gaben uns nach einem Snack in der Strandbar einem ausgiebigen Bummel durch die Straßen und Geschäfte der Stadt hin. Zurück in der Unterkunft bezog Debbie am Spätnachmittag das Zimmer nebenan. Fanden uns später wieder am Stammplatz in *Sloppy Joe's Bar* ein. Meine Freundin war erstaunlich aufgeräumt. Ergriff den Faden des Gespräches vom vorangegangenen Abend. Und meinte gleich zu Beginn: »Wie das Leben so spielt. In der Jugendzeit war eine medizinische braune Flüssigkeit eine unverzichtbare Notwendigkeit, die mich in größte Schwierigkeiten brachte. Heute habe ich eine nahezu perfekte Gesichtshaut. Und soll Make-up auftragen, weil es sich für eine gepflegte Frau so gehört.« Sie lächelte vor sich hin. Es lag dabei ein besonderer Liebreiz auf ihrem Antlitz. Und sie ergänzte: »Nun ja.«

›Hunde beißen mich nie. Nur Menschen.‹
Marilyn Monroe

Bureaucracy and silence
are German ways of violence,

from birthday until yesterday,
I asked you for equality,
for fairness, justice, dignity,
forgiveness, hope and liberty,
democracy and mercy,

but you said NO, sorted me out,
since many painful years,
you're no more homeland – finally,
therefore, from now on to eternity,

we're separated, Germany.

Shalom,

remember Matthew 16:19

Debbie Marilyn

18. Shirley:
das BRD-Syndrom

Wir saßen an der Theke. Lebhaftes Treiben um uns herum führte zu einem hohen Geräuschpegel.

»Nahezu sieben Jahre dauerte der Schwebezustand. Eine angeblich *vorläufige* Lösung existierte seit dem 1. Januar 1981. Unter der Bezeichnung *TSG*, dem sogenannten *Transsexuellen Gesetz*. Wieder tauchte dieser überholte, negativierende Terminus technicus auf.

Hermann Heinrich, dem ich anfänglich reserviert begegnete, erzählte mir, wer mich an die Presse verraten hatte.«

»Und? Bin schon gespannt.«

»Der erste Hinweis kam vom Fachbereich der Universität. Weitere Details von Einwohnermeldeamt und Standesamt.«

»Das ist doch nicht möglich. Und der Datenschutz?«

»In meinem Fall ausgesetzt. Galt ich doch seit den medialen Veröffentlichungen als *Person des öffentlichen Interesses* und konnte mich somit gegen Berichte nur sehr begrenzt zur Wehr setzen. Wieder eine neue Erfahrung. Dazu kam die Tatsache, wenn Presse vor dem Tresen steht, dann ducken sich Angesprochene gerne weg und geben bereitwillig Einzelheiten preis.«

»Scheinchen fungierten als Katalysatoren?«

»Mag sein. Alles andere steuerte NN bei.« Sie schluckte und sah verloren zur gegenüberliegenden Wand hin. Auf der Suche nach einem Rest Anständigkeit, der sich zwischen den Spirituosen versteckte.

»Eines Tages ein Anruf. Ein bekannter Verlag meldete sich. Der Besitzer lud zur Besprechung eines Projektes ein. Alles vom Feinsten. Nächtigte im ersten Hotel am Platze. Wurde mit Premiumlimousine chauffiert. Empfang in einer Villa der Superlative. Hoher Eingangsbereich. Weit geschwungene Treppe aus den Nachkriegsjahren. Eine Menge Beschäftigte wirbelten durcheinander. Und Modejournalschönheiten. Ich wandelte wie durch Wolken die Stufen nach oben zum Olymp und stand vor ihm. Da saß der Verleger. Eine Audienz wie bei

Hofe. Weibliche Gestalten umgarnten ihn. Er erläuterte mir seinen Wunsch. In zwei Wochen ein Buch über mein bisheriges Leben zusammenkloppen. Vordergründig intime Sexdetails. Falls notwendig, das eine oder andere erfinden. Ein Ghostwriter solle in Form gießen. Der aktuelle Bekanntheitsgrad sei Gold wert. Und mit den trivialen Memoiren zu unserer beider Vorteil zu versilbern. Er sprach von einer Millionenauflage verkaufter Exemplare. Du glaubst nicht, wie oft seitdem die Frage im Raum stand, warum ich dieses bequeme Geldverdienen nicht annahm. Wahrscheinlich gab es viele Gründe. Ich wollte mein Intimleben nicht offenbaren, in belastender Vergangenheit herumstochern und alles wieder aufwühlen. Vielleicht stand ich auch nur unter Druck und hatte zu wenig Bedenkzeit. Lehnte ab. Und fuhr mit fadem Geschmack im Mund nach Hause.

Während des Studiums kam ich mit einer sehr gebildeten, äußerst empathischen Dame aus der jüdischen Gemeinde der Stadt ins Gespräch. Akademikerin. Ihre ganze Familie arbeitete in der gleichen Branche. Sie bot mir an, nach erfolgreichem Prüfungsabschluss zu ihnen in die USA überzusiedeln. In meinem Tätigkeitsfeld ein amerikanisches Staatsexamen nachzuholen. Mit Weiterbildungs- und Aufstiegschancen. Nicht zuletzt durch ihre weitläufige Familie. Einen besseren Einstieg in Berufsleben und höhere gesellschaftliche Kreise der USA gab es nicht. Mit ordentlichen Papieren, einem korrekten Geschlechtseintrag, wäre es kein Problem gewesen.

Im Übrigen war ich es leid, ständig fremden Menschen, Polizei, Beamten, Stadtangestellten und anderen Personen, die meine Wege kreuzten, das eigene Leben frei Haus auf den Tisch zu legen. Mich auszuziehen, um zu beweisen, dass ich eine normale Frau bin. Für Durchschnittsmenschen ist es nicht nachvollziehbar, was es bedeutet, ständig solch eine Entwürdigung zu erfahren. War entmutigt. Bereit, dem elenden Spuk ein Ende zu setzen. An diesem Punkt stand ich wiederholt in den sieben Würdekriegsjahren. Auf Brücken. Türmen. Hochhäusern. Felsvorsprüngen über Schluchten. One step to heaven.« Sie atmete tief durch, strich sich ihre vorwitzige Locke aus dem Gesicht. Ich warf leise ein: »Benötigte *Three Steps To Heaven*, wie Eddie Cochran. Sehen. Mich verlieben. Den Kuss nie mehr vergessen.« Debbie überhörte geflissentlich meinen Einwurf und fuhr fort: »Zwischenzeitlich wechselte ich wiederholt die Arbeitsplätze. Weil die Arbeitgeber drängelten. Ordentliche Papiere verlangten. Niemand hatte Verständnis, dass ich sie Jahre nach dem Examen und trotz des medialen Aufsehens nicht in Händen hielt. Hangelte mich beruflich durch die Gegend. Nicht wissend, wie lange ich einen Job behalten und dieser Schwebezustand anhalten würde. Klasse war die zeitweilige Arbeit als Messe-Hostess. Und auf dem Catwalk. Lernte nette Männer und ansprechendes Ambiente in dieser Zeit kennen.«

»Abwechslungsreich? Mit schmackhaftem Nachtisch?« rutschte mir ungewollt heraus. Leichte Röte überzog ihr Gesicht. Selbst in der schummrigen Beleuchtung erkennbar. Sie räusperte sich. Schluckte. Fuhr fort: »Die abschließende mündliche Prüfung an der Universität schob ich mangels vorzeigbarer Dokumente weiter auf. Der Doktorvater, dem der Grund für mein Zögern glücklicherweise verborgen blieb, beschwor mich, endlich die Dissertation abzuschließen, weil sonst die Gesamtnote wegen der Zeitüberschreitung in den Keller rausche. Verlor schließlich die Geduld. Setzte mir die Pistole auf die Brust. Gezwungenermaßen schmiss ich hin. Die bisher investierte Zeit und wissenschaftliche Arbeit löste sich in Wohlgefallen auf.

Ende der Siebziger ein Anruf, der mir Zuversicht einflößte. Ein ausländischer Fernsehsender in der wohl lebenswertesten Stadt auf diesem Globus fragte formvollendet an, ob ich bereit sei, an einer ausgewogenen Talkshowrunde teilzunehmen. Der Moderator war mir ein Begriff. Sein Name garantierte eine anspruchsvolle Sendung. Ich involvierte Hermann Heinrich bewusst nicht. *Fremdats* Öffentlichkeit sollte nichts davon erfahren. Ein ansprechendes Bild zu hinterlassen, das war meine Intention. Nach der ersten Talkshow war mir, wie gesagt, das Reisen in westliche Länder Europas trotz der auffälligen Papiere möglich. Wenn auch mit Diskussionen an Schaltern und bei Grenzern. Hatte ich diese Hürde einmal genommen, war der Weg frei. Ich betrat den Boden einer Traumstadt. Welch ein Fluidum. Gleichermaßen beim Sender. Liebenswürdigkeit pur. Eine herzliche Atmosphäre. Es hieß locker: ›Ziehen Sie an, was Ihnen beliebt. Schminken Sie sich nach Ihrem Geschmack. An der Frisur ist nichts auszusetzen.‹ Trug am Abend einen schwarzen engen Rock mit weißer Bluse. In diesen Klamotten fühlte ich mich sicher. Die Diskussionsrunde war aufgelockert. Der Leiter souverän und betörend. Ich hing an seinen Lippen. Er gab mir wiederholt Gelegenheit, meine Vorstellungen vernünftig und in angemessener Zeit darzulegen. Diese Moderation gestaltete sich für mich um Längen besser als die letzte. Ein Erfolg. Der Talkmaster kam nach Abschluss der Sendung auf mich zu und meinte: ›»Mädchen, hast du großartig gemacht!‹ Küsste mich vor den Anwesenden. Ich war von seinem Lob und der Herzlichkeit überfahren. Lernte an diesem Abend einen Gentleman kennen, der fachlich und menschlich höchstes Niveau signalisierte. Es bot sich mir die Chance, beruflich weiterzukommen. In einer der faszinierendsten Städte Europas. Der geeignete Augenblick, das festgefahrene Steuer herumzureißen. Durchzustarten. Ich sprach ihn nicht auf eine Ausbildungsstelle an. Meine Schüchternheit blockierte mich in diesem Moment. Ein unverzeihlicher Blackout.«

»Was wäre denn geschehen? Im schlimmsten Falle ein Nein.«

»Heute ist mir das klar. Ich war doch geübt darin, solche Antworten zu verdauen. Warum startete ich nicht wenigstens einen zaghaften Versuch? Es bleibt ein ewiges Rätsel. Die unvergleichliche Aura des Moderators übte eine poetische Anziehung auf mich aus, die mir jeglichen eigenen Willen entriss.«

»Und ich gehe fest davon aus, Erotik spielte in diesem Moment auch eine Rolle. Sieh es als Schock-Verknalltheit.«

Eine Weile schaute sie gedankenverloren an mir vorbei. Erwachend aus einem Exkurs in unzugängliche Abgründe der Seele entgegnete sie kaum vernehmbar: »Wie kommt es, dass meine wichtigsten Begegnungen durchweg Menschen sind, die aus dem jüdischen Kulturkreis abstammen?«

»Angefangen bei Jesus von Nazareth.«

»Ohne Frage. Bis hin zu dir.« Sie schaute mich nachdenklich an. In sich gekehrt meinte Debbie: »Postoperativ bemerkte ich zunehmend die Auswirkungen der Hormone. Meine Gefühlswelt änderte sich stetig. Parallel zu den weiblichen Attributen. Tastete mich an das andere Geschlecht heran. Ließ mich beim Tanzen führen und anfassen. Suchte nach sexueller Orientierung. Erkundete wie ein Backfisch die Welt.

Im Urlaub in Paris dann die Wende. Erzählte dir vor dreizehn Jahren davon. Ein Bild von einem Mann. Er gefiel mir auf der Stelle. Baggerte mich an. Seine Freundin sah die Gefahr und kämpfte. Ich ergriff den hingeworfenen Fehdehandschuh. Es war anfänglich ein amüsantes, prickelndes Spiel. Zugegeben ein gewagtes, das sich verselbständigte. Reize, die unbekannte Saiten in mir zum Klingen brachten. Er erwählte mich. Ich triumphierte. Sie zog sich schmollend zurück. Ungeahnte Selbstsicherheit etablierte sich in mir nach dem vermeintlichen Sieg über meine Kontrahentin. Der erste Kuss in der Stadt der Liebe blieb unvergessen.«

»Wer ist schon in der beglückenden Lage, zweimal von der unverwechselbaren Berührung sehnsüchtiger Lippenpaare zu träumen?«, meinte ich und strich gedankenverloren mit dem Zeigefinger über die Thekenplatte.

»Du«, entgegnete sie. Es klang wie eine sachliche Feststellung. Eine Gedankenpause entstand. Sie schaute an mir vorbei. Als verfolge sie ein Geschehen auf einer imaginären Leinwand hinter mir an der Wand. »Da stand ein Mädchen am Rive Gauche, in der Gegend des Quartier Latin, der Kirche St. Germain-des-Prés und des Montparnasse-Viertels. Unter dem funkelnden Sternenhimmel einer lauen Sommernacht. Das Wasser der Seine floss behäbig und im Mondlicht glitzernd vorbei. Sie war zum ersten Male verliebt. Geborgen lag sie in den Armen einer Mannsperson, nach dem sich Geschlechtsgenossinnen reihenweise umdrehten und dem Weib an seiner Seite neidvolle Blicke nachschickten. Das Herz badete in ausufernden Glücksgefühlen.

Entrückt von Zeit und Raum erlebte ich in den folgenden Stunden die Explosion der Sinne, das Erwachen weiblicher Sexualität und des Orgasmus. Der Himmel riss auf. Aus dichten bedrohlichen Wolken schickte die Sonne ihre erhellenden Strahlen auf die Erde nieder. Im Lichtkegel ein Fräulein, das in der zurückliegenden Nacht zur Frau erblühte. Ich zweifelte nicht mehr. War definitiv heterosexuell. Wie eh und je. Einzig die Voraussetzungen drehten sich um einhundertachtzig Grad.

Das zu begreifen, es ist ein fundamentaler Lernvorgang, der seine Zeit braucht. Gleichgeschlechtlichkeit lag bei einer lesbischen Beziehung vor, der Romeo im Bett war ein Garant für Heterosexualität. Ich stellte mit Erstaunen fest: Mannsbilder lebten in einem Paralleluniversum. Sahen in mir einzig das Frauenzimmer, das es zu erobern galt. Weibsleute hingegen hielten mich in der Regel für die zu bekämpfende Konkurrentin. Doch das Herz hinkte nach. Zweifel überkamen mich in unregelmäßigen Abständen. Und die kränkenden Bemerkungen aus der Vergangenheit. Sie nagten des Nachts an meiner geschundenen Seele. Es war ein bitterer Lernprozess, Liebe bedingungslos auszukosten. Den Becher bis auf den Grund zu leeren. Unvoreingenommen dem Gegenüber nahezukommen gelang mir nur, wenn der andere nichts von dem Geschehen aus der grauen Vorzeit erahnte. Welch ein Glück zu zeigen, wer, was, wie ich bin. Mich hinzugeben. Auf der ganzen Klaviatur zu spielen. Ansonsten schnellten in Sekunden meterdicke Zementbunkerwände in schwindelnde Höhen. Erfuhr mein Gegenüber von meiner Vergangenheit, schossen Abwehr und Hemmungen hoch. Mit einer Ausnahme-, ihm hätte ich mich bereitwillig hingegeben.« Sie wog ab, ein geheimnisumwittertes Lächeln umspielte ihre Lippen. Entspannte Gesichtszüge, voller Liebreiz. Die Augen leuchtend. Eine Aura idealisierender Verklärung umgab sie in diesem Moment der Verzückung. Sie nippte versonnen an ihrem Drink. Umgeben von einer Art lichterfüllter Emanation der Unnahbarkeit. Schlafwandlerisch auf dem Barstuhl sitzend. Sprach wie zu sich: »Ach, der liebe Gott gab mir tausend Chancen, die ich verpasste.

Er steckte mit hell leuchtenden, lodernden Fackeln breite Landebahnen ab. Warum folgte ich nicht den Lichtern, als es der Richtige war?« Sacht schüttelte sie ihren Kopf. Die blonden Locken umspielten ihr Gesicht, dessen Konturen im Schein der Barbeleuchtung verschwammen und einen eigenartigen Zauber entfalteten. Eine Frau. Verletzlich und widerstandsfähig zugleich. Durchschaubar. Tiefgründig. Ich wagte es nicht, sie in dem Augenblick anzusprechen. Obwohl sie mich ungemein anzog. Der Raum war in diesen Minuten erfüllt von den Klängen von *Tornerò*. Worte und Melodie zogen an uns vorbei wie ein Zug, der in die Ferne dampfte. Mit unbekanntem Ziel. »Das gilt es, zu demontieren, Shirley«, unterbrach sie die Turbulenz meiner diffusen Überlegungen und holte mich zurück in die Gegenwart.

»Höchste Eisenbahn, stimme dir zu«, beeilte ich mich, ihr beizupflichten.

»Es gilt, Vertrauen in mich und andere wiederzuerlangen. Entgleisungen vergangener Zeiten im Buch des Vergessens abzulegen. Neue Hoffnung zu schöpfen. Es ist eine schreckliche Hypothek, ständig unehrliche Gesinnung in deinem Partner zu vermuten. Was jedes Verhältnis zum Scheitern verurteilt. Du hast einen Vorgeschmack davon erhalten. Doch es sich bloß vorzunehmen, das funktioniert nicht. Eine solche Haltung muss sich entwickeln. Ich bin ein schwieriger Fall. Der Mensch an meiner Seite, der die Höhen und Tiefen miterlebt und wider alle Vernunft bleibt, benötigt unendliche Langmut. Ein langer Weg. Mit scharfkantigen Steinen übersät. Und Stolperdrähten. Zugegeben. Bin ein Klotz am Bein für eine vernünftige Beziehung. Zu zerrissen durch die Kriegs- und Notzeiten, die ich durchlebte, und die mir die Situation im Feindesland weiter zumutet. Es sind *Agent Orange*-Erfahrungen. Die Politik entlaubte meine Hoffnungen auf ein Leben in Würde. Selbstbestimmung. Selbstachtung. Und Zukunft. Was mich nachts schreiend aufwachen lässt. Schweißgebadet. Schlotternd vor Angst. Shirley Jane, gib dich nicht mit solch einem Wrack wie mir ab. Du warst der gesandte Engel, um ein gefallenes Mädel aufzurichten. In den Tagen des Aufbruchs in Key West. Zeigtest mir spielerisch die Schönheit des Lebens. Im Sonnenlicht. Vergleichbar mit einem Heimaturlaub in friedlicher Umgebung, während zeitgleich an der Front Kampf, körperlich-seelische Verletzungen, das Sterben aller Werte und Unbegreifliches weitergehen. Für wenige Tage time out from war. Vergiss mich. Schnell. Für alle Zeit. Gib dich nicht mit mir ab. Ich bin eine nichtsnutzige Streunerin, ohne ein Woher, Wohin und ein Fünkchen Hoffnung. Wie riefen sie mir nach? Eine Frau zweiter Klasse. Ich bin deiner Zuneigung und aufrichtigen Liebe nicht wert.«

Erbost richtete ich mich auf und schlug ungewollt mit der flachen Hand auf das Thekenholz. »Jetzt höre aber mal auf! Übernimm bitte nicht die törichten Sprüche und peinlichen Gedankengänge von missgünstigen Weibern, denen der Neid wie stinkende Brühe aus Ohren und Mäulern quillt. Erinnere dich an unzählige gemeinsame Stunden. Allein dein Gang. Zum Hinknien. *Poetry In Motion.* Du bist ein Vollblutweib. Durch und durch. Ab und zu benötigst du zwar kräftige Ohrfeigen zum Klardenken und Geraderichten der Tassen im Schrank. Machst es mir oftmals nicht leicht. Aber wenn ich erst einmal zu dir durchgedrungen bin, kann ich mich deinem Charme kaum noch entziehen. Mag sein, dass ich jetzt patriarchalisches Denkmuster kopiere. Was soll es. Lieben und lieben lassen. Beides beherrschst du in Perfektion. Das Träumen zu zweit. Hast innere Tiefe. Vertraue mir. Ich baue auf langjährige Erfahrung. Lebst du in der lächerlichen Annahme, eine in sich gefestigte Frau wie ich würde nicht dein wahres Wesen erkennen? Das ist hundertprozentige Fraulichkeit. Weiblich bis auf die Knochen, im wahrsten Sinne des Wortes.« Meine Hand berührte die ihre. Der Ausdruck ihrer Augen. Flehentlich. Verloren.

»Debbie, schau mich an. Hallo, Kleine. Hier bin ich. Du sehnst dich nach erfülltem Leben. Herzenswärme. Und Leidenschaft. Nimm sie an, wenn sie dir geschenkt werden. Genieße es, dass wir, entgegen aller Vorstellungskraft, erneut in diesem Paradies zusammengekommen sind. Oder ist das etwa nichts?« Sie blieb mir eine Antwort schuldig.

Wir tranken aus, bezahlten und verließen die Bar. Draußen herrschte reger Betrieb. Ließen uns von der Menge treiben.

»Hast du das Briefchen von dem Priester bei dir?«, meinte ich unvermittelt.

»Bruder Franciscus? Ja. Trage es seit der Kindheit mit mir herum.«

»Je geöffnet?«

»Nein. Habe Bedenken wegen des Inhalts. Was ist, wenn ...«

»Papperlapapp. Der geeignete Zeitpunkt ist heute.«

Sie verspannte sich heillos. Sah an mir vorbei. Verlegen. Abwesend. »Ich weiß nicht«, flüsterte sie verunsichert.

Der Zufall schob uns vor eine intime Diskothek, an der wir bisher achtlos vorübergegangen waren. Drinnen empfing uns schummriges Licht. Drückende Hitze quoll uns entgegen. Die Bude war gerammelt voll. Ich bugsierte Debbie auf die Tanzfläche. Eng umschlungen ein Paar neben dem anderen, da fielen wir nicht auf. Zog sie behutsam zu mir hin. Legte beide Hände auf ihre Hüften. Und sie sichtlich zögernd die Arme um meinen Hals. Ihre Finger spielten gedankenverloren mit meinen Haarspitzen. Kaum merklich lehnte sie sich an meine glühende Wange an. Zwischen uns war kein Platz für ein Blatt Papier.

»*Stand By Me*«, hauchte ich in ihr Ohr, während Ben E. King die Anspannung in Worte fasste. Ihr Atem streichelte Haut und Sinne wie ein sanfter Steppenwind. Die Sehnsucht, sie zu küssen, erzeugte in mir Fiebergefühle. Mit *Don't* sprach mir Elvis aus den unergründlichen Tiefen meines Inneren.

Ungezügelte Begierden flammten auf. Wie in den Tagen unserer ersten Begegnung. Einer stummen Übereinkunft folgend hob sie den Kopf. Wir schauten einander an. Um uns die geisterhaften Schatten der Nacht und der aufregende Duft von *Oriental Magic Dust*. Ihre Rehäuglein glänzten im verschwommenen Licht des Tanzschuppens. Oder füllten sie sich mit Tränen? Ihr Mund versprach unzählige Glückseligkeiten dieser Welt. Gefühle, die sich in mir in Zeiten der Trennung aufgestaut hatten, sie brachen wie Feuerzungen aus verkrustetem Gestein hervor. Berührte ihre feuchten Lippen mit den meinen. Fragte nicht: *Have I The Right?* »*Move Over Darling*«, raunte ich ihr ins Ohr. Forderte. Dreizehn Jahre Erinnerungen, unerfüllte Träume und unsägliches Verlangen drängten an die Oberfläche. Wie glühendes Magma. Gipfelten in einem innigen, nicht enden wollenden Kuss.

»*Surrender To Me*«, raunte ich ihr zu. Ich musste hier raus. Mit ihr allein sein. Nur sie und ich. Der Mond und die Sterne. Ein allumspannendes, blaues Firmament, das sich mit der endlosen Weite der See auf ewig vereint.

»Komm.«

Ich zog sie mit mir. Bereitwillig folgte sie. Händchenhaltend verdrückten wir uns vom Tanzboden. In diesem Moment zerrte ein einziger Gedanke an mir: Sie ist ein bedeutender Teil meines Lebens, darf sie nie mehr loslassen, wenn ich mich nicht verlieren will. Wir drückten uns an den flanierenden Passanten auf der Straße vorbei, entdeckten einen Strandbereich, der uns Zweisamkeit schenkte. Dort fanden wir zueinander und tauchten in die lodernden Flammen der Leidenschaft ein. Bis der Morgen erwachte und sich die rotgoldenen Strahlen der Sonne behutsam über die spiegelglatte Wasserfläche tasteten.

Stumm beobachteten wir das einmalige Naturschauspiel, das der Dunkelheit

Decke von den erschöpften Körpern zupfte. Ich malte zwei Herzen in den feuchten Sand. Schrieb die Anfangsbuchstaben unserer Namen hinein. »Lass es nicht zu *Love Letters In The Sand* werden, die das Meer auslöscht. Bleibe bei mir. Verlass mich nie wieder. Sei meine zweite Hälfte im Glück.«

Seit der Kindheit trug ich die Kette mit dem Davidstern, die ich ihr wortlos umlegte. »Trage ihn immer offen. Mit Stolz und Überzeugung. Stehe dazu. Auch – und besonders dann – wenn Sturm aufkommt«, raunte ich ihr zu. Sie schenkte mir die ihre mit dem Kruzifix. »Ein Gelöbnis. Dass uns eine von Gott behütete und gewollte Liebe verbindet«, flüsterte ich. Sie schaute mit verhangenem Blick zu mir hin. Besiegelte das Versprechen mit einem zärtlichen Kuss. Ich öffnete ihr Täschchen und kramte ein unscheinbares Briefchen heraus.

»Erlaubst du es mir?«

Sie nickte.

Ein handgezeichnetes Bild kam zum Vorschein. Aus dunkelgrauen, beängstigenden Wolkenformationen drangen Sonnenstrahlen zur Erde hernieder. Das Licht beleuchtete ein Mädchen im Kleid. Die nackten Füße im Sand. An ihrer Seite ein Hund. Die beiden schauten aufs Meer hinaus. Der Arm der Kleinen auf dem Rücken des Freundes. Und in den Wolken ein angedeutetes Abbild Marias. Unterschrieben war das Bild mit: Hab keine Angst. Alles wendet sich zum Besten. Vergiss nicht unsere Abmachung. Ich werde warten. Und antworten. Bruder Franciscus.‹

Lange betrachtete sie die Zeichnung. Eine Träne tropfte auf das Papier. Dann meinte sie mit belegter Stimme: Verwahre ihn sicher.«

»Debbie, was hältst du davon, wenn wir morgen losfahren? Fort Meyers, Orlando, Palm Beach, Cap Canaveral, Fort Lauderdale. Dania Beach. Hollywood, a *Diamond of the Gold Coast*. Wir besuchen die Parks und erleben eine Nacht bei *Rosies*.«

Sie war sofort Feuer und Flamme.

»Aber«, gab ich sofort zögerlich zu bedenken und dämpfte damit ihren Aufbruchseifer. »Einzig unter der Bedingung, dass du dich entscheidend veränderst.« Sie schaute eingeschüchtert auf. »Was erwartest du von mir?«, flüsterte sie, und alle Farbe wich aus dem Gesicht.

»Du fährst nur unter der Voraussetzung mit, dass du einen auf die Wagenfarbe abgestimmten Lippenstift und Nagellack trägst. Ist logisch. Findest du nicht?«

Aus ihrem Blick folgerte ich, dass es besser war, aufzuspringen und Reißaus zu nehmen. Sie verfolgte mich hinaus bis ins erfrischende Nass, wo wir uns eine ausgelassene Wasserschlacht lieferten. Später schleppten wir uns ausgepumpt den weiten Weg an den Strand zurück und sackten schweratmend in den warmen Sand. Auf dem Heimweg suchten wir eine Parfümerie auf. Checkten im Motel aus und orderten das Zimmer für die Tage nach unserer Rundreise. In der ungetrübten Hoffnung, der Cadillac bewerkstellige die Tour ohne größere Pannen.

Auf unserem Roadtrip überkam uns ein *Forever Young* Feeling. Jedes Anhalten war ein Erlebnis. Riesige Bananenstauden, ihre Lieblingspflanzen, säumten unsere Wege. Debbie war vernarrt in sie. Behutsam strich sie über die weit ausladenden Blätter, wenn wir unter ihnen Rast machten.

Zwischendurch die unvergesslichen Stunden, in denen wir händehaltend wie Teenies an naturbelassenen, menschenleeren Stränden die Zeit vergaßen und nachts den Lauten der Umgebung lauschten. Den Mondschein über das Wasser gleiten sahen und Schattenbildern schutzlos ausgeliefert waren. Wir fantasierten staunend in den nächtlichen Sternenhimmel hinein. Kuschelten eng umschlungen im Schutz ausladender Palmen. Wie Gott uns schuf. Gierten nach einmaligen Eindrücken und Begegnungen.

Und Debbie packte aus. Um die niederdrückenden Nöte und Plagen loszuwerden, breitete sie die bisher unausgesprochenen Belastungen und die Schwermut, die daraus resultierte, auf dem sandigen Boden aus. Der verschluckte sie gierig und unwiederbringlich. Zermalmte sie zu feinen Sandkörnern, die das Wasser mit sich nahm. Mittlerweile distanzierte sie sich derart von dem Erlebten, dass sie aus der Distanz berichtete. In dritter Person. Über eine Fremde. Gespickt mit Selbstironie. Mit jedem Wort, das sie sich von der Seele redete, wurde sie freier, gelöster, sicherer. Rückte näher an mich heran.

19. Shirley: Cinderella

Wir entdeckten an einer wenig befahrenen Nebenstraße eine versteckt liegende Raststätte und hielten. Im Inneren empfing uns ein 50er Jahre Ambiente. Nur wenige Tische waren besetzt. So steuerten wir zielstrebig auf zwei freie Fensterplätze in der Mitte des Raumes gegenüber der Theke zu. Gaben unsere Bestellung auf. Debbie plapperte munter darauf los. »Nach dem Wendepunkt *TSG* fielen im doppelten Sinne die Schlagbäume. Alles bisher Unerreichbare war zu einer Selbstverständlichkeit herabgestuft. Jede Stahltür, die Gitter zwischen mir und der Freiheit standen weit offen. Bildete ich mir zumindest ein. Ein Trugschluss, wie sich bald herausstellte. Im Hochgefühl des vermeintlichen Sieges der Gerechtigkeit über die bisherige Rückwärtsdenkweise in der Bonner Machtzentrale und deren Gefolge stand ich vor dem Tresen des zuständigen Amtes der Stadt im *Camp mit dem Doppel-s in der Mitte.* Um keinen anderen Ausdruck zu gebrauchen.«

»Gleichbedeutend mit besonders oder doppelt sprachlos«, warf ich ein.

»So kannst du es unverfänglich ausdrücken. Ein ehemaliges Großherzogtum. Das anno dazumal seine Kinder an das Empire verkaufte. Degradiert zu Kanonenfutter in Übersee. Zu meinem Entsetzen kam die eiskalte Dusche: Es gelte dort angebliches *Landesrecht* vor sogenanntem *Bundesrecht*, tönte es gehässig von oben herab. Die *S–Krauts* bauten in diesem Teil Trizonesiens neue Barrikaden. Gaben sich nicht geschlagen. Das nicht nachzuvollziehende Denkmuster und die sture Verhaltensweise erinnerten an japanische Soldaten, die lange nach Kriegsende auf vergessenen Inseln Stellung hielten und, abgeschnitten von aktuellen Nachrichten, die Entwicklung um sie herum verschliefen. Die örtlichen Behörden beharrten auf ihren unhaltbaren Positionen. Dieses Verhalten war nicht mehr nachvollziehbar. Hier zeigte der Föderalismus seine boshaft verletzenden Krallen und die ungeschminkte sozialdemokratische Fratze. In Bonn öffneten sie vor der Öffentlichkeit die Daumenschrauben. Wohl im Vertrauen darauf, die Basisgenossen in den Frontabschnitten würden sie schon wieder anziehen. Kurzerhand zog ich um. In ein christdemokratisches Bundesland. Dort stellten sie mir anstandslos, diskussionsfrei und zuvorkommend innerhalb von Tagen alle korrekten Dokumente aus. Der Weg war frei für Urkunden und

Zeugnisse. Ein Leben in Würde. Die Freiheit winkte und breitete die Arme aus. Reisen. Überall hin. Und ich ließ mich taufen.

Ewig Gestrige wie der Rektor der einstigen Volksschule weigerten sich trotz alledem, die Realität und meine einwandfreien Papiere anzuerkennen. ›Ich lehne ab‹, knurrte er giftig und wischte meine Unterlagen achtlos zur Seite. Es waren absolut unbedeutende Zeugnisse der vier ersten Volksschuljahre. Ich hatte höflich darum gebeten, hier den korrekten Vornamen einzutragen. Glücklicherweise gab es derartige Probleme im ehemaligen Gymnasium nicht. Dort wurde das Abiturzeugnis anstandslos korrigiert und neu ausgestellt. Wie auch im Anschluss alle Universitätsdokumente.«

»Steinzeitliche Überbleibsel sterben eben nie aus.« »Sozial. Demokratisch. Parteimitglied. Daher auf diesem Posten.«

»Ach. Na dann. Vergiss den überholten Typen.«

»Ein Jahr später aus beruflichen Gründen zwangsläufig Ummeldung nach Mainhattan. ›Waren Sie je Bürgerin unserer Gemeinde?‹, fragte mich die Angestellte hinter dem Tresen der Behörde. Ich beantwortete diese Frage korrekterweise mit ›nein‹. Als ich die fertigen Dokumente abholte, wartete eine Überraschung auf mich. Es lagen vor dem Sachbearbeiter maschinengeschriebene Karteikarten. Sie wiesen deutliche handschriftliche Verbesserungen auf. Leuchtend rote Markierungen. Schon von weithin sichtbar. Der farbige Winkel des KZ ließ grüßen. Rot. Kennzeichnung der politischen Gefangenen zu unseligen Zeiten. Aktuell hier. In meinen Unterlagen.

›Sie waren doch früher hier gemeldet‹, hieß es schulmeisterlich. Das verkniffene Gesicht des Gegenübers hinter dem Schreibtisch stierte giftig zu mir hin. Es verging dieser Person. Ich griff nach dem Schwung Papiere. Rannte damit auf den langgestreckten Korridor des verwinkelten Gebäudes und verschwand. Der beleibte Stadtmitarbeiter konnte nicht mithalten. Vor der Tür des Gebäudes übergab ich den Schwung Papiere einem Bekannten, der auf mich gewartet hatte. Dann stand mir der Verfolger keuchend gegenüberstand. ›Ich schalte die Presse ein! Setze den Chef der zuständigen Behörde in Kenntnis‹, ließ ich sachlich verlauten. Kannte zu dem Zeitpunkt Hermann Heinrich schon längere Zeit. Die Verbindung stand. War mein Rückhalt. Gab mir Stärke. Aber die Unsicherheit überwog. In diesen Sekunden kam mir, aus welchem Grunde auch immer, der preußische Marschall Blücher in den Sinn, der einst im Westen der Stadt in einem barocken italienischen Palast sein Hauptquartier aufschlug. Im November 1813. Bevor er gegen den Feind zu Felde zog. Und auch nicht wusste, wie es ausgehen würde. Ein Hin und Her folgte. Der Leiter des Ordnungsamtes entschuldigte sich Tage darauf in aller Form und gestattete, den ganzen Wust zu verbrennen. Was ich umsetzte. Es war natürlich wie bei Fotofilmen. Die Abzüge waren vernichtet. Das Negativ hingegen blieb bestehen. Denn in den Unterlagen der Behörden waren sämtliche Informationen haarklein gespeichert. Die Freundlichkeit, die sie mir in dem christdemokratischen Land entgegenbrachten, war in Mainhattan ein Fremdwort. Hier herrschten Befehlstöne. Unbeweglichkeit. Sozial handelnde Demokraten. Der verletzliche und überbeanspruchte Begriff *Demokratie*. Im Sinne der *DWP*, einer *Demokratie wagenden Partei*, einseitig und ausgrenzend interpretiert.«

»Und das Anfang der Achtziger. Wie viele sogenannte Länder gibt es in Jerryland?«

Sie überlegte kurz. Ihre Lippen verzogen sich kaum merklich.

»Fünfzehn. Plus das rückwärts gerichtete *Camp mit dem doppelten S in der Mitte*. Für einen anderen Ausdruck verhaften sie mich. Bei Ankunft am Airport. Denn sie haben ihre Ohren überall. Inoffizielle Mitarbeiter und opportunistische Zuträger.«

»Weil Wahrheit oftmals Schmerzen bereitet! Ich denke, dich erwartet dann aber gemäßigter Frauenknast.«

»Da bin ich mir nicht sicher. Glaube mir, nach den bisherigen Erfahrungen zu urteilen, finden die *Demokratiewager* genügend Ausreden, um die Ausgegrenzte zu isolieren. Zu kennzeichnen. Mit dem roten Winkel für Rückfällige zu versehen.« Bedröppelt schaute sie zu Boden. »Bruder Franciscus lehrte mich, das Zweifeln am Glauben sei legitim. Das Verzweifeln nicht. Es sei Unrecht am Herrn, der das Lämmlein auf starken Schultern trägt. Ich verstand erst viel später die eindringlichen, leise dahingesagten Worte: ›Er trug den gelben Stern, ging durch das Tor. Blieb bis zum Schluss. Wie er auch jedem Tierlein beisteht. Begleitet es Tag und Nacht. Schaut ihm in die bittenden, angsterfüllten Äuglein. Tröstet und liebkost es. In jeder erdenklichen Not. Geht mit ihm über die Regenbogenbrücke durch das goldene Tor hindurch bis ins lichterfüllte Paradies.‹

Bin fest davon überzeugt, er sitzt seit all den Jahren auch neben mir auf der Anklagebank. Vernimmt das niederschmetternde Urteil, das lautet: ›Wenn wir könnten, was wir nicht dürfen, würden wir dich auf den gleichen Weg schicken. So aber sind uns die Hände gebunden. Die Zeit arbeitet jedoch für uns. Bis die verdreckte Streunerin selbst den Schlussstrich zieht. Aufgibt. Im Trommelfeuer der *wahren Demokraten*. Wir waschen jedenfalls unsere Hände in Unschuld.‹

Sieben verlorene Jahre Weiterbildungszeit lagen nach Abschluss des Examens hinter mir. Entspricht einer ausgedehnten Babypause. Die Kommilitonen des Jahrgangs hatten die Ausbildung bereits beendet. Ich wartete ungeduldig in den Startlöchern. Stellte gleichzeitig fest: Die Luft war raus. All die entsetzlichen Jahre Kampf um Selbstverständliches zermürbten. An diesem Punkt stand ich. Riss mich dennoch zusammen und sagte mir: ›Nicht kurz vor dem Ziel aufgeben‹. Um die Einwilligung zu erhalten, den angepeilten Job antreten zu dürfen, war auf Anweisung der zuständigen Personalabteilung eine ärztliche Begutachtung der geistigen, seelischen und körperlichen Verfassung vorgeschaltet. Der untersuchende Arzt war ein ausgesprochenes Ekel. Was ich auf Grund seiner Herkunft nicht vermutete. Gesundheitliche Defekte, die mich ausschlossen, fand er zu seinem Leidwesen nicht. Am Schluss wetterte er los, ich sei eine Schande für meine Familie und die deutsche Volksgemeinschaft. Beleidigte meine Eltern. Hieb unter die Gürtellinie. Ich zeigte ihn nach diesem unwürdigen Auftritt bei seiner zuständigen ärztlichen Institution an. Ein lachhaftes Entschuldigungsschreiben trudelte ein. Mehr geschah nicht. Im umgekehrten Falle wäre ich angezeigt und massiv verdonnert worden. Das ist die unterschiedliche Wertigkeit von Vergehen im Land der *S-Krauts*: Wer keine Lobby hat, muss die Schnauze halten. Und wer sich in Parteinähe aufhält, genießt in höchstem Maße Schutz. Das war die Gepflogenheit im Reich. Und ich erlebte es so seit 1969 in einer Art Neuauflage! Es bestand, davon gehe ich aus, stilles Einvernehmen mit dem sogenannten *Selbstverwaltungsorgan*. Später traf ich den Arzt zufällig in einem Amtsgebäude wieder. Er beeilte sich, mich mit Riesenschritten zu überholen. Würdigte mich keines Blickes. Riss aggressiv eine schwere Glastür auf. Sie knallte vor mir mit sattem Geräusch ins Schloss.

Eine vergleichbare Begegnung hatte ich in der Gynäkologieabteilung eines Krankenhauses. Frauenärztliche Untersuchung. Behandelt vom Chefarzt persönlich, der mir zugewandt erschien. Tage später traf ich ihn zufällig wieder. In Begleitung zweier Oberärzte. Einer hielt mir wohlwollend die Tür auf und ließ mich vorgehen. Kassierte dafür vom Chef auf der Stelle eine lautstarke Rüge, die Patienten im nahegelegenen Wartebereich mithörten. Wie er auf die absurde Idee käme, *mir* die Tür aufzuhalten. Warum handeln Menschen und speziell Ärzte derart gehässig? Für mich nicht nachvollziehbar. Eines gestanden sie mir nie zu. Eine zweite Chance. Und Wiedergutmachung.«

»Dieses Wort ist im Zusammenhang mit dir absolut lächerlich. Du sollst dich entschuldigen? Für was? Ab sofort werde ich dir sämtliche Türen aufhalten. Einschließlich die des Wagens.«

»Bitte, Shirley, das kommt gar nicht infrage.«

»Ich bestehe darauf. Du bist schließlich meine Herzensprinzessin. Wem das nicht gefällt, dem steht es frei, in eine andere Richtung zu schauen. *I'll Never Find Another You.*« »Durch meine Erziehung zu Hause, in Schule und Studium waren gesellschaftliche Umgangsformen ein fester Bestandteil des täglichen Lebens. Stellte sie nie zur Disposition. Es half, mich später zurechtzufinden, denn ich kehrte die Regeln um einhundertundachtzig Grad. Ähnlich der Tanzhaltung. Vom Führen in das Geführtwerden-Schema umdenken. Verinnerlichte, dass ein zufälliges Zurück nicht mehr zur Debatte stand. Erlebte täglich einen abstoßenden Fauxpas nach dem anderen. Schämte mich zutiefst für diejenigen, die sich derart ungebildet benahmen. Eigentümlicherweise gemeinhin Personen mit akademischem Hintergrund.

Ach, Shirley, von Anfang an war mein Bestreben, ein beschauliches Leben in Einklang mit Sitte und Moral als Ehefrau und Mama zu führen. Was aus meinen naiven Träumen wurde? Ein Freudenmädchen, auf das sie im besten Falle herabschauten. Das den Blick in den Spiegel nur wagt, um sich zurechtzumachen.

Da fällt mir ein, ich lernte einen Herrn kennen, der einen führenden Posten bei den Punkteleuten der Stadt hatte. Drängte, weil angeblich von meiner Ausstrahlung angetan, ich solle mich ihnen anschließen. Für die Partei offizielle Wahlplakatwerbung ins Auge fassen. Und mich zur Kandidatur für ein Mandat im Landtag entschließen. War zu diesem Zeitpunkt nicht abgeneigt. Politik: verlockend. Aus verständlichen Gründen. Und ein Sprungbrett. Die Rücksprache mit der Parteiführung? ›Reine Formsache‹, lautete seine schlichte Antwort. Von Stunde an meldete er sich nicht mehr. Mied mich zukünftig wie die Pest. Ich reimte mir zusammen, was die Ursache war.«

»Was bedeuten die Punkte?«

»Frei. Tolerant. Linksliberal.«

»Und zukunftsorientiert. Ich verstehe.«

»Heute haben sie die Punkte aufgegeben.«

»Na, wenigstens sind sie ehrlich.«

Die Aufzeichnungen der Talkshow des ausländischen Fernsehens erbat ich mir vom Sender in Videoform. Leider schickten sie mir unförmige Boxen eines Systems, das ich nicht abspielen konnte. Es setzte umständliches Umformen auf VHS voraus. Fand letztendlich nach sehr langem Suchen einen Laden, der diese Gerätschaften vorrätig hielt. Gab die beiden Kassetten, die sie später angeblich verschlammten, unter dem Siegel der Verschwiegenheit ab. Verließ mich auf die Vertrauenswürdigkeit des Inhabers. Sein Angestellter versorgte sich mit Raubkopien. Desaströse Auswirkungen folgten. Brachte mir aus seinem kulturellen Umfeld Feinde und tätliche Übergriffe ein. Dieser Gewalt stand ich absolut unvorbereitet und fassungslos gegenüber. Es waren ernüchternde, bedrückende Erfahrungen nach Jahren zumindest oberflächlicher Stabilisierung. Zog mich immer weiter zurück. Wurde noch vorsichtiger. In mir keimten Befürchtungen auf, dies sei erst der Anfang einer neuen Zeit, Bewegung und zunehmend rückwärtsgerichteter, eingeengter Gesinnung. Von Anfeindungen und erneutem Versteckspiel. Diese Vorahnungen scheinen sich bedauerlicherweise zu bewahrheiten. Hier zeigte sich: Das gesellschaftspolitische Klima im Lande kippte erneut zu Ungunsten Wehrloser.«

»Für sich auf ehrwürdigen Umgang pochend. Anderen sie verweigern. Respekt.«

»Es ist besser, sich an mannigfaltige Details nicht mehr zu erinnern. Erfolgreiche Verdrängungsstrategie und vor allem, sich zurückzuziehen und bedeckt zu halten, half mir, es mit überschaubaren Blessuren zu überstehen.«

Wir bezahlten und fuhren weiter. Stunden später besuchten wir ein Schnellrestaurant, das an der Straße lag. Debbie fiel eine drollige Geschichte ein. »Beim ersten Besuch Miamis gelüstete es mich ausnahmsweise nach einem Burger. Ich betrat das nächstbeste Fastfood Restaurant. Eine Traube Menschen stand vor dem Tresen. Es verging geraume Zeit, bis ich an die Reihe kam. Du erinnerst dich. Mein Englisch war dürftig. Verschiedene Versuche, der Mitarbeiterin die Wünsche in gepflegten Sätzen zu verklickern, misslangen. Erntete Unverständnis bei wachsender Ungeduld meines Gegenübers, während die Schlange hinter mir anwuchs. Entschuldigte mich mit der Bemerkung, das Schulenglisch sei eingerostet. Daraufhin ein Leuchten auf dem Gesicht. Die Antwort kam prompt. ›Okay, I unterstand, you're British!‹ Ich gab entmutigt auf und hob die Anzahl Finger für die Nummer des Menüs, das ich mir vorstellte. ›Warum nicht gleich so?‹, lautete die genervte Reaktion.«

Bei dieser Vorstellung bog ich mich vor Lachen. »Wäre zu gern dabei gewesen.«

Debbie kicherte. Ich musterte sie. Ein Strahlen lag in ihren Augen, sie schien in diesem Moment heiter und gelöst. »Was hast du sonst noch erlebt? Ich höre dir ungemein gerne zu, wenn du erzählst. Fast wie Episoden eines Reiseberichtes.«

»Das ist das Stichwort. Im Sommer vor dem trizonesischen Talkshowdebakel geriet ich wegen der unkorrekten Papiere zunehmend von der Rolle. Ein Cousin zweiten Grades, der mir den katastrophalen Tipp mit dem Stümper und Frankensteinoperateur gegeben hatte, lehnte mich von Anfang an kategorisch ab. Ließ sich dennoch gnädigst dazu herab, in den Raum zu stellen, er kenne Personen mit dubiosen Verbindungen zu Londoner Geschäftsleuten, die mir weiterhelfen würden. Gegen einen Obolus versteht sich. Griff seinerzeit nach jedem dünnen Strohhalm, um aus der Misere herauszukommen. Buchte mit geliehenem Geld einen Flug nach Great Britain. In einem Londoner Außenbezirk am Ende einer U-Bahnlinie lag der Treffpunkt. Ein unscheinbares Pub. Fuhr unzählige Male dorthin. Der liebenswerte Schalterbeamte in seinem engen Häuschen an der Endstation grüßte mich nach Tagen schon von weitem, wenn er mich aussteigen sah. Ich blieb stets auf einen Plausch. Es war eine heimelige Gegend mit typischen englischen Reihenhäuschen und einer imposanten Kirche. Sprach am ersten Abend an der Theke des Pubs vor. Eine reine Männerkneipe. Vereinzelt saßen Gäste herum. Tranken Ale, Whisky. Drei spielten Dart. Der Keeper beeilte sich, den Schankraum der Herren von dem unerwünschten Weib freizuschaufeln. Argwöhnisch beäugt von den Anwesenden. Schob mich hastig auf eine lange Stiege, die wie eine Himmelsleiter steil vor mir lag. Gelangte in den ersten Stock des Gebäudes. Eine Wohnung erstreckte sich hier, die den gesamten Grundriss des weitläufigen Hauses einnahm. Dort wartete das freundliche Wirtsehepaar. Mit dem Vornamen Sandy innerhalb einer Woche eine rechtskräftige Eheschließung durchzuführen, war problemlos. Ohne Ehefähigkeitszeugnis und ordentliche Auslandsdokumente. Mit einem Kerl, den ich erst Tage darauf zu Gesicht bekommen sollte. Umgerechnet zweitausend Mark koste es. Die englische Staatsangehörigkeit sei mit der Vermählung verbunden. Wie auch mein korrekter Vorname Dagmar und der Geschlechtseintrag weiblich. Einen Haken bei diesem Deal erkannte ich nicht. Eine zukünftige Scheidung ändere nichts mehr am Status der britischen Staatsbürgerin und ihren Rechten, hieß es zuversichtlich.

Der Eigentümer der Bar war nebenher Besitzer eines Bunnyclubs. Bot mir Tage später beiläufig an, in London zu bleiben und bei ihm zu arbeiten. Mit dem Job sei ein einträgliches Einkommen gekoppelt. Falls ich es vernünftig anstellte.«

»Mit Ohren, Stummelschwänzchen und spärlicher Bekleidung? Alle Achtung.

Das war die einmalige Chance, gleich ins Feld mit dicken Rüben zu hoppeln«, entfuhr es mir derart trocken, dass Debbie auf der Stelle puterrot anlief.

»Der Heiratskandidat betrat Tage später die Bühne. Wie beschreibe ich ihn am besten?« Sie zog die Augenbrauen nach oben, legte die Stirn in Falten und presste die Finger aneinander. »Aalglatt. Überheblich. Stechende Augen. Sah mich in dem Moment an unselige Zeiten erinnert. Seine Gegenwart bereitete mir Unbehagen. Eiseskälte umgab ihn, dass mir das Blut in den Adern gefror. Wie gesagt, er sah sehr gut aus. Legte beste Manieren an den Tag. Seine Kleidung ließ keine Wünsche offen. Ohne Stäubchen auf dem makellosen Maßanzug und den exquisiten handmade Schuhen. Ein unbestimmtes Gefühl stieg in mir auf: Mutmaßte, ich begäbe mich in die Hände Mephistos. Mit nebulösem Ausgang. Einerseits war das Ziel, endlich ein normales Leben führen zu können, greifbar nahe. Andererseits stand die unbeantwortete Frage im Raum, ob ich mich wegen wasserfester Papiere in eine Abhängigkeit begeben sollte, die ich nicht einzuschätzen in der Lage war. Bunnyclub. Und weiter? Mein Zukünftiger war unter Umständen ein Pimp. Der Wagen vor der Tür ließ zumindest darauf schließen. Aus dieser Nummer käme ich so schnell nicht mehr raus. Ahnte zu dem Zeitpunkt allerdings nicht, dass ich kurze Zeit später in *Fremdat* unbedarft in die gleiche Falle tappen würde.

In den folgenden Tagen des Abwägens, was die richtige Entscheidung wäre, erwanderte ich London. Eine Stadt, die mir stündlich mehr ans Herz wuchs. Erlebte die Carnaby Street in ihrer Blüte und Quirligkeit. Kaufte chice, braune Riemchenschuhe, mit höchstem Tragekomfort trotz Stilettoabsatz. Die ich noch immer mein eigen nenne. Und in denen ich zwei Jahre später mehr als fünf Kilometer um mein Leben rannte. Nach einem Discobesuch. Weil ich in den Feldern außerhalb des mondänen Badeortes zu nachtschlafender Zeit mit knapper Not aus einem fahrenden Sportwagen entkam. Und mich der Entführer auf den holprigen Feldwegen bei Dunkelheit mit seinem tiefergelegten Flitzer nicht einzuholen in der Lage war.

Erstand bei Harrods an der Brompton Road einen sündhaft teuren, sonnengelben Volantschirm. Der Friseurin im Städtchen, in dem ich Arbeit auf Zeit fand, gefiel er. Leider. Beim nächsten Besuch in ihrem Geschäft verschwand mein Mitbringsel. Auf nimmer Wiedersehen. Erkundete die britische Hauptstadt in allen Himmelsrichtungen. Lernte einen gesprächigen, unverdorbenen, top aussehenden Jungen kennen, der aus dem Süden Europas stammte und in einem ersten Haus am Platze eine Kochlehre absolvierte. Um später den eigenen Betrieb vom Vater zu übernehmen. Wir bändelten an. Saßen stundenlang in der

Mitte des Piccadilly Circus und redeten zeitvergessen miteinander. Vergaßen die Welt um uns herum. Er war ein Bär. Zum Knuddeln. Strebte eine enge Beziehung an. Sprach von heiraten. Ich erfuhr durch Zufall zu meinem maßlosen Erstaunen, dass er zehn Jahre jünger war. Da zog ich die Bremsen an. Er war es, der durch seine Gegenwart in mir den Entschluss bestärkte, die *Englische Heirat* ad acta zu legen und darauf zu warten, dass sich auf dem verlustreichen Schlachtfeld des Feindes das Blatt wendete. Durch Regierungswechsel. Eine vage Hoffnung, die später der Wind verwehte. Die *Genfer Konventionen von 1864, 1929, 1949 und 1977* berücksichtigten zwar eine Anzahl Möglichkeiten. Nicht aber die perfide Kriegsführung eines sturen Regimes gegen jeglichen Anstand, Fairness, Respekt, Selbstachtung, die Freiheit und Würde eines Mädchens«, ergänzte sie bitter. »Von Heathrow aus flog ich desillusioniert zurück zu *Charlie*. Ins *VC-Camp*.

In den Londoner Tagen betörte mich die britische Lebensart. Warum blieb ich nicht? Mein Leben wäre in jedem Fall deutlich entspannter verlaufen«, sinnierte sie.

»Für Essen, Trinken, Unterkunft trugen die Freier Sorge. Und zum Anziehen benötigte das Häschen doch lediglich ein paar Tüchlein«, sagte ich mit einem unterdrückten Glucksen.

Sie schaute mich mit ihren Rehäuglein vorwurfsvoll an. Hörte sie sagen: »Was mir an Erinnerungen blieb? Eine blaue Reisetasche mit dem Aufdruck von *British Airways*. Erstanden in einem Shop gegenüber des Piccadilly Circus. Du kennst sie. Ist Teil meines Gepäcks.«

»Bunnyclub, durchsichtiges Seidendreieckstuch vor der lüsternen Pussy und unbekleidete Titten, ade«, warf ich süffisant ein. »Hast es ungehemmt getrieben, alles mitgenommen, liebste Debbie, dem Nonnenkloster bist du nicht gerade entsprungen. Und es gelang dir mühelos, das Spiel mit der Lust im Übermaß nachzuholen. *Cambodia* war nicht einzig das Gefangenenlager in der Region. Mit und in dir tobte der Dschungelkampf ebenfalls. Und – nicht zu vergessen – im Nahkampf mit dem anderen Geschlecht.« Ich hatte die Sätze noch nicht beendet, da fiel es mir wie Schuppen von den Augen, dass ich ungeprüft oberflächliche Denkmuster von den Herren der Schöpfung übernahm, die in meiner Freundin nur das Sexspielzeug sahen. Und nicht die zutiefst verwundete Seele, die sich nach Nähe und Zärtlichkeit sehnte. Dabei liebte ich doch dieses verzagte weibliche Wesen, das mir gegenübersaß, über alle Maßen. Schämte mich für meine unsensiblen Bemerkungen, die ich vorlaut lostrat. Zumal die verletzenden

203

Worte lediglich meine hochkochende Eifersucht auf Ereignisse in grauer Vorzeit übertünchen sollten.

»Dabei habe ich die Zeit im Norden Trizonesiens bislang gar nicht erwähnt«, meinte sie verhalten. Es schien, sie habe die Turbulenzen meiner inneren Zerrissenheit gar nicht bemerkt. Und dem Inhalt der spitzen Worte keine Bedeutung beigemessen. Für einen Augenblick verschattete sich ihr Blick. »Weißt du, Shirley, in Kindheit und im Jugendalter bedeutete Weiblichkeit für mich etwas Besonderes. Vor allem schützenswerte Verletzlichkeit. Daher stolperte ich in den unvermeidbaren Untergang. Überschätzte meine jetzige Stellung insoweit, dass ich hoffte, mir würde dies ebenfalls – oder zumindest mit nur wenigen Abstrichen – von der Umgebung zugestanden. Unvorstellbar, in eine Schaufensterpuppe zu mutieren. Dementsprechend wie Dreck behandelt zu werden. Was war mir vom Milieu schon bekannt? Nichts. *Learning by Doing* fällt mir hierzu ein. Der Boden öffnete sich. Es erfolgte der Zusammenbruch der letzten erhaltenen Werte meines abgestürzten Daseins. Diese Welt leuchtete rot. Ein Vorhof der Hölle. Heiß. Ohne Pardon. *Cambodia* Sumpfgebiet und Urwald. Ich stimme dir zu. Besser, die Problematik nicht weiter zu vertiefen. Ein letzter Satz und Gedanke zu diesem leidigen Thema: Auffliegen hätte bitter geendet.

Seit 1968 erlebte ich Guerillakämpfe. Seelische Gewalt. Grausamkeiten ohne Ende. Postoperativ den unerbittlichen Würdekrieg der Führung von *S*- und *Punkte*-Parteien, deren Galionsfiguren blumige Reden schwangen und dies, unbefleckt von einem Mindestmaß an Wahrheitsgehalt, fortsetzten. Von unveräußerlichen Rechten der einzelnen schwafelten. Sich wiederholt selbstzufrieden rhetorisch gegenseitig auf die Schultern klopften. Eine Streunerin wie mich jedoch von Anfang an ausklammerten. Und damit ihr oberflächliches Geschwätz von den nicht zur Disposition stehenden *Werten* eines Grundgesetzes demaskierten, das der Bevölkerung Sand in die Augen streute. Ihre Genossen im Dickicht der Großstadt verfolgten derweil die Unerwünschte, Gezeichnete, mit farbigem Winkel Versehene im Sinne hauseigener roter Khmer an allen Ecken und Enden. Du kennst den Begriff Winkeladvokaten? Ich ergänze *Winkeldemokraten*. Sie rekrutierten sich aus dieser Gesinnung.

Nach meiner Rückkehr aus London traten die Journalisten von Rundfunk und Fernsehen an mich heran. Wie berichtet. Wovon ich in England nichts ahnte. Eheschließung, korrekter Vorname und Geschlechtseintrag weiblich. In Great Britain und dem Rest der Welt: gültig. Nicht anerkannt jedoch in der *Dritten Republik*. Der ständige Verbleib außerhalb *Fremdats* war die Voraussetzung.

Die Absprungchance. Was natürlich einer Lagerbefreiung aus der Knechtschaft der *S-Krauts* gleichgekommen wäre. Wie oft rannte ich bildlich mit dem Kopf gegen die Wand. Fragte mein Spiegelbild: Warum hast du es nicht durchgezogen? Gleich, was daraus resultiert wäre. Trotz deiner Familie.« Sie presste die Worte heraus. »Denn lieber eine unerwünschte Fremde irgendwo auf dem Erdball als eine misshandelte Gefangene in einem Land, das ich in jungen Jahren unverzeihlich mit den Begriffen *Heimat* und *Vaterland* fehlinterpretierte. Damit aufwertete. Wofür ich mich nachträglich zutiefst schäme und entschuldige!«

Ich erkannte Debbies Anspannung und legte beruhigend die Hand auf ihren Arm. »Hör auf zu erzählen, wenn es dich belastet.«

Sie schüttelte den Kopf. »Es muss raus!« Kämpfte sich weiter verbal von einengender Umklammerung frei. »War nach der Kurzzeitflucht zurück im *Camp*, dieser *Besserungsanstalt und Züchtigungsinstitution*. Fand eine bezahlte Arbeit. Beglich meine Schulden. Leistete mir einen Urlaub. Bitte bedenke, Shirley, fortgesetzt mit den erniedrigenden, diskriminierenden Papieren in der Tasche. Ein Höllentrip der Unsicherheit und Angst bei jedem Schritt. Vor allem bei Flugreisen, in Hotels und tausend mulmigen Konstellationen. Aber deshalb auf Leben verzichten? Mich verstecken? Einen Sack überstülpen? Nein! Ich suchte mir einen Ort aus, an dem die Post abging. Verrückt auf Erleben. *Born Free.* Wahnsinn. Fand eine Partymeile rund um die Uhr. Zwei Wochen im Kreis der Superreichen. Lernte in einer Nobelunterkunft nette Jungs kennen. Wir hatten eine unvergessliche Zeit. Inklusive eines Heiratsantrags. Und ein Hotelgast, der in diesen Tagen im großen Rahmen rauschende Feste schmiss, schwärmte von einer außereuropäischen Stadt. Forderte mich auf: ›Nicht nachdenken. Zelte abbrechen. Alles stehen und liegen lassen. Sofort mitkommen.‹«

»Wie kann ich das verstehen? Im Sinne einer Erstehefrau?«

»Nein. Du wirst es nicht in Betracht ziehen. Er bot mir einen exklusiven Arbeitsbereich an. Mit höchstem Salaire. Ausgewähltem Publikum.«

»Na, das hört sich an wie … «

» … in seinem Edelpuff die Arbeit einer Gespielin, sprich deutschen Nutte, zu verrichten.«

»Wenn ich etwas glaube, dann das. Ohne nachzuprüfen. Nach all deinen Affären. Kinder! Was hattest du für Liebeslehrstellen?« Schaute sie entgeistert an. Und es sprudelte unwillkürlich aus mir heraus: »*Ihr Freier strömet hin zum Nil, ein Freudenhaus dort euer Ziel. Lustvoll im Sand, am Fuße von antiken Tempeln, lässt sich die Dirne Debbie stempeln. Es verwundert bei all diesen*

Geständnissen nicht … « Stockte. Unfassbar! Vergriff mich schon wieder im Ton. Hufte zurück, indem ich kurzzeitig schuldbewusst den Blick senkte.

»Ich verstehe nicht«, warf sie mit mädchenhaft unschuldigem Blick ein.

»Dass James derart von dir schwärmte. Dich bis heute nicht vergessen hat. Und damit ungemein nervt. Und-«,

»Was meinst du?«, hauchte sie lolitahaft.

»Und dass du mich zugegebenermaßen täglich neu verzauberst. Debbie Marilyn. Dagegen führte ich ein Leben in tiefster Provinz. Das einer Betschwester und Einsiedlerin. Was tischst du mir zum Dessert auf? Stehe im Sumpf und versinke, kleine Amerikanerin. Rette mich.«

»Sofort, hier im Lokal, in aller Öffentlichkeit?«, fragte sie mit eindeutigem Augenaufschlag.

»Du bleibst eine zutiefst verdorbene Verführerin, Schande über dich«, gab ich fassungslos zurück. Debbies vielsagendes Lächeln war die Antwort. Ich bestellte uns Donuts und Zitronenlimonade. Es war drückend heiß. Die Ventilatoren fächelten nur heiße Luft in den Raum.

»Mittlerweile bezog ich ein regelmäßiges Einkommen und verdiente recht ordentlich. Der Liebe zu Oldtimern verdankte ich vor nicht langer Zeit dieses Erlebnis. Ein schwarzer MB 190 SL mit roten Sitzen war ein bis dahin unerfüllter Autotraum. Düste zu dem Verkäufer. Dorthin schickte mich ein Händler, den ich schon länger mit meinem Wunsch nervte. Der Eigentümer des Ladens zeigte mir zwar den Wagen, war aber deutlich reserviert. Um nicht zu sagen abweisend. Verkaufte nicht. Der Sportwagen sei einer anderen Kundin fest versprochen. Er bedauere. Ich fuhr geknickt zurück, denn es war genau das Modell, das mir zusagte. Berichtete zu Hause davon. Der Händler telefonierte mit seinem Geschäftspartner und meinte hinterher verdattert: ›Sagen Sie, was haben Sie angestellt? Der Kollege erklärte mir, die avisierte Dame habe sich nicht nach dem Wagen erkundigt. Einzig eine Nutte aus dem Rhein-Main-Gebiet mit einem nagelneuen 230 SLK Kompressor in Schwarz mit leuchtend roten Sitzen. Die Neuauflage von Rosemarie besitze schon solch eine Karosse, mit der sie vor ihrem bevorzugten Hotel und der Stiftstraße sechsunddreißig parken könne.‹ Kleinlaut entgegnete ich: ›Gehe davon aus, der Rock war geringfügig zu kurz, das Oberteil ein bisschen zu freizügig und die schwarzen Lackpumps für Tageszeit und Anlass zu extravagant.‹

Und im Nachsatz kam pikiert: ›Ich zitiere den Geschäftspartner. Dieser SLK hat lange Wartezeiten. Das Pferdchen hat unstreitig die Beine dafür breitgemacht, um den Wagen direkt aus dem Verkaufsraum mitzunehmen. Bezahlt mit den Moneten eines reichen Gönners, der im Dunkel der Nacht auftaucht und wieder verschwindet. Zu Familie, Anwesen und Firma.‹«

Ich zog strafend die Augenbrauen hoch. »Denke, zukünftig werde ich dir, wenn wir nicht zusammen sind, einen Keuschheitsgürtel umhängen. Mit fünf Schlössern. Nicht zu fassen.«

Im Walt Disney World Resort erlebte ich Debbie Marilyn in ihrer unverfälschten Natur und Fröhlichkeit. Sie warf alles über Bord, was nicht ihr eigen war. Hier kam ihr wahres Wesen zum Vorschein. Dieses Mädchen, in das ich vom ersten Du an unsterblich vernarrt war. All die verschiedenen Facetten, die sie mir eröffnete, täuschten nicht darüber hinweg: Sie war Alice im Wunderland. Cinderella. Daisy. Mini. Geballte Weiblichkeit. Nur die Keuschheit hatte sie lange vorher auf dem Opferstein der körperlichen Triebhaftigkeiten zu Markte getragen. Ihre Erzählungen vernahm ich zwar. Sie rauschten aber an mir vorbei wie ein apokalyptischer Groschenroman, dessen Inhalt vergessen, wenn die letzte Seite ausgelesen ist. Das war die Vergangenheit.

Die Wirklichkeit stand vor mir. Erlebte sie live. Berauschte mich an ihrem Glück. Ein Kind, das die Schönheit der Welt, dieses Lebens sekündlich neu entdeckte. Meine Alice schwebte durch ihr Wunderland. Verfiel gänzlich dem Charme der herumstehenden Nachkriegskarossen. Höchste Treppen zogen sie an. Erinnerten sie an die Tage von Paris und Versailles. Jeder Themenpark war einen Aufenthalt wert. Sie erprobte die Kulissen der Horrorfilme. Ertrank in Wassermassen im Tunnel. Stürzte mit dem Aufzug ab. Gruselte sich im Kinosessel. Tauchte ins Universum ein. Zum Henker mit den Kalorien, wenn sie Fastfood Ketten besuchte, und sie dann mit ihrem Amerikanisch keine Probleme beim Bestellen verursachte.

Ich war stille Beobachterin. Zweifelte zeitweise, ob ich die feste Freundin oder ihre Mom war. Dieses frische, ungekünstelte Wesen faszinierte mich. Debbies Begeisterungsfähigkeit steckte an. In den Tagen der Disney-World-Besuche tauchten wir in Traumwelten ein. Sie blieben in den Erinnerungen haften.

Eines Abends checkten wir in einem Motel ein, das von außen einen einwandfreien Eindruck hinterließ. Das Zimmer entpuppte sich dann als Teil einer

Filmsequenz von Hitchcock. Zehn Zentimeter Staub unter dem Bett. Eine im Ganzen verschimmelte Dusche. Der Wasserhahn verkalkt. Gab nur ein gräulichbraunes Rinnsal frei. Handtücher und Bettwäsche schienen zu vermutende Vorkriegsware und seitdem nicht mehr mit Waschmitteln in Berührung gekommen. Wir nächtigten unter freiem Himmel im Cabrio.

Einen der nächsten Abende bis zum frühen Morgen verbrachten wir bei *Rosies*. Ein Erlebnis der Superlative. Wir kosteten jede Sekunde aus. Western-Feeling pur. Das Treiben in den Saloons. Und diese in ihrer gesamten Ausstrahlung umwerfende Lady, die wie über eine Himmelsleiter in rauschender Garderobe gnädig zu ihrem Publikum herabstieg. An unseren Tisch trat. Und im brechend voll besetzten Saal Debbie und mich auswählte, mit Handschlag begrüßte. Auf der Theke tanzten die Girls derweil den Cancan.

Es wurde spät. Wir verließen – wenn auch schweren Herzens – das verzaubernde Etablissement. Drängelten uns durch Menschenmassen. Im Saloon gegenüber saßen wir im ersten Stock auf der Balustrade und schauten beim Drink aus Rosies bauchigen Gläsern dem wuseligen Treiben an der Bar zu. Sahen in rauchgeschwängerter Luft Cowboys an der Theke herumlungern. Breitkrempige Stetsons auf den Köpfen und Stiefel mit schräg abgelaufenen Absätzen an den Füßen. Tiefhängende Revolvergürtel mit den unverzichtbaren 45er Colts. Und Henry Rifles neben Winchesterrepetiergewehren. Der Geruch von Pferdestall, Rindern, Schweiß, Bier und Bourbon lag im Raum. Western-Musik umrahmte all dies. Wie etwa John Denvers *Take Me Home, Country Roads*. Und *Home On The Range*. Oder die Stimmen von Alan Jackson, Dolly Parton, George Strait und Johnny Cash. Gedämpftes Geraune. Unverständliches Stimmengemurmel. Lachen und Schulterklopfen. Eine Parallelwelt. Zum Träumen. Und Verlieben. Meine Freundin war in ihrem Element. Ihre Augen leuchteten. Sie war angekommen in unserer Gesellschaft. Integration abgeschlossen.

Ich blieb trotz alledem wachsam. Das Davidsyndrom war mit narbigen Blessuren überwunden. Ein zweites Liebesdebakel mit ihr? Nein. Die Blüte zog viele Insekten an. Hielt sie dem stand? Please, Debbie Marilyn, *Don't Take Your Love To Town*, fuhr mir durch den Sinn. Kenny Rogers sang unverdrossen weiter. Und ich hing einen Moment lang schwer zu ertragenden Gedanken nach.

Cinderella hatte es meiner kleinen Amerikanerin angetan. Sie war vernarrt in das weiß-roséfarbene Kleid, das den Teller zierte, den ich ihr in einem Souvenirshop schenkte. Dieses Hochzeitskleid. Sah es ihr an. Sehen und sich verlieben war eins. Ich kniete nieder, streckte ihr die Rechte entgegen und bat sie in aller Form um ihre Hand.

»Sag ja«, bettelte ich. »Eines Tages ist es Wirklichkeit. Und du trägst diesen Traum.«

»Steh sofort auf, Shirley. Sie steinigen uns. Denke daran, wir sind hier im konservativen Florida. Außerdem. Erinnere dich, du bist mit David verheiratet. Und ich dränge mich nicht in eine Ehe.«

»Das ist nicht mehr zu ändern.«

»Schau, Liebes, sei vernünftig. Die Chance, dass zwei Weibsen eine staatlich anerkannte Ehe eingehen, ist für die kommenden Jahrzehnte gleich null. Und wird wahrscheinlich nie Realität sein.«

»Ich widerspreche dir vehement. Das stimmt nicht. Soweit mir bekannt ist, sind in Hawaii Bestrebungen in dieser Richtung bereits im Gange. Weiche mir nicht aus. Ich wiederhole die ernstgemeinte Frage: Wenn ich frei bin und die Voraussetzungen gegeben sind, nimmst du meinen Antrag an, Debbie Marilyn? Um alles mit dir zu erleben. Wie den internationalen Frauentag, den achten März jedes Jahr. Zu teilen. Klamotten, Schuhe, Kosmetika. Lachen, Tränen und Träume. Am Abend mit dir ins Bett zu gehen, morgens gemeinsam zu erwachen. Gestylt sein für Disco und Feste. Völlig zerzaust nach wilden Liebesnächten. Eis aus einer Tüte zu schlecken. Spaghetti zu schlürfen wie *Susi und Strolch*. Und Zweisamkeit, verzückende Nächte.«

»Gerade dieses letzte Beispiel ist nur allzu wahr. Shirley Jane. Die vornehme Dame der höheren Gesellschaft von New York und Debbie Marilyn, die Streunerin aus dem verdreckten Vorort von Nirgendwo.« Sie hauchte die Worte. Begleitet von einem Blick, den ich nie mehr vergaß.

»Ich bitte dich um eine ehrliche Antwort. Und deine Hand. Hier. Und jetzt. Lass mich nicht zappeln. Bin bereit, es dir vorzusingen. Sofort. Dass es alle mitbekommen: *Devoted To You!* Und in den Worten von Elvis, *Can't Help Falling In Love With You*. Kleine Amerikanerin, be my bride.«

»Traue es dir zu.« Verunsichert schaute sie sich um. »Du weißt, das grenzt an Erpressung«, meinte sie errötend. Und hauchte ein nahezu tonloses: »Ja.« Mit dem nicht zu überhörenden Nachsatz: »Unter der Voraussetzung ordentlicher, unbelasteter Dokumente von Geburt an. Die einer Freien. Nicht einer Sklavin der *S-Krauts*. Verstehe das, Shirley Jane. Bitte.« Auf dem breiten Platz mitten im Disneypark registrierte niemand das Pärchen, das sich händchenhaltend vom Strom der Besucher treiben ließ. Sie flogen in ihrer weißen Liebeswolkenkutsche von einer Attraktion zur nächsten. Im stockkonservativen Süden der USA. Mit starren Moralvorstellungen. Dafür humaner Grundeinstellung. Der Leben-lassen-Haltung. Konträr zu einem Land wie *Fremdat*, das die Werte der Mitmenschlichkeit geradezu beschwört und Staaten offen kritisiert, die diesem Standard angeblich nicht entsprechen. Während das politische Establishment gleichzeitig im Stillen eine Unerwünschte aussortiert, kennzeichnet und die beschworenen Werte der allgemeinen Menschenrechte abspricht. Damit dem Begriff Heuchelei Inhalt und Ausdruck verleiht. Doch in verbohrter Selbstüberschätzung wird die offensichtliche Diskrepanz elegant überspielt.

»Wir heiraten, Debbie Marilyn. Eines Tages. Wenn auf dieser Erde eine moderne, freie, gleichberechtigte Gesellschaft das Einsehen hat. In Gretna Green. Las Vegas. Einem Hideawayparadies. Inmitten von unzähligen Freunden. Feiern eine Märchenhochzeit. Und du trägst das Cinderellakleid in Weiß, das hier auf dem Teller abgebildet ist. Mit einem zarten Schleier auf deinem blonden Haar.« Davon war ich in diesem Augenblick fest überzeugt. Ich schenkte ihr später in einem Outletcenter die Neuauflage der 59er Barbie. Und die Doris-Day-Puppe. Erstand die Serie der Geburtstagspüppchen, die gleichermaßen Leah ihr Eigen nannte.

»Lass uns träumen, Debbie. Von einer Farm auf dem Land. Einem Gnadenhof für Lebewesen, die andere verstoßen haben. Wie es sich das Mädchen einst wünschte. Mit einem Gotteshaus, das Tieren wie Menschen offensteht. Und mein in Liebe für dich brennendes Herz. Bis in alle Ewigkeit.«

Quartierten uns in einem recht einladenden Motel an der Zufahrtsstraße nach Miami ein. Erkundeten von dort aus die Umgebung. In den Everglades drückte der zuständige Ranger Debbie einen Babyalligator namens Snappy in die Arme, der sie argwöhnisch beäugte und ihr mit erhobenem Haupt sein akkurates Gebiss zeigte. Mit dem Luftkissenboot rauschten wir durch die eindrucksvolle Landschaft. Sie erzählte von ihrer Reptilienphobie in Kindertagen, die sich mit Cri-cri schlagartig legte. Einer Python, die sich um ihren Hals und Arme schmiegte und überhaupt nicht abstoßend anfühlte. Wir kamen zum Motel zurück. Es war verschwunden. Unter einer Riesenplane mit Totenkopfaufdruck. Und checkten angewidert aus.

20. Shirley: Trennung

Unter dem belastenden Eindruck der Vergasung des Gebäudes zur Termitenbekämpfung erlebte ich Debbies tiefe Abstürze in Grübeleien, wenn Tiere involviert waren. Wir waren noch ganz benommen von der unerwarteten Situation, als wir vor unserem Motel standen, da meinte sie wie zu sich selbst: »Der Mensch besiedelt ein Gebiet, das Flora und Fauna vorbehalten ist. Sieht sich massiv beeinträchtigt durch diese Ureinwohner und vernichtet sie brutal. Eliminiert Gottes Schöpfung mit menschlicher Blasiertheit und Zerstörungswut. Das ist widerwärtig. Und mir fallen instinktiv all die liebenswerten Geschöpfe auf der Erde ein, die der menschlichen Spezies schutzlos ausgeliefert sind. Die einfache Lösung der selbsternannten Krone der Schöpfung ist immer das zumeist grausame Töten. Alles vernichten, was nicht in den Kram passt. Warum nicht sanft eingreifen. Und sterilisieren. Dann gibt es in zwei Jahrzehnten keine von den Menschen unerwünschten Straßenhunde und streunenden Katzen mehr. Das wäre eine humane Lösung. Und nicht freier Lauf für das menschliche Vernichtungsgen, das stetig anzuwachsen scheint und schon lange nachvollziehbares Handeln überwuchert. Denke mit besonderem Grauen an schlimmste Auswüchse in **Fernost**[37], über die ich nicht einmal zu reden in der Lage bin, ohne in bittere Tränen auszubrechen. Und spontan fallen mir viele Länder in Europa ein, in denen Schlimmes geschieht. Auch …[38]

Es gibt auf Erden nur wenige Gebiete, die erwähnenswerte Ausnahmen darstellen. Ach, es ist furchtbar traurig! Kapieren das die Machtinhaber und Verwalter unübersehbarer Staatsvermögen der Bürger nicht, dass hier dringend Umdenken stattfinden muss?«

»Glaube mir, es ist ihnen gleichgültig. Die notwendigen Hirnwindungen zum Empfinden von Empathie für Tiere scheinen an der Spitze von Staat und Gesellschaft nicht ausgebildet oder bis auf ein Mindestmaß geschrumpft zu sein.«

»Sanfte Geburtenkontrolle. Warum, wenn bestialisches Töten straffrei bleibt, Tiere ›Sachen‹ sind und niedere Instinkte des mordlustigen Menschen vorne stehen. Wann setzt ein Quäntchen Einsicht ein, dass dieses Verhalten nicht der richtige Weg ist? Unersetzliches, kostbares Leben zu retten, die weinenden, fühlenden Seelen zu trösten. Das hingegen schon. Dafür lohnen sich Geld und unermüdlicher Einsatz. Mit der bisherigen Praxis jedenfalls ist die Zukunft des blauen Planeten besiegelt. Da nutzt es nichts, perfektionistisch einfachstes Leben auf fremden Himmelskörpern zu suchen, wenn sie noch nicht einmal auf Erden hochdifferenzierte Lebewesen zu schätzen wissen.

Christian Morgenstern meinte: ›Wehe dem Menschen, wenn auch nur ein Tier im Weltgericht sitzt.‹ Und Francesco d'Assisi sagte aus voller Überzeugung: ›Gott wünscht, dass wir den Tieren beistehen, wenn es vonnöten ist. Ein jedes Wesen in Bedrängnis hat gleiches Recht auf Schutz.‹ Nicht umsonst wehrt sich das Leben mit Pandemien. Es verschlägt mir die Sprache, zu was sich die aufgeblasene Menschheit gegenüber den Mitgeschöpfen hinreißen lässt.«

»›Töte oder verletze keine Lebewesen.‹ Die erste Kernaussage der Regeln des Buddhismus.«

»Wie unbegreiflich nachsichtig und langmütig ist Gott, der dem furchtbaren Treiben, diesem Gemetzel, zusieht, ohne umgehend einen Riesenmeteor oder Plagen zu schicken und alles zu zerschlagen? Philanthropie ist eben ein Begriff aus der Antike. Und schließt Tiere aus. Es passt leider ins Bild von Gesellschaften, die einzig sich selbst sehen. Für die Oberflächlichkeit der Würde des Lebens gegenüber finde ich keine Worte. Und kein Impuls zur Umkehr. Tierrechte! Wissen die Verantwortlichen überhaupt, wie das Wort sich schreibt? Zugegeben. Dagegen ist mein Problem in der *BvMR,* der *Baron von Münchhausen Republik,* absolut ohne Bedeutung.« Es dauerte eine geraume Zeit, bis sie sich wieder beruhigte.

»Die Frage ist: Wie wirkungsvoll eingreifen?«

»Erinnere mich an einen Spruch, den ich verinnerlichte: ›*Viele kleine Leute in vielen kleinen Orten, die viele kleine Dinge tun, können das Gesicht der Welt nachhaltig verändern.*‹ Eine afrikanische Weisheit. In der Wahrheit steckt. Und Zuversicht. Die Lösung liegt auf der Hand. Das Programm *sterilisieren statt töten* benötigt etwa einen Dollar pro Menschen auf diesem Planeten. Und mit dem Geld könnte unersetzbares Leben gerettet werden. Weil alle Tiere freigekauft und ordentlich versorgt werden könnten. Gerichtliche Verfahren würden verhindern, dass Quälen und Ermorden unschuldiger Tiere nicht folgenlos bleiben. In einem Land wie *Fremdat* erheben die Behörden Hundesteuer, die nicht zweckgebunden für Tierheime verwendet wird. Warum nicht für die Beendigung des Tierleids nehmen, wenn schon nicht für notleidende Tierunterkünfte?« Von nun an schwieg sie. Wir setzten uns in den Wagen und fuhren los. Waren mittlerweile seit drei Stunden auf der Rückfahrt nach Key West.

Debbies Blick schien die vorbeigleitende Landschaft zu umarmen. Irgendwann meinte sie fast apathisch: »Drei Tage. Und ich fliege zurück. Cambodia. Rote Brigaden. Sprachlosigkeit. Überheblichkeit. Und das *BRD-Syndrom*: Beamtenwillkür. Rechthaberei. Diskriminierung. Handlungsunfähigkeit und ständig Beklemmung. Tiefsitzende Ängste. Die Minen auf dem Weg. Bis zum bitteren Ende?«

Wieder vergingen Minuten, in denen die Gedanken Verwirrspiele erzeugten. Dann hörte ich sie sagen: »In meiner Kindheit sah ich den Film *Die Wikinger*. Eine Szene blieb mir im Gedächtnis haften. Ragnar, der Anführer des stolzen Volkes, geriet in Gefangenschaft seines erbitterten Gegners. Dieser König ließ ihm die Hände fesseln. Nötigte ihn, sich in seiner Burg an den Rand einer tiefen Grube zu stellen, in der ausgehungerte wilde Tiere eingepfercht waren. Der Gefangene sollte springen. Die nordische Mythologie bestimmte das Leben und Sterben der kampferprobten Völker. Fiel ein Krieger ehrenvoll mit der Waffe in der Hand, dann zog er über die Regenbogenbrücke Bifröst in den Palast Odins, in die Walhalla ein. Ohne Ehre und Schwert stürzte er zwangsläufig ab. Direkt in die dunkle Unterwelt Helheim. In ewige Verdammnis. Ein bittender Blick Ragnas, der alles aussagt. Und ein Moment, der zwischen Himmel und Hölle angesiedelt ist. Dann durchschlägt der König die Fesseln mit einem gezielten Hieb, reicht dem Feind versöhnlich das blitzende Eisen. Und der Wikinger springt, ein erleichtertes Lächeln auf den Lippen, die Waffe hoch erhoben, mit wildem Kampfgeschrei in den Tod.

Dem Unterlegenen Achtung zollen. Das gehörte zur Ehre von Siegern dazu. Ich dagegen stehe mit festgezurrten Fesseln da, die tief in mein blutendes Fleisch einschneiden. Lechze vergeblich nach dem winzigen Zeichen des Respekts, dass sie durchschlagen werden. Von einem Führer der Demokratie wagenden Siegermacht *Fremdat*. Ich warte darauf, dass ich den kalten Stahl in Händen spüren darf, der die Sklavin zur Freien erklärt, bevor sie stirbt: in Form ordentlicher Dokumente von Geburt an. Doch sie wenden sich überheblich ab. Während ich von der Regenbogenbrücke abrutsche und falle. In die Tiefe des Nichts.« Aus dem Autoradio ertönte mahnend *Ghost Riders In The Sky*. Schwindel bemächtigte sich meiner. Ich umkrampfte das Steuerrad. Schreckliche Vorahnungen drängten sich auf.

»Geh nicht fort, Debbie Marilyn, bleibe bei mir! Ich habe Angst vor *Moonlight Shadows*[39], wenn du zurückfliegst.«

»Du weißt warum. Meine Lieben warten auf mich. Habe die Verpflichtung, sie nicht unvorbereitet zurückzulassen. Mein Mütterlein hielt von der ersten Sekunde an fest zu mir. Wie der Rest der Familie. Von wenigen Ausnahmen einmal abgesehen. Ohne sie hätte ich oftmals den Mut verloren. Und aufgegeben.«

Was darauf antworten? Wir fuhren gemächlich über die Seven Mile Bridge.

Die Stunden bis zum Abschied verrannen. Wie Sand, der durch die Finger rieselt. Lebst du gegen die Uhr, huscht alles im Schnelldurchlauf an dir vorbei. Die Zeit rast ungenutzt dahin. Und dann war es so weit. Wir standen uns am Airport gegenüber. Ich hielt ihre blutleer wirkende Hand fest umschlungen. Es war ein Versprechen, als ich eindringlich sagte: »Werde ernsthaft mit David reden. Reiche die Scheidung ein. Sobald auf der Welt ein Staat die Ehe für alle beschließt, wagen wir den Schritt. Gretna Green vermag überall zu sein. Ich baue darauf. Bis dahin treffen wir uns. Es gibt berückende Hideaways. In der Karibik. Auf Hawaii. Und du wirst mir *bella Italia* zeigen. Unsere Ringe kaufen wir dort. Das Hochzeitskleid gebe ich in Auftrag. Du wirst Leah und Elijah kennenlernen. Und ich die Deinen. Eine Zeit des Aufbruchs liegt vor uns. *Love Me With All Your Heart*, bleib mir treu. «

»Ti voglio tanto bene per sempre, Carissima, a presto!«

»Ich vertraue darauf, sündhafte kleine Amerikanerin.«

Dann hieß es *cleared for take-off.*

<hr>

Regen empfing mich in New York. Es schüttete wie aus Eimern. Ich sah aus wie ein begossener Pudel. Erstaunlicherweise traf ich David zu Hause an. In der Küche sprachen wir uns aus.

»Wie bist du an Debbies Adresse gekommen? Hast du meine Sachen durchwühlt?«

»Das traust du mir zu? Hallo! War in Sorge. Elijah, unser Sohn und dein enger Vertrauter seit Kindertagen, er gab sie mir. Hatte die Notfalladresse von dir, du erinnerst dich gütigst. Shirley. Sei ehrlich. Wenn zwischen euch Frauenzimmern irgendetwas läuft, das ich wissen sollte, sage es. Sei bitte fair! Will nicht im Unklaren bleiben«. Er musterte mich prüfend. Und platzte heraus mit: »Wo in aller Welt ist der Davidstern geblieben, den du seit der Jugend nie abgelegt hast? Und wieso trägst du ein Kruzifix um deinen Hals? Wie verstehe ich das?« Er taxierte mich eindringlich. Ich hielt seinem Blick stand. Minuten verstrichen mit Schweigen.

»Okay.« Er nickte betreten. »Beschlossene Sache! Nicht mehr daran zu rütteln?« Ergeben schaute er zu Boden. »Wissen es die Kinder? Freilich. Der Alte erfährt es zuletzt. Wen wundert es. Ihr seid eine verschworene Gemeinschaft. Die drei Musketiere.« Nach einer Weile fügte er hinzu: »Verletzte dich wohl zu oft. Lege dir keine Steine in den Weg, Darling. Gegen einen Kerl wäre ich angetreten. Mit Feuer und Schwert. Aber eine Frau. Da versagen alle gängigen Argumente. Von vorneherein chancenlos. Ich frage dich nicht, wie es geschah. Und wann. Hatte damals so ein Gespür. Im Sommer in jenen Tagen. Bei deiner Rückkehr. Es stand seitdem etwas zwischen uns. Sie, um genau zu sein.« Kurzzeitig verschattete Melancholie seine Gesichtszüge. »War zu sorglos. Egozentrisch. Ein Überflieger. Und klammerte völlig aus, welch einen unbezahlbaren, unersetzlichen Schatz ich besaß. In dir.« Er nickte. Schaute erneut versonnen zu Boden.

»Damit rechnete ich nicht. Es lag an mir, das Knistern in der Luft auszuräumen. Versäumte, rechtzeitig zu handeln. Und erhalte nun die Quittung. Zu Recht. War mir deiner zu sicher. Im Übrigen. Ich rief sie an. Schickte sie zu dir. Habe gepokert. Exorbitant. Und verloren.« Er wischte sich abwesend über die Augen. »Nein. Keine Erklärung. Keine Entschuldigung. Es gibt nichts zu verzeihen. Wünsche euch all das Glück, das ihr beide sehnlichst erhofft. Liebe dich nach wie vor, Shirley Jane. Lass uns ehrliche Freunde bleiben. Nicht ausschließlich der Kinder zuliebe. Unser Ziel?« Er zuckte mit den Schultern. Meinte lapidar: »Eine Patchworkfamilie. Habe nicht im Traum vermutet, dass mich in diesem Leben ein weibliches Wesen bei dir aussticht. Dessen ungeachtet. Ich gratuliere zu deinem Geschmack. Denke an die Tage von Key West. Hatte ein sehenswertes Fahrgestell, gebärfreudiges Becken, echt coole Kiste.«

»Bitte unterlasse das auf der Stelle.«

»Was? In dieser frivolen Art von der festen Freundin meiner Gattin zu sprechen?« Er schaute mich herausfordernd an.

»Sag, ist es in den Genen von euch Kerlen eingebrannt, Weibsen einzig nach ihrem Äußeren zu beurteilen?«

»Ihre inneren Qualitäten kenne ich bedauerlicherweise nicht«, maulte er und zog den Kopf ein. »Denke, dafür bleibt ja die Zeit. Und … « Er stockte.

»Was und? Spuck es aus. Ich bin auf alles vorbereitet und werde nicht hand-
greiflich«, ungewollt blitzte ich ihn an.

»Bitte nicht ausfallend reagieren, wenn ich das ausspreche.« »Sag es, tu dir
keinen Zwang an.«

»Verlasse mich dahingehend auf die Aussagen von James.« Er hob schützend
die Hände vor sein Gesicht.

Es brodelte in mir, die Erinnerung schmerzte. Entgegnete ihm von oben
herab: »Ich hoffe, das Sexmonster findet in Zukunft genug Abkühlung bei
anderen Abenteuern, um dieses Heldenstück zu verarbeiten. Und zu vergessen.
Nach derart langer Zeit.«

Wenn ihr mit dem Mund
die Errungenschaften
der Menschenrechtscharta
und Demokratie
sowie allgemeine Tierrechte verkündet,
so versichert euch,
ob ihr sie auch, ja noch mehr,
in euren Herzen habt!

frei nach Francesco d'Assisi

›Gott *wünscht, dass wir den Tieren beistehen, wenn es vonnöten ist. Ein
jedes Wesen in Bedrängnis hat gleiches Recht auf Schutz.*‹
San Francesco d'Assisi

21. Shirley: Erinnerungen

In den folgenden Jahren trafen Debbie und ich uns in regelmäßigen Abständen an idyllischen Orten auf diesem Erdenball. Unzählige Male klang *Morning Has Broken* an, sobald wir uns bei der Ankunft in die Arme fielen. Und hörten beim Abschied *Leaving On A Jet Plane* in unseren Herzen nachklingen, während die Maschine der anderen abhob. Und wir nicht wussten, wann und ob es ein Wiedersehen gäbe.

Wie oft flüsterte ich ihr verstohlen *Sex Bomb* zu, wenn sich die Jungs nach ihr umdrehten? Und sah lächelnd darüber hinweg, weil ich sicher war, sie gehöre niemandem. Außer mir. *What A Wonderful World.* Wir versprachen uns, in absehbarer Zeit eine Fahrt über die alte Route 66, *the mother road*, mit unserer Couch auf Rädern zu unternehmen. Stilecht. Wenn auch ohne Harleys.

Zu der Zeit kam ebenfalls zur Sprache, dass eines Tages Irma unvermutet vor ihr stand.

»Mama versuchte vergeblich, das Zusammentreffen zu verhindern. Ich reagierte kurzentschlossen. Sie kam auf mich zu. Zögerlich. Verunsichert. Wir schauten uns an. Die vergangenen Jahrzehnte schrumpften wie unter einem Laserstrahl zusammen.In einem Meer wortloser Minuten und Gefühlswallungen drückte sie sich an mich und hielt mich fest. Danach unterhielten wir uns lange. Leider über Belangloses. Vergaß, sie bei dieser Begegnung nach dem damaligen Trennungsgrund zu fragen. Es war nicht mehr vordergründig, weil die Lösung im Augenblick des Wiedersehens auf der Hand lag. Tage später rief sie an. Bat mich, dringend zu ihr zu kommen. Sie lag im Bett. Blass. Kraftlos. Eine Klinikeinweisung neben ihr auf dem Nachttisch. Sprach nicht über die Schwere der Erkrankung. Kannte das Ergebnis. Verabschiedete sich mit einem letzten, vielsagenden Blick. Und einem langen Händedruck.

Beim Weggehen durchzuckte mich ein seltsamer Gedanke. Müsste ich mich zwischen Irma und Shirley entscheiden, wie fiele die Entscheidung aus?« Ich sah Debbie bei diesen Worten tief in die Augen.

»Und, nun sage es schon?«

»Für dich, Shirley Jane. Du bist *meine* erste und einzige Wahl. Irma, das war mir in diesem Moment deutlich bewusst, gehörte in ein fremdes Leben. Zu einer völlig anderen Person. Nie zu mir. Vierzehn Tage später erfuhr ich von ihrem viel zu frühen Ableben. Sie hatte mich mit letzter Kraft aufgesucht, um sich zu verabschieden. Und zu sagen: ›Es war nicht mein freiwilliger Entschluss, dass eine Jugendliebe mit Zukunft jäh zerplatzte.‹ Die Engel trugen sie im gleichen Alter wie Daddy davon.«

Am Strand, mit Blick auf die türkisfarbene Wasserfläche, berichtete sie hiervon.

»Aufgrund von akuten Unterleibsbeschwerden wandte ich mich an einen in Fachkreisen bekannten Arzt. Fuhr dafür bis zur Grenze in eine ehemalige Reichsstadt. Er war abweisend. Kanzelte ab. Beleidigte mich. Seine Untersuchung war oberflächlich. Schickte mich unverrichteter Dinge weg. Bis heute ist mir unklar, warum er sich mir gegenüber derart unprofessionell verhielt. Er übernahm wenig später einen Chefarztposten in der Region.«

»Na, passt doch.«

»1997, Tage vor dem 9. November, der deutschen Kristallnacht, geschah Folgendes: Verkraftete viele Querschläger aus ärztlichen Kreisen wie ihrem Umfeld. Dümmliche, kleinbürgerliche Betrachtungsweisen klammerten oftmals akademisches Verhalten aus. Ließ routinemäßig eine Vorsorgeuntersuchung vornehmen. An der Rezeption saß ein Mitarbeiter, dem ich anscheinend durch die Geschichte mit den VHS-Kassetten bekannt war. Dieser beleidigte mich lautstark vor wartenden Patienten. Brach das Datenschutzgeheimnis. Verweigerte, sich zu entschuldigen. Beschwerde meinerseits beim Vorgesetzten. Der hielt zu seinem Team. Hieb bissig in die gleiche Kerbe. Zynisch teilte er mir mit, er habe unverzüglich sein Kollegium zusammengetrommelt und detailliert meine Anamnese zum Besten gegeben. Das hätte ich davon, weil ich mich über seinen Angestellten beschwert habe. Ich zeigte daraufhin den Arzt bei der zuständigen ärztlichen Institution an. Der stellvertretende Vorsitzende, seines Zeichens gleiche Fachgruppe, schlug sich auf die Seite des Kollegen. Erpresste mich dahingehend, er würde alle Informationen weiterleiten. Unauslöschbare Mitteilungen. Mitarbeiter der Stadt, die bisher nichts von mir gehört hatten, wären dann im Bilde. Ich solle den Ball flach halten. Sonst verbrenne mich das Lauffeuer bis ins Innere. Es sei denn, der Angestellte mit dem Migrationshintergrund käme unbeschadet davon. Ohne Anzeige wegen der offensichtlichen Verletzung des Datenschutzes. Sein Kollege sei sowieso unantastbar. Dürfe sagen, was er wolle. Die Datenschutzbehörden von Region und Stadt, die ich umgehend in Kenntnis setzte, sahen keinen Grund einzugreifen. Den Arzt und Stellvertreter seiner

Institution ereilte eine Beförderung. Nein, nicht was du denkst, Shirley. Sondern auf den Posten des Vorsitzenden.«

»Ich warnte dich eindringlich, Debbie, Erwartungen nicht zu hoch zu schrauben. Du erreichst nichts. Verlierst, was uns gehört. Vergeude nicht gemeinsame Lebenszeit mit sinnlosem Hoffen. Du kassierst nur Niederlagen. Komme für alle Zeit nach Hause. Ohne Blick zurück. Fliege nie mehr ins Land der *guten Demokraten.* Wie ein überzeugter Antisemit nicht umzustimmen ist, sind diese Sturköpfe nicht fähig, der Wahrheit die Ehre zu geben. Zuzuhören. Zu lernen. Die Hand zu reichen. Den Wortlaut der Menschenrechtscharta zu überdenken. Humanität der Menschlichkeit vorzuziehen. Über ihren eigenen Schatten zu springen. Weil dies ein Eingeständnis von Fehleinschätzung, falschem Verhalten und damit Schuld wäre. Diese Größe besitzen sie nicht. Denn sie sind unfehlbar. Die Festung eines festgezurrten Machtapparates ist uneinnehmbar. Unüberwindbar sind Mauern des Schweigens. Hinter denen verschanzt es sich bestens, ohne enttarnt zu werden.«

»Akzeptanz des Status quo? Das ist keine Option für ein Mädchen, geprägt von Achtundsechziger-Ideen und Frankfurter Schule. Ich gebe dir aber grundsätzlich recht. Sie führen es mir täglich vor Augen: das rechtswidrige Deutschland. Es fiel am 9. Mai 1945. Ist ausgelöscht, verscharrt. Seitdem ist alles vom Besten. So sieht es die Welt. So beurteilen sie sich selbst. Damit die Weltgemeinschaft Beifall klatscht. Von ihnen lernt. Und sich möglichst ihrer Gesinnung anschließt.« Debbie atmete tief ein und aus. Schaute zu Boden. Ich griff den Gedanken auf:

»Das, Sweetheart, bezwecken sie zu lesen. Und zu hören. Aber nun zu dir. Du verhältst dich all die Jahre wie eine Angeklagte, die den Freispruch mangels Beweisen nicht akzeptiert. Auf uneingeschränkte Rehabilitierung pocht! Zu hoffen, dass die *S-Krauts* und ihre Hilfstruppen dir eines fernen Tages die Genugtuung erweisen, sich auf gleicher Höhe mit dir verbal auseinanderzusetzen, ist ein unerfüllbarer Traum. Ein Trugschluss.

Diktat ja. Dialog nein.

Das ist die Devise. Und ich meine mit dem Begriff nicht den Namen eines Flusses.

Aus eigener Kraft auf die Beine zu kommen. Das war dein Bestreben. Die Reaktion der Gegner: Sie spucken dir vor die Füße. Bis heute. Du bist eine unverbrüchlich treue Hündin. Legst dich trotz dreister Schläge und hinterlistigen Tritte vor die verschlossene Tür der Hausherren. Was haben sie dir nicht alles gewünscht in den Jahrzehnten, die zurückliegen? Erinnere dich! Oder besser nicht. Sie werden nie von ihrem starren Kurs abweichen.

Vor dem geistigen Auge entstehen Bilder, die mich zu Boden drücken. Die verrostete Kette, deren goldene Farbe großflächig abplatzt. Den Boden infiltriert. Und Denken langfristig vergiftet. Der grobe Mühlstein. Am Metall fest verankert. Rot angepinselt. Leuchtend. Damit die Welt zu ihm hinschaut. Und übersieht. dass er dich ins Schwarz des Nichts zieht.

Du bist ihnen gleichermaßen unwichtig wie all die Tiere, welche den blauen Planeten ungemein bereichern und trotzdem achtlos weggeworfen werden. Aus niederen Gründen verjagt. Verfolgt. Erschlagen. Erschossen. Deren Schmerzen, Tränen, lähmende Ohnmacht und Würdelosigkeit niemand interessiert. Die auf den Straßen verhungern, unter sengender Sonne verdursten. Nach Unfällen verletzt am Wegesrand liegen bleiben, vergessen von der Welt. In Lagern gequält und auf jede nur erdenkliche Art und Weise getötet werden. Als wertlos erachtet. Weil sie niemand will, nachdem sie in dreckigen Verließen viel zu lange dahinvegetierten. Unter Bedingungen, die erbärmlicher nicht sein könnten. Oder aufgehängt wie die Galgos[40], wenn die sportliche Leistung nach Meinung ihrer Besitzer nicht stimmt. Die Klippen hinuntergeworfen wie die ausgemusterten Esel[41], weil sie zu alt und verbraucht sind. Damit ihr Leben verwirkten, das nur aus Trübsal, Hunger, Durst und Schuften bestand. Mit Benzin übergossen und angesteckt wie die Hunde der Insel[42]. Aus Zeitvertreib. Zur Belustigung.

Dich will auch niemand. Wirst nicht vermisst. Dort. Im demokratisch-humanistisch geprägten Land der Mitmenschlichkeit. Und wie der blaue Planet verarmt ohne jedes einzelne dieser liebenswerten Geschöpfe, die ich gerade erwähnte, so stirbt ein wichtiger Teil von mir, wenn du nicht mehr da bist. Ich brauche dich, weil ich dich von ganzem Herzen liebe.

Sie jagen dich, die Streunerin, verlauste Hündin, tausendmal hungrig, frierend und ausgemergelt vom Hof. In der Hoffnung, dass dich die massive Eisenkette um den Hals unerbittlich zurückreißt. Dir unweigerlich das Genick bricht.«
Ich holte tief Luft.

Debbie Marilyn sah geknickt zu mir hin. »Ja, ich höre und erlebe es in wiederkehrenden Träumen. Seit all den Jahren. Wie eine Schallplatte, die nie verstummt: ›Macht das Tor auf für eine wie sie, Demokratie macht frei.‹ Aber vielleicht interpretierte ich die Wortfolge falsch, und sie meinten: Demokratie. Macht. Frei! Denn wer die Staatsgewalt in Händen hält, kann sich ungehindert äußern. Entscheiden, wer Demokrat. Und das Gegenteil. Was gut und verabscheuenswürdig. Wer dazugehört. Und unerwünscht ist. Ich fürchte den anhaltenden Hass. Die Hetze, persistierende Gewalt und Wut. Bewusste Schikanen. Kurzum: Der Demokraten Wunderland. Mit all den blumig propagierten Versprechen. Vergleichbar mit der amerikanischen Vision, ein Tellerwäscher sei eines Tages Millionär. Meine Ambition war, morgens aufzuwachen. Mit ordentlichen Dokumenten. Anerkannt. Gleichberechtigt. Ohne Altlasten. Doch nichts davon in Sicht. All das schmerzt. Ich erwartete Sprüche und Verwünschungen dieser Art von national-konservativen Kreisen. Oder alten Volksgenossen. Die mich erstaunlicherweise in Ruhe ließen. Weil sie bemerkten, dass ich so schnell wie möglich in ein normales Leben zurückkehren wollte. Ein gesellschaftskonformes, unauffälliges Leben anstrebte.

Es waren linksliberale, sozialdemokratische Stimmen, die sich progredient darstellten und mir die Wege mit unüberwindbaren Barrikaden verstellten. Mich weiterhin hinterhältig energisch verurteilen. Ausschließen. Mit Dolchfingern auf mich zeigen. Mir Wunden zufügen, die nie wieder heilen.

Ausbrechen?

Ohne unbelastete Papiere keine Option.

Doch drinnen bleibe ich chancenlos. Ein unlösbarer Knoten.«

Sie holte tief Luft. Schaute an mir vorbei. Verletzlich wie das Kitz, das mit weit aufgerissenen Äuglein den Mähdrescher auf sich zurollen sieht. Und vor Furcht starr auf den Boden kauert. Liegenbleibt. In der vagen Hoffnung, die Mutter würde es rechtzeitig retten.

»Seinerzeit folgerte ich: Aus leidvoller Erfahrung der Geschichte erwache in *Fremdat* und seinen politisch-bürokratistischen Vertretern humanes Bewusstsein. Eine Fehleinschätzung mit unabsehbaren Konsequenzen für mich. Shirley, ich entschied damals falsch.«

»So?«

»Ach, ist doch wahr. Niemand von diesen ‚Bonzen' – und damit meine ich nicht den Begriff in seiner ursprünglichen Bedeutung - nähme sich heraus, mich mit seinem angeblichen Wissen über Vergangenes folgenlos zu erpressen. Datenschutz ersatzlos zu streichen. Ich müsste nicht ständig - wie ein Erdmännchen - in alle Richtungen sichern, um existenzielle Gefahren rechtzeitig zu erkennen. All das Leid wäre vermeidbar gewesen. Familie, Karriere, gesellschaftliche Stellung, ein unbekümmertes Leben der Lohn.«

»Und die göttliche Fügung, du selbst zu sein, blieb auf der Strecke? Du machst dir etwas vor. Hast du heute schon in den Spiegel geschaut? Die Kleine dort mit dem Glück in den Äuglein, die gäbe es nicht. Diese Alice im Wunderland.«

»Sei ehrlich, Shirley. Wäre das nicht besser? Und stelle dir vor, wir hätten uns rechtzeitig getroffen.«

»Die Antwort auf diese lächerliche Frage liegt auf der Hand. Wäre an dir vorübergelaufen, ohne dich eines Blickes zu würdigen.«

»Warum?«

»Weil dieses Mädel, eine kleine Amerikanerin, einmalig ist. Und nicht durch einen Kerl zu ersetzen. Ich besaß in David das Bild eines Ehemannes. Brauchte keinen weiteren. Fräulein, wir begegneten uns schicksalhaft. Traf ein *weibliches* Wesen, in das ich mich unsterblich verschoss. Beim ersten Hinsehen. Meine Debbie Marilyn. Ich liebe dich. *Weil du ein Mädchen bist.* In all deinen Facetten. Geht das irgendwann in den Dickschädel hinein? Beschimpfe mich mit Lesbe. Na und? Ich bin es. *It's Now Or Never*, versicherte ich dir. *Forever and a day.* Setze das mit Nachdruck hinzu.«

»Verzeih, Liebste, es gibt Tage, da bricht die Welt über mir zusammen. In der unumstößlichen Überzeugung, in löblicher Regelmäßigkeit falsch abgebogen zu sein. Bruder Franciscus meinte beim Abschied: ›Ich werde beten, dass du an den Kreuzungen deines Weges die richtige Richtung einschlägst. Oder dass du die Pfade entdeckst, die zurückführen. Aus unwegsamem Gestrüpp. Im Ohr die beruhigende, sanfte Stimme des Herrn. Wie das Lämmlein, das der Hirte sucht, wenn es kläglich schreit. Es findet. Auf seinen beschützenden, starken Armen behutsam zurück ins Licht trägt. Beseelt von der Rettung jedes seiner Geschöpfe.‹ Was ist der vorgegebene Weg, Shirley? Sage es mir, bitte! Ich flehe dich an. Denn ich bin dabei, mich immer häufiger gedanklich heillos zu verstricken, vollkommen zu verirren und kopflos ins Verderben zu rennen.«

»Schau mich an. Denke an das Zauberwort Liebe. Was sie bedeutet. Und frage mich diesen Unsinn ein weiteres Mal.«

»Das Problem mit der Heirat bleibt. Sämtliche Fäden entspringen dem Standesamt. Benötige ein lupenreines internationales Ehefähigkeitszeugnis. Ohne detaillierte Angaben, die mich bloßstellen. Sie sind in Bezug auf mich zu keinem Deal bereit.«

»Vergiss diese Unflexiblen. Wir finden einen anderen Weg. Für was habe ich einen Ex-Ehemann, der ein gewiefter Anwalt ist?«

2001. Der europäische Teil der Niederlande ermöglichte die Eheschließung.

2002, die Scheidung von David lag ein Jahr zurück, überreichte ich Debbie

Marilyn den Verlobungsring. Mit einem Diamanten, wie es bei uns üblich ist. Wir feierten diesen Tag unter Palmen am Strand vor türkisblauer Kulisse und am Abend in einem unvergessenen Ambiente der Hotelanlage. Auf einer Karibikinsel.

2005. Eine weitreichende Entscheidung: *The Canadian Civil Marriage Act*.

Das Tor zu einer gemeinsamen Zukunft stand aber für uns schon seit dem 17. Mai 2004 offen: Die Entscheidung von Massachusetts. Erste Same-sex-Ehen wurden geschlossen, zwei Drittel davon zwischen Frauen. War mit Debbie am Airport in Miami verabredet. Weiterflug in Richtung Massachusetts stand bevor.

›Wenn es Menschen gibt,
die eines von Gottes Geschöpfen
aus dem Schutz von Mitleid und Erbarmen ausschließen,
wird es Menschen geben,
die ihre Brüder auf dieselbe Weise behandeln.‹
Francesco d'Assisi

›Wer das Böse ohne Widerspruch hinnimmt,
arbeitet in Wirklichkeit mit ihm zusammen.‹
Dr. Martin Luther King

22. Elijah: Erkenntnis und Freiheit

Elijah schaute gedankenverloren in die Runde. Ein tiefgründiges Lächeln erhellte sein Gesicht.

»Ihr seid weiterhin wach? Nicht zu fassen. Langsam wird das Klassenzimmer zum glühenden Backofen. Es ist euch bewusst, dass vor zwei Stunden offiziell die Ferien über uns hereinbrachen? Wir sind die Letzten im Schulhaus. Bis auf den Sicherheitsdienst.« Er lehnte sich abwartend an die Schreibtischkante.

»Macht euch nichts aus? Okay. Dann weiter im Text. Meine Erzählung steht sowieso kurz vor dem Abschluss. Konzentriert euch für ein abschließendes Thema, das eine entscheidende Wendung in unser Märchen bringt.

Die Passion Jesu ist euch, setze das gutherzig voraus, ein Begriff. Würde der Tod am Kreuz das Ende seines Weges darstellen, wäre alles Geschehen nicht mehr als eine aufgeschriebene Geschichte. Ein Ausgang in Dunkelheit. Doch es folgte die Auferstehung in der Osternacht, das Aufflammen der Kerze, des Lichtes. Durch Weitertragen entsteht Illumination der Zukunft. Tiefste Trauer kehrt sich um in höchste Höhen der Glückseligkeit. Aus vermeintlich tragischem Schluss entsteht ein berauschender Neuanfang, der Kräfte mobilisiert, die einen Tag zuvor undenkbar schienen. Es fügt sich ein Steinchen zum anderen. Der Eckstein lebt. Hält alles zusammen. Garant für eine stabile Zukunft. Diese Freude verzeiht das Diabolische. Relativiert es. Macht es vergessen: Jesus starb am Kreuz aus eigenem Willen. Aus einer Position der Stärke heraus. Seinen Verfolgern, Feinden, den Anführern, Verrätern, Dieben und Unversöhnlichen zu verzeihen, basierte auf dieser Grundlage. War daher nicht mit einer Bedingung verknüpft. Sondern Ausdruck des Bewusstseins, der alleinige Weg, die einzige Wahrheit und das Leben in Ewigkeit zu sein. Inklusive Nachsicht in Fülle zu verschenken.

Dieses Vermächtnis trugen die vier Evangelisten weiter. Den Jüngern durch den Heiligen Geist eingehaucht, die es verbreiteten: das Wissen, dass Verzeihen der Schlüssel ist. Für Hoffnung und Überwindung der Ohnmacht. Durch diese

Entscheidung gewinnt eigene Freiheit Raum. Wie ein aufgehender Stern. Ein neues Leben beginnt. Unbeeindruckt von Altlasten, die sich auflösen. Welch lichterfüllte Aussage. Wie die Erkenntnis, was Transformation bedeutet. Dass aus Vergangenheit und Gegenwart Zukunft erwächst. Alles Zurückliegende damit einen tiefen Sinn ergibt. Und darauf aufgebaut ein ewig währendes Licht entsteht. In diesem Kontext seht das Kommende.

Debbies letztes Schreiben an Shirley aus Jerryland Anfang des Jahres 2004 endete mit den erwähnten Überlegungen, die sie in einem Gottesdienst hörte. Zum Abschluss ihres Briefes schrieb sie sinngemäß: Es war wie eine Erleuchtung. Sah das in Jahrzehnten Erlebte, Belastende und die Täter, die ich damit in Verbindung brachte, erstmals in einem anderen Zusammenhang. Schlagartig erfuhr ich das Gefühl von grenzenloser Freiheit. Getragen von der Eingebung, allen zu verzeihen, die mich jahrzehntelang quälten: die Genossen der ersten Stunde, die mir Aus- und Weiterbildung, den angestrebten Beruf, die Werte des Grundgesetzes vorenthielten und eine Arbeitssuche zum Hürdenlauf umfunktionierten. Wie ihre Nachfolger, die solche Gängelei fortführten.

Werde die Dokumente des Bösen auf der Heimreise verlieren. Bin lieber staatenlos. Ohne Ausbildungsnachweise und Rentenansprüche. Verzichte gerne auf die mühsam erarbeiteten Almosen. Denn die Verantwortlichen versagten mir das Wichtigste: Selbstbestimmung, Selbstachtung, Persönlichkeit. Den Dialog auf Augenhöhe. Die Kette – hören Sie mich laut und deutlich, Herr *DWP*-Bürgermeister? – reißt entzwei. Zerfällt zu Staub. Und damit der rote Winkel[43]. Die Feindin der *S*-Gesellschaft an Rhein, Main, in Berlin-Brandenburg steht wieder auf. Sie lebt! Ist frei!

Infam[44]- war das Bloßstellen, Chancennehmen. Aufplustern. Die Behauptung der Machtinhaber, das Maß aller demokratischen Normen zu sein,

ein Verbrechen an der Menschlichkeit seit 1969 nicht aufzuarbeiten,

das Notieren jeder Einzelheit aus meinem Leben,

die Feststellung, die Antidiskriminierungsstelle in Bonn beschäftige sich nicht mit Fällen, die gegen Deutsche deutscher Herkunft gerichtet seien und von Menschen mit Migrationshintergrund ausgehe. Nur umgekehrt würde eingeschritten.

Der Herr sagte, wer ohne Schuld sei, solle den ersten Stein werfen. Die politische Führung *Fremdats* schleudert weiter in der festen Überzeugung, sie seien sündenfrei. Treten mir das *Shalom* mit Stiefeln aus bittenden Händen. All das ist nun überholt. Es mutet an wie das Licht der Osternacht. Ein Neuanfang.

Begleitet von Glaube, Liebe, Hoffnung. Du hörst von mir, sobald ich strande. Auf einer Nachbarinsel. Freue mich auf unser Wiedersehen. Der Brief endete mit: L' Chaim, auf das Leben.

Shirley wartete in der Eingangshalle des Airports. Der Flieger von den Bahamas landete. Ihre Freundin stand nicht auf der Liste. Auf der Reiseroute verlor sich die Spur. Sie blieb unauffindbar.« Stille herrschte in der Klasse. Betretenes Schweigen. John meldete sich nach geraumer Weile zu Wort.

»Elijah, ich bin jetzt enorm frustriert! Sie versprachen uns ein Märchen. Wo ist das Happy End?«

Der Angesprochene druckste herum. »Was ist zu sagen?«

»Was wirklich geschah«, konterte John.

Elijah antwortete zögerlich: »Ich gab euch eine ehrliche Antwort.«

»Niemals!«, beharrte der Klassensprecher. »Erstens. Wir kennen Sie und wissen, wann Sie flunkern. Zweitens. Wir quartieren uns ein. In diesem Klassenzimmer. Bis nach den Ferien. Es sei denn, das wahre Geschehen kommt ungeschminkt ans Licht. Wir sitzen hier nicht stundenlang herum, um am Ende mit Halbwahrheiten abgespeist zu werden. Das ist nicht fair.«

Der Lehrer sah in die Runde. Sämtliche Augenpaare ruhten auf ihm. Er atmete tief ein.

»Ihr Quälgeister!« rief er aus. »Wer impfte euch ein, solch penetrante Wahrheitsschürfer zu sein?«

»Na wer wohl?«, konterte John und grinste unverhohlen.

»Aber nur«, meinte Elijah ergeben, »weil ich ein idyllisches Urlaubsziel auf einer Farm im Süden Floridas im Auge habe. Und die überaus kostbare Freizeit nicht in diesem Schulgebäude abzusitzen gedenke. In eurer Gefangenschaft.« Er setzte sich wieder auf die Schreibtischplatte und stützte die Hände auf. »Hier das Ende des Märchens. Wir schrieben das Jahr 2004. Shirley ließ sich am Schalter der Fluggesellschaft nicht abwimmeln. Es lief in etwa so ab:

›Schauen Sie bitte erneut in die Passagierliste.‹

›Madam, eine deutsche Staatsbürgerin ist auf den Bahamas nicht zugestiegen. Überzeugen Sie sich selbst. Hier-‹, die Angestellte drehte sichtlich angesäuert den Bildschirm zu Shirley hin. ›Ein Herr aus New York und eine Dame aus Washington D.C., ansonsten niemand.‹

Shirley war gerade im Begriff aufzubegehren, da stand David aus heiterem Himmel neben ihr.

›Wo kommst du denn her?‹ Ungläubig starrte sie ihn an.

›Von den Bahamas‹, meinte er sachlich. ›Sonderauftrag im Namen der Kanzlei. Unaufschiebbar. Eine Klientin hat im Urlaub ihren Pass eingebüßt. Brachte ihn zu ihr und begleitete sie sicherheitshalber hierher.‹

›Und wo hast du sie verloren?‹

›Habe ich nicht. Macht sich zurecht. Der zukünftige Ehepartner holt sie ab. Sie vertraute mir unter dem Siegel der Verschwiegenheit, das ich hiermit breche, an, sie dürfe nicht derangiert ankommen. Vor allem nicht in zerfledderten Jeans und weißem T-Shirt. Wie der Zufall so spielt, sie ist eine weitläufige Cousine von mir. Eine Miss Blumenfeld. Nein. Nicht aus Israel. Amerikanische Staatsbürgerin von Geburt an. Aus Washington, D.C., sprach ich etwa noch nie von ihr?‹

›Ist mir kein Begriff. Sollte ich sie kennen?‹

›Gehe davon aus.‹

›War sie je bei uns?‹

›Das ist ihr Pass. Druckfrisch.‹ Er hielt Shirley Ausweispapiere unter die Nase. ›Mit vollem Namen Debbie Marilyn Blumenfeld. Mir gefällt sie. Auch nicht gestylt eine Sünde wert‹, feixte er genüsslich. ›Meinst du nicht, Ex-Gattin?‹

Shirley stierte auf das Foto und fiel ihm wortlos um den Hals. ›David, wie das? Ich hatte solche Verlustängste.‹

›Ist mir vollkommen entgangen‹, meinte er und grinste überlegen.

›Wie gelang dir das Unmögliche?‹

›Zeitweilig sind alte Verbindungen Gold wert. Und ein vernünftiges Rechtssystem. Nachdem ich durch die Kinder von eurem Problem erfuhr, habe ich mich schlau gemacht und mit deiner Verlobten kurzgeschlossen. Das Ergebnis ist vorliegendes Dokument.‹ Er blinzelte. ›Denke, dieser Ausweis ist bald wieder ungültig.‹

›Warum?‹, entgegnete sie entrüstet und wurde blass.

›Weil du ihr nach der Trauung den Namen Taylor weitergibst, wie sie mir im Flieger kleinlaut gestand. Auf dieser Schiene sind wir erfreulicherweise alle miteinander verwandt.‹

Wochen später feierten sie eine rauschende Hochzeit inmitten einer ausgewählten Gesellschaft. Die Eheöffnung in Massachusetts machte den Weg frei. Shirley wartete vor dem Pfarrer. Zusammen mit mir, der ich als Trauzeuge fungierte. In Ermangelung eines Brautvaters führte David die Braut zu. Debbie sah in ihrem weißen Cinderellakleid betörend aus. Mit Schleier über dem blonden Haar. Einen in Pastellfarben gehaltenen Brautstrauß in der Hand, den ihre Trauzeugin Leah später, umringt von Brautjungfern und weiteren weiblichen Gästen, die sehnsuchtsvoll danach Ausschau hielten, unerwartet auffing. Während der Trauungszeremonie steckte Shirley ihrer Debbie den Ehering an den linken Ringfinger. Sie stellten sich unter die Botschaft Jesu: ›Ich will dir die Schlüssel des Himmelreichs geben. Alles, was du auf Erden binden wirst, soll auch im Himmel gebunden sein. Und alles, was du auf Erden lösen wirst, soll auch im Himmel gelöst sein.‹ Matthäus 16,19.

Verbrachten ihren Honeymoon auf Hawaii. Vier lange Wochen. Bringe nach den Ferien die Fotosammlung mit. Der Deputy schenkte ihnen ein Kästchen mit den Handschellen vom Tag der Verhaftung. Meinte zu Shirley: ›Falls sie nicht spurt.‹ Und Debbie raunte er in einem unbeobachteten Moment zu: ›Ich habe damals eindringlich gewarnt, Kleine. Hätte dich so gerne gerettet und vor dem Mädchenknast bewahrt. Jetzt ist alles aus! Gerade hieß das Urteil lebenslänglich.‹ Er küsste sie zärtlich. Strich ihr versonnen über die Wange. Um beim Weggehen zu flüstern: ›Werde dich niemals vergessen, Süße. Solltest du eines Tages einen Ausbruchversuch wagen, ich bin da.‹

Davids Überraschung für Shirley und Debbie war das makellos restaurierte Cadillac Eldorado Cabrio aus den Tagen der Rundreise in Florida, das bis dahin in der Garage der New Yorker Villa eingemottet war. Und ein Landsitz in Meeresnähe. Mittlerweile Gnadenhof für Ausgesetzte und Streuner. Sowie ein Zuhause für eine Anzahl helfende Hände, die sich liebevoll um alle kümmern. Mit einer Kapelle, in der Tiere und Menschen gleichermaßen willkommen sind. Und ich morgen, falls der Flieger pünktlich landet. Und ihr meine Gefangenschaft beendet.

Leah bot Debbie beim ersten Kennenlernen an, jederzeit bei ihr einzuziehen. Falls Shirley zu energisch auftrete.

Ach ja, beinahe wäre etwas untergegangen. Shirley und Debbie erstanden Jahre zuvor in der Nähe von Milano ein weißes Cabrio aus italienischer Produktion, Baujahr 1957, mit dem sie ihre Reisen auf europäischem Boden unternahmen. Verbrachten wieder einmal einen Urlaub in der autonomen Region Südtirol. Sie erlebten Kaiserwetter. Aßen Kaiserbrötchen. Warteten allerdings vergeblich, dass sich ihre allergnädigste Majestät persönlich zeigte. Huldvoll grüßend. In der Stadt der Kaiserin Sisi. Dafür aber schaute eine Chanukkia schon morgens liebevoll umarmend zu ihnen herab. Leuchtend. Wie ein bunter Blumenstrauß, der in der Sonne seine Schönheit entfaltet. In diesen Tagen entdeckte Shirley den Reiz, Debbie in Dirndl zu kleiden. Schlug damit den Bogen zu deren Mutti aus Kindertagen. Erkannte die gemeinsamen Gesichtszüge, wenn sie Abbildungen von früher betrachtete. Täglich wanderten sie auf ihren Streifzügen nahe der Weggabel an dem Kruzifix vorbei, das auf sie eine eigentümliche Ausstrahlung ausübte. Ein bequemer Pfad führte langsam ansteigend geradeaus durch Apfelplantagen. Der abzweigende, schmale Aufstieg dagegen über unwegsames Gestein an Weinreben und hohen Toskanasäulen vorbei. Schlängelte sich nach links in die Höhe. Just an dem Platz, an dem Jesus die Vorbeikommenden bittet, für einen Moment zu verweilen. Mit ihm ein Zwiegespräch zu führen. Sich gegenseitig in die Augen zu schauen. Voller Vertrauen. Dankbar die umarmende Liebe und allumfassende Barmherzigkeit anzunehmen. Alle Sorgen abzuladen. Bei ihm. Um, frohgemut und frei von Belastungen jeglicher Art, weiterzugehen.

Sie begegneten dort regelmäßig den gleichen Zwei- und Vierbeinern auf ihren Spaziergängen. Zum Beispiel der Ordensfrau mit dem gütigen Gesicht und der liebenswerten Ausstrahlung auf dem täglichen Weg in die Höhe und zurück ins Kloster. Oder dem freundlichen Herrn mit seinem Schäferhund, den er stets zur gleichen Stunde ausführte.

Es war gegen halb sechs in der Frühe. Ein bedeckter Tag. Ängstigende, bedrückende Regenwolken hingen tief über den Bergen und verdeckten deren Gipfel.

»Bruder Franciscus, bitte, antworte uns. Gibt es nur einen Himmel für Tiere und Menschen, für alles Leben auf Erden?«, rief Debbie dem pfeifenden Wind entgegen. Voller Erwartung standen sie da und warteten ab. Es dauerte nicht lange. Zwischen zwei Bergmassiven teilte sich die dunkelgraue Bewölkung. Wie das Meer beim Auszug des jüdischen Volkes aus Ägypten. Das Blau des Himmels war an dieser Stelle kurzzeitig sichtbar. Taghelle Strahlen fielen zur Erde hernieder und hüllten für Sekunden das Kruzifix in gleißendes Sonnenlicht. Zauberten ein bejahendes Lächeln auf das Gesicht Jesu.

23. Elijah: ein Leben zwischen Heimat und Fremdat

*N*ach kurzer Unterbrechung, in der sich die Schüler auf dem Gang die Beine vertreten konnten, fuhr Elijah in seiner Erzählung fort: »Nach der Heirat bauten sie sich ein gemeinsames Leben auf. Verwirklichten ihre Träume. Sporadisch hielt sich Debbie im Land der *Krauts* auf. Sie hatte ja dort noch Familie. Ihr Bestreben blieb, in der *DWP/LTOP-Republik,* der *Demokratie wagenden Partei* wie der *Liberaltoleranten ohne Punkte,* – seit Jahren allerdings unter christdemokratischer Führung – trotz alledem ordnungsgemäße Dokumente zu erlangen. Von Geburt an. Im Stillen. Ohne Aufhebens. Obwohl sie korrekte amerikanische Papiere besaß. Es misslang. Alle Bemühungen, mit den dortigen Behörden zu einem Einverständnis zu kommen, verpufften.

Mittlerweile schrieben wir das Jahr 2019. Wieder einmal war Debbie Monate in Europa. Shirley wurde ungeduldig und bat sie in einem Schreiben, so bald wie möglich zurückzukommen. Außerdem warte bei Ankunft eine Überraschung auf sie am Airport.

Der Text lautete in etwa wie folgt: ›My Sweetheart, wie lange warte ich voll Ungeduld auf ein Lebenszeichen. Ich höre nichts von dir. Bin zutiefst besorgt. Du bist seit Wochen überfällig. Wann kommst du zurück? Aus deinem letzten Brief ging hervor, dass du dich immer noch nervigen Widerständen stellen musst. Bitte schließe damit ab. Es führt zu nichts, es sei denn in den Abgrund.

Bin bestürzt, dass die Fronten auch nach Jahrzehnten des Bittens derart verhärtet sind. Wir waren uns natürlich im Klaren. Engstirnigkeit und Selbstüberschätzung sind die zutreffenden Begriffe für die Staatsformen, die das Land der *Krauts* in jeder Phase seiner Existenz bis heute auszeichnen oder besser gesagt bezeichnen. Du kennst meine Haltung. Sie änderte sich nicht, festigte sich eher. Doch stelle dir meine Überraschung vor. Tage zuvor schlenderte ich durch die

Hauptstraße unseres zurzeit verschlafenen Nestes. Im Vorübergehen schaute ich zufällig in die Auslage des Buchladens. Ein Titel mit folgendem Wortlaut sprang mir in die Augen: ...[45]! Ich denke, du bist genauso empört wie ich. Alles stand wieder vor mir. Im Geiste ballte ich die Fäuste und wandte mich allein von der Vorstellung angeekelt ab. Verständlicherweise fällt es mir schwer, in dieser Frage objektiv zu bleiben. Andererseits bin ich durchaus bereit, dem Autor des Werkes fundierte Gründe zu unterstellen, solch eine Überschrift zu wählen. Zwei überdimensionale Sahnetortenstücke im Café auf der gegenüberliegenden Straßenseite neutralisierten fürs Erste die entstandenen negativen Gefühle durch die Tatsache, dem Körper eine Todsünde zugemutet zu haben. Zugegeben, der Seele half es. Und das beabsichtigte ich.

In meinen Augen handelt es sich bei dem Titel zu diesem Werk um eine Art *Emser Depesche*, die den vorüberschlendernden Betrachter vorprogrammiert. Vielleicht aber auch bewusst provozieren soll. In meinem Falle jedenfalls ist das voll und ganz gelungen. Es ist nicht die Wirklichkeit, wie wir beide nur zu gut wissen. Ich gestehe, mir ist der Inhalt des Buches nicht bekannt. Es ist die von mir einseitig interpretierte Aussage auf dem Umschlag, die mich in Kenntnis des Geschehenen zutiefst aufwühlt. Die geschichtliche Vergangenheit des Landes ehrlich aufzuarbeiten, bei dem Unvorstellbaren, was einst geschah, das ist wahrlich keine Leistung der derzeitigen Politiker. Sondern eine Selbstverständlichkeit. Jedes andere Verhalten jedenfalls nicht nachvollziehbar. Wichtig wäre es, daraus *allgemein* zu lernen, nicht einzig im Speziellen, *für* die Jetztzeit und die Zukunft. Rückschau ist wichtig. Aber die Gegenwart muss spürbar davon profitieren. Das ist die Forderung an die Staatslenker und Bürokratisten dieser Tage. Unabdingbar! Die logische Konsequenz, welche es zu erfüllen gilt. Moderne Politik einer weltoffenen Gesellschaft bedeutet, stündlich selbstkritisch zu handeln. Sich ständig zu hinterfragen. Unentbehrliche Erfordernisse sind permanente Lernfähigkeit, Ehrlichkeit und Dialogbereitschaft. Stimmen diese Voraussetzungen, ist die Titelseite des Buches gerechtfertigt. Ansonsten ist die alleinige Aufarbeitung der stattgehabten Verbrechen durch die – eigenes Fehlverhalten vollkommen ausfilternde – Brille der jetzigen Machtinhaber ein leicht durchschaubares Ablenkungsmanöver vom Heute. Falsch. In doppelter Bedeutung.

Aber jetzt zum Wichtigsten: Anbei ein Foto von ihm. Ich brenne darauf, dass du ihn kennenlernst. Ein Bild von einem echten Kerl. Makellos. Durchtrainiert. Muskelprotz. Sieht er mich mit seinen großen, braunen Augen an, schmelze ich dahin. Unmöglich, ihm einen Wunsch abzuschlagen. Wir sind

ständig zusammen. Er weicht mir nicht von der Seite. Wir gönnen uns stunden-
lange Spaziergänge über den menschenleeren Strand. Bade mit meinem Bodyguard in der Nacht, wenn der Mondschein die Geister des Meeres zum Leben
erweckt. Wir schwimmen dem Sonnenaufgang entgegen, der in dieser Jahreszeit
eine Mystik entfaltet, die täglich neu fasziniert. Und ins Traumland katapultiert.
Wem sage ich das. Du hast es hunderte Male erlebt.

Zuhause kramte ich zum wiederholten Male meine alten Tagebuchaufzeichnungen hervor. Sie liegen, wie dir bekannt, sicher verwahrt in dem Kasten mit den roséfarbenen Rosenblüten. Wie das Briefchen, das du mir anver-
trautest. Erinnerungen an die unvergessene Zeit des Aufbruchs, der endgültigen
Entscheidungen, die alles radikal veränderten und das Leben für uns alle neu
aufstellten. Instinktiv berührte ich das Kruzifix an der Kette um meinen Hals.
Die Blätter des Diariums sind vergilbt und wellen sich. Las und versank erneut in einer Welt, die mir vor unserem Kennenlernen unbekannt war. Tauchte
erneut ab und schwamm hautnah in Emotionen, Widersprüchen, Verlangen.
Den gelebten Träumen. Wie in den Stunden der täglich bahnbrechenden neuen
Einsichten. Verlor das Gespür für Zeit und Raum. Zwischendurch schaute ich
benommen auf. Blinzelte durch die Spalten der zugeklappten Läden, welche die
Mittagshitze und das grelle Tageslicht aussperrten, filterten, bunt zerlegten und
tanzenden Staubpartikeln eine wirkungsvolle Bühne boten.

Kochte einen Kaffee. Na gut, zugegeben: kenne deine abwertende Meinung
dazu. Farblich eher Tee. Für dich Kakao mit Chili und Vanille. Die Zutaten liegen bereit, genau wie der duftende Riegel, den du so magst, dessen Geschmack
Kindheitserinnerungen in dir wachküsst. Für den Fall, dass du unangekündigt
in der Tür auftauchst. Wunschdenken. Lass mich daran festhalten. Verliere mich
spontan in den verführerischen Pin-up Posen. Bilder, die ich seinerzeit von dir
schoss. Mit Coke und Candy in Händen. Welch eine Zeit. Wir waren verrückt.
Auf Leben. Erleben. Die Liebe.

Schluss mit dem Abdriften in die Wolken. Zurück zum Inhalt der eng beschriebenen Blätter. Unzählige Einzelheiten sind mir entfallen. Oder verdränge
ich sie? Ernüchterung bleibt zurück. Wie die Zeit vergeht und zu oft belastenden
Grübeleien eine breite Plattform bietet. Fragezeichen in den Raum stellt. Ohne
befriedigende Antworten zu erhalten. Du fehlst mir! Akzeptiere, dass du Handy
und Computer vermeidest, um keine Spuren im Netz zu hinterlassen. Verstehe
die Gründe, die auf der Hand liegen. Und gleichzeitig fühle ich mich von dir
im Stich gelassen. Sieh es mir nach. Vermisse dich so sehr. Deine Nähe, deinen

Körper, deine Berührung. Die Art, wie du sprichst, dich bewegst. Mich anschaust. Und mit mir schweigst. Einfach alles.

Beim Stöbern in den Schubladen entdeckte ich einen vertrockneten Joint. Ich holte ihn heraus und umschloss ihn zärtlich mit den Fingern. Die Tüte hoben wir seinerzeit auf. Ein Pfand. Für das Wiedersehen. Hier, wo sich ein Pflänzling am Wegesrand einnistete, unbeachtet an Kraft gewann. Sich gegen alle Widerstände behauptete. Mit offenem Ende.

Ich liebe Dich, meine kleine Amerikanerin, denke immer daran, deine Heimat ist hier. Ti voglio tanto bene per sempre, forever and a day. Shalom, deine Shirley Jane.‹

Debbie flog am nächsten Tag zurück. In Miami warteten Shirley und der junge Schäferhund Caro. Die Drei unternahmen viel in den darauffolgenden Monaten. Lange Strandspaziergänge, Überlandfahrten, nächtliches Schwimmen im Golf von Mexico. Eine unvergessliche Fahrt auf der Route 66, bei der sich Caro den Fahrtwind um die Nase wehen ließ. Die Farm blühte weiter auf. Viele Tiere lebten mittlerweile auf dem großen Grund. Harmonie pur. Shirley und Debbie führten eine glückliche Ehe. Es war wieder wie in den Jahren zuvor.

Anfang 2022 platzte die Nachricht vom frühen Tod Sidneys in ihre Idylle. Debbie wich beim Erhalt dieser Nachricht alle Farbe aus dem Gesicht. Wie versteinert saß sie im Schaukelstuhl auf der weißen Holzveranda des Hauses. Noch eben hatte sie mit einem Farmhelfer locker geplaudert und duftenden Kaffee aufgetischt. Sie erwartete zudem Shirley kurze Zeit später aus der nahen Ortschaft vom Einkauf zurück. Sprachlosigkeit verschattete urplötzlich ihr Gesicht. Der Mund war halb geöffnet. Ihr Blick starr in die Weite der Landschaft gerichtet. Sie schien unfähig zu begreifen, was sie gerade erfahren hatte. Zeitlupenartig erhob sie sich. In staksigen Schritten ging sie die fünf knarrenden Treppenstufen hinunter und schlich mit hängendem Kopf davon. Caro, der bis zu diesem Moment zu ihren Füßen lag, erhob sich sofort, gesellte sich an ihre Seite und trottete mit ihr davon.

Weitab, an einem einsamen Strandabschnitt, fand Shirley die Zwei wenige Stunden später im Sand sitzend vor. Debbies Arm lag auf dem in der Sonne glänzenden Rückenfell ihres Lieblings. Die Wange an den Kopf des Kameraden angelehnt. Dessen rechte Vorderpfote ruhte auf ihrem Oberschenkel. Bedacht, sie nur wie mit einem Hauch zu berühren. Beide schauten gebannt und zeitvergessen auf die endlose Wasserfläche, die sich spiegelglatt vor ihnen ausbreitete. Und aus den Wassern schienen sich Urgewalten zu erheben. Wie eine Yacht unter vollen Segeln strömte das Meer dem Horizont zu, öffnete sich, sog den Himmel in sich hinein. *A Power Of Love* lag in der Luft. Shirley wischte sich über die Augen. Schüttelte den Kopf. Der Spuk verschwand. Ein Streich der Sinne, wie es schien. Aber war nicht dort im nassen Sand deutlich zu lesen:*To Know Him Is To Love Him*. Kurz bevor es im Boden versank?

Debbie war zu keiner Emotion fähig. Blieb einsilbig. Verließ früh mit Caro das Haus, kam spät zurück. Drei Wochen vergingen. Shirley fragte nicht, wohin sie ging. Drang nicht in sie. Wartete ab, dass sich die Lethargie löste. Zuweilen jedoch nagten Zweifel an ihr: Gab es Dates, von denen sie nichts wusste? Was geschah im Traumurlaub auf Martinique in Stunden, in denen Debbie allein Flora und Fauna erkundete? Weilte Sidney zur gleichen Zeit auf der Insel, weil dort seine Eltern und viele Verwandte lebten? Oder war dieses Misstrauen vollkommen unbegründet. Entlarvte lediglich Verlustängste, welche Situationen vorgaukelten, die nur in ihrer lebhaften Fantasie existierten?

Eines Tages fiel ihr das Schreiben in die Hände. Wie es der Zufall so wollte. Es endete mit dem Satz: ›Und lasse Debbie wissen, wie sehr ich sie vermisse und brauche. Meine Liebe zu ihr wird nie enden.‹ Shirley behielt dieses Wissen für sich. Dann normalisierte sich glücklicherweise das Familienleben. Als ich in den Sommerferien auf der Farm eintraf, war Leah bereits da. Debbie hatte zu ihrer Unbeschwertheit zurückgefunden. Wir lachten viel. Krempelten die Ärmel hoch und schufteten gemeinsam auf der Farm. Abends saßen wir mit den Helfern zusammen. Sangen zu Gitarrenklängen am prasselnden Feuer. Jeder einzelne von uns trug zum Gelingen des Zusammenseins bei. Überlieferte Geschichten von Generationen machten die Runde. Anekdoten. Selbstverständlich auch Begebenheiten, die sich am Tage ereignet hatten. Langweilig wurde es nie.

So, jetzt wird es aber Zeit, dass ich nach Hause komme und meine Sachen packe. Der Flieger geht in wenigen Stunden. Außerdem seid ihr genauso urlaubsreif wie ich.

Wie, meine lieben Freunde, endet jedes Märchen? Genau. Wenn sie nicht gestorben sind, leben sie noch heute. Euch, Kinder, prächtige Ferien. Und John. Vergiss nicht, ich erwarte deinen wissenschaftlichen Vortrag im Herbst.«

›Ungerechtigkeit an irgendeinem Ort
bedroht die Gerechtigkeit an jedem anderen.‹
Dr. Martin Luther King

24. Elijah:
Schulanfang im Herbst

Die Urlaubswochen waren vorüber.

John trainierte mittlerweile eine Jugendfußballmannschaft im Ort. Nahm den bis zu diesem Zeitpunkt ständig gehänselten Schüler Jack unter seine Fittiche, der bald ein unverzichtbarer Spieler des Vereins war.

Es machte zudem im Städtchen lauffeuerartig die Runde, dass sich drei Mädchen aus begüterten Kreisen am Zaun eines ärmlichen Vorstadthauses lange mit dem Jungen unterhielten, der im Garten zeitvergessen spielte. Sie winkten ihn heran.

»Für dich, mit Liebe geschenkt«, sagte die Erste und reichte ihm ein kurz zuvor im Spielzeugladen erstandenes Puppenset über das Gatter. Ein Barbieklassenzimmer.

Die Zweite beeilte sich, dem Buben eine Make-up-Box für Mädchen zuzustecken. »Es sind klasse Farben, alles, was das Herz begehrt«, meinte sie und lächelte gewinnend.

Die Dritte, von der es hieß, sie bringe sich seit den Sommerferien engagiert in der kirchlichen Gemeindearbeit und dem lokalen Tierschutzverein ein, reichte ein ferngesteuertes Auto über die Hecke.

»Es ist neu. Mein Bruder schenkt es deiner Schwester. Gib es ihr mit einem Gruß von mir. Und richte ihr aus, die Jungs laden sie ein, mit ihnen Fußball zu spielen und regelmäßig am Training im Verein teilzunehmen. Wenn sie Lust hat.«

Das Kind nickte mit hochrotem Kopf, griff von Glück erfüllt nach den Geschenken und winkte den Dreien freudestrahlend hinterher.

Währenddessen erklang aus den offenen Fenstern des Hauses zu Geräuschen klappernden Geschirrs die zu Herzen gehende Stimme einer liebenden Mutter, die *Amazing Grace* sang.

›Hab niemals, niemals Angst, das Richtige zu tun, besonders wenn es um das Wohlergehen einer Person oder eines Tieres geht.
Die Strafen der Gesellschaft sind gering im Vergleich zu den Wunden, die wir unserer Seele zufügen,
wenn wir wegschauen.‹
Dr. Martin Luther King

25. Elijah: Auf die Gefahr hin, Feind liest mit

E lijah schlenderte gedankenversunken durch die Reihen. Erwartungsvoll schauten die Schüler zu ihm auf. Er strich sich durch das volle Haar und meinte:

»Leute, bevor wir heute mit unserem normalen Schulstoff fortfahren, bin ich euch noch das Ende des Märchens schuldig. John sprach mich in eurem Namen darauf an. Im Tagesgeschehen war es untergegangen. Entschuldigt bitte. Außerdem habe ich die versprochene Fotosammlung dabei, die ihr in der Pause ausgiebig durchblättern könnt.« Allgemeines Klopfen auf den Tischplatten unterbrach kurzfristig seinen Vortrag.

»Im September, die Schule hatte bereits wieder begonnen, erhielt Debbie Marilyn einen Telefonanruf von ihren Lieben. Sie flog ab mit dem Versprechen, nach vier Wochen spätestens den Rückflug anzutreten. Doch aus wenigen Wochen wurden erneut Monate. Und kein Wort von ihr. Ohne Vorankündigung erhielt Shirley irgendwann die Tagebuchaufzeichnungen ihrer Liebsten per Post. War irritiert, nichts persönlich zu hören. Konnte sie auch telefonisch nicht erreichen. Ihre Angehörigen aus Deutschland waren erstaunt, teilten ihr mit, Debbie sei längst in die USA abgereist. Mit dem Wagen bis nach Innsbruck gebracht worden. Mom war auf Grund dieser Nachricht zunehmend beunruhigt. Da sie nur abwarten konnte, las sie wiederholt in den Aufzeichnungen:

Ach, Shirley, wen schädigte ich derart nachhaltig? War das Szenario, ich fände keinen Platz auf dem gesamten Globus, auf dem mich meine Vergangenheit durch *Fremdats* kennzeichnende Bürokratie nicht einhole, verhältnismäßig? Und angebracht, *rote Winkel* auszugraben. Demokratisch neu zu verteilen? Sie muteten mir einen Würdekrieg zu, der tiefe Narben hinterließ. Ich schrieb Petitionsausschüsse an. Abgeordnete des Europaparlamentes und der Parteien im Land. Menschenrechtsorganisationen. Minister und Präsidenten. Den Zentralrat. Bat um Gesprächsbereitschaft. Bot an, mich jedem Verfahren zu stellen. Gerichten in *Fremdat* wie international. EU. UN. Den Haag. Niemand antwortete mir. Bis auf den Petitionsausschuss an der Spree. Sein Aktenzeichen enthielt die Zahl 999. Und den Vermerk, es ohne meine Zustimmung weitergeleitet zu haben. An den *hesslichen* Petitionsausschuss, in dem Vertreter aller *demokratischen Parteien der Mitte* sitzen. Von dort kam erwartungsgemäß schon wenig später das schlichte Nein. Eine Art *Volksgerichtshof der Guten*, deren Herkunft, Religionszugehörigkeit und Parteimitgliedschaft im Verborgenen ruhen. Um für das Urteil nicht Rechenschaft ablegen zu müssen. Wie der Henker, der wortlos wie aus dem Nichts von hinten an die Verurteilte heranschleicht. Ohne Namen und Gesicht. Die Schlinge um den Hals des Opfers legt und die Falltür öffnet. Unerkannt. Der Ausschuss. *Das Phantom der Demokratie.*

Du siehst, Shirley, welche politische Organisation mittlerweile den Campkommandanten und seinen Stellvertreter in der Region stellt, ist unerheblich. Im Schweigen sind sie sich einig. Von links bis rechts. Und überschreiten damit sogar links und rechts problemlos sogenannte *Brandmauern*, rote und blaue Linien.

Compassion.

Auch diesen Politikern schenkte der Herr das *Talent*, einer unterwürfigen Bittstellerin nach fünf Jahrzehnten eine zweite Chance einzuräumen und Bürokratie der Humanität unterzuordnen. Barmherzig zu sein. Sie vergruben es wohl. Bedeckten es fein säuberlich mit Grundgesetz, einer *Fahne der Freiheit* und der Menschenrechtscharta. Damit sind sie in der Lage, das von Gott geschenkte Gut wieder auszugraben. Diese Gabe unbenutzt und ungenutzt zurückzugeben. Mit bestem Gewissen, sie nicht beschädigt aber auch nicht vermehrt zu haben. Indem sie das göttliche *Talent* an eine Aussortierte vergeudeten. Matthäus 25,14-30 erzählt eine Geschichte dazu.

Alle gesellschaftlichen Nachteile einer Frau auf mich zu vereinen, es scheint für diese *B-Republik* legitim. Die kaum erwähnenswerten Vorteile und Papiere ohne rote Kennzeichnung gesteht sie mir dagegen nicht zu. Warum, Herr Präsident?

Rein hypothetisch ist dieser Gedanke: Was wäre, wenn ich aufgelöst vor Angst am Eingang eines deutschen Frauenhauses auftauchte? Lassen sie mich nicht ein? Weil ich in ihren Augen eine Art *Auch-Frau* bin und als solche nicht auf die angestammten Rechte *richtiger* Frauen im Allgemeinen verweisen kann? Und Zeitgenossen sich in der schwer zu verkraftenden Aussage versteigen, als überzeugte Nazigegner dürften sie ihre Meinung frei äußern, und Abschaum wie mich als *weiblichen Untermenschen* und *Unterfrau* bezeichnen, die nicht auf gesetzlich verankerte Frauenrechte pochen dürfe? Ein *Freiwild*, das zu jeder Zeit zum Abschuss freigegeben ist? Wäre also eine Gewalttat an diesem Mädchen unerheblich? Etwa im Sinne, wer sich *selbstverschuldet* als Weib outet, quasi eine *feuchte Muschi* präsentiert, hat damit zu rechnen? Forciert es? Will es eindeutig?

Ein altes Märchen erzählt von einem kalten Steinherzen, von bösen Mächten implantiert. In einem modernen Märchen hörte ich die Aussage, Regeln könne man / Mann ändern. Nichts sei von Dauer. Es stammt höchstwahrscheinlich nicht aus trizonesischer Feder.

Beim Sichten der letzten Unterlagen, die noch bei Mama im alten Elternhaus lagerten und mittlerweile vernichtet sind, fiel mir dieses Schreiben an dich in die Hände, das ich damals abzuschicken vergaß. Hole es hiermit nach. Denn es verlor in all diesen Jahren nichts an Aktualität:

Wie lange war es her, dass er zu Hause anrief? In jedem Fall eine beachtliche Anzahl von Jahren. Erinnerte mich nicht an das Datum des letzten Telefonats. Aus heiterem Himmel meldete er sich. Wie soll ich ihn beschreiben? Stelle dir das Bild von einem Mann vor, und es ist untertrieben. Seine Art. Unverwechselbar. Das Aussehen. Gefährlich in Bann ziehend. Ein Charmeur, der in vielem dem Fotografen im Filmklassiker *Ein Herz und eine Krone* glich.

Es fiel mir schwer, dem Ausnahmejournalisten Hermann Heinrich einen Wunsch abzuschlagen. Wir hatten uns seit Anfang der Neunziger nicht mehr gesehen. Dementsprechend war ich beglückt, von ihm zu hören. Nach dem Fall der Mauer und des Eisernen Vorhangs verloren wir uns aus den Augen. Bevor er in den Norden zog, hatte er erreicht, dass das Interesse der Presse an mir erlosch. Ich schlagartig von der Bildfläche verschwand. Damit bot sich Gelegenheit, mich beruflich und privat zu konsolidieren. Zu diesem Zeitpunkt bezweifelte ich nicht, dass er seinem bisherigen Arbeitgeber treu geblieben war und von dort aus arbeitete. Mein Leben verlief nach seiner letzten Aktion und der Intervention des Anwalts so, wie ich es sehnlichst erhoffte. Die Wogen glätteten sich. Schwierigkeiten schienen überwunden. Von der *Person des öffentlichen Interesses* blieb nichts. Die Fesseln der Ängste und Geheimnistuereien waren zumindest oberflächlich abgestreift. Wir scherzten am Telefon. Sprachen über turbulente Zeiten. Es gäbe keinen triftigen Grund anzurufen, beteuerte er. Zu oft. Ich war derart euphorisch, seine vertraute Stimme zu hören, dass ich wohlwollend darüber hinwegsah. Bemerkte nicht, dass er im ihm eigenen, eingeübten Modus Erkundigungen anstellte. Mich zu meinem Privatleben ausquetschte. Immer eindringlicher. Gezielter. Leider erkannte ich es zu spät. Entweder lag ein Aufnahmegerät neben ihm, oder er schrieb eifrig Notizen. Seine Spezialität: Multitasking. Erinnerte mich an sein ausgeprägtes Gedächtnis für Details, aus dem er Geschichten hervorzauberte. Wie ein Magier das Häschen aus dem Zylinder. Oder war es denkbar, dass eine zweite Person neben ihm saß und zuhörte? In typischer Unbekümmertheit plapperte ich weiter. Meine Erlebnisse. Die Tage in Paris. Wechselnde Liebschaften. Leidenschaften. Die sexuellen Erfahrungen schienen ihn besonders zu interessieren. ›Sei ehrlich! Ist mir entfallen‹, lockte er. Die Glocken läuteten zwar Sturm. War hellhörig. Hörte aber nicht auf meine warnende innere Stimme. Wie so oft. Was in diesen Jahren der Stunde null geschehen war, er kam ständig darauf zurück. Für mich war all das mit dem Stempel *erledigt* versehen. Ablage. Im tiefsten, muffigen Kellerloch verstaut. Bereits unkenntlich verschimmelt. Er rührte daran. Verbiss sich darin wie ein Piranha. Entlockte mir Informationen, die ich nie hatte weitergeben wollen. Wir plauderten über die einzelnen Stationen. Und die falschen beruflichen Entscheidungen. Was ständig im Mittelpunkt des Interesses stand, waren weitreichende Exkurse in mein aktuelles Privat- und Gefühlsleben. Hier blockte ich endgültig ab, was ihm hörbar missfiel. Der Klang seiner Stimme veränderte sich. Doch er überspielte dies galant mit seinem unvergleichlichen Charme. Unser Gespräch dauerte annähernd drei Stunden. Er hielt sich mit Informationen zu einem Arbeitgeberwechsel vornehm zurück. Dass er zu einem Fernsehsender wechselte? Davon kein Wort. Später wurde mir klar, dass Presse und Privat-TV miteinander verwoben sind. Wie Baumwurzeln und Pilzstrukturen eines Waldgebietes. Wir verabredeten, in engem Kontakt zu bleiben. Abschließend meinte er in seiner unnachahmlichen Art: ›Du bist eine typische Vertreterin des weiblichen Geschlechts, die einen Kerl wie mich nicht kalt lässt. Ich verstehe nicht, warum ich nicht mit dir schlief. Eine ganze Nacht zusammen im Zimmer dieses Hotels in Sachsenhausen. Welch eine einmalige Gelegenheit. Aus heutiger Sicht nicht nachvollziehbar.‹

›Unsicherheit? Gefühlschaos?‹, antwortete ich zögerlich.

›Unsinn! Kannte dich doch lange genug. Eine Eva mit dem nötigen Sex-Appeal. Nicht emanzipiert. Kindlich naiv. Meine Kragenweite. Für gewöhnlich sprang ich darauf sofort an. Keine Erklärung. Es ist müßig, darüber zu philosophieren.‹

›Desinteresse?‹

›Im Gegenteil. Aus heutiger Sicht eine verpasste Chance, die ich bis zu dieser

Minute bedauere. Du nicht?‹ Er wartete die Antwort nicht ab. Sekunden später knackte es in der Leitung. Ich lehnte mich zurück. Mir dämmerte in diesem Moment: Das war ein klassisches Interview. Genug auswertbares Material, um seitenweise seichte Frauenzeitschriften mit triefenden, herzzerreißenden Einblicken in mein Seelenheil zu füllen. Deren Leserinnen damit zu überschwemmen. Auf der anderen Seite: Warum mich ängstigen? Es war juristisch blockiert. Oder etwa verjährt? Die Zweifel nagten an mir.

Es verging geraume Zeit, ohne dass ich etwas von ihm hörte. Aus heiterem Himmel dann ein weiterer Anruf. Er klang gehetzt. ›Bin auf dem Weg in den Süden. Komme bei dir vorbei. Wir treffen uns gegen fünfzehn Uhr am Samstag. Die bekannte Adresse nehme ich an? Nicht vergessen. Schenke mir dreißig Minuten. Du bist ja im Bilde, wo ich aktuell tätig bin.‹

Das wusste ich nicht.

›Arbeite im Nachrichtenstudio.‹ Er nannte den Privatsender, der mir nur vom Hörensagen ein Begriff war. ›Bin ständig auf dem Bildschirm. Und im Rundfunk. Hast mich nie gesehen oder gehört? Das gibt es ja nicht! Eine Unterlassungssünde. Lebst du eigentlich im Hier und Jetzt oder arbeitest du nur im stillen Kämmerlein tief unter der Erde?‹ Ein Anflug ungläubigen Entsetzens schwang in seinen Worten mit. Sein neues, abwechslungsreiches Aufgabengebiet nicht zu kennen. Ich. Jenseits des Tagesgeschehens. Eine Außerirdische. Erkannte sein Kopfschütteln durch die Leitung. Mir telefonisch eine Kurznachricht zukommen zu lassen, war ein Leichtes. Ihn am Fernsehgerät zu begrüßen, mir eine Freude. Zu meinem Bedauern sprach er wieder eine verpasste Chance an. Nannte erneut die feste Uhrzeit, zu der er auf die Schnelle reinschneie. Es klang wie ein letzter Tagesbefehl, bevor das Unvorstellbare Gestalt annahm: Datum. Ort. Treffen. Ich wartete. Er kam nicht vorbei.

Später erinnerte ich mich, dass er bei unserem Drei-Stunden-Gespräch darum gebeten hatte, ihm die Tagebuchaufzeichnungen von der Zeit in Paris und Versailles in Fotokopie zukommen zu lassen. Ich war der Aufforderung nachgekommen. Ob sie ihn erreicht hatten? Auf die Zusendung der Unterlagen reagierte das Reportergenie nicht. Anfänglich vermutete ich, er wäre in seinem neuen Arbeitsbereich derart eingespannt, dass er mich ad acta legte. Wie bekannt von einem fahrenden Zug auf den anderen springend. Gepackt vom Jagdfieber des rasenden Reporters. Vergaß es bald im Tagesgeschehen.

Warum ich dir das detailliert erzähle? Hier das Aktuelle, das mich trotz der Verletzungen, Fallstricke und tausendfach negativen Erfahrungen erneut aus der

Bahn wirft. Hermann Heinrich kam also nicht zum telefonisch angekündigten Termin. Ich hörte nichts mehr von ihm. Vergaß ihn. Dann fiel mir geraume Zeit später zufällig ein Bild in die Hände, das Ende der Siebziger in der angesagten Flughafendisco entstand. Natürlich! Er konnte mir weiterhelfen. Baute darauf, durch seine weitreichenden Kontakte Wege aus der Misere zu finden. Ein Mann mit seinen Verbindungen vermochte, die Strippenzieher zu kontaktieren. Geheime Türen zu Hinterzimmern zu öffnen. Prekäre Problematik unter der Hand anzusprechen. Eine Lösung herbeizuführen. Wie ein Lobbyist. Ich rief bei seinem ursprünglichen Arbeitgeber an. Man kenne keinen Hermann Heinrich, hieß es abweisend. Stell dir die Überraschung vor. Er, der im Namen dieses Blattes jahrelang reihenweise Artikel verfasste. Sie lagen vor mir auf dem Tisch. Gemeinsame Discobesuche, Interviews, Veranstaltungen, Unternehmungen. Die Erinnerungen standen lebhaft vor mir. Alles Fake? Hirngespinste? Ich saß einem Betrüger auf? Die Gesprächspartner vermittelten das ernsthaft. Unterstellten mir quasi Halluzinationen. Eine Hermann-Heinrich-Psychose mit schwerem Verlauf. In der Folge fing ich in der Tat an, mein klares Denkvermögen anzuzweifeln. Kontaktierte den Fernsehsender: ›Dieser Herr ist uns absolut unbekannt. Ein Journalist dieses Namens hat hier nie gearbeitet. Es handelt sich um eine Verwechslung.‹ Das Internet gab keinerlei Hinweise auf seine Existenz. Gespenster zu sehen, das redeten sie mir ein. Dann der Durchbruch. Die Leitung teilte nach gefühlt hundertstem Anruf mit: ›Ach, von *dem* Mitarbeiter sprechen Sie. Warum nicht gleich? Er ist vor vielen Jahren verstorben.‹ Demnach keine Wahnvorstellungen. Was schon einmal beruhigend war. Andererseits aber diese niederschmetternde Nachricht. Auf meine Frage, wie er starb, hörte ich die lapidare Antwort: nicht bekannt. Meine Gesprächspartner am anderen Ende der Telefonleitung polterten bei einem weiteren Anruf: ›Es ist endgültig genug. Wir gaben Ihnen die Informationen zu dem Autounfall. Er war auf der Stelle tot. Beerdigt. Namenlos. Von ihm testamentarisch so bestimmt. Kontaktieren Sie uns in dieser Angelegenheit nie wieder.‹ Der Hörer fiel auf die Gabel, es knackte in der Leitung. Alles Übrige blieb Spekulation. Diese ernüchternde Nachricht bedeutete das endgültige Aus, einen Vermittler zwischen der Politik *Fremdats* und mir zu finden. Aber das ist nun sehr lange her.

Aktuell sieht es im Lande gesellschaftspolitisch so aus: Das Spiel mit den Geschlechtern und die damit verbundenen Dokumente dürfen zukünftig wohl frei fließen. Es gibt demnach anscheinend nichts mehr, das nicht möglich ist. Stelle dir vor, welche grotesken Situationen sich daraus ergeben können. Die

Bürokratie öffnet sich wohlwollend nach allen Seiten. Auch für Menschen, welche juristische Tricksereien ausnutzen, um durch die Maschen der deutschen Gesetze zu schlüpfen. Das führt unweigerlich dazu, dass pauschal die Anliegen der wirklich Betroffenen der Lächerlichkeit und Kritik ausgesetzt werden.

Ich bat hoffnungsvoll in zwei *Gnadenersuchen* den derzeitigen *DWP*-Präsidenten, dass er mir freundlicherweise Gleichstellung zu dieser Entwicklung gewähre. Das bedeutet im Klartext, die *Zwischenschritte*, sieben postoperative Jahre ohne Geschlechtskorrektureintrag im Standesamt wie auch der *geschlechtsunspezifische* Vorname, der zudem durch Gerichtsbeschluss bereits 2008 kippte, wären endgültig aus den Unterlagen zu streichen. Auch das falsche Gerichtsurteil. Keine Antwort erfolgte. Auf beide Gesuche.

Compassion ist eben kein deutsches Wort.

Daher muss ich wohl akzeptieren: *Compassion out!*

Wenn dieses sogenannte *Selbstbestimmungsgesetz*[46], von dem ich gerade sprach, kommt, werden sich die Initiatoren brüsten, dass sie gesetzlich erlauben, was jedem Menschen grundsätzlich von Geburt an zusteht. Ein freies und dem eigenen Naturell angepasstes Leben zu führen. Also erklären sie in ihrer Großzügigkeit und Selbstüberschätzung eine demokratische Selbstverständlichkeit. Und gleichzeitig verkünden die politischen Akteure aller Parteien der *Mitte* mir damit ein *Verhöhnungsgesetz*. Anders kann ich es nicht bezeichnen, denn auf meine Standesamtsunterlagen habe es – laut Insideraussage – keinerlei Einfluss.

Wenn jetzt Absolution erfolgte, indem mir – wenn auch sehr spät – vernünftige Dokumente von Geburt an ausgestellt und das unsinnige Gerichtsurteil für nichtig erklärt würden, dann wäre ehrliche Einsicht und Wille zur Wiedergutmachung erkennbar. Aber sie agieren weiter im alten Trott. Verweigern öffentliches Aufarbeiten und Klärung vor Gericht. Beharren auf der Unfehlbarkeit der gefällten Beschlüsse.

Der bekannte *DWP*-Spitzenfunktionär erstaunte mich mit einer Erwiderung. Seine E-Mail besagte, *er müsse nicht antworten, weil ich nicht zu seinem Wahlkreis gehöre.* Ich war perplex. Nicht aus Anstand, Höflichkeit, Freundlichkeit, Entgegenkommen, Respekt? Wegen der Umgangsform? Er sitzt im Reichstagsgebäude. Für *alle* im Land? Der *DWP*-Abgeordnete aus dem zuständigen Wahlkreis antwortete gar nicht. Da blitzte es kurzfristig wieder auf. Das Beil, welches weiter über mir schwebte. Dessen Klinge mir vermittelte: ›Du bist rechtlos. Für uns nicht existent. Niemand hört dir zu.‹ Sie zeigen kein Gefühl. Nicht einmal Zorn. Schließen Reichtum, Einfluss und Macht an der Spitze eines demokratischen Staatswesens kategorisch aus, gegenüber einer verachteten Bettlerin und verdreckten Streunerin ein wenig nachsichtig und barmherzig zu sein? Ich werde es nie verstehen.

Verfehlungen von Volksvertretern fallen nachweislich rapide dem Vergessen anheim. Wer ohne Papiere ins Land kommt, der kann darauf bauen, dass seine freiwilligen Angaben von den Behörden übernommen und nicht hinterfragt werden. Im Sinne einer Willkommens- und Anerkennungskultur. Überlebenswichtig soll dagegen jedes Detail aus meinem Leben sein? Besitze ich eine solch herausragende Rolle? Daher notierten sie perfektionistisch alles. Halten es für die Nachwelt fest. Mindestens weitere *einhundertzwanzig Jahre* teilte mir das Standesamt mit. Eine politische Entscheidung. Ohne Gerichtsverhandlung. Wobei die Drohung im Raume steht, es verjähre nie. Quasi *todeslänglich*! Warum? Das erklärte mir niemand.[47] Nebenbei erfuhr ich, das verzerrende Gerichtsurteil hätte ich dreißig Jahre lang anfechten können. Jetzt sei die Einspruchszeit verjährt. Warum wies mich niemand rechtzeitig auf diese Möglichkeit hin, zumal ich das Thema immer wieder ansprach?

Tröste mich mit der Feststellung, die Steigerung des Adjektivs hässlich ist *hesslich*.

Einen Anwalt zu finden, der für mich Beschwerde beim Verfassungsgericht, dem EU-Gerichtshof, der UN-Gerichtsbarkeit einlegt? Alle, die ich anschrieb, winkten ab, da die *Charlie*-Regierung der Gegner ist. Sich direkt an diese Institutionen zu wenden oder an das EU-Parlament und seine Spitze? Versuchte es unzählige Male. Ein Dschungelkampf. Versank beim ersten Schritt im Morast einer in sich verliebten, abwehrenden Bürokratie. Schon auf unterer Ebene. Trat auf ausgelegte Minen, die mein Ansinnen im Ansatz unkenntlich zerfetzten. Verfing mich in Netzen, aus denen zu entkommen nicht möglich war.

Die Verantwortlichen in den Zentren der Macht klopfen auf das *unveränderliche* Gesetz, das sie eigenhändig verfassten. Was jederzeit zu berichtigen wäre, bestünde der Wille dazu. Sie entscheiden im übertragenen Sinne des Gedankengutes eines Dr. Karl Luegers, wer *weiblich* ist. Und eine *feminine Berufsbezeichnung verdient.* In politischen Ämtern verlangen sie für sich das Ansprechen mit *Frau Ministerin* oder *Frau Präsidentin*. Setzen *weiblich* vor feminine Berufsbezeichnungen. Die *Soldatin* ist in aller Munde. Wie angloamerikanische Begriffe, denen ein *–In* angehängt wird. Politiker und Mediengestalter unterschlagen andererseits bewusst die Anrede *Frau Doktorin*. Denn sie vermeiden sogar den Begriff Ärztin. Und fassen diese Berufsgruppe mit dem

Allgemeinbegriff Arzt zusammen. Dem Sprachfluss sei das geschuldet, tönen sie selbstgerecht. Seit Jahrzehnten. In diesem Land biegen die an den Schaltern der Macht Sitzenden für sich alles in ihrem Sinne zurecht.

Im Übrigen komme ich nach diesen Ausführungen selbstüberzeugt zu dem Schluss: Ich bin *eine weibliche Frau*. Und das *erster Klasse*. Und hätte ich jemals promoviert, wäre ich *Frau Doktorin*. Oder *Frau Doktora*.

Ungeachtet dessen blieb ich dran in der Hoffnung, das Establishment der *Krauts* lenke ein. Werde einsichtig. Und erinnere sich an Johannes 8,7. Es war eine erneute grobe Fehleinschätzung meinerseits. Hoffte, dass festgefahrene Strukturen und Meinungen durch zunehmenden weiblichen Einfluss und politische Akteure mit anderen kulturellen und religiösen Wurzeln aufbrechen.

Das Gegenteil war der Fall. Zu meinem Bedauern.

Wie in den Siebzigern die vage Hoffnung, dass eine Generation, die Diktatur erlebt hatte, eine Volksgemeinschaft des Verständnisses erblühen ließe. Ein krasser Trugschluss, wie wir beide wissen.

Oder meinten der *S*-Führer und seine Genossen seinerzeit vielleicht gar nicht Demokratie *wagen?* Sondern *Waagen?* Im Sinne des Abwägens. Um der abgestempelten Sünderin unbegrenzt die Errungenschaften der allgemeinen Menschenrechte vorzuenthalten. Durch dieses *S-Recht*. Und *S*-Engagement. Die Waagschale der Sündenfreien auszugleichen. Mit Kettengerassel, Ohnmacht, Drohungen, Rechtlosigkeit. Ist zumindest eine Überlegung wert. Oder besser nicht. Weil Tränen auf meiner Seite zu schwer wiegen könnten. Und damit das Pendel gegen sie ausschlagen lassen. Was sie mit Härte, Unbeweglichkeit und Einfluss zu verhindern wissen.

Einst erklärte ein Friedensnobelpreisträger den mittlerweile fünfzigjährigen Würdekrieg. Sein Nachfolger im Amt des Präsidenten sieht sich in der Rolle des wahren Hüters der Demokratie. Wie ihrer Werte. Bekämpft die am Boden liegend Wimmernde mit der eindrucksvollsten Waffe, die er zur Verfügung hat: mit Schweigen. In Potsdam empfingen die Siegermächte 1945 den geschlagenen Gegner. Die Unterlegene der *B-Republik* wartet vergeblich auf dieses Zeichen der Achtung.

Was bleibt, ist die Sehnsucht nach der inneren Insel des Glücks, die weit draußen im Meer in der Sonne liegt. Mit weißen Palmstränden, üppiger Blumenpracht, Mangroven und Pinienwäldern. Einer angstfreien Tierwelt. Von türkisfarbenem Meer wie von einem undurchdringlichen Schutzwall umgeben. Umarmt von Gottes Gnade. Matthäus 5,1-11[48] erzählt von Hoffnung und Licht.

Es gibt Menschen verschiedener Herkunft im Volk, die nie verzeihen. Ähnlich den Vorbildern, den Politikern und Bürokratisten. Sie schätzten mich. Suchten das Gespräch. Baten um Einsatz und Hilfe. Erwarteten viel, lernten kennen und achten. Nachdem sie Jahrzehnte später rein zufällig von missgünstigen Zeitgenossen erfuhren, was im Dunkel ruht, spuckten sie Gift und Galle. Zeigten mit dem Finger und verdammten mich. In alle Ewigkeit. Das ist der Mensch. Er vergisst sofort. Entgegenkommen. Geduld. Zuwendung. Verzeiht nie vermeintliche Sünde der Vergangenheit. Einen Fehltritt. Zerquetscht mit den Stiefeln die Hand, die gab. Und spuckt darauf. Wendet sich angeekelt ab.

Hunde vergessen nie. Güte. Langmut. Zuneigung. Wohlwollen. Freundschaft. Sehen einzig das Herz. Und verzeihen viel zu oft das Abgrundböse, das ihnen widerfährt. Durch die Menschen.

Die an den Schalthebeln der Macht Sitzenden behaupten, sie hätten das Beste für alle im Lande im Sinn. Unternähmen das Mögliche, um dieses Ziel zu erreichen. Entweder ist die Aussage schlichtweg gelogen. Oder eine aussortierte Hündin mit rotem Winkel in den Papieren zählt nicht dazu. Es gilt eben immer noch der Gedanke: *Die Welt will betrogen werden. Also wird sie betrogen.* Heute heißt es wohl Fake. Was mir bleibt? Schemenhafte Zuversicht und ein Song: *We Shall Overcome.* In einer Welt, in der sie Kriege *heilig* sprechen. Ich wünsche mir sehnlich, eines Tages *There Will Be Peace In The Valley For Me.*

Well, sozial-demokratische, linksliberale, umweltschützende, christliche, antifaschistische Republik der unveräußerlichen Menschen- und Tierrechte. Der Offenheit und proklamierten Werte für *alle.* Des *Demokratiewagens.* Wann hörst du auf, Demokratie zu wagen und setzt demokratische Errungenschaften wie die allgemeinen Tier- und Menschenrechte unkompliziert um?

Und bietest Dialog an. Anstelle von ausgefeilten Monologen?

Händereichen statt Überbürokratie.

Eingliederung. Nicht Ausgrenzung.

Winkelfreiheit in allen Dokumenten.

Wann erkennst du den Unterschied zwischen den Begriffen Humanität und Menschlichkeit?

Den unbezahlbaren Wert der Barmherzigkeit und Gnade?

Den Sinn des Gleichnisses vom unbarmherzigen Schuldner?

Die Antwort lautet aus leidvollen fünfzig Erfahrungsjahren: nie. Du bleibst gefangen in deiner Selbstherrlichkeit. Denn wie ernst es dir mit der bewussten Ächtung meiner Persönlichkeit und totalen Ausrottung einer lebenswerten

Zukunft war, zeigte seinerzeit das dümmliche *DWP*-Gewäsch: *Landesrecht vor Bundesrecht*. Und der kaum zu überbietende Zynismus des Standesbeamten in Mainhattan, der den Urteilsspruch lostrat: ›Fragen Sie in einhundertundzwanzig Jahren wieder nach. Aber machen Sie sich keine Hoffnung, an unserer Gesetzeslage ändert sich nichts!‹ Für die kommende Zeit einer *tausendjährigen Dritten Republik* der sündenfreien Steinewerfer? Es stieß mir schmerzvoll auf. Das Recht. Im Unrecht. Und meine Ohnmacht. Eingedenk der Tatsache, dass 2008 das Vornamensrecht per Gerichtsbeschluss der obersten Verfassungsinstitution kippte, welche die Befugnis des Standesamtes in der Vornamensfrage deutlich beschnitt. Darauf angesprochen hieß es lapidar vom Beamten: ›Gilt nicht für Sie. Weil Altbestandentscheidung, die nie mehr zu ändern ist! Und den Antrag, ihren zweiten Vornamen rechtlich anzuerkennen und einzutragen, verwerfe ich sowieso ungeprüft. Daran ändert auch kein Notar etwas.‹ Die Überheblichkeit im Bewusstsein, Vertreter eines einzementierten Bürokratismus zu sein, demokratisch legitimiert, schlug echoartig niederschmetternd auf mich ein: ›Wie jemand wie Sie nicht einmal eine Erwachsenenadoption beantragen dürfte! Das blockiert mit unserem Gutachten das zuständige Amtsgericht.‹ Dass dies unerheblich war, band ich ihm nicht auf die Nase.

Obwohl geraume Zeit Christdemokraten mit Grünen zusammen in der Region den Kommandanten stellten, änderte sich an der Mauerhaltung nichts. Diese Gesprächsverweigerer schwenkten in meinem Fall auf den Kurs der ewig Gestrigen, der sozialen, demokratisch links Orientierten und Liberaltoleranten – jetzt ohne Punkte – ein. Ich nehme an, bei mir sind Herkunft und Kulturkreis hinderlich. Sie messen mit zweierlei Maß.

Es ist bedauerlich, dass friedvolle Religionen wie Hinduismus und Buddhismus keinen erkennbaren Einfluss auf das Schubladendenken der aktuellen politischen und medialen Gesellschaft haben, um Humanität und Solidarität zum Durchbruch zu verhelfen. Leben und Würde von Tier und Mensch gleichermaßen zu achten.

Stay woke![49] Jedes Mal, wenn ich ins *Fremdat*-Kriegsgebiet flog, waren dies deine aufmunternden Worte, Shirley, die du mir am Airport einhämmertest. Um mich aufzurichten. Zu wappnen. Gegen das Unrecht der Starken.

Die Vertreter des *linksliberalen* Spektrums vereinnahmen für sich in Megaphonlautstärke den Inhalt des Begriffes *Wokeness*. Ja, Sprache ist ungemein geduldig. Wer so viel von Demokratie redet wie *Fremdats* Führungsclique, sollte sich, ich zitiere Francesco d' Assisi, sicher sein, sie im Herzen zu haben. Gedenke mit Bitterkeit des zunehmenden weiblichen Einflusses an den Schaltstellen der

Macht, der lateral Violence und Oppression, deren Fußtritte ich regelmäßig zu spüren bekomme. Und zunehmend einengender kultureller Bevormundung von außen, die das Vorwärts ins Zurück befeuert. Buntes grau ablichtet. Wie einstmals unterm Hakenkreuz. Bei wohlwollender Duldung von oben. Ja. Die nachhaltige Beeinflussung ist spürbar. Ein - die nach 1949 schwer erkämpften Werte gewachsener Demokratien niederwalzender - ...... von heute ist wohl weit näher dran an Berlin. Als Genf 1948. Und der verzweifelte Ruf, 'make Fremdat democratic again for all', geht im ohrenbetäubenden Krachen der Böller an Silvester ungehört unter. Groß-Trizonesien habe keine Gemeinsamkeiten mit dem Deutschen Reich, tönt es in den Reihen der Demokraten der Mitte. Warum gestehen sie mir nicht das gleiche Recht zu, eine eigenständige Persönlichkeit zu sein? Ohne Bezug zu früher? Und damit unbelastete Papiere?

Vielleicht... oder aus einem einfachen Grund: Weil sie die Herren und ich die unerwünschte Hündin aus dem Dreck der Straße bin. Das vereinfachte Weltbild der Politik in Fremdat auf den Punkt gebracht: 'Nazis' bis 1945 und Deutsche danach sind verschiedene Völker. Dafür sind Jungs und Mädchen gleich?

Nach 1969 wurden unbezahlbare Errungenschaften unwiderruflich zerschlagen. Beim Transport – einer Art *Kulturrevolution* – in die Siebziger Wertvolles für immer zertrampelt, zerstört. Aus Unachtsamkeit. Und Überheblichkeit. Nach der Rechtschreibreform wurde ich zudem unsicher, ob ein Wort groß oder klein (W/würde), mit oder ohne *H* zu verwenden sei. Ich entschied mich seitdem zu folgender Formulierung: *Wa(h)re Demokratie*. Denke auch an Demokratie wagende Brand(t)mauern. Gegen eine Unerwünschte. Wie mich.

Ceterum censeo Germaniam[50] fällt mir zu all dem Berichteten ein. Ohne als überzeugte Pazifistin den weiterführenden Gedanken Catos des Älteren aufzugreifen. Oder die nachvollziehbaren Gefühle eines Morgenthau einfließen zu lassen[51].

Ich rufe euch *Krauts* zu: »*I Will Survive*! Stehe das durch, werde mit Gottes Hilfe überleben.«

Mit einem letzten, wehmütigen Blick, der auf ein unscheinbares Massengrab des Camps fällt. Hier sind sie achtlos verscharrt. Mitstreiterinnen aus fünf Jahrzehnten: die Selbstbestimmung, Selbstachtung, Freiheit, Gerechtigkeit, Gleichheit, Gleichberechtigung, Ehre, Toleranz, Weltoffenheit, Augenhöhe, Barmherzigkeit, Gnade, Fairness, Zukunft, Weiterbildung, Qualifikation, Würde und Geduld. Wie die Überreste einer zertrampelten Menschenrechtscharta, dem Feuer der Demokratie übereignet. Unweit vom Rhein.

Denke an einen 10. Mai 1933, an dem in zahlreichen deutschen Universitäts-städten die Bücher brannten. Das Brennen der Gedanken. Der Worte, Sätze, Filme, Musik. Kinderlieder. Comics. Kinderbücher. Jedes politische System auf diesem Boden hat sein Dreiunddreißig. Von März bis Oktober. Und darüber hinaus. Heutige Führer errichten neue Wälle und Gräben. Nennen es ledig-lich anders. Und wieder gilt: Denke dreimal nach, bevor du sprichst. Sie ver-wenden alles gegen dich. Sehe rot-gelben Lichtschein, das Stieben der Funken ins Schwarz der Umgebung. Und den klebrigen Staub, der sich auf den Rasen legt. Grün. Doch ohne Leben, weil eine Chemiekeule ihn erschlug.

Und Nacht fällt über Mainhattan[52].

Ich stehe auf dem Scheiterhaufen der Zeit. Festgezurrt. Die Flammen lodern empor. Ohrenbetäubend schrill erschallt der stumme Schrei der gemarterten Ohn-macht im Todeskampf. Gellt sirenengleich über Berg und Tal. Stadt und Land.

There's no *Wind Of Change*, sie ändern sich nicht. Sind weiter von der Stur-heit geleitet, die Ziele in ihrem eingeengten Sinne durchzupauken. Im Wissen, dass sie fest im Sattel sitzen. Sie haben keine Kritiker. Es genügt auf diesem blauen Planeten Kapital. Und damit sind sie da. Freunde. Befürworter. Mit-läufer. Unantastbarkeit.

Das hörbare Schweigen des Windes trägt alles davon. Tränen und Leid. Den Krieg, der tiefste Wunden schlug. Über Meer und Strand fliegt seine Poesie dahin, löst sich auf. Was bleibt, sind unsere Vorstellungen von einem Leben im Glück. Im gleißenden Tageslicht blitzen sie hin und wieder auf. Im weißen Sand der Heimat. Unter ihnen ist es die Liebe, die am hellsten leuchtet. Wenn des Mondes Schattenbilder schweigsames Lied in den ersten Sonnenstrahlen des erwachenden Morgens verklingt.

You'll Never Walk Alone droht *Charlies* Regierungschef und kopiert damit die Denkweise eines *DWP*-Mannes der Region. Vergreift sich wiederholt an Worten, die er in den Raum schleudert, die substanzlos nachhallen: ›Respekt. Augenhöhe. Anerkennung.‹ Was für mich wie Spott anmutet, wenn von einem Lächeln begleitet. Und ich spüre ein letztes Mal die einschneidende Eisenkette um den Hals. Vertraue trotz besseren Wissens darauf, dass selbst der Unbeweg-lichste unter ihnen, unabhängig von Herkunft, Beruf und Religion, eines Tages Einsicht erfährt. Die Worte eines Dr. Martin Luther King, PD Dr. Dietrich Bon-hoeffer und eines Heiligen Francesco d'Assisi verinnerlicht. Wie die *Goldene Regel*. In dieser Gewissheit wünsche ich dir, *Fremdat*, von den Basisgenossen bis hin zu deinem Präsidenten, dass Gott diese Erleuchtung schenke. Und Recht im

Unrecht, demaskiert, eines fernen Tages sein unrühmliches Ende findet. Auch ohne *Frankfurter Prozesse*[53].

Wobei unerheblich ist, in welcher Farbe sich das demokratische Mäntelchen der politischen (Selbst-)Darsteller präsentiert: rot, braun, grün, gelb, blau oder schwarz. Und den Ausspruch von J.F.K. verinnerlichend: ›Vergib deinen Feinden, aber vergiss niemals ihre Namen.‹

Nach allem, Shirley, was wir uns erzählten, steht noch immer die Frage im Raum, die dich in deinem Schreiben an mich bewegte, als du mir von diesem Buchtitel berichtetest. Was ist, wenn die Welt von der Gesellschaft der Sündenfreien lernt und die Steine ergreift, welche diese weiterreicht,

designed in Germany?

Es gibt nur vereinzelt Personen auf dieser Erde, die auserwählt sind, sie Heilige zu nennen. Bei Weitem nicht alle, denen es zuerkannt ist, sind es. Andere hingegen, wie ein Bruder Franciscus, bleiben unsichtbar. Nicht für die Dreifaltigkeit, versteht sich. Sondern für die kurzsichtigen, oberflächlichen Menschen. Hunde hingegen sind von Natur aus heilig. Gott schuf sie, um Licht ins Dunkel zu bringen, Geduld und Zuversicht zu verbreiten. Die Erkenntnis und den Willen, nie aufzugeben, Trostlosigkeit und Ohnmacht zu überwinden. Und Freundschaft als unbezahlbaren Wert zu begreifen. Damit einen sonnenbeschienenen Spielplatz für allumfassende Liebe zu schaffen.

Ich fliege nun in die Heimat.

Nach Hause. Ach. Nur zwei simple Worte.

Doch derart bedeutungsvoll. *Ziel*. Und *Licht* am Ende der Dunkelheit.

Meine Familie ist bereits in ihrem zukünftigen Domizil angekommen, nachdem sie in der *BvMR* alle Zelte abgebrochen hat. Nun bin ich beruhigt. Meine Aufgaben hier sind erledigt.

Es war eine letzte Fahrt mit unserem Wagen, mit dem wir beide viele Male das reizvolle Österreich, malerische Südtirol und *bella Italia* bereisten. Bin kurz vor Austria. An der Grenze. Schon bald in Freiheit. Und Sicherheit. Von dort werde ich morgen früh aufbrechen. An einer Autobahnraststätte las ich auf einem Blechschild den Satz: *Hunde sind Gottes Entschädigung für all die verlogenen Zweibeiner*. Wie wahr. Ein Sonnenstrahl im Einheitsgrau. Freue mich von ganzem Herzen auf dich, unseren Caro und all die Lieben zu Hause.

Ich schließe das Tagebuch. Komme mit nichts anderem als der

British-Airways-Tasche, die, wie du weißt, auf allen Reisen mein unverzichtbarer Begleiter war. Una ragazza con un piccolo bagaglio[54]. Shirley, ich sehe in diesem Moment dein Gesicht vor mir. Schmunzelnd. Und höre dich süffisant entgegnen: ›Übersetzt heißt das, glaube ich, ein leichtes Mädchen mit Gepäck.‹

Trotz all des Erwähnten muss ich eingestehen, es gibt immens Beklagenswerteres auf der Welt. Denke an die unzähligen Tiere wie Menschen, deren bedauernswertes Schicksal unser Herr allein kennt. Und in seinem Reich des Lichtes tausendfach wiedergutmacht, sobald sie nach Hause kommen. Angefangen bei denen in den *Streets Of London*, Paris und anderswo auf der Welt. In all den Gebieten, die von Naturkatastrophen, Kriegen und Hungersnöten heimgesucht werden. Ich beklage das grausame Schicksal der unzähligen unschuldigen, gequälten Tiere. Die nicht rechtzeitig aus Versuchslaboren, Tötungen, Lagern und schrecklichen Höllen auf Erden gerettet werden können. Oder ausgenutzt werden bis zum Umfallen. Weil Augen, Ohren, Mund und Herz derer, die ändern könnten, verschlossen sind. Tränen nicht sehen, Wimmern nicht hören wollen. Verzweiflung übergehen oder als Belästigung empfinden.

Unter den aufwühlenden Klängen und Stimmen des Liedes *Va, pensiero*[55] aus dem Autoradio, die in den *Walkürenritt* übergehen, rufe ich den Alpen zu, dass es von den Gebirgszügen widerhallt, mit den Wolken weiterzieht, sich das Echo um den Erdenball verbreitet:

»Ihr Freien der Welt. Kommt Ihr nach *Fremdat*, verkündiget dorten, Ihr habet die Hoffnung ausgezehrt, geschlagen, getreten, blutend, am Boden, in Ketten der Ohnmacht, schlussendlich gefallen gesehen, wie dessen Gesetz es befahl[56].«
Das mit hocherhobenem Haupte verkündet, *Made in Germany* zu sein.

Ob Walküren die Hoffnung wie eine ehrenvoll im Kampf gegen das Recht des Unrechts Gefallene nach Walhall tragen? Wer von uns, die wir den Verlust der langjährigen, treuen Gefährtin beweinen, hat davon schon Kenntnis?

Bin ich die Möwe, die viele Male das Meer überquerte, um im sonnenbeschienenen Sand unter wolkenlosem Himmel vor türkisblauem Meer ihre Ruhe zu finden? Denke ein letztes Mal an die Vielen, die sich umdrehten. Vorgaben, mit offenen Augen nicht zu sehen. Mit unzähligen Ohren nicht zu hören. Deren Sprache verstummte. Die versteinert und unbeweglich, hohen Bergen gleich, Empathie bis heute nur für eigene Ziele aufbringen[57]. Diese Überlegungen zerstieben in alle Richtungen. Werden von der Luft verdünnt, bis sie nicht mehr nachweisbar sind. Und Antworten? Wenn es sie gibt, verweht sie der Wind …

Zusammen mit den abschließenden Gedanken an fünf Jahrzehnte Unversöhn-lichkeit, die *mir das Leben stahlen*. Ich zerschneide jetzt die letzte Bindung an die *toxische Beziehung* zu *Fremdat*. Nabele mich ab. Stern und Kreuz trugen mich durch die Zeit. Gaben mir Kraft, Stärke und Zuversicht. Und ich lernte, auf meinen unwegsamen Pfaden in der Fremde zu begreifen, was Bruder Fran-ciscus meinte. Ein vager Silberstreifen am Horizont liegt, so hoffe ich, in ferner Zukunft: Dass einsichtige Politikergenerationen gewachsener Demokratien einst-mals dieses einfache Mädchen rehabilitieren. Das nie aufgab, an der Unver-äußerlichkeit der Werte der allgemeinen Tier- und Menschenrechte festzuhalten. Ich finde mich nun damit ab, im falschen Land, zur falschen Zeit, unter einer unfairen Politik der Doppelmoral aufgewachsen zu sein. Und gelebt zu haben. Komme daher zu der ernüchternden Einsicht, dass ihr *Krauts* an der Spitze des Landes euch nie ändern werdet. Doch wie sehr ich mich auch bemühe, ein letzter Rest deutscher Identität bleibt an mir haften. Denn wie beim Schnelldurchlauf einer Filmsequenz sehe ich Bilder vor mir, die ich wie Sandkörner in den Schuhen nach einem Strandbesuch mit nach Hause nehme: Die Linde, unter der wir in meiner Kindheit saßen, die im Juni verführerisch duftete. Den alten Kastanien-baum in unserem Garten, welcher trotz des ausgehöhlten Stammes jahraus, jahr-ein eindrucksvoll blühte. Eine Sandburg, auf deren Wall Papas Fahne im Winde flatterte, während er in die Wellen der Nordsee sprang. Mutti im Dirndl auf der Treppe des Hotels. Mit ausgebreiteten Armen. Und einem Blick voller Liebe. Caro beim zeitvergessenen Herumtollen, wenn wir gemeinsam durch die Felder streiften. Die unbeschreibliche Freude der Lieben, durch Brandbomben zerstörtes Familieneigentum wieder aufgebaut zu haben. Tränen des Glückes, wenn Mel-dungen über Spätheimkehrer durch die Nachrichten gingen. Die Namen Fritz Walter, Hans Günter Winkler und Halla für Heimat standen. Und Aussagen beruhigten, dass nach den Kriegs- und Notzeiten, welche die früheren Genera-tionen ertragen mussten, mir wohl das Glück von Friedenszeiten bevorstünde. Es wurden daraus fünfzig Jahre eines Würdekrieges. Bis ich verstand.

Liebste Shirley, now the time has come. Io svolto la pagina, ich schlage eine neue Seite auf. Es ist alles gesagt.
Ti voglio tanto bene per sempre, forever and a day.
Shalom,
deine Debbie Marilyn.

26. Shirley:
des Mondes Schattenspiele

Meine innigst geliebte Debbie,
ich schreibe diesen Brief an dich, obwohl ich nicht weiß, wie ich ihn adressieren soll. Werde ihn an die Wand unserer Kapelle heften. Zu all den anderen Gebeten, Bitten und Hoffnungen, die dort von Fremden hinterlassen werden, die zufällig vorbeikommen. Und für einen Moment innehalten.

Nach den Wochen mit Dir, Elijah und Leah auf der Farm bat ich dich, nie mehr ins Land der *Krauts* zu fahren. »Nur für kurze Zeit«, betteltest du, »wegen der Lieben. Ich darf sie nicht im Regen stehenlassen. Muss ihre Auswanderung organisieren. Das verstehst du doch.« Ein zärtliches Streicheln über Caros Kopf. Warfst mir einen letzten Blick zu beim Weggehen auf dem Airport. Wie zum Abschied. Unsere Hände lösten sich in Zeitlupe voneinander. Die Finger berührten den Davidstern. Deinen Schutz. Falls du erneut in Schwierigkeiten geraten solltest.

Akzeptierte deine Bitte schweren Herzens. Du hofftest bis zuletzt, dass sture *Charlie*-Politik einlenke und dir ordentliche Papiere von Geburt an zugestehe. Erinnerst du dich? Ich wiederholte eindringlich: »Du wirst es nie erreichen. Sie ändern sich nicht. Selbstüberzeugt von pseudo-göttlicher Sendung. Dem Wesen, an dem die Welt *genesen* soll. Den zutreffenden Ausdruck verkneife ich mir.«

»Vier Wochen. Ein letztes Mal. Zum Abschluss. And never again«, lauteten deine ermutigenden Worte beim Abschied. Du warst doch seit 2004 mit vernünftigen amerikanischen Ausweisen ausgestattet. Was geschah auf dem Weg zurück zu mir? Ich recherchierte viele Male. Du kamst nie an. In Österreich verliert sich deine Spur. Meine Befürchtungen waren berechtigt. Du schicktest kommentarlos dein Tagebuch per Post. Wie ich hörte, blieb die British-Airways-Tasche im Wagen zurück. Du wusstest, du kommst nicht zurück? Hast du etwa den Stern zu offen getragen? Oder sagtest du unbedarft: ‹I stand to Israel›. Am

Airport noch bat ich inständig, dich in *Fremdat* bedeckt zu halten. Jetzt. Nach dem siebten Oktober. Was geschah? Oder gibt es eine ganz einfache Erklärung. Ein neues / altes Denken überrennt Fremdat wie ein Sturm. Zermalmt alles, was - dem Links/Rechts-Mainstream folgend - ›nicht dazugehört‹. Ihre Speerspitzen besetzen Schlüsselpositionen in Behörden, Parteien, Organisationen und Institutionen. Der Datenschutz ist ausgehebelt. Sie kommen an alles heran. Und die Angst. Sie geht um. Wie einst im Reich.

Bin allein. Mit dem, was du hinterlässt. All die verletzlichen Lebewesen auf der Farm. Eine jüdisch-christliche Kapelle, in der die Fotografien von deinen Lieben hängen, die vor dir nach Hause gingen. Menschen wie Tiere. Gestern fügte ich mit Zögern dein Foto hinzu. Und schrieb den Matthäusspruch 16,19 darunter, der unsere Hoffnung in sich trägt. Wir schlendern im Mondlicht über den Strand. Suche deinen Schatten. Spüre dich neben mir. Eine zarte Berührung. Den Kuss. Die Umarmung, der Hauch deines Parfüms umgarnt mich. Du spielst zeitvergessen mit unserem Caro, der vom ersten Blick in deine Augen nicht mehr von deiner Seite wich. Er sucht dich. Überall. Und ich bitte Gott täglich, dich uns zurückzuschicken. Vermisse dich. Über alle Maßen. Bei Tag. Und Nacht.

Wir sehen uns wieder, Debbie Marilyn. In dem Teil des Himmels, in dem es unzählige Hunde gibt. Denn da bist du, Beschützerin der Tiere auf Erden, meine kleine Amerikanerin. Umgeben von einer *Oriental Magic Dust* Wolke. Mit pinkfarbenem Nagellack und Lippenstift. Einem aufreizenden Kleidchen. Und dem lasziven Blick, wenn wir miteinander tanzen. *Moonlight Shadows*, die mich nie wieder loslassen.

Du bist der blinkende Stern am Firmament, der alle anderen an Leuchtkraft überstrahlt. Damit ich erkenne: Das bist du. Und der Baum am Rande der Everglades. Mit weit ausgebreiteten Ästen. Auf denen Vögel sitzen, singen, zwitschern und emsig ihre Nester bauen. Eichhörnchen Nahrung finden und unbeschwert herumturnen. Der den Tieren unter den Zweigen und Blättern Schutz bietet. Wo Hunde zeitvergessen spielen.

Du bist die abgemagerte Streunerin am vermüllten Rande der Stadt, die unermüdlich für ihre Jungen sorgt. Dass sie ohne Angst und Gefahren aufwachsen. Von dir aufopfernd behütet. Mit Liebe überschüttet.

Deine Gegner. Sie verletzten, schlussendlich töteten sie dich. Langsam. Auf vielerlei Arten. Bis meine Kleine und Herzallerliebste nicht mehr zu leben vermochte. Auf dieser Erde. Die Geliebte auf Dauer zu retten, gelang mir nicht. Sie gab auf. Verwelkte. Wie eine Blüte, die sich zu lange gegen Wind und Wetter zur Wehr setzte. Und verlor.

Das Diabolische auf dem blauen Planeten ist stärker. Werde es niemals begreifen. Warum? Niemand ist da, der diese mir elementare Frage beantwortet. Ich lege es in Gottes barmherzige Hände.

Was für einen Sinn hatte am Ende all das Unglücklichsein? Einen Hoffnungsschimmer gönne ich mir. Du, meine Alice im Wunderland, tauchtest unter. Schwimmst mit goldigen Schweinen im karibischen Meer. Sitzt mit exquisitem, breitkrempigem Strohhut am Strand in der Sonne. Einen kühlen Drink in Händen. In deiner Nähe ein top aussehender Macker. Der das Glas erhebt und dir, meiner kleinen Amerikanerin, gewinnend zulächelt. Sieht er nicht aus wie ein Fotograf in einem Film aus den Fünfzigern? Oder ist er über beide Ohren verliebt. Schaut dich mit treuen Hundeaugen an und klappert mit Handschellen?

Und du kümmerst dich um jeden Streuner, der deine Wege kreuzt. Halte mich an dieser Illusion fest. Lass mir den Faden der Zuversicht.

Warum bliebst du nicht hier, mein Herz? Warum nicht? Warum? Ich begreife es nicht. Die Hände fassen ins Leere. Wir hatten alles. Unsere unverbrüchliche Liebe. Und Caro. Die anderen Schutzbefohlenen, die der Fürsorge bedürfen. Debbie Marilyn, Himmel und Erde leuchten mit all ihrer Kraft.

War es dieses absolut überflüssige deutsche Gen, Korrektheit über Vernunft, Hauptsache Ordnung, kein Fleck auf der weißen Weste der Dokumente? Opfertest du dich dafür letztendlich auf? Du spieltest ihnen in die Hände. Den feixenden, triumphierenden Feinden. Unter dem Banner des *BRD-Syndroms* in Jerryland. Bisweilen Germany genannt. Ein Name, der für viele Verbrechen an der Menschlichkeit steht. Im Großen. Wie im Einzelfall. Für bunte Winkel. Und nun auch für dein Scheitern.

Seine derzeitigen Machthaber sind die Gewinner. Niemand ist da, der sie zur Verantwortung zieht. *The Winner Takes It All.*

Die *Krauts* nahmen einst meiner Familie die Wurzeln. Und nun mir meine große Liebe und Zukunft.

Ich denke täglich an deine Worte: Tränen sind wie der Morgentau. Der reinigende Sommerregen, nach dem du klar siehst. Sind Wasser für den ausgetrockneten Boden. Lassen Wüstenblumen in bunten Farben erblühen.

Meine Seele ist wie dieses Land. Sie dürstet. Und wenn Tränen Sehnsucht zum Blühen bringen, nehme ich es hin. Wie ein Geschenk. Und im Herzen klingt in sanften Tönen nach: *You Raise Me Up.*

Wie sagtest du in deinen Tagebuchaufzeichnungen?

»Io svolto la pagina, ich schlage eine neue Seite auf«.

Kein Blick mehr zurück. Im Zorn. Dafür in Dankbarkeit. Für eine unvergessene, gemeinsame Zeit. Wir sehen uns in meinen Träumen, kleine Amerikanerin. Und …

… in verwunschenen *Moonlight Shadows.*

Ti voglio tanto bene per sempre, forever and a day.

Shalom,

deine Shirley Jane

›Eine Frau sah einen Hund an einem heißen Tag, der um einen Wasserbrunnen umherging und dessen Zunge aus Durst heraushing. Da zog sie für ihn das Wasser mit ihrem Schuh heraus. Für dieses wurde ihr vergeben.‹

Mohammed

27. Elijah: Schlussbemerkungen

Ich stehe nach einem arbeitsreichen Tag im leeren Klassenzimmer und schaue mich um. Überdenke die vergangenen Monate, Wochen und Stunden. Beachtliches veränderte sich. Die Schüler kamen Anfang des Jahres als Halbwüchsige. Erwachsene verließen heute das Gebäude. Geradewegs eine Metamorphose, eine Art Transformation.

Stell dir vor, du wärst dabei gewesen. In meiner Klasse sitzend. Welcher Teil der Geschichte ist wahr? Oder ist alles im Moment des Erzählens geboren? Nichts entspricht und entspringt der Realität. Eben weil es ein Märchen ist?

Gab es je …

… das Kind, dem Gott ein Licht aufstellte, um den eigenen Weg zu finden?

… einen Bruder Franciscus, der das Zeichen des Himmels in den Stürmen der Zeit war?

… die eine außergewöhnliche Teenagerliebe?

… eine innige Liebesbeziehung zwischen Shirley und Debbie?

… Shirley Jane. Die Psychologin?

… Debbie Marilyn, die kleine Amerikanerin, Verkäuferin in der Abteilung für Damenoberbekleidung, diese Alice im Wunderland?

… Dr. David Taylor, Rechtsanwalt, und seine Verbindungen,

die einer Verfolgten, Verzweifelten, Geflüchteten zu ordentlichen Dokumenten verhalfen und damit zu einem Leben in Selbstbestimmung, Würde und Freiheit, dem amerikanischen Traum?

… das von Shirley vermutete Verhältnis zwischen Sidney und Debbie, die heimlichen Treffen auf Martinique?

… ein unversöhnliches (Groß-)Trizonesia, welches, wie in der Erzählung beschrieben, in Bezug auf Debbie Marilyn die allgemeinen Menschenrechte übergeht, mit Füßen tritt, wie einst die deutsche Reichsregierung einen Nichtangriffspakt?

… sündenfreie *Winkeldemokraten*?

... *The Mainhattan Project and Little Girl?* In *Fremdats* Zentren der Macht kleinbürgerlich weiterentwickelt. Bis zur Perfektion. Um eine an den Rand Gedrückte mit Leid zu überschütten. Sie und ihr Umfeld bewusst nachhaltig zu schädigen. Im übertragenen Sinne mit Steinen zu bewerfen. Über den Tod hinaus ihren Ruf zu vernichten. Bis zur Unkenntlichkeit. Dabei außer Acht lassend, dass die Zündung auch einer virtuellen Bombe die Entwickler und Herren am roten Knopf nicht unbeschadet lässt?

... Politik, die anders spricht als handelt. Mit einem Präsidenten ohne Bereitschaft zu Dialog und Gnade?

... ein Land, dessen Führer und Gefolgsleute *Demokratie wagen*, seit fünf Jahrzehnten, sie jedoch *nicht für alle* umsetzen, in der Erwartung, dass sich das Problem von selbst erledigt?

... die Idee, ›*make Fremdat democratic again for all*‹? Oder nur die ernüchternde Erkenntnis, dass in diesem Zusammenhang das Wort *wieder* eine grobe Fehleinschätzung der Wirklichkeit ist?

... diese Schule. Mit Kastanienbaum in der Mitte des Geländes. Eine Amsel, die darin ihr Nest baut. Die Klasse der Sechzehnjährigen. Einen Lehrer namens Elijah, der ein Märchen erzählt?

... die Farm der Streuner und Ausgesetzten? Eine Kapelle für alle Lebewesen, in der sie sich unter einem Dach versammeln?

... den Begriff *Hoffnung*?

... die Zeichen der Verständigung zwischen Himmel und Erde, den Lebenden dort und hier?

... das *Paradies*, das kein Geschöpf ausschließt, alle gemeinsam mit Liebe und Barmherzigkeit Gottes empfängt?

... aus des Allmächtigen Hand die zweite Chance?

... einen Sheriff, den Deputy, einen Oldtimer, die Reise zu den Parks? Diskotheken. Strand. Sonnenuntergänge im Paradies der Keys? Die Boutique des Hippiepaares? Das italienische Ristorante und Motel mit Brunnen?

Oder ist das Berichtete ein modernes Märchen? Eine Fiktion. Wie ...

... die Menschenrechte (Genf, 1948) für *alle* ohne Ausnahme?

... der Wille, Bürokratie der Humanität unterzuordnen?

... der Politik des Diktats abzuschwören?

... Dialog zuzulassen. Und das *Audiatur et altera pars*. In einem Land namens *Fremdat*?

… allgemeine Tierrechte für die Welt?

… ehrliches Bestreben, den blauen Planeten zu retten und für *alles Leben* lebenswert zu gestalten?

Welches Romanende ist am wahrscheinlichsten? Wäge ab. Oder anders gefragt. Was sagt dir zu? Ich rufe sie in dein Gedächtnis.

2004. Heirat, Hochzeitsreise nach Hawaii. Die Hibiskusblüten in den Haaren in Honolulu. Verzaubernde Hideaways. Nie mehr Trennung. Glückliche Zeiten. Und Caro. Die Farm der Streuner und Ausgestoßenen. Ein Trip auf der Route 66. Das: *Wenn sie nicht gestorben sind, leben sie noch heute.*

Zog es Debbie etwa immer wieder zurück ins bedrückende Camp des Feindes? Weil dort ihre Mama und Tochter mit Familie weilten, die sie nicht im Stich zu lassen bereit war? Kämpfte sie weiter auf verlorenem Posten ums Recht. Bis zur Erkenntnis: Es macht keinen Sinn. Vergebliche Mühe um Aussöhnung. Das *Io svolto la pagina*?

Oder flüchtete sie endgültig aus der *S-Republik*? Desillusioniert. Kommt nie an. Weil die Demokratiewager siegten. Das ewig Nachtragende, das nie verzeiht. In den Händen Steine, die geschleudert werden, da ihre Werfer ohne Sünde sind. Und Demokratisten der Mitte unantastbar?

Du hast Zeit, über alles nachzudenken.

Mit einem herzlichen Shalom grüßt dich

Elijah. Lehrer. Erzähler. Der überzeugt ist: Märchen spiegeln Wirklichkeit wider, wenn in ihnen die Liebe siegt. Hier auf Erden. Über den Tod hinaus. Und in den Schattenspielen des Mondes.

›Nun aber bleiben Glaube, Hoffnung, Liebe, diese drei; aber die Liebe ist
die größte unter ihnen.‹
1. Korinther 13,13.

28. Elijah: Alice

Welch ein seltsamer Traum in einer Vollmondnacht. Sie war sich sicher, Debbie zu erkennen. Weit voraus rannte diese auf einen nicht einsehbaren, abgeschiedenen Strandabschnitt zu. Nur mit Mühe folgte Shirley ihren Spuren. Durch unwegsames Gestrüpp hindurch. Angeschwemmtes Strandgut und Unrat säumten ihren Weg. Ihre Liebste saß dort im Sand. Jung. In den Klamotten aus den Achtzigern, die sie damals nach dem Friseurbesuch trug.

Zutiefst betrübt sah sie Shirley entgegen. Hob hilflos die Hände. Tränen kullerten Debbies Wangen hinunter. Auf ihrem Schoß ein zartes, regloses Bündel, über dessen verwahrlostes, verfilztes Fell sie unentwegt streichelte. In diesem Moment wachte Mom schweißgebadet auf.

Am nächsten Morgen hielt sie nichts. Zusammen mit ihrem Caro machte sie sich kurz vor Sonnenaufgang auf den Weg. Mit frischem Wasser und einer Wegzehrung. Sie wanderten viele Meilen. In forschem Schritt. Und kamen in eine ungastliche Gegend. Hierher hatte es sie bisher noch nie verschlagen. Und doch. Irgendetwas zog Shirley magnetisch an. Nach einer weiteren Stunde spurtete ihr Begleiter wie auf Kommando los, war nicht mehr zu halten. Kein Rufen half. Als sie ihn keuchend einholte, sah sie vor ihm im Sand eine zierliche Hündin liegen. Mit verdrecktem, ehemals goldgelbem Fell. Abgemagert, knochig, verletzt, schwer atmend, ausgetrocknet, kaum Lebenswillen in ihr. Sie hob den Strandfund vorsichtig auf. Trug das federleichte Bündel in Windeseile zur Stadt zurück. Auf Tuchfühlung neben ihr der aufmerksame Begleiter. Der Veterinär des Ortes kämpfte um das Leben des jungen Wollknäuels. Caro und Shirley blieben tage- und nächtelang bei ihr. Schliefen in der Klinik. Die Kleine legte allmählich an Gewicht zu. Das Fellchen begann zu glänzen, sie hob das Köpfchen, beäugte neugierig die Umgebung. Kuschelte sich an den Bauch ihres neuen Freundes an, der sie mit seinem Körper liebevoll umarmte. Einen Monat später war die Behandlung abgeschlossen, und der Findling betrat freudig erregt sein Für-immer-Zuhause. Shirley nannte sie Alice.

Diese Erzählung ist nur eine Geschichte, wie es unzählige gibt. Ähnlich einer unscheinbaren Muschel im weißen Sand an einem verlassenen, endlosen Strand. Verborgen vor der Welt.

Die Gezeiten werden über sie hinwegziehen. Jahraus, jahrein. Vielleicht wird irgendwann irgendein Kind, das sich beim Spielen dorthin verirrte, nach ihr greifen. Sie mit nach Hause nehmen. Aufbewahren. Ab und zu betrachten, an das Ohr halten. Eines Tages dann ein Rauschen und Raunen vernehmen, das Gestalt annimmt, Worte und bunte Bilder entstehen lässt.

Dabei wird es entdecken, dass sich in ihr ein Traum versteckt. Wenn es erlebt, dass sich die Muschel, vom Lichtschein berührt, in einer Vollmondnacht öffnet, um das, was in ihr ruht, zu offenbaren,

nämlich eine vielfarbig schimmernde Perle,

eingehüllt in einen zarten Hauch von Hoffnung:

die unschätzbaren Werte der allgemeinen Tier- und Menschenrechte.

Personen und Handlung des Romans sind frei erfunden, die Orte rein zufällig gewählt. Inspiriert von Tagebuchaufzeichnungen. Und Ereignissen, die in Erzählungen erwähnt wurden. Deren Authentizität, also Glaubwürdigkeit und Echtheit, aber nicht nachprüfbar ist. Es geht in dieser Geschichte nur darum, fiktive Situationen darzustellen und darüber nachzudenken, wie damit umzugehen wäre, hätten sie jemals stattgefunden.

Mein besonderes Anliegen ist, helft unseren Brüdern und Schwestern im Herrn, den Tieren dieses blauen Planeten, in Würde und Freiheit zu leben. Ohne Angst. Qual. Ausbeutung. Lager. Tötungen. Versuchsanstalten. Und jeglicher Höllen auf Erden. Um ihnen ein Leben in Sicherheit und Sorgenfreiheit zu ermöglichen. Und damit die einzigartige Schöpfung Gottes zu würdigen und zu erhalten.

Mein sehnlicher Wunsch an Europa: Werde dir deiner Verantwortung bewusst. Schaue bei jedem alten und neuen Mitgliedsland hin, wie dort mit unermesslich kostbaren Lebewesen umgegangen wird. Und suche dir, auch wenn es schwerfällt, nach diesen Gesichtspunkten deine Handelspartner in der Welt aus.

Der Roman entstand in der Zeit vom 01.01.2023 bis zum 08.03.2024

Mein herzlicher Dank gilt der Lektorin. Jana, deine wertvollen Anmerkungen und die gute Zusammenarbeit haben zum Gelingen des Projektes maßgeblich beigetragen.

Abigail Gioia

›Wir sind eine Gesellschaft, die von ihrem Humanismus geprägt ist, von der Vorstellung der Freiheit der Einzelnen und auch von der Demokratie. Dass diejenigen, die um ihr Leben fürchten müssen, weil sie sich für Demokratie und Freiheit eingesetzt haben, dann auch auf den Schutz anderer rechnen können, das gehört zu unserem Selbstbild als demokratische, humanistische Gesellschaft dazu.‹

›Wir jedenfalls werden uns für die Demokratie und die Freiheit weiterhin einsetzen. Das sind wir uns als Land, als Nation schuldig.‹

Bundeskanzler Olaf Scholz (SPD) auf einer Pressekonferenz am Flughafen Köln/Bonn, 02.08.2024.
Mitschrift des Pressestatements,
Quelle: Internet, Die Bundesregierung

Endnoten

1. Matthäus 18,23-35 EU.
2. Keine Streitereien mehr. Auszeit vom Krieg.
3. *Hans und die Bohnenranke,* engl. Märchen, auch von Walt Disney in Micky Maus umgesetzt.
4. *Wem die Stunde schlägt,* Roman von Ernest Hemingway, 1940.
5. 5,42 ft = 164,8968cm
6. Ethnophaulismus: Deutsche.
7. *Draußen vor der Tür,* Drama, 1947, Wolfgang Borchert.
8. ›Beharrlich‹, Lied, Text aus dem Jahre 1859 von Ludwig Bauer. Melodie: Henry Hugo Pierson .
9. Jüdische Grußformel, englische Schreibweise, bedeutet: Friede, Zufriedenheit, Wohlergehen.
10. 6 ft = 182,88cm
11. 260 Pounds = 117,934016kg
12. Das Recht der ersten Nacht ist ein umstrittenes Recht eines Gerichtsherrn, die erste Nacht mit der Braut zu verbringen.
13. Konfektionsgröße 36
14. Johann Baptist Reichhart, staatlich bestellter deutscher Scharfrichter.
15. Hübsche kleine Prinzessin, das Leben ist so schön. Voll von Wundern. Unser geliebter Herr trocknet alle Tränen. Sendet sie mit der Sonne zurück als farbige Träume, wenn dir die wahre Liebe begegnet. Du wirst es erleben.
16. Film, 1998, basiert auf einer Erzählung von Marie von Ebner-Eschenbach.
17. ASPD: auch Abkürzung für ›alte sozialdemokratische Partei Deutschlands‹.
18. Werner Richard Heymann, geschrieben für den Film *Ein blonder Traum,* 1932.
19. Ethnophaulismus für Deutsche, Deutschland.
20. US-amerikanische Fernsehproduktion, 1966 bis 1973.
21. Ital.: liebst du mich?
22. Ital.: feste Freundin.
23. Il Canto degli Italiani / Fratelli d'Italia, Uraufführung in Genua (Stadtteil Oregina)1847, Verwendungszeitraum seit 1947, offizielle Nationalhymne seit 2017.

24. Hier bezogen auf Dokumentarfilme und Spielfilme zum *Manhattan Project*. Die Bombenabwürfe am 6.8.45 und 9.8.45. Und Zeitzeugenberichte.
25. Lat.: Ich werde verwandelt werden.
26. John F. Oliven, Columbia University, 1965.
27. W. Brandt
28. W. Brandt
29. W. Brandt
30. W. Brandt
31. W. Brandt
32. W. Brandt
33. W. Brandt
34. Jesus sprach zu ihnen: ›Wer unter euch ohne Sünde ist, der werfe den ersten Stein auf sie.‹
35. Spruch über den Eingangstoren der Konzentrationslager von Auschwitz, Dachau, Sachsenhausen und Flossenbürg.
36. ›Wer ein Jud' ist, das bestimme ich‹ Im übertragenen Sinne: Wer weiblich ist, das bestimme ich.
37.　　　　　　　　, das brutale Erschlagen der verängstigten, unschuldigen Esel, Hunde und Katzen.
38.　　　　　　　　　　　　　　　　　um nur einige zu nennen.
39. Im übertragenen Sinn bezogen auf den Inhalt eines Popsongs von Mike Oldfield, den er zusammen mit Maggie Reilly 1983 veröffentlichte.
40.　　　, ein *christliches* Land.
41.　　　　　, ein *christliches* Land.
42.　　　　　, ein *christliches* Land. ›Wer glaubt, ein Christ zu sein, weil er die Kirche besucht, irrt sich. Man wird ja auch kein Auto, wenn man in eine Garage geht.‹ Prof. Dr. mult. Albert Schweitzer.
43. Der *rote Winkel* kennzeichnete in den deutschen Polizeilagern *(KZ / Konzentrationslager) politische* Schutzhäftlinge. Farbige Stoffdreiecke, auf der Kleidung befestigt, dass die Wächter den Grund der Inhaftierung erkennen konnten. Es gab verschiedene Winkelfarben für Insassen aus anderen Gründen.
44. Filmdrama, 1961, nach dem Theaterstück *The Children's Hour*, Frauendrama über eine lesbische Liebe.
45. Aus rechtlichen Gründen ist die Nennung des Buchtitels nicht möglich.

46. Das ›Selbstbestimmungsgesetz(SBGG)‹ trat am 1. November 2024 in Kraft. Pressemitteilung vom 31.10.2024.
47. Am *Holocaust-Gedenktag* 2023 gedachte der *Deutsche Bundestag* erstmals *queerer* NS-Opfer, die Zeit nach 1969 unter den damaligen Regierungsparteien (bis heute) blieb dabei ausgespart.
48. Die Seligpreisungen.
49. Bleibe wach, sei wachsam, sei informiert, gebildet, aufmerksam, erkenne soziale Ungerechtigkeit, behalte Bewusstsein und damit Wahrnehmung für Ungleichbehandlung und Diskriminierung.
50. Lat.: Im Übrigen meine ich Deutschland. Im übertragenen Sinne bezogen auf die Äußerungen von Marcus Porcius Cato des Älteren bezüglich der von ihm geforderten Zerstörung von Karthago: ceterum censeo Carthaginem esse delendam.
51. 1944 legte der damalige US-amerikanische Finanzminister Henry Morgenthau Jr. seinen Plan vor, Deutschland in einen Agrarstaat zu verwandeln.
52. 1959 entstand der Film: *Nacht fiel über Gotenhafen*, spielt in der Endphase des Zweiten Weltkrieges.
53. Im übertragenen Sinne bezogen auf die *Nürnberger Prozesse* nach dem Zweiten Weltkrieg.
54. Ital.: ein Mädchen mit leichtem Gepäck.
55. Gefangenenchor (Freiheitschor) aus dem dritten Akt der Oper Nabucco, Giuseppe Verdi. Der Psalm 137 wurde als Vorbild genommen.
56. Frei nach Friedrich Schillers Gedicht: *Der Spaziergang,* 1795.
57. Frei nach dem Folksong *Blowin‹ In The Wind*, Bob Dylan, 1963.

Quellenangaben:
 Zitate: https://beruhmte-zitate.de
Musiktitel: https://www.youtube.com/
Med.-psych. Fachbegriffe: med.-psych. Fachliteratur
Geschichtliche Daten /Ereignisse/ Personen der Zeitgeschichte: Fachliteratur